琼瑶
经典作品
07

华语世界
深具影响力作家

琼瑶

著

还珠格格

【第一部】

湖南文艺出版社
HUNAN LITERATURE AND ART PUBLISHING HOUSE

博集天卷
CS-BOOKY

我为爱而生，我为爱而写
文字里度过多少春夏秋冬
文字里写下多少青春浪漫
人世间纵然没有天长地久
故事里火花燃烧热情依旧

霞飞

浴火重生的新全集

我生于战乱，长于忧患。我了解人事时，正是抗战尾期，我和两个弟弟，跟着父母，从湖南家乡，一路"逃难"到四川。六岁时，别的孩子可能正在捉迷藏，玩游戏。我却赤着伤痕累累的双脚，走在湘桂铁路上。眼见路边受伤的军人，被抛弃在那儿流血至死。也目睹难民争先恐后，要从挤满了人的难民火车外，从车窗爬进车内。车内的人，为了防止有人拥入，竟然拔刀砍在车窗外的难民手臂上。我们也曾遭遇日军，差点把母亲抢走。还曾骨肉分离，导致父母带着我投河自尽……这些惨痛的经历，有的我写在《我的故事》里，有的深藏在我的内心里。在那兵荒马乱的时代，我已经尝尽颠沛流离之苦，也看尽人性的善良面和丑陋面。这使我早熟而敏感，坚强也脆弱。

抗战胜利后，我又跟着父母，住过重庆、上海，最后因内战，又回到湖南衡阳，然后到广州，一九四九年，到了台湾。那年我十一岁，童年结束。父亲在师范大学教书，收入微薄。我和弟妹们，开始了另一段艰苦的生活。我也在这时，疯狂地吞咽着让我着迷的"文字"。《西游记》《三国演义》《水浒传》……都是这时看的。同时，也迷上了唐诗宋词，母亲在家务忙完后，会教我唐诗，我在抗战时期，就陆续跟着母亲学了唐诗，这时，成为十一二岁时的主要嗜好。

十四岁，我读初二时，又迷上了翻译小说。那年暑假，在父亲安排下，我整天待在师大图书馆，带着便当去，从早上图书馆开门，看到图书馆下班。看遍所有翻译小说，直到图书馆长对我说："我没有书可以借给你看了！这些远远超过你年龄的书，你通通看完了！"

爱看书的我，爱文字的我，也很早就开始写作。早期的作品是幼稚的，模仿意味也很重。但是，我投稿的运气还不错，十四岁就陆续有作品在报章杂志上发表，成为家里唯一有"收入"的孩子。这鼓励了我，尤其，那小小稿费，对我有大大的用处，我买书，看书，还迷上了电影。电影和写作也是密不可分的，很早，我就知道，我这一生可能什么事业都没有，但是，我会成为一个"作者"！

这个愿望，在我的成长过程里，逐渐实现。我的成长，一直是坎坷的，我的心灵，经常是破碎的，我的遭遇，几乎都是戏剧化的。我的初恋，后来成为我第一部小说《窗外》。发表在当时的《皇冠杂志》，那时，我帮《皇冠杂志》已经写了两年的短篇和中篇小说，和发行人平鑫涛也通过两年信。我完全没有料到，我这部《窗外》会改变我一生的命运，我和这位出版人，也会结下不解的渊源。我会在以后的人生里，陆续帮他写出六十五本书，而且和他结为夫妻。

这世界上有千千万万的人，每个人都有自己的一本小说，或是好几本小说。我的人生也一样。帮皇冠写稿在一九六一年，《窗外》出版在一九六三年。也在那年，我第一次见到鑫涛，后来，他告诉我，他一生贫苦，立志要成功，所以工作得像一头牛，"牛"不知道什么诗情画意，更不知道人生里有"轰轰烈烈的爱情"。直到他见到我，这头"牛"突然发现了他的"织女"，颠覆了他的生命。至于我这"织女"，从此也在他的安排下，用文字纺织出一部又一部的小说。

很少有人能在有生之年，写出六十五本书，十五部电影剧本，二十五部电视剧本（共有一千多集。每集剧本大概是一万三千字，虽有助理帮助，仍然大部分出自我手。算算我写了多少字？）。我却做到了！对我而言，写作从来不容易，只是我没有到处敲锣打鼓，告诉大家我写作时的痛苦和艰难。"投入"是我最重要的事，我早期的作品，因为受到童年、少年、青年时期的影响，大多是悲剧。**写一部小说，我没有自我，工作的时候，只有小说里的人物。我化为女主角，化为男主角，化为各种配角。写到悲伤处，也把自己写得"春蚕到死丝方尽"。**

写作，就没有时间见人，没有时间应酬和玩乐。我也不喜欢接受采访和宣传。于是，我发现大家对我的认识，是："被平鑫涛呵护备至的，温室里的花朵。一个不食人间烟火的女子！"我听了，笑笑而已。如何告诉别人，假若你不一直坐在书桌前写作，你就不可能写出那么多作品！当你日夜写作时，确实常常"不食人间烟火"，因为写到不能停，会忘了吃饭！**我一直不是"温室里的花朵"，我是"书房里的痴人"！因为我坚信人间有爱，我为情而写，为爱而写，写尽各种人生悲欢，也写到"蜡炬成灰泪始干"。**

当两岸交流之后，我才发现大陆早已有了我的小说，因为没有授权，出版得十分混乱。一九八九年，我开始整理我的"全集"，分别授权给大陆的出版社。台湾方面，仍然是鑫涛主导着我的全部作品。爱不需要签约，不需要授权，我和他之间也从没签约和授权。从那年开始，我的小说，分别有繁体字版（台湾）和简体字版（大陆）之分。因为大陆有十三亿人口，我的读者甚多，这更加鼓励了我的写作兴趣，我继续写作，继续做一个"文字的织女"。

时光匆匆，我从少女时期，一直写作到老年。鑫涛晚年多病，出版社也很早就移交给他的儿女。我照顾鑫涛，变成生活的重心，尽管如此，我也没有停止写作。我的书一部一部地增加，直到出版了六十五部书，还有许多散落在外的随笔和作品，不曾收入全集。当鑫涛失智失能又大中风后，我的心情跌落谷底。鑫涛靠插管延长生命之后，我几乎崩溃。然后，我又发现，我的六十五部繁体字版小说，早已不知何时开始，已经陆续绝版了！简体字版，也不尽如人意，盗版猖獗，网络上更是凌乱。

我的笔下，充满了青春、浪漫、离奇、真情……各种故事，这些故事曾经绞尽我的脑汁，费尽我的时间，写得我心力交瘁。我的六十五部书，每一部都有如我亲生的儿女，从孕育到生产到长大，是多少朝朝暮暮和岁岁年年！到了此时，我才恍然大悟，我可以为了爱，牺牲一切，受尽委屈，奉献所有，无须授权……却不能让我这些儿女，凭空消失！我必须振作起来，让这六十几部书获得重生！这是我的使命。

所以，在我已进入晚年的时候，我的全集，再度重新整理出版。在各大出版社争取之下，最后繁体版花落"城邦"，交由春光出版，简体版是"博集天卷"胜出。两家出版社所出的书，都非常精致和考究，深得我心。这套新的经典全集，非常浩大，经过讨论，我们决定分批出版，第一批是"影剧精华版"，两家出版社选的书略有不同，都是被电影、电视剧一再拍摄，脍炙人口的作品。然后，我们会陆续把六十多本出全。看小说和戏剧不同，文字有文字的魅力，有读者的想象力。希望我的读者们，能够阅读、收藏、珍惜我这套好不容易"浴火重生"的书，它们都是经过千锤百炼、呕心沥血而生的精华！那样，我这一生，才没有遗憾！

琼瑶

写于可园

二〇一七年十一月十日

"山无棱，天地合，才敢与君绝！"

目 录
Contents

还珠格格【第一部】

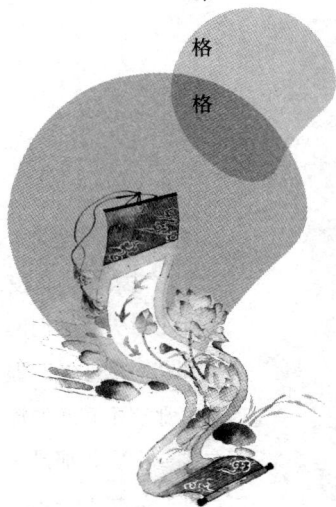

【壹】

小燕子，她和紫薇，来自两个截然不同的世界，应该是八竿子打不着的，可是，

命运对这两个女子，已经做了一番安排。

乾隆年间，北京。

紫薇带着丫头金锁，来北京已经快一个月了。

几乎每天，她们两个都会来紫禁城前面，呆呆地凝视着那巍峨的皇宫。那高高的红墙，那紧闭的宫门，那禁卫森严的大门，那鳞次栉比的屋脊，那望不到底的深宫大院……把她们两个牢牢地、远远地隔开在宫门之外。皇宫，那是一个禁地，那是一个神圣的地方，那是个"可望而不可即"的梦想。紫薇站在宫外，知道不管用什么方法，她都无法进去。更不用说，她想要见的是那个人了！

这是一个无法完成的任务。可是，她已经在母亲临终时，郑重地答应过她了！她已经结束了济南那个家，孤注一掷地来到北京了！但是，一切一切，仍然像母亲经常唱的那首歌：

山也迢迢，水也迢迢，山水迢迢路遥遥！
盼过昨宵，又盼今朝，盼来盼去魂也消。

不行，一定要想办法。

紫薇这年才十八岁，如此年轻，使她的思想观念仍然天真。从小在母亲严密的保护和教育下长大，使她根本没有一点涉世的经验。丫头金锁，比她还小一岁，虽然忠心耿耿，但也拿不出丝毫主张。紫薇的许多知识，是顾师傅教的，是从书本中学习来的。自从发现有一个衙门叫作"太常寺"，专门主管对"礼部典制"的权责，她就认定只有透过"太常寺"，才能见到想见的人。于是，三番两次，她带着金锁去太常寺门口报到。奇怪的是，那个太常寺的主管梁大人，几乎根本不上衙门。她求见了许多次，就是见不到。

这天，听说梁大人的官轿会经过银锭桥，她下了决心，要拦轿子！

街道熙来攘往，十分热闹。

紫薇带着金锁，站在路边张望。她的手里，紧紧地攥着一个长长的包袱。包袱里面，是她看得比生命还重要的两样东西。这两样东西，曾经把大明湖边的一个女子，变成了终生的俘虏。

紫薇，带着一份难以压抑的哀愁，看着行人来往穿梭的街道，心里模糊地想着，每个人都有自己的目的和方向，只有她，却这么无助！

行人们走去走来，都会不自禁地深深看紫薇一眼。紫薇，她是相当美丽的，尽管打扮得很朴素，穿着素净的白衣白裙，脸上脂粉不施，头上，也没有钗环首饰。但是，那弯弯的眉毛，明亮的眼睛和那吹弹得破的皮肤，那略带忧愁的双眸，都在显示着她的高贵和她那不凡的气质。再加上紧跟着她的金锁，也是明眸皓齿、亮丽可人。这对俏丽的主仆，杂在匆忙的人群中，依然十分醒目。

街道虽然热闹，却非常安详。

忽然间，这份热闹和安详被打破了。

一阵马蹄杂沓，马路上出现了一队马队，后面紧跟着手拿"肃静""回避"字样的官兵，再后面是梁大人的官轿，再后面是两排整齐的卫队，用整齐划一的步伐，紧追着轿子。一行人威风凛凛，嚣张地前进着。

马队赶着群众，官兵吆喝着："让开！让开！别挡着梁大人的路！"

紫薇神情一振，整个人都紧张起来，她匆匆地对金锁喊："金锁！我得把握机会！我出去拦轿子，你在这儿等我！"

紫薇一面说，一面从人群中飞奔而出。金锁急忙跟着冲出去。

"我跟你一起去！"

紫薇和金锁，不顾那些官兵队伍，直奔到马路正中，切断了官兵的行进，拦住轿子，双双跪下。紫薇手中，高举着那个长形的包袱。

"梁大人！小女子有重要的事要禀告大人，请大人下轿，安排时间，让小女子陈情……梁大人！梁大人！"

轿子受阻，被迫停下，官兵恶狠狠地一拥而上。

"什么人？居然敢拦梁大人的轿。"

"把她拖下去！"

"滚开！滚开！有什么事，上衙门里说！"

官兵们七嘴八舌，对两个姑娘怒骂不已。

金锁忍不住就喊了出来："我们已经去过衙门好多次了，你们那个太常寺根本就不办公，梁大人从早到晚不上衙门，我们到哪里去找人？"

一个官兵怒吼着说："我们梁大人明天要娶儿媳妇，忙得不得了，这一个月都不上衙门。"

紫薇一听，梁大人一个月都不上衙门，就沉不住气了，对着轿子情急地大喊："梁大人！如果不是万不得已，我也不会拦住轿子，实在是求助无门，才会如此冒犯，请梁大人抽出一点时间，听我禀告，看看我手里的东西……"

官兵们早已七手八脚地拉住紫薇和金锁，不由分说地往路边推去。

"难道梁大人，只管自己儿子的婚事，不管百姓的死活吗？"紫薇伸长脖子喊。

呼啦一声，轿帘一掀，梁大人伸了一个头出来。

"哪儿跑来的刁民，居然敢拦住本官的轿子，还口出狂言，是活得不耐烦了吗？"

紫薇见梁大人露面，就拼命挣扎着往回跑。

"大人！听了我的故事，您一定不会后悔的……请您给我一点点时间，只要一点点就好……"

"谁有时间听你讲故事？闲得无聊吗？"梁大人回头对官兵吼着，"别耽搁了！快打轿回府！"

梁大人退回轿子中，轿子迅速地抬了起来，大队队伍，立刻高喊着"回避！肃静！"向前继续前进。

紫薇和金锁被官兵一推，双双摔跌在路旁。

围观群众，急忙扶起二人。一个老者，摇头叹气地说："有什么冤情，拦轿子是没有用的，还是要找人引见才行。"

紫薇被摔得头昏脑涨，包袱也脱手飞出去。金锁眼明手快，奔过去捡起包袱，拍掉灰尘，拿过来，帮紫薇紧紧地系在背上，一面气冲冲地说："这个梁大人是怎么回事？他儿子明天娶媳妇，就可以一个月不上衙门，我们要怎么样才能见着他呢？小姐，我们的盘缠已经快用完了，这样耗下去，要怎么办啊？我看这个梁大人凶巴巴的，不大可靠，我们是不是另外找个大人来帮帮忙比较好。"

路边那个老者，又摇头叹气："天下的'大人'都一个样，难啊！难啊！"

紫薇看着消失的卫队和轿子，摸摸自己背上的包袱，不禁长长地叹了口气。片刻之后，她整整衣服，振作了一下，坚决地说："不要灰心，金锁，我一定可以想办法来见这个梁大人的！见不着，再想别的门路！"说着，她忽然想到什么，眼睛一亮："他家明天要办喜事，总不能把贺客往门外赶吧？是不是？"

"小姐，你是说……"

"准备一份贺礼，我们明天去梁府道贺！"

紫薇并不知道，她这一个决定，就决定了她的命运。因为，她会在这个婚礼上，认识另一个女子，她的名字叫作小燕子。

小燕子是北京城芸芸众生中的一个小人物。今年也是十八岁。

在紫薇拦轿子的这天晚上，小燕子穿着一身"夜行衣"，翻进一家人家的围墙。这家人第二天就要嫁女儿，正是要嫁进梁府。用小燕子的语言，她是去"走动走动"，看看有什么东西可拿！新娘子嫁妆一定不少，又是嫁给梁府，不拿白不拿！她翻进围墙，开始一个窗子一个窗子地去张望。

她到了新娘子的窗外，听到一阵呜呜咽咽的饮泣声。用手轻轻捅破了窗纸，她向里面张望，不看还好，一看顿时大惊失色，原来新娘子正站在一张凳子上，脖子伸进了一个白绞圈里，踢翻了椅子在上吊！她忘了会暴露行踪，也忘了自己的目的，想也没想就推开窗子，穿窗而入，嘴里大叫："不好了！新娘子上吊了！"

梁府的婚礼非常热闹。

那天，紫薇穿了男装，化装成一个书生的样子，金锁是小厮。自从去年十月离开济南，他们一路上都是这样打扮的。虽然，她们自己也明白，两个人实在不大像男人，但是，除了女扮男装，也不知道该怎么办才好，女装未免太引人注目了。好在一路上也没出什么状况，居然就这样走到了北京。

婚礼真是盛大非凡。她们两个顺利地跟着成群的贺客们，进了梁府的大门。

吹吹打打，鼓乐喧天。新娘子被一顶华丽的大轿子抬进门。

紫薇忍耐着，好不容易等到新娘凤冠霞帔地进了门，三跪九叩地拜过天地，扶进洞房去了，梁大人这才从"高堂"的位子走下来，和他那个趾高气扬的儿子眉开眼笑地应酬着宾客。紫薇心想，这个机会不能再放过了，就混在人群中，走向梁大人。

"梁大人……"紫薇扯了扯梁大人的衣袖。

"你是……"梁大人莫名其妙地看看紫薇。

紫薇有所顾忌地看看闹哄哄的四周。

"我姓夏，名叫紫薇，有点事想麻烦梁大人。能不能借一步说话？"

"借一步说话？为什么？"

这时，梁大人的儿子兴冲冲地引着一名老者过来，将紫薇硬给挤了开去。

"爹，赵大人来了！"

梁大人惊喜，忙不迭迎上前去。

紫薇不死心地跟在梁大人身后，亦步亦趋。心里实在很急，说话也就不太客气："梁大人，该上衙门当差你不去，到你家里跟你说句话也这么困难，难道你一点都不在乎百姓的感觉吗？"

梁大人看着这个细皮白肉、粉妆玉琢的美少年，有些惊愕。

"你是哪家的姑娘，打扮成这个模样？去去去，你到外面玩去！亲戚们的姑娘都在花厅里，你去找她们，别追在我后面，你没看到我在忙吗？"

"昨天才见过，你就不记得了吗？拦轿子的就是我，夏紫薇！"

"什么？你混进来要做什么？！"梁大人大惊，这才真的注意起紫薇来。

谁知就在这个时候，一个突发的状况，惊动了所有的宾客。

一个红色的影子，像箭一般直射而来，闯进大厅。大家一看，不禁惊叫，原来狂奔而来的竟是新娘子！她的凤冠已经卸下了，脸上居然清清爽爽，脂粉不施。她的背上，背着一个庞大的、用红盖头包着的包袱。在她的身后，成群的喜娘、丫头、家丁追着她跑，喜娘正尖声狂叫着："拦着她！她不是新娘子！她是一个女飞贼呀！"

那个"女飞贼"正是小燕子。她横冲直撞，一下子就冲了过来，竟然把梁大人撞倒在地。所有的宾客都惊呼出声，紫薇和金锁也看得呆了。这个局面实在太可笑了，新娘子穿着一身红，背着红色大包袱，在大厅里跳来跳去，一群人追在后面，就是接近不了她，看来，她还有一些身手。

梁大人从地上爬起来，被撞得七荤八素。

"这是怎么回事？"

喜娘气急败坏地跑着，边追着小燕子边喊："新娘子不见了呀！她不是程家小姐，是个小偷……快把她抓起来呀！"

满屋子的客人发出各种惊叹的声音。

"什么？新娘子被调包了？岂有此理！"梁大人大叫，"新娘子到哪里去了？"

"不知道呀，我刚才进房里的时候，看到这丫头穿着新娘的衣裳在偷东西！她把整个新房都掏空了，全背在背上呢！"喜娘喊着。

"来人呀！"梁大人怒吼着，"快把她给我抓起来！"

一大群家丁，冲进房里来抓人。

小燕子在大厅里碰碰撞撞，一时之间，竟脱身不得。身上的大包袱，不是撞到人，就是撞到家具，所到之处，桌翻椅倒，杯杯盘盘全部跌碎，落了一地。宾客们被撞得东倒西歪，大呼小叫，场面混乱之极。当家丁们冲进来之后，房间里更挤了。小燕子忙拿起桌上的茶杯糖果为武器，乒乒乓乓地向家丁们掷过去，嘴里大喊着："你们别过来啊！过来我就不客气了！看招！"

梁大人又羞又怒，气得跺脚。

"新娘子一定被她藏起来了！快抓住她！仔细审问！"

家丁大声应着，奋勇上前，和小燕子追追打打。不料，这个"女飞贼"还有一点武功，身手敏捷，背着个包袱，还能挥拳踢腿，把那些家丁打得稀里哗啦，跌的跌，倒的倒。可惜背上的包袱太大，东撞西撞，施展不开。她忽而跳上桌，忽而跳下地，把整个喜气洋洋的大厅打得落花流水。

紫薇和金锁看得目瞪口呆，对这个"女飞贼"折服不已。金锁忍不住对紫薇低语："哈！这个女飞贼，帮我们报了拦轿子的仇了！这就叫……"

"恶人偏有恶人磨！"紫薇笑了。心想，这个女飞贼，还不一定是

"恶人"呢！

小燕子几次想冲到窗前，都被背上的包袱所阻。家丁越来越多，她四下一看，见情势不妙，当机立断，飞快地卸下包袱，一把拉开，金银珠宝顿时满天撒下。她大嚷："看呀！梁贪官的家里，什么都有，全是从老百姓那儿搜刮来的！大家见到的都有份！来呀！来抢呀！谁要谁拿去，接着啊……不拿白不拿！"

宾客见珍珠宝贝四散，惊呼连连，拥上前去观看，忍不住就抢夺起来。

小燕子乘机逃窜，逃到紫薇和金锁身边。紫薇看了金锁一眼，双双很默契地遮了过去，挡住了她，小燕子顿时穿窗而去。

梁大人怒不可遏，暴跳如雷。

"反了反了！天子脚下居然有这样荒唐的事……追贼呀！大家给我追呀……"

厅里的人，追的追，跑的跑，喊的喊，挤的挤，捡的捡……乱成一团。

紫薇拉拉金锁，在这一片混乱中，出门去了。

出了梁府的大门，紫薇和金锁走在路上，两人虽然没办成自己的事，却不知道为了什么，兴奋得很。

"这天下之大，真是无奇不有，这个婚礼，真让我大开眼界！"紫薇说。

"那个女飞贼，胆子不小，可惜武功不高，这下要空手而回了！可惜可惜！"

"空手而回还没关系，别被抓起来才是真的！"

正说着，街上就传来一阵吆喝声，一队官兵冲散行人，气势汹汹。

"让开！让开！不要碍着我们抓贼！有没有人看到一个红衣女子？有没有？谁藏着女贼，和女贼一起抓起来！知道的人快说！"官兵们嚷嚷着。

行人摇头，纷纷走避。

官兵走到紫薇金锁身前，仔细看二人，挥手说道："让开让开！别挡着路！到一边去！"

紫薇、金锁往路边一退，紫薇撞到路边一只遭弃置的藤篮。忽然觉得有人拉了拉自己的衣襟，紫薇低头一看，吓得差点张口大叫。

原来藤篮中，赫然躲着那个"女飞贼"！

小燕子仰头看着紫薇，清秀的脸庞上，有对乌黑乌黑的眸子，闪亮闪亮的。而紫薇对她，竟然生出一种莫名的好感来。此时，她虽然狼狈，脸上仍然带着笑，双手合十，拼命对紫薇作揖，求她别嚷。

紫薇眼看官兵快要走近，藤篮又无盖遮掩，她急中生智，猛然一屁股坐在篮子上，打开折扇，好整以暇地扇着风。

官兵经过两人身边，打量紫薇、金锁数眼，见两人气定神闲，便匆匆而去。

紫薇直到官兵转入巷道，不见踪影，这才站起。

"人都走光了，你出来吧！"紫薇低头喊。

小燕子夸张地揉着脑袋，从篮子里站了起来，瞪着紫薇，大大一叹。

"完了完了！给你屁股这样一坐，我今年一定会倒霉！"

"喂，你这人懂不懂礼貌呀！"金锁不服气地冲口而出，"如果不是有我们帮你，这会儿你早就被官兵抓走了呢。"

小燕子拉着那件长长的礼服，揖拜到地。

"是，小燕子一天之内，被你们帮了两次，不谢也不成！我谢谢两位姑娘救命之恩，这总行了吧？"

小燕子，原来她的名字叫小燕子。紫薇想着，又奇怪地问："你怎么看出我们是女的？"

"刚才在梁家，我一眼就看出你们两个女扮男装来了，要不，怎么对着你笑呢？我劝你别扮男装了，这么细皮白肉的，哪儿像呢？"说着，就得意起来，"我不骗你们，这不管是男扮女，还是女扮男，扮老扮少，扮俊扮丑，我最内行了！改天有机会，我再传授你们两招，告辞了。"

小燕子脱下红色的礼服，打个结往背上一背，转身要走。

"等一下！我问你，你把人家新娘子藏到哪儿去了？"紫薇好奇地问。

"这个嘛，恕我不便奉告。"

"你劫持新娘，盗取财物，又大闹礼堂，害得梁家的婚礼结不成，会不会太过分了？难道你不怕闯出大祸来？你知不知道你这么做是犯法，要被关起来的。"

"我犯法？你有没有搞错，我小燕子向来是路见不平、拔刀相助的女英雄，我会犯法？犯法的是梁家那对父子，你懂不懂？"她瞪着大眼睛，抬高声音说着，看到紫薇一脸茫然，恍然大悟，"你们是从外地来的是吧？"

紫薇点点头。

"那就难怪了，你们知不知道，梁家父子根本就不是好东西！看人家姑娘长得漂亮，也不管人家订过婚没有、愿不愿意，就硬是要把程姑娘娶进门。"

"你怎么会知道的？"

"事情就是巧极了，昨儿夜里，我一时高兴，到程家去'走动走动'，就给我撞到一件大事，原来新娘子正在上吊，被我救下来了！那个程姑娘才哭哭啼啼告诉我的！你想，我小燕子碰到这种事，怎么可能不帮忙呢？"

"有这种事？"紫薇悚然而惊。

"我骗你干什么！现在我可以走了吧？"

"那程姑娘人呢？"

小燕子瞧瞧四周，发现没有人在注意她们的谈话，就压低嗓子说："她已经连夜逃走了！现在，早就到安全的地方去了！"

"逃得掉吗？梁家一找，不就知道你们是一党了？还会放过程家人吗？"

"我们早就套好词了，程家现在正准备大闹梁府，问他们要女儿呢！反正一口咬定，女儿被梁家弄丢了就对了！"

"你真是胆大包天，你不怕被逮住呀？"紫薇真是又惊又稀奇。

"我？我会那么容易就叫人逮住？！哼！你们也太小看我了，我小燕子是出了名的来无影，去无踪，天不怕地不怕，没人留得住我的。"

"这会儿都走光了，当然由得你说喽！"金锁笑了。

小燕子也笑了。紫薇和小燕子，就忍不住彼此打量起来。紫薇看到小燕子长得浓眉大眼，英气十足，笑起来甜甜的，露出一口细细的白牙，心里就暗暗喝彩，没想到，"女飞贼"也能这样漂亮！小燕子看到紫薇扮男装，仍然掩饰不住那股娇柔妩媚，心想，所谓"大家闺秀"，大概就是这个样子了！两人对看半晌，都有一见如故的感觉。但是，小燕子是没什么耐心的，这街道上还有追兵，不是可以逗留的地方，就看了看那件缀满珠宝的新娘装，一笑说："幸好还捞到一件新娘衣裳，总可以当个几文钱吧！再见喽！"

小燕子就头也不回地，扬长而去了。

紫薇看着她的背影，这样的人，是她这一生从来没有见过的。她活得那么潇洒，那么自信，那么无忧无虑！一时之间，紫薇竟然羡慕起小燕子来了。

紫薇并不知道，小燕子注定要在她生命里扮演一个重要的角色。小燕子，她和紫薇，来自两个截然不同的世界，应该是八竿子打不着的，可是，命运对这两个女子，已经做了一番安排。天意如此，她们要相遇相知，纠纠缠缠。

还
珠
格
格

【贰】

虽然出身不同，背景不同，受的教养更是完全不同，但两人之间，竟然闪耀出一
种神奇的友谊。人间，这种"神奇"，是所有故事的原动力，是人与人之间最微
妙最可贵的东西。

　　紫薇和小燕子第二次见面，是在半个月以后。

　　那天，她的心情低落。到北京已经有一段日子了，自己要办的事，仍然一点眉目都没有。眼看身上的钱，越来越少，真不知道是不是应该放弃寻亲，回济南算了。金锁看紫薇闷闷不乐，就拉着紫薇去逛天桥。

　　到了天桥，才知道北京的热闹。

　　街道上，市廛栉比，店铺鳞次，百艺杂耍俱全。

　　地摊上，摆着各种各样的古玩、瓷器、字画，琳琅满目，应有尽有。

　　紫薇、金锁仍然是女扮男装。紫薇背上，背着她那个看得比生命还重要的包袱。紫薇不时用手勾着包袱的前巾，小心翼翼地保护着。

　　两人走着走着，忽然听到群众哄然叫好的声音，循声看去，有一群人在围观着什么。两人就好奇地挤进了人群。

　　只见，一对身着劲装的年轻男女，正在拳来脚去地比画着。地上插了面锦旗，白底黑字绣着"卖艺葬父"四个字。

　　那一对男女，一个穿绿衣服，一个穿红衣服，显然有些功夫，两人忽前忽后，忽上忽下，打得虎虎生风。

　　金锁忽然拉了紫薇一把，指着说："你看你看，那个大闹婚礼的小燕子也在那儿，你看到没有？"

　　紫薇伸头一看，原来小燕子也在人群中看热闹。两人目光对个正着。小燕子愣了一下，认出她们两个了，不禁冲着她俩咧嘴一笑，紫薇回以一笑。小燕子便掉头看场中卖艺的两人。

　　此时，两人的卖艺告一段落，两人收了势，双双站住。男的就对着围观的群众，团团一揖，用山东口音，对大家说道："在下姓柳名青，山东人氏，这是我妹子柳红。我兄妹俩随父经商来到贵宝地，不料本钱全部赔光，家父又一病不起，至今没钱安葬，因此斗胆献丑，希望各位老爷少爷、姑娘大婶，发发慈悲，赐家父薄棺一具以及我兄妹回乡的路费，大恩大德，我兄妹来生做牛做马报答各位。"

那个名叫柳红的姑娘，眼眶里蓄满了泪水，捧着一只钱钵向围观的群众走去。

群众看热闹看得非常踊跃，到了捐钱的时候，就完全不同了，有的把手藏在衣袖里不理，有的干脆掉头就走。只有少数人肯掏出钱来。

"他们是山东人，跟咱们是同乡呀！"紫薇转头看金锁，激动地开了口。

金锁对紫薇摇摇头，按住紫薇要掏钱包的手。

这时，小燕子忽然跃入场中，拿起一面锣，敲得哐哐的好大声。一面敲着，一面对群众朗声地喊着："大家看这里，听我说句话！俗话说得好，在家靠父母，出外靠朋友！各位北京城的父老兄弟姐妹大爷大娘们，咱们都是大清人，能看着这位山东老乡连埋葬老父、回乡的路费都筹不出来吗？俗语说，天有什么雨什么风的，人家出门在外，碰到这么可怜的情况，我看不过去，你们大家看得过去吗？我小燕子没有钱，家里穷得叮当响，可是……"她掏呀掏的，从口袋里掏出几个铜板来，丢进柳红的钵里："有多少，我就捐多少！各位要是刚才看得不过瘾，我小燕子也来献丑一段，希望大家有钱出钱，有力出力，务必让这山东老乡早日成行！柳大哥，咱们比画比画，请大家批评指教，多多捐钱啊！请！"

小燕子朝柳青抱拳一揖，然后就闪电一般地对柳青一拳打去。

柳青慌忙应战，两人拳来脚往，打得比柳红还好看。小燕子的武功，显然不如柳青，可是，柳青大概是太感动了，不敢伤到小燕子，难免就顾此失彼。小燕子有意讨好观众，一忽儿摘了柳青的帽子，一忽儿又把帽子戴到自己头上，一忽儿又去扯柳青的腰带，拉柳青的衣领，像个淘气的孩子，弄得柳青手忙脚乱，应接不暇。

围观的群众，不禁哈哈大笑。

柳红趁此机会，捧着钱钵向众人走去。

紫薇再也忍不住了，伸手掏钱。金锁急忙提醒她："我们剩的那些钱，已经快不够付房钱了……"

"看在都是山东人的份上，也不能不帮呀！何况，连小燕子都慷慨解囊了，我怎么能袖手旁观呢？"紫薇有些激动地说，已经掏出一小锭银子放入钵中。

"喏，这个给你！姑娘，我诚心祝福你们兄妹能够早日回乡。"

柳红看到紫薇出手就是银锭子，不禁一怔，有些不安地看看紫薇，弯腰道谢，便匆匆向前继续募捐。经过小燕子的起哄，紫薇的慷慨，群众也都感动了，纷纷解囊，钱钵里渐渐装满。

紫薇和金锁浑然不知，自己的出手和背上的包袱已经引起歹徒的注意。有个大汉，一声不响地蹭到两人身后，轻巧、熟练地抽出匕首来，割断紫薇背上包袱的两端，拿着包袱，转身就跑。

小燕子和柳青的表演赛正在高潮，小燕子要偷袭柳青，不料却被柳青揪住裤腰，单手举在半空中，小燕子吓得哇哇大叫："好汉饶命，我下次不敢了！救命啊！"

众人哈哈大笑。

小燕子在半空中，忽然看见歹徒偷了紫薇的包袱，正要溜走，不禁放声大喊："哪儿来的小偷！别走！你给我站住！"

小燕子这样一喊，歹徒拔腿就跑，柳青大吼一声，用力把小燕子向外一掷，小燕子如纸鹞般飞过众人的头顶，落下地，就向歹徒追去。

紫薇这才惊觉，伸手一摸，包袱已经不翼而飞，吓得魂飞魄散。

"天啊！我的包袱！"

"快点追啊！"金锁喊着，拉着紫薇，没命地奔向歹徒的方向。

柳青和柳红两兄妹，也顾不得卖艺了，两人脚不沾尘地也追向小燕子。

紫薇和金锁，跌跌撞撞地跑了好半天，这才看到，在一条巷子里，小燕子、柳青、柳红三个围住了歹徒，正打得天翻地覆。小燕子一面打，一面痛骂不已："在我面前卖功夫，你简直瞎了眼！还不给我把包袱放下！"

柳青也破口大骂："大胆毛贼，居然敢对我们的客人动手！看掌！"

歹徒哪里是这三人的对手，被打得七零八落，几下子，就被小燕子抓住了衣领。

"你要偷要抢，也要看看对象，人家也是出门在外的人，你偷了别人的盘缠，叫人怎么回家？简直是个下三烂！"

歹徒知道今天栽了，愤愤不平地大嚷："大家都是走江湖，怎么你们可以用骗的，我不可以用偷的？"

"你还有的说？我们是让人家心甘情愿拿出来，你算什么？"小燕子大喊。

"还不把东西交出来？想送命吗？"柳青一拳打过去。

"不给你点厉害的瞧瞧，你不服气，是不是？"柳红又一拳打过去。

歹徒知道没戏可唱了，大吼一声，抛出手中包袱，乘机飞逃而去。

紫薇看着包袱划过空中，不禁狂奔过去接包袱。

紫薇尚未接到包袱，小燕子已飞掠过去，稳稳地托住包袱，笑嘻嘻地一站。

"姑娘！谢谢你，为我追回了包袱，如果这些东西丢了，我就活不成了！"紫薇喘着气，气急败坏地说。

"这么严重？里面有多少金银珠宝呀？你赶快看看，有没有被调包啊？"小燕子挑着眉毛说。

一句话提醒了紫薇和金锁两人，立刻紧紧张张地拆开包袱。小燕子好奇地伸头一看，只见包袱里还有包袱，层层包裹；紫薇一层层解开，里面，赫然是一把折扇和一个画卷。紫薇见东西好好的，不禁长长地松了一口气，把字画紧贴在胸口抱了抱，眼眶都湿了。

"谢天谢地！东西都在！"

小燕子睁大了眼睛。

"搞了半天，你这里面没有金银财宝，只有破字画，早知道就不帮你追了！费了我们那么大的劲儿！"

"你不知道，这些可是我们小姐的命，比任何金银财宝都重要！"金锁慌忙解释。

"谢谢你们捐了那么多银子，不好意思！现在，帮你们追回字画，算是回敬吧！"柳红对紫薇笑了笑。

"好了，东西找回来，就没事啦。小燕子，咱们还要去'卖艺葬父'呢，还是今天就收工了？"柳青问小燕子。

紫薇这才惊觉，原来三人是一伙的，愕然地看着三人。

"原来……你们不是卖艺葬父，是在演戏？"

小燕子嘻嘻一笑，满不在乎地说："演得不坏吧？我的武功虽然不怎么样，但我的演技可是一流的！"

紫薇啼笑皆非。

小燕子看看紫薇主仆，见俩人文文弱弱，一副很好欺负的样子，不知怎的，就对俩人有点不放心。她那爱管闲事的个性和生来的热情就一起发作了，甩了甩头，豪气地说："你们住哪里？我闲着也是闲着，送你们一程！"就转头对柳青柳红挥挥手："今天不用干活了，大杂院见！"

当小燕子走进紫薇客栈的房间，忍不住就惊叫："哇！住这么讲究的房间，你们一定是有钱人！"

"什么有钱人，已经快要山穷水尽了。"紫薇叹口气，抬头看着小燕子，"姑娘，再谢你一次！"

"别姑娘姑娘地乱叫，叫我小燕子就成了。上回你们帮过我，咱们一报还一报，算是扯平了。我走了！"转身就要走。

"等一下！"紫薇喊着，诚挚地看着小燕子，柔声地说，"为什么要骗人呢？赚这种钱，你不会问心有愧吗？"

"问心有愧？为什么要问心有愧？我又演戏给大家看，又表演武术给大家看，还耍宝给大家看，今天还奉送了一场'捉贼记'，这么精彩，值得大家付费欣赏吧！"

紫薇见小燕子振振有词，不禁失笑。

"我从没见过你这样的人，骗了别人，好像还很心安理得的样子！我觉得，你利用大家的同情心，骗取钱财，多少有点不够光明，我看你和那柳家兄妹，年纪轻轻，又有一身好功夫，为什么不做一点正经八百的事？"

"哈！你算什么女学究，动不动就训人？我们靠本事赚钱，有什么不对？"

"骗人就不对。"

"那你们主仆两个，一天到晚穿着男装到处晃，不是在骗人吗？"

紫薇一怔，竟答不出话来。

"活在这个世界上，想要不骗人，实在是件不太容易的事！你想想看，你从小到大，没撒过谎吗？不可能的！我们本来就生在一个人骗人的世界里！我知道你是读过书的大家小姐，可别被那些大道理弄成一个书呆子！如果你不会骗人，你就会被别人骗！骗人和被骗比起来，还是骗人比较好！嘻嘻！"

紫薇惊异而稀奇地看小燕子。

"哇！你的大道理比我还多！我说一句，你说了好多句！听起来，好像我还很没道理似的！

"道理是一回事，生活是另外一回事！道理可填不饱肚子！"紫薇深深地凝视着小燕子。

"我们萍水相逢，真是有缘。虽然两次见面，情况都蛮离谱，可是，不知道为什么，我对你竟然有种‘一见如故’的感觉。好喜欢你的潇洒，好欣赏你的自由，所以，忍不住就讲出心里的话来了！你不要介意，我觉得你这种过日子的方式，实在有些旁门左道！为什么不去找个工作做呢？”

"找工作？你说得容易！到哪儿去找？柳青、柳红也找过，要不就被人当奴才，要不就被人当把戏，受气不说，还吃不饱、穿不暖！再说，我们那大杂院里，住了一院子老老小小，都是无依无靠的可怜人，如果我们不照顾他们，他们靠谁去？"小燕子耸耸肩，看着紫薇，"没办法！你说那个什么门？什么道？"

"旁门左道！"紫薇一愣，接口。

"旁门左道？哈！我学了一个新词！这个门和道大概不是好门道，可好歹还能混点钱，咱们虽然骗得大家掏腰包，但并没有强迫谁一定要拿出来！你知道吗？有钱做好事的人，都不是没饭吃的人！比起我们那个大杂院，就强太多了！"

"你那个大杂院，住了好多无家可归的人呀？"紫薇听得一愣一愣的。

"可不是吗？大家常常饿肚子，生了病，也没钱治，好可怜啊！上个月，季老奶奶就在没钱买药的情况下，凄凄惨惨地走了。"

"哦！"

"算了，别说了，说了你也不懂的！"

"不，我懂，我全都懂！"

"你懂什么？你有爹有娘，有吃有穿，还有丫头侍候，你根本就是不知道人间疾苦，不知道天高地厚，也不知道挨饿受冻是什么滋味的千金大小姐。"

紫薇叹了口气。

"我虽然没有挨饿受冻，可是，我娘死了，我逼不得已，离乡背井，千里迢迢来北京找我爹，爹没找着，却到处碰钉子，受人气……几乎已经走投无路了，我也有我的辛酸啊！"

"你说什么？你不是偷偷带着丫头溜出来玩，玩腻了就要回家的大小姐？"

紫薇苦笑摇头。

"我早就没有家了，你要我回哪儿去？"

小燕子怀疑地盯着紫薇看，又看看金锁。

金锁忍不住插嘴了。

"我们小姐，是来北京寻亲的！离开济南的时候，已经做了破釜沉舟的打算，把房子卖了，才有路费来北京！谁知道一走就走了半年，现在，路费都快要花完了，如果再找不到她爹，就简直不知道要怎么办了。"

小燕子同情地看着紫薇。

"原来，你也没有娘，又找不着爹……唉！比我也差不了多少！我是连爹娘长什么样都不知道，到处流浪着长大的！"

紫薇和小燕子，彼此深深互视，都有"同是天涯沦落人，相逢何必曾相识"之感。

"北京城可大着呢，要找个人不是那么容易的事，你爹到底住哪儿？你有谱没有？"小燕子问。

紫薇犹豫了一下，想说什么，金锁生怕紫薇在一个冲动之下，说出天大的秘密，就急忙接口说："当然有一些线索，只是失散的时间太久，找起来要费一点工夫！恐怕还不是短时间办得到的。"

小燕子立刻豪气地一笑。

"如果用得着我，我一定全力帮忙，打听人和事，我还有点办法……不过，都是'旁门左道'的办法哟！我住在柳树坡狗尾巴胡同十二号，一个大杂院里，有事，尽管找我！"就伸手给紫薇，"我的名字你已经知道啦！小燕子！你呢？"

紫薇好感动，将小燕子的手紧紧一握。

"我姓夏，名叫紫薇，就是紫薇花那个紫薇！"

"好美的名字，人和名字一样美！"

"你还不是！"

小燕子大笑，紫薇也忍不住笑了起来。

笑完了，两人彼此看着，虽然出身不同，背景不同，受的教育更是完全不同，但两人之间，竟然闪耀出一种神奇的友谊。人间，这种"神奇"，是所有故事的原动力，是人与人之间最微妙最可贵的东西。

紫薇就这样认识了小燕子，改变了两个女子以后的命运。

紫薇和小燕子第三次见面，是在狗尾巴胡同的大杂院里。

那天，紫薇特地来到大杂院，拜访小燕子。在一群孩子的包围下，在柳青柳红的惊讶中，小燕子从房间里奔出来，拉着紫薇的手乐不可支。

"找不着你爹，所以来找我了？需要我的'旁门左道'来帮忙，是不是？"小燕子叽里呱啦地喊着。

金锁插嘴了："我们小姐不是求助的，是来'助人'的！"

"啊？"小燕子不解。

紫薇笑笑，从怀里拿出一个钱袋，塞进小燕子的手里，诚挚地说："这是几锭碎银子，我拼凑出来的！上次听你说，这儿好多人都没饭吃，没钱看病，心里一直很难过……可惜我也是泥菩萨过江，自身难保，没办法多拿出什么来，尽一点点自己的力量而已，你收着！给大伙儿用！"

小燕子惊愕极了，睁大了眼睛，不敢相信地看着紫薇。

"你上次不是说，你也快走投无路了吗？你哪儿来的钱？"

"小姐把太太留给她的一对翡翠耳环和翡翠镯子，都给卖了。"金锁说。

柳青、柳红不相信地看着紫薇。

"你把你娘给你的纪念品给卖了？"

"反正我也用不着！搁在身上挺碍事的，我整天跑来跑去的，都不知道藏在哪儿好。说不定哪一天，就被小偷偷走，或者被强盗抢走！卖了反而干净。"紫薇笑笑说。

小燕子一动也不动地看着紫薇。

"我从没有遇到过像你这样的人!我相信,在这个世界上,你是绝无仅有的了!难道……你不怕,我是装穷来骗你的?"

紫薇看看院子里的老人和孩子。

"我知道你不是骗我的。"

小燕子太感动了。从小,她无父无母,成长的过程充满了苦难和艰辛,这是第一次,她遇到这么"高贵"的人,对她没有轻视,只有信任。这使她整颗心都热腾腾起来,一把握住紫薇的手,她就热情洋溢地喊道:"我看,你干脆搬到我这儿来,和我一起住吧!"

"搬到这儿来?"紫薇一怔。

"怎么?你嫌这地方太破烂,配不上你大小姐的身份?"

"你又来了,我跟你说过,我现在的情况还不如你呢,你至少还有这么个地方住,还有好多朋友做伴,我是什么都没有!"

"那么,你还犹豫什么?搬过来算了!我这里虽然简陋,但是还宽敞,多你们两个人绝不成问题!你不是说不知道哪年哪月才能见到你爹吗?现在,你把你娘给你的首饰也卖了,住客栈每天要钱,你还够撑多久?再说,那个客栈里人来人往,复杂得很!我看你们两个一点心机都没有,搞不好被人骗去卖了,都说不定!"

紫薇失笑了。

"……哪儿有那么笨?又不是傻瓜,怎么会被人骗去卖了呢?"

小燕子拼命点头。

"会会会!我看就会!你瞧,对于一个从不认识的贼,你都把贴身家当拿出来了,你不知道我一天到晚在骗人吗?你这么天真,是怎么从济南走到北京的,我都奇怪得很,应该老早就出事了!"

"你把人心想象得太坏了!你看,你对我还不是一点都不了解,就邀我来家里住，可见，人间处处有温情呢！"紫薇笑着说。

"我不同！我是江湖豪杰，你碰到我，是你命里遇到贵人啦！"

"是！"紫薇更是笑。

"说了半天，你到底要怎样呢？还要住客栈？"

紫薇挑起眉毛，干脆地说："当然搬过来，和我的'贵人'一起住啦！"

就这样，紫薇和金锁也搬进了大杂院，成为大杂院里，三教九流里的另一类人物，成为小燕子的好友、知己和姐妹。

一个月以后，紫薇和小燕子就在大杂院中，诚诚恳恳地烧了香，拜天拜地，结为姐妹。金锁、柳青、柳红和大杂院里的孩童们、老人们全是见证。

小燕子跪在香案前，对着天空说了一大串话："天上的玉皇大帝，地下的阎王菩萨，还有柳青、柳红、金锁和所有看得见我们、看不见我们的人，还有猫儿、狗儿、鸟儿、老鼠、蛐蛐儿……各种动物昆虫，还有花儿、树儿、云儿、月儿……你们都是我小燕子的见证，我今天和夏紫薇结为姐妹，从今天起，有好吃的一起吃，有好穿的一起穿，和亲姐妹一模一样，如果违背誓言，会被乱刀砍死！五马分尸！"

小燕子说完后，清澈的双眸看着紫薇。

"紫薇，该你了！"

紫薇诚心诚意地也拜了八拜。

"苍天在上，后土在下，我夏紫薇和小燕子……"紫薇顿了顿，转头看小燕子，"小燕子，你姓什么？"

小燕子皱皱眉头。

"小时候，我被一个尼姑收养，我的师父说，我好像姓江，可是无法确定！到底姓什么，我真的不知道！"

紫薇心中一阵恻然。

"那你今年多大了？几月生的？"

“我只知道我是壬戌年生的，今年十八岁，几月就不清楚了。”

“我也是壬戌年生的！我的生日是八月初二，那么，我们谁是姐姐，谁是妹妹呢？”

“当然我是姐姐，你是妹妹！你是八月初二生，我就算是八月初一生的好了！”小燕子一副理直气壮的样子。

“可以这样‘算是’吗？”紫薇怔着。

“当然可以！我决定了，我就是八月初一生的！没错！”小燕子直点头。

于是，紫薇虔诚焚香，拜了再拜，诚心诚意地说道：“皇天在上，后土在下，我，夏紫薇和小燕子情投意合，结为姐妹！从今以后，有福同享，有难同当；患难扶持，欢乐与共！不论未来彼此的命运如何，遭遇如何，永远不离不弃！如违此誓，天神共厌！”

紫薇说完，两人便虔诚地拜倒于地，对天磕头。

结拜完了，紫薇看着小燕子，温柔地说：“小燕子，现在我们是姐妹了，以后别人问你姓什么，你不要再说不确定，不知道！我姓夏，你也跟我姓夏吧。”

小燕子感动得落泪了，用力地一点头。

“夏，好极了！夏天的紫薇花，夏天的小燕子！好！从今以后，我有姓了！我姓夏！我有生日了，我是八月初一生的！我有亲人了，就是你！”

两个姑娘含泪互视，心里都被温柔涨满了。

旁观的人，也都深深地感动了。

紫薇和小燕子结拜的当晚，紫薇就向小燕子全盘托出了自己的大秘密。

桌上，放着紫薇那从不离身的包袱。包袱里，一把画着荷花、题着词的折扇摊开着。另外，那个画卷也打开了，画着一幅“烟雨图”。

紫薇郑重地开了口：“小燕子，我有一个秘密，一定要告诉你！你看这把折扇，上面有一首诗，我念给你听。”就一字一字地念着：

雨后荷花承恩露，

满城春色映朝阳，

大明湖上风光好，

泰岳峰高圣泽长。

小燕子仔细地看着扇面，看得一头雾水。

"这可把我给考住了！画，我还看得懂，是一枝荷花！这字嘛，写成这样跟鬼画符似的，我就不知道写的是什么了。"

紫薇慌忙接口："你不认得没关系！我只是要给你看看这把折扇和那个画卷，都是我爹亲自画的，上面的诗，是我爹亲自题的！折扇上面这枝荷花和诗，暗嵌着我娘的名字，我娘，名叫夏雨荷！"

紫薇说着，便指着那画卷的题词，念着："辛酉年秋，大明湖畔，烟雨蒙蒙，画此手卷，聊供雨荷清赏。你看，这是画给我娘的。"又指着下款："这是我爹的签名！"她看了看小燕子，压低嗓音，慎重已极地轻轻念道："宝历绘于辛酉年十月！这儿还有我爹的印鉴！印鉴上刻的是长春居士。"小燕子专注地听着，仔细地看着，听得也糊里糊涂，看得也糊里糊涂。

"原来这些是你爹的手迹！你爹名字叫宝历？"

"嘘！声音小一点！"

小燕子困惑极了，瞪了紫薇一眼。

"你干吗神秘兮兮的？你和你爹到底是怎么失散的呢？失散多久了呢？"

"我从来没有见过我爹！我想，我爹也不知道，这个世界上有个我。"

"啊，怎么会呢？难道你爹和你娘成亲就分开了？"

"我爹和我娘从来没有成过亲！"

"啊？难道……你爹和你娘，是……私订终身？"

"也不完全是这样，我外公和外婆当时是知道的，我想，他们心里想成全这件事，甚至是希望发生这件事的！我外公当时在济南，是个秀才。听说，那天，我爹为了避雨，才到我家小坐，这一坐，就遇到了我娘，后来小坐就变成小住。小住之后，我爹回北京，答应我娘，三个月之内，接我娘来北京。可是，我爹的诺言没有兑现，他大概回到了北京，就忘掉了我娘！"

小燕子听得义愤填膺。

"岂有此理！这痴心女子负心汉，是永远不变的故事！你外公怎么不找他呢？"

"我外公有自己的骄傲，一气就病死了！我外婆是妇道人家，没有主意。过了几年，也去世了！我娘未婚生女，当然不容于亲友，心里一直怄着气，跟谁都不来往，也从来不告诉我有关我的身世。直到去年，她临终的时候，才把一切告诉我，要我到北京来找我爹！"

小燕子气得哇哇大叫："算了！这样的爹，你还找他干什么？他如果有情有义，就不会让你娘这样委委屈屈地过一辈子！十八年来对你们母女管都不管，问都不问，就算他会画两笔画，会作几首诗，也没有什么了不起！你认了吧！这样的爹，根本不可原谅，不要找了！就当他根本不存在！"

紫薇眼睛湿了，酸楚地说："可是，我娘爱了他一生，临终的时候，再三叮嘱我，一定要找到我爹，问他一句：还记得大明湖边的夏雨荷吗？"

"你娘太傻了！他当然不记得了，记得，还会回来吗？这种话，你不用问了！搞了半天，你和我还真是一样苦命，原来你这个夏是跟你娘姓，你爹姓什么，你大概也搞不清楚！"

紫薇瞪着小燕子，用力点点头，清清楚楚地说："我搞得清楚！他姓'爱新觉罗'！"

小燕子大吃一惊，这才惊叫出来："什么？爱新觉罗？他是满人？是皇室？难道是个贝勒？是个亲王？"

紫薇指着画卷上的签名，说："你知道，宝历两个字代表什么？宝是宝亲王，历是弘历！你总不会不知道，咱们万岁爷名字是'弘历'，在登基以前，是'宝亲王'！"

"什么？你说什么？"小燕子一面大叫，一面抓起画卷细看。

紫薇对小燕子深深点头。

"不错！如果我娘的故事是真的，如果这些墨宝是真的……我爹，他不是别人，正是当今圣上。"

小燕子这一惊非同小可，手里的画卷砰的一声落地。

紫薇急忙拾起画卷，又吹又擦的，心痛极了。

小燕子瞪着紫薇，看了好半天，又砰的一声，倒上床去。

"天啊！我居然和一个格格拜了把子！天啊！"

紫薇慌忙奔过去，蒙住她的嘴。

"拜托拜托，不要叫！当心给人听到！"

小燕子睁大眼睛，不敢相信地对紫薇看来看去。

"你这个爹……来头未免太大了，原来你找梁大人，就为了见皇上。"

紫薇拼命点头。

"后来，我知道他是个贪官，就没有再找他了！

"可是……你这样没头苍蝇似的，什么门路都没有，怎么可能进宫？怎么可能见到他呢？

"就是嘛！所以我都没辙了，如果是只小燕子，能飞进宫就好了！"

小燕子认真地沉思起来。

"如果你进不了宫，就只有等皇上出宫……"

紫薇大震，眼中亮出光彩。

"皇上出宫？他会出宫？"

"当然！他是一个最爱出宫的皇帝。"

紫薇看着小燕子，深深地吸了口气，整个脸庞都发亮了。

【叁】

到底，那个姑娘是从哪儿冒出来的，尔康、尔泰和永琪谁都弄不清楚。到底那只鹿怎么一下子就不见了，伏在草丛里的竟然变成一个女子，大家也都完全莫名其妙。

乾隆，那一年正是五十岁。

由于保养得好，乾隆看起来仍然非常年轻。他的背脊挺直，身材颀长。他有宽阔的额头，深邃的眼睛，挺直的鼻梁和坚毅的嘴角。已经当了二十五年的皇帝，又在清朝盛世，他几乎是踌躇满志的。当然，即使是帝王，他的生命里也有很多遗憾，很多无法挽回的事。但是，乾隆喜欢旅行，喜欢狩猎，这给了他一个排遣情绪的渠道，他活得很自信。这种自信，使他自有一股不怒而威的气势。骑在马背上，他英姿焕发、风度翩翩，一点也不逊色身边的几个武将。鄂敏、傅恒、福伦都比他年轻，可是，就没有他那种"霸气"，也没有他那种"书卷味"。能够把霸气和书卷味集于一身的人不多，乾隆却有这种特质。

现在，乾隆带着几个阿哥，几个武将，无数的随从，正在西山围场狩猎。

乾隆一马当先，向前奔驰。回头看看身边的几个小辈，豪迈地大喊着："表现一下你们的身手给朕看看！别忘了咱们大清朝的天下就是在马背上打下来的，能骑善射是满人的本色，你们每一个，都拿出看家本领来！今天打猎成绩最好的人，朕大大有赏！"

跟在乾隆身边有三个很出色的年轻人。永琪是乾隆的第五个儿子，今年才十九，长得漂亮，能文能武，个性开朗，深得乾隆的宠爱。尔康和尔泰是兄弟，都是大学士福伦的儿子。尔康恂恂儒雅，像个书生，但是，却有一身的功夫深藏不露。现在，已经是乾隆的"御前行走"，经常随侍在乾隆左右。尔泰年龄最小，身手也已不凡，是永琪的伴读，也是永琪的知己。三个年轻人经常在一起，感情好得像兄弟。

乾隆话声才落，尔康就大声应着："是！皇上，那我就不客气了！"

"谁要你客气？看！前面有只鹿。"乾隆指着。

"这只鹿是我的了！"尔康一勒马往前冲去，回头喊，"五阿哥！尔泰！我跟你们比赛，看谁第一个猎到猎物！"

"哥！你一定会输给我！"尔泰大笑着说。

"且看今日围场，是谁家天下？"永琪豪气干云地喊，语气已经充满"皇子"的口吻了。

三个年轻人一面喊着，一面追着那只鹿飞骑而去。

福伦骑在乾隆身边，笑着对三人背影喊道："尔康！尔泰！你们小心保护五阿哥啊！"

乾隆不禁笑着瞪了福伦一眼："福伦，你心眼也太多了点！在围场上，没有大小，没有尊卑，不分君臣，只有输赢！你的儿子和朕的儿子，都是一样的！赢了才是英雄！"

福伦赶紧行礼："皇上圣明！臣那两个犬子，怎么能和五阿哥相提并论！"

"哈哈！朕就喜欢你那两个儿子。在朕心里，他们和我的亲生儿子并无差别，要不，朕怎么会走到哪儿都把他们两个带在身边呢？你就别那么放不开，让他们几个年轻人，好好地比赛一下吧！"乾隆大笑着说。

"喳！"福伦心里，洋溢着喜悦，大声应着。

马蹄杂沓，马儿狂嘶，旗帜飘扬。

乾隆带着大队人马，往前奔驰而去。

同一时间，在围场的东边，有一排陡峻的悬崖峭壁，峭壁的另一边，小燕子正带着紫薇和金锁，手脚并用地攀爬着这些峭壁，想越过峭壁，溜进围场里来。

悬崖是粗野而荒凉的，除了巍峨的巨石以外，还杂草丛生，布满了荆棘。

小燕子手里拿着匕首，不停地劈着杂草。

紫薇仍然背着她的包袱，走得汗流浃背，狼狈极了。

金锁也气喘吁吁，挥汗如雨。

"小燕子，我们还要走多久？"紫薇往上看看，见峭壁高不可攀，胆战心惊地问小燕子。

小燕子倒是爬得飞快，这点山壁，对她来说，实在不是什么大问题。

"翻过这座山，就是围场了。"

"你说翻过这座山，是什么意思？"

"就是从这座峭壁上越过去。"

"要越过这座峭壁？"金锁大吃一惊，瞪大眼看着那些山壁。

"是呀！除了这样穿过去，我想不出别的办法！皇上打猎的时候，围场都是层层封锁的，官兵恐怕有几千人，想要混进去，那是门儿都没有！可是，从这峭壁翻越过去，就是狩猎的林子了！我以前也来偷看过，不会有错的。"

"天啊！我一定做不到！那是不可能的！我的脚已经快要断了！"金锁喊着。

"金锁！你拿出一点勇气来，别给你家小姐泄气！"

紫薇脸色苍白。

"可是……我和金锁一样，我认为……这是不可能的，是我能力范围以外的事，我绝对没办法翻这座峭壁。"

"胡说八道！你翻不过也得翻，爬不过也得爬！"小燕子拼命给两人打气，"你听你听……"她把耳朵贴在峭壁上："峭壁那边，号角的声音，马蹄的声音，都听得到！你和你爹，已经只隔着这一道山壁了！"

紫薇也把耳朵贴上去，可怜兮兮地喘着气："我什么都听不见！只听到我自己的心跳，扑通扑通的，快要从我嘴里跳出来了！"

"你争点气好不好？努力呀，爬啊！爬个峭壁都不敢爬，还找什么爹？"小燕子大叫。

紫薇无奈，只得勉强地奋力往上爬去。她的手抓着峭壁上的石头，脚往上爬，忽然间，脚下踏空，手中的石头居然应手而落，她尖叫了一声，整个人就往峭壁下面滑落。小燕子回头一看，大惊失色，立刻飞扑过来，抱住了紫薇，两人向下滚了好半天，才刹住身子。

紫薇挣扎着抬起头来，吓得脸色惨白。她的衣服已经撕破，脸上手上，都被荆棘刺伤，但她完全顾不得伤痛，只是惊恐地喊着："我的包袱！我的包袱怎样了？"

小燕子惊魂甫定，慌忙检查紫薇背上的包袱。

"真的扯破了，赶快解下来看看。"

两人找了一块大石头，爬上去。小燕子帮紫薇解下包袱。

紫薇急急地打开画卷，发现完好如故，这才松了一口气。

小燕子也已打开折扇，细细检查。

"还好还好，字画都没有撕破……你怎样？摔伤没有？"

紫薇这才发觉膝盖痛得厉害，卷起裤管一看，膝上已经流血了。

"糟糕！又没带药，怎么办？"

紫薇看着小燕子，再抬头看看那高不可攀的峭壁，当机立断地说："听我说，小燕子！我们三个人要想翻这座峭壁，恐怕翻到明天早上，还翻不过去！但是，如果只有你一个人，就轻而易举了！事实上，山的那一边，到底是怎样一个局面，我们谁都不知道！也很可能翻了半天的峭壁，依然见不到皇上！所以，我想，不如你带着信物，去帮我跑一趟吧！"

小燕子睁大眼睛看着紫薇："你要我帮你当信差？"

"是！"

小燕子想了想，抬头也看看那座峭壁，重重地一点头："你说得对！

再耽误下去，天都快黑了，就算到了围场，也找不着人了！"她决定了，有力地说："好！就这么办！"她郑重地看着紫薇："你相信我，我会把这件事，当成自己的事来办！这些东西……"她拍拍字画，严肃地说道："东西在，我在；东西丢了，我死！"

金锁早已连滚带爬地过来了，听到小燕子这样郑重的话，感动得一塌糊涂。

"小燕子！我替我们小姐，给你磕一个头！"金锁往地上一跪。

小燕子慌忙拉住金锁。

"别这样！紫薇是我妹妹，紫薇的事，就是我的事，我不管，谁管？好了，我必须争取时间，不能再耽搁了！你们回大杂院去等我吧……我这一去，会发生什么事，自己也不能预料，所以，如果今晚我没有下山，你们不要在围场外面空等，你们先回北京，在大杂院里等我！"

紫薇点头，十分不舍地看着小燕子。

"小燕子！你要小心！"

"我会的！你也是！"

小燕子便将包袱牢牢地缠在腰际。

紫薇一个激动，紧紧地抱了小燕子一下。

小燕子便飞快地去了。

一只鹿在丛林中奔窜。

马蹄飞扬，号角齐鸣。

尔康一马当先，大嚷着："这只鹿已经被我们追得筋疲力尽了！五阿哥，对不起，我要抢先一步了。"

尔康拉弓瞄准。尔泰却忽然惊叫起来，对左方一指："哥！那边居然有一只熊！快看快看！我以为围场里已经没有熊了，这只熊是我的了，你可别抢。"

尔康的箭，立刻指向左方。

"熊？熊在哪里？"

永琪急忙拉弓，瞄准了那只鹿，哈哈大笑着说："尔泰，谢谢帮忙！今天'鹿死谁手'，就见分晓了！承让承让！哈哈！"

尔康一笑，对尔泰很有默契地看了一眼，什么有熊？不能抢五阿哥的风采，才是真的。

永琪拉足了弓，咻地一箭射去。

到底，那个姑娘是从哪儿冒出来的，尔康、尔泰和永琪谁都弄不清楚。到底那只鹿怎么一下子就不见了，伏在草丛里的竟然变成一个女子，大家也都完全莫名其妙。只知道，永琪那一箭射去，只听到一声清脆的惨叫："啊……"

接着，是个身穿绿衣的女子，从草丛中跳起来，再重重地坠落地。永琪那支利箭，正中女子的前胸。

变生意外，尔康、尔泰、永琪大惊失色。三个人不约而同，快马奔来。

永琪见自己伤到了人，翻身落马，低头一看，小燕子脸色苍白，眼珠黑亮。永琪想也没想，一把就抱起小燕子。

小燕子胸口插着箭，睁大了眼睛，看着永琪。

"我要见皇上！"

当小燕子被带到乾隆面前的时候，已经气若游丝，奄奄一息了。

"什么？女刺客？这围场重重封锁，怎么会有刺客！"乾隆不信地喊着。

侍卫、大臣、鄂敏、傅恒、福伦全部围了过来，看着躺在地上的小燕子。

永琪气急败坏，哽着喉咙喊："皇阿玛！李太医在不在？让他赶快看看这位姑娘，还有救没有！"

"这不是女刺客吗！"乾隆瞪着地上的小燕子。

"女刺客？谁说她是刺客！"永琪无意间射伤了人，又是这样一个标致的姑娘，说不出心里有多么地懊恼，情不自禁，就急急地代小燕子解释起来，"我看她只身一人，说不定是附近的老百姓……不知道怎么会误入围场，被我一箭射在胸口，只怕有生命危险！李太医！赶快救人要紧！"

李太医是每次打猎，都随行在侧的，这时，奔出了行列，大声应着："臣在！"

福伦滚鞍下马，奔上前去看小燕子："等一下！这件事太奇怪了，怎么会有一个年纪轻轻的姑娘只身在围场？还是先检查一下比较好！"

小燕子躺在那儿，始终还维持着神志，她往上看，黑压压的一群人，个个都盯着自己。皇上？谁是皇上？死了，没有关系，紫薇的信物，不能遗失！她挣扎着，伸手去摸腰间的包袱，嘴里断断续续地喊着："皇上……皇上……皇上……"

尔康觉得奇怪，对永琪说道："你听她嘴里，一直不停地在叫皇上！显然她明知这里是围场，为了皇上而来！这事确实有点古怪！"

福伦顺着小燕子的手，眼光锐利地扫向小燕子腰间，大吼道："不好！她腰间鼓鼓的，有暗器！大家保护皇上要紧！"

福伦情急，一脚踢向小燕子，小燕子滚了出去，伤上加伤，嘴角溢出血来。

鄂敏拔剑，就要对小燕子刺去。

"阿玛！鄂敏！手下留情啊！"永琪情急，一把拦住了鄂敏。

"审问清楚再杀不迟！"尔泰也喊。

"鄂敏！住手！"乾隆急呼。

鄂敏硬生生收住剑。

小燕子又惊又吓又痛，气若游丝，仰头望着乾隆，心里模糊地明白，这个高大的、气势不凡的男人，大概就是乾隆了。她便用尽浑身力气，把紫薇最重要的那句话，凄厉地喊了出来："皇上！难道你不记得十九年前，大明湖畔的夏雨荷了吗？"小燕子喊完这句话，身子一挺，昏了过去。

乾隆大震。

"什么？什么？你说什么？你再说一遍！"

永琪、尔康、尔泰围了过去。

"皇上，她已经昏厥过去了！"尔泰禀道。

"小心有诈！"福伦提醒着大家。

永琪伸手一把扯下小燕子的包袱。

"她一路用手按着这个包袱，看看是什么暗器？"

包袱倏然拉开，画卷和扇子就掉了出来。

"是一把扇子和一卷画。"永琪惊愕极了。

乾隆的心，怦然一跳，有什么东西，重重地撞击了他的心。他震动至极，大喊："什么？赶快拿给朕看！"

永琪呈上扇子和画卷。

乾隆打开折扇，目瞪口呆。他再展开画卷，更是惊心动魄，瞪着地上的小燕子，他忘形地大喊出声："永琪！抱她起来，给朕看看！"

"是！"永琪抱起小燕子，走到乾隆身边。

乾隆震动无比地看着那张年轻的、姣好的面孔，那弯弯的眉，那长长的睫毛，那苍白的脸，那小小的嘴和那毫无生气的样子……他的心陡然绞痛，一些尘封的记忆，在一瞬间翻江倒海般地涌上。他喘着气，一迭连声地大喊道："李太医！赶快诊视诊视她！朕要你听着，治不好，就小心你的脑袋！"

小燕子有一连串的日子，都是神志不清的。

模糊中，她睡在一床的锦被之中，到处都是软绵绵、香喷喷的。模糊中，有数不清的医生在诊治自己，一会儿把脉，一会儿喂药。模糊中，有好多仙女围绕着自己，仙女里，有一个最美丽温柔的脸孔常常在她眼前出现，嘘寒问暖、喂汤喂药。模糊中，还有一个威严的、男性的面孔常在满屋子的跪拜和"皇上吉祥"中来到，对自己默默地凝视，轻言细语地问了许多问题。

小燕子就在这些"模糊中"，昏昏沉沉地睡着，被动地让人侍候着。她并不知道，就在她的迷迷糊糊里，乾隆已经在无数的悔恨和自责中，肯定了她的身份。

那一天，乾隆来到小燕子床前，小燕子正发着热，额上冒着汗，嘴里念念有词："疼……好疼……扇子，画卷……别抢我的扇子……东西在，我在；东西丢了，我死……"

乾隆听着这些话，看着那张被汗水弄湿的脸庞，心里涨满了怜惜。

"喂喂！醒一醒！"乾隆拍拍小燕子的面颊，"朕说话你听得到吗？能不能告诉朕一些你的事？你几岁啦？"

小燕子在"模糊"中，还记得和紫薇的结拜。

"我十八，壬戌年生的……"她被动地答着，好像在做梦。

乾隆掐指一算，心中震动，继续问道："那……你几月生的？"

我有姓了，我姓夏。我有生日了，我是八月初一生的……

"我……八月初一，我有生日……八月初一……"

乾隆再一寻思，不禁大震。没错了，这是雨荷的女儿！

"你姓什么？"乾隆颤声地、柔声地问。

小燕子神思恍惚，睁眼看了看乾隆。

"没有……没有姓……"

"怎么会没有姓呢？你娘没说吗？"乾隆一阵心痛。

"紫薇说……不能说不知道，不确定……我有姓，我有我有……我姓夏……"

乾隆这一下，完全证实了自己的猜测，激动不已。忍不住，就用袖子为小燕子拭汗，声音哑哑的，再问："你叫什么名字呢？"

"小……小燕子……"

乾隆愕然。这也算名字吗？这孩子是怎样长大的呢？受过委屈吗？当然，一定受过很多委屈的。雨荷，居然没有进京来找过自己！居然孤单单地抚养这个孩子长大！现在，雨荷在哪里？为什么小燕子会这样离奇地出现？太多的问题，只能等小燕子神志清醒了，才能细问。但是，这是雨荷的女儿，也是自己的女儿，没错了。

"小燕子，小燕子！"乾隆点点头，仔细地看小燕子，不禁越看越爱，"小燕子……从湖边飞来的小燕子……好，朕都明白了！你好好养病，什么都不要担心了！朕一定要让你好起来！"

小燕子在一连串昏昏沉沉的沉睡以后，终于有一天，觉得自己醒了。

她动了动眼睑，看到无数仙女围绕着自己。有的在给她拭汗，有的轻轻打扇，有的按摩手脚，有的拿冷帕子压在她的额上……好多温柔的手，忙得不得了。她再扬起了睫毛，看到那个仙女中的仙女，最美丽温柔的那个，正对着自己笑。

"你醒了吗？知道我是谁吗？我是令妃娘娘！"

令妃娘娘？原来这个大仙女名叫"令妃娘娘"。

小燕子再向旁边看，几个白发的仙人（太医）都累得东倒西歪，兀自不断地低声商量病情。她再转头环视，香炉里，袅袅地飘着轻烟轻雾。

小燕子觉得好舒服，好陶醉。

"好软的床啊！好舒服的棉被啊！好豪华的房间啊！好多的仙女啊！好香的味道啊……哇，我一定已经升天了，原来天堂里面这么舒服！我都舍不得离开了……"

小燕子眨动眼睛，蒙眬地环视。

仙女们立刻发出窃窃私语。

"醒了？是不是醒过来了？"

"眼睛睁开了！眼珠在动呢！"

"她在'看'咱们，娘娘，她大概真的醒了！"

仙女们正骚动间，门外，忽然有声音一路传来。

"皇后驾到！皇后驾到……"

一屋子的仙人仙女，便全部匍匐于地。大家齐声喊着："皇后娘娘吉祥！"

那个"大仙女"也慌忙起身行礼，恭恭敬敬地说道："令妃参见皇后娘娘。"

小燕子一惊，慌忙把眼睛紧紧闭上。

"怎么有个'皇后'来了？难道这儿不是'天堂'？这个'皇后'好神气……"

小燕子心里想着，睫毛就不安分地动了动，悄悄地眯着眼睛，去偷看那个皇后。只见那皇后珠围翠绕，四十来岁，细细的眉毛，丹凤眼，挺直的背脊，好生威严。那眼光……小燕子一不留神，眼光竟和皇后的眼光一接，不知怎的，小燕子激灵灵地打了个寒战，那眼光好凌厉，像两把刀，可以把人切碎。在她身后，还跟着一个更加严肃的老太婆，眼光和皇后一样，冷得像冰，利得像箭。

"大家都起来吧！"皇后的声音，和她的眼光一样，冷峻而严厉。

一屋子仙女仙人，纷纷起立。

皇后站在床前，仔细审视着小燕子。小燕子几乎能"感觉"到她的眼光，冰凉冰凉地掠过自己的眼耳口鼻。

"这就是围场上带回来的姑娘吗？"皇后冷冷地问着。

"是！"令妃仙女答着。

"怎样？伤势有没有起色？"

"回皇后，脉象已经平稳，没有生命危险。"一个仙人急忙趋前，躬身说道。

"嗯……太医果真医术高明！"

"谢皇后夸奖！是这位姑娘福大命大！有皇天保佑。"

"嗯，福大命大？有皇天保佑？是吗？"语气好严厉。

满屋子都安静了，没有人接口。

小燕子越听越惊，心里想着：

"从围场带回来的姑娘？这说的是我吗？难道……难道我进了宫？原来，这儿不是'天堂'，是'皇宫'！"小燕子的意识真的清醒了，记忆也回来了，"天啊！我进了宫，紫薇想尽办法，进不了宫，可是，我却进来了！"

"你们先下去！待会儿再来，别一个个杵在这儿。"皇后对众人挥手说道。

"喳！"一屋子的人都退下了，令妃仙女也往门口退去。

"令妃，你留下！我有话问你！"皇后命令地喊了一句。

"是。"

"你过来。"

令妃走到床边来。

皇后那锐利的眼光，又在小燕子脸上溜来溜去。

"宫里已经传得风风雨雨，说她和皇上是一个模子印出来的，怎么我瞧着一点都不像！你说，她哪儿长得像皇上？"皇后回头一瞪令妃。

令妃仙女似乎吓了一跳，讷讷地说道："是皇上自己说，越看越像！"

"容嬷嬷，你说像吗？"皇后问身后的老太婆。

那容嬷嬷也对小燕子仔细打量起来。

"回皇后，龙生九种，个个不同！想阿哥和格格们，也都是每一个人，一个长相！这样躺着，又闭着眼，看不真切。"

皇后冷笑了。

"可有人就看得很真切，说她眉毛眼睛，都像皇上！"皇后再瞪着令妃仙女，"你不要为了讨好皇上，顺着皇上的念头胡诌！这个丫头，来历不明，形迹可疑！只身闯围场，一定有内应！我看她没有一个地方像皇上，八成是个冒充货！你不要再信口雌黄了！如果查明白，她不是万岁爷的龙种，她是死罪一条，你难道也跟着陪葬吗？"

"皇后教训得是！臣妾以后不敢多嘴了！"令妃仙女答得诚惶诚恐。

"你知道就好！这事我一定要彻查的！仅仅凭一把折扇，一幅字画，就说是格格，也太荒唐了吧？"

"是！是！是！"令妃一迭连声地应着。

"我看清了，看够了！容嬷嬷，走吧。"皇后带着容嬷嬷转身而去。

"臣妾恭送皇后娘娘！"

"别恭送了！你跟在皇上身边，眼睛要放亮一点！这皇室血统，不容混淆！如果有丝毫破绽，是砍头的大事，你懂吗？"

"臣妾明白了！"

一阵笃笃笃的脚步声，终于，那个威严的皇后带着威严的容嬷嬷，威风十足地走了。

小燕子急忙睁开了眼睛，看到令妃一直恭送到门口。

小燕子整个人都清醒了，心里直叫苦："不好了！原来他们把我当成了格格，又以为我是冒充货，商量着要砍我的头！"她心里不禁大叫了一声："紫薇，你害死我了！"

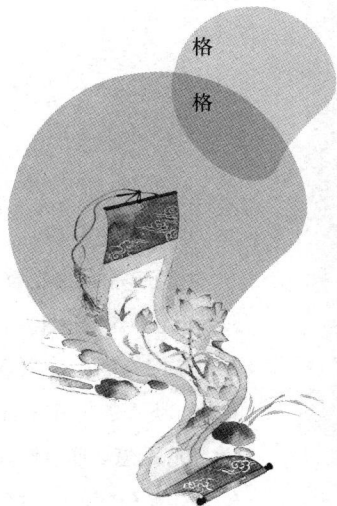

还
珠
格
格

【肆】

小燕子就这样，名分已定。不管她自己还怎样迷迷糊糊，她却再也改变不了这个
事实：她成为皇上面前的新贵——还珠格格！

　　小燕子并不知道，在她昏昏沉沉的这些日子里，紫薇、金锁、柳青、柳红几乎已经把整个北京城都找翻了。小燕子像断了线的风筝，一去无消息。紫薇把自己骂了千遍万遍，后悔了千次万次，也回到围场附近去左问右问，什么音讯都没有，小燕子就此失踪了。最让紫薇痛苦的是，还不能把真相告诉柳青他们。柳青不止一次，气急败坏地追问："这到底是怎么回事？你们三个，为什么跑那么远的路到围场去？又怎么会跟小燕子走散了？这不是太奇怪了吗？"

　　紫薇有苦说不出，只能掉着眼泪说："我不能告诉你们为什么要去围场，如果你们不追问，我会很感激。反正事情就变成这样了！"她急切地看柳青："柳青柳红，拜托你们，赶快去皇宫附近，打听打听，有没有小燕子的消息？"

　　"皇宫？你们好大胆子，居然去招惹皇室？你要我怎么打听？"柳青问。

　　"你认不认得什么公公，什么嬷嬷的？"

　　"公公和嬷嬷都不认得，只认得皇上！和几位阿哥！"柳青没好气地说。

　　"啊？"紫薇睁大了眼睛。

　　"没事的时候，我跟皇上下围棋，跟阿哥们比画拳脚！"

　　柳红一跺脚。

　　"哥！这是什么时候了，紫薇都急得掉眼泪，你还说这些莫名其妙的话！你到底有没有门路，有没有办法嘛！"

柳青对柳红一瞪眼。

"我有几两重,你不是不知道!我怎么会和宫里的人认识呢?"他转眼看紫薇,大声地说,"我也着急,我也生气啊!小燕子以前,什么事都跟我有商有量,自从有了你这个妹子,就变得神秘兮兮了!你们去围场,无论要干什么,总应该把我们兄妹也算一份,大家帮着一点,或者办得成事!结果,你们完全瞒着我,简直把我当外人,气死我了!"

紫薇已经急得没有主意,又被柳青一骂,眼泪扑簌簌直往下掉。

"是,我知道都是我的错,不应该这么鲁莽,这么没计划……可是,小燕子好像很有把握,说她小时候在围场附近长大的,对围场熟悉得不得了……"

"小燕子爱吹牛,你又不是不知道!"柳红跺脚。

"她那个人,胆大心不细,有勇没有谋,花拳绣腿,功夫也只有那么一点点,就是心肠热!你跟她拜了半天把子,还不了解她吗?怎么什么都听她的……"柳青接口。

兄妹二人,一人一句,都怪紫薇。紫薇除了掉眼泪,还是掉眼泪。时间一天天过去,找到小燕子的机会就越来越渺茫。私下无人的时候,她会害怕得抱住金锁说:"说不定小燕子已经死了……"

"呸!呸!呸!小姐,你别咒她呀!"金锁连忙啐着。

"她如果没死,为什么到现在一点消息也没有?都怪我,太自私了,只顾着自己,却没替小燕子想想她的安危!"

"话不能这么说啊,又不是我们逼她这么做的,是她自己愿意去的嘛!"

"所以我心里头才更难过啊。这些年除了娘以外,我只有你。好不容易有了个知心的小燕子,可以陪我说话解闷,讲心事!回想起来,和她在一起的这段日子,我过得好快乐!早知道我宁可不认这个爹,也不要她去冒险。"

金锁皱着眉头，心里还有另一份深刻的痛。

"你别在那儿钻牛角尖了！小燕子遇到什么事，我们完全不确定！唯一可以确定的事，是你那两样比生命还重要的信物，现在和小燕子一起失踪了！"

紫薇惊看金锁，听出金锁的言外之意，不禁激动起来："你好像还在怪小燕子？她现在是生是死都不知道，你担心的，居然是那些身外之物？"

金锁也激动起来："什么身外之物？太太临终的时候，你对太太发过誓，你会带着这些东西，去见你爹！现在东西没有了，即使有机会见到你爹，你也无法证明你的身份了！我想到这个，心都会痛！"

紫薇猛地站起身来。

"你好可怕，你在暗示我，小燕子会出卖我吗？"

"我没有暗示什么，我在后悔啊，我在自责啊，我为什么要让你把东西交给小燕子呢？我就该拼命保护那些东西的！是我不好，对不起死去的太太！"

金锁这样一说，紫薇痛上加痛，哇的一声，失声痛哭。

金锁后悔不及，急忙抱住紫薇。

"我不好，我不好，不该说这些，让你伤心了！我相信小燕子，她有情有义，不会辜负你的；我也相信，老天有眼，会保护小燕子的！小姐，别哭，啊？"说着，就拼命用袖子帮紫薇拭泪。

紫薇把金锁紧紧一抱，痛定思痛，哭着喊："我好懊恼啊！失去小燕子，失去信物，又无法见到我爹，我到底要怎么办呢？"

金锁拍着紫薇的背，此时此刻，实在想不出任何的话可以安慰紫薇了。

当紫薇心痛神伤、六神无主的时刻，小燕子正熟睡在令妃那金碧辉煌的寝宫里。

乾隆轻轻地走了过来，站在床前，深深地凝视着小燕子。温柔而善解人意的令妃，看乾隆一脸的专注，不敢打扰，静静地站在旁边。

"她今天怎样？有没有起色？"半晌，乾隆低问。

"刚刚吃过药睡下了，太医说她复原的情形挺好的，上午已经醒过来了，大概受了惊吓，眼珠转来转去，就是不说话！"

"是吗？"乾隆俯视小燕子沉睡的面庞，看到小燕子额头上、鼻子上渗出几颗汗珠。乾隆掏出自己的汗巾，就去拭着她脸上的汗。

汗巾是真丝的，绣着一条小小的龙。汗巾熏得香喷喷的，混合着檀香与不知名的香气，这汗巾轻拂过小燕子的面庞，柔柔的，痒痒的，小燕子就有些醒了。

令妃注视着这样的乾隆，如此温柔，如此小心翼翼，这种关怀之情，是她从来没有见过的。令妃察言观色，知道这个小燕子，在乾隆心底勾起了某种难以言喻的情感，就把握机会，低声说了一句："皇后今天来过了！"

"哦？她说什么？"乾隆不动声色地问。

"臣妾不敢说。"令妃低头。

"你尽管说！"

"她说，小燕子这事，一定有诈！查出真相，要……要……"

"她要怎样？"乾隆气往上冲。

"要砍小燕子和我的脑袋！"

"哼！"乾隆怒哼了一声。

令妃便委委屈屈地说道："可我真的没说假话，我看着看着，越看就越肯定了，这小燕子真的和皇上像极了，尤其醒过来的时候，那眼神，就和皇上您的眼神一个样！"

乾隆凝视小燕子，想到那个不苟言笑的皇后，心里就有气。

"谁敢说她不是朕的女儿，朕才要砍她的头呢！当朕在围场第一眼看到她的时候，就对她产生了一股不一样的感觉，尤其是她在昏迷前一刻用那双哀怨的眼神瞅着朕，问朕说还记不记得夏雨荷。朕这辈子都忘不了她那又慌又急又害怕又无助的模样……这种父女天性，难道有假吗？"

乾隆的声音大了些，小燕子睫毛闪动，突然睁开眼睛来。

乾隆忽然和小燕子目光相对，没来由地心里一震。

"你醒了？"乾隆问。

小燕子看着这个在梦里出现过好多次的面孔，面对那深透明亮的眼睛和那威武有力的眼神，心里陡然浮起一股怯意。

"你……你……你是谁？"

令妃忙扑过去，拍拍小燕子的肩。

"哦呀，对皇上说话，可不能用'你'字！"

小燕子大惊，从床上一挺身子，就要起身，奈何浑身无力，又倒了下去。

"皇上！"小燕子惊呼出声。

乾隆急忙伸手按住小燕子。

"快别动！你身受重伤，太医说你失血过多，得在床上多躺两天。别忙着起身！也不用多礼！"

小燕子一动也不动地看着乾隆。老天！这是天底下最大的人物啊！是仅次于神的人物啊！是打个喷嚏就会惊天动地的人物啊！是老百姓从来没有福分接近的人物啊！是整个天下的主子啊……小燕子喘着气，不敢相信地、小声地问道："你是皇上？你真的是皇上？当今的皇上？乾隆皇上？"

"你怎么还是你呀你的……"令妃在一边干着急。

乾隆怜爱地看着小燕子，小燕子那种莫名惊喜的表情，更加震动了他。

"别在乎这个！想她在民间长大，怎么懂宫中规矩！"便对小燕子慈祥地点点头，"是的，朕就是当今皇上！在围场上，你不是已经见过朕了？"

"围场上那么多人，我什么都弄不清楚呀！"小燕子喊着，不敢躺着见皇上，就又急急地一个挺身，脑袋竟然在床头上砰地撞了一下。她嘴里惊呼不断，"老天啊……我终于见到了皇上！"

乾隆急忙揉了揉她的头，再一次，把她的身子按回床上。

"是！你终于见到了皇上，朕知道你这条路走得有多辛苦！"顺手摸摸小燕子的额头，满意地点点头，"嗯，还不错，烧已经退了。肚子饿不饿？想不想吃点东西？朕叫他们给你准备去……"

小燕子看着乾隆，眼睛转都不敢转，呼吸都要停止了。听到乾隆这样轻言细语，问东问西，简直受宠若惊。她屏息地、不敢相信地、讷讷地说："你……你……你是皇上，可你……这么关心我！我……我会幸福得死掉！"

小燕子这样崇拜的眼光，这样热烈的语气，让乾隆感动极了。

"你已经被朕救活了，你不会死掉了！我会用幸福包围你，可是，不会让它伤害你！"乾隆温柔地说。

小燕子痴痴地看着乾隆，竟然傻了，一时之间，根本说不出话来了。

"你既然醒了，朕有好多的问题要问你！"

小燕子睁大眼睛看着乾隆。

乾隆掏出怀中的折扇。

"朕已经知道你的名字叫小燕子，这把折扇和'烟雨图'在你身上搜出来，你冒着生命危险闯围场，就为了要把这个东西带给朕？"

小燕子拼命点头。

乾隆心中一片恻然。

"朕都明白了，你娘叫夏雨荷，这是她交给你的？她还好吗？"

小燕子怔怔的，听到后一句，连忙摇头。

"不好？"乾隆一急，"她怎样了？现在在哪里？"

"她……她已经去世了……去年六月，死在济南。"

"她死了？"乾隆心里一痛，"朕已经猜到了，没听你亲口说，还是不相信。要不然你不会直到今天才来见朕。好遗憾！"就难过地看着痴痴的小燕子："这些年来，苦了你们母女了！"

小燕子大惊，急忙说："皇上……皇上……我……我不是……"话未说完，就急得咳了起来。这一咳就咳得上气不接下气。

乾隆急喊："腊梅！冬雪！赶快倒杯水来！"拼命拍着小燕子的背："朕问了太多的话，你一定累了！小燕子，你不知道你的出现，让朕多么安慰，又多么心酸！从今以后，你的苦日子都过去了，你是朕遗落在民间的女儿，现在，你回家了！"

小燕子咳得更凶了，一面咳，一面急促地说："皇上，我……我……咳！咳咳！你你……咳咳……"

床前一阵骚动，无数宫女拥到床前，端茶的端茶，奉水的奉水，拿药的拿药。腊梅高举着药碗，恭恭敬敬地喊着："姑娘，请吃药！"

令妃一声怒叱，非常权威地吼着："掌嘴！这还没弄清楚吗？听也该听明白了，看也该看明白了！叫格格，什么姑娘姑娘的！"

腊梅砰的一声，在床前跪下，双手高举托盘，大声地喊："请格格吃药！"

便有一大群的宫女，高呼着说："格格千岁千千岁！让奴婢们侍候格格！"

小燕子看得眼花缭乱，听得惊心动魄。正在迷迷糊糊中，竟然看到乾隆亲自端起杯子，再扶起小燕子。

"让朕喂给她喝！可怜……长到十八岁，才见到爹！还弄得身受重伤！"

小燕子这一惊，更是非同小可！皇上……这世界上最权威的人，居然在亲手喂她喝水吃药，她会幸福得死掉！这可能吗？她只是一个小老百姓，一个跑江湖，混饭吃，经常吃了这顿没下顿的小人物！可是，现在，自己面前黑压压地跪着一群人，皇上，那个高高在上，顶尖的人物，正在"亲手"喂自己吃药！这种荣耀，像潮水一般，把她紧紧地包围着，淹没着。她迷糊了，被催眠了，没有力气再解释什么了，因为整个人软绵绵，都在腾云驾雾了，也没有多余的"嘴"来解释了，因为那唯一的一张嘴，正忙着喝水吃药呢！

终于，小燕子吃了药，也喝了水。

乾隆把杯子放回托盘，把小燕子轻轻放下。

"孩子，别用这样奇怪的眼光看朕，朕知道是朕对不起你娘，你心里有许多怨，你放心，从现在开始，朕一定会加倍补偿你！"

令妃就带笑又带泪的，上前对乾隆一福。

"皇上，恭喜恭喜！父女团圆了！"

小燕子惊怔着。现在有嘴，可以解释了，无奈身子还在云端里，没有下地呢！

令妃推着小燕子，一迭连声地喊着："傻丫头，还怔在那儿干什么？快喊皇阿玛啊！在宫里，是不喊爹的，要喊'皇阿玛'！快喊啊！喊啊！"

小燕子怔忡着，眼睛睁得大大的。不行不行，这样太对不起紫薇了！不行不行！

乾隆见小燕子眼睛越睁越大，眼神里充满矛盾和挣扎，心里一酸。

"怎么？不想要朕这个爹吗？"他柔声地问。

小燕子受不了了，冲口而出地喊道："想！想！太想了，只怕要不起啊！"

乾隆心里更酸了，误会小燕子话中有话。一句"要不起"，代表了千言万语的哀怨。他叹口气，就哑声地、命令地说道："什么要得起要不起！就算你不想要朕这个爹，朕也要定你这个女儿了！快叫朕一声'皇阿玛'！这是'圣旨'，不许不叫！"

令妃在一边情急地催促："还不赶快'领旨'！当心皇上生气啊！快叫皇阿玛呀！叫呀！叫呀……"

小燕子迎视着乾隆宠爱而期盼的眼神。终于，脱口而出地喊了："皇……阿玛！"

小燕子一喊出口，整个人也就放松了。乾隆顿时欣喜若狂。

"好！太好了！哈哈哈！我在民间的女儿，回来了！真是老天有眼呀！"

此时，众多宫女，全都一拥而上，拜倒在小燕子面前，喊声震天："格格千岁千岁千千岁！奴婢们参见格格！"

门外的一群太监，此时也都哈腰奔进，甩袖跪倒，声音喊得更大："恭喜格格，贺喜格格，格格千岁千岁千千岁！"

这种气势，这种欢呼，小燕子又飞上云端，飘飘欲仙了。紫薇的面孔在她眼前闪过，她心里歉然地喊着："紫薇，对不起。我不是有意要这么做的，只是……当格格的滋味，实在太好了！有个皇上做爹，被宠着爱着，实在太好了！我受不了这个诱惑，你让我先过几天的格格瘾好不好？先借你的爹几天好不好……我发誓等我病好了，我一定会把你接进宫里来，把你爹还你的……"

小燕子就这样，糊里糊涂地当起格格来了。

几天之后，小燕子终于走出了令妃的寝宫。

这天，她穿着令妃特地为她做的新衣服，一身艳丽的旗装，略施脂粉。唯独脚下，仍然穿着平底的绣花鞋。

令妃、腊梅、冬雪和宫女们簇拥着她，正带她参观着御花园。

令妃东指指西指指，介绍着花园中种种景致。

小燕子见所未见，叹为观止。

"这皇宫内院，也不是一时三刻，走得完的，你身体刚刚好，也不能走太多路，随便看看就好！"令妃说。

小燕子觉得什么都是新奇，忍不住惊叹连连：

"唉呀，这是一个院子还是一个城呀？怎么那么多房子？左一进右一进的？"说着，就走进一条弯弯曲曲的长廊，不禁诧异，"又没有河，造这么长一座桥？"看到处处有匾额，奇怪极了："又没卖东西，怎么挂那么多招牌？"一抬头看到一个亭子，上面有块匾额，写着"挹翠阁"三个大字。小燕子认识的字不多，看了半天，低低地自言自语："怎么亭子挂个招牌叫'把草间'？好奇怪的名字！"

令妃惊愕地看着小燕子。怎么？那个雨荷没有教过她念书吗？心里正在有点疑惑，小燕子叹口气说："我好像到了一个仙境，太没有真实感了，将来我出了宫，回到民间的时候，说给人家听，人家大概都不相信！"

令妃一惊，不禁神色一凛，仔细看着小燕子，警告地说："格格，我告诉你一句很重要的话！"

"什么话？"小燕子满不在乎地问。

"你现在已经被皇上认了，你就再也不是当初的小燕子了！皇上有那么多的格格，我还没看过他喜欢哪一个像喜欢你这样！被皇上宠爱，是无上的荣幸，也是件危险的事。宫里，多少人眼红，多少人嫉妒……"说着，就压低了声音，"我不得不提醒你，你一个不小心，被人抓着了小辫子，你很可能，糊里糊涂就送掉一条小命！"

"哪儿有这么严重？"小燕子不信。

"你最好相信我！"令妃眼神严肃。

小燕子眼前，不禁浮起皇后的脸和声音："这皇室血统，不容混淆！如果有丝毫破绽，是砍头的大事，你懂吗？"

小燕子激灵地打了个寒战，突然着急起来。

"可是……娘娘，我……我迟早要出宫回家的……"

令妃好紧张，慌忙四面看看，打断了小燕子："嘘！这话就是犯了忌讳，什么'回家'，这儿就是你家了！从此以后，你的荣华富贵，是享用不尽的！可是，你千万别再说，你还怀念民间生活，或者是……有关你爹娘的疑惑。现在，皇上认定了你是格格，你就是千真万确的格格了！你自己也要毫无疑问地相信这点！"

小燕子大急，那，紫薇要怎么办？她忍不住就冲口而出："那……万一我不是格格，那要怎么办？"

令妃一惊，脚下一个踉跄，差点摔一跤。腊梅、冬雪急忙扶住。

令妃站稳了，将小燕子的胳臂紧紧地一握，脸色有些苍白，眼睛死死地盯着她。

"如果你不是格格，你就是欺君大罪，那是一定会砍头的！不止你会被砍头，受牵连的人还会有一大群，像鄂敏，像我，像福伦……都脱不了干系……所以，这句话，你咽进肚子里，永远不许再说！"

小燕子被令妃的语气和神色吓住了，知道令妃所言不虚，不禁张口结舌，心里苦极了。紫薇，紫薇，这一下要怎么办呢？我怕死，我不要死！我实在舍不得我这颗脑袋啊！

正在此时，永琪和尔泰结伴走来。

永琪一眼看到穿着旗装的小燕子，眼睛一亮。

"这不是被我一箭射来的格格吗？"

令妃见到永琪和尔泰，立刻脸色一转，眉开眼笑。

"五阿哥！"又对尔泰招呼道，"尔泰，好久没见到你额娘了，帮我转告一声，请她没事的时候，来宫里转转！"

尔泰连忙对令妃躬身行礼，应道："娘娘吉祥！我额娘也天天念叨着娘娘呢！但是，全家都知道，娘娘最近好忙，要照顾这位新来的格格……"说着，就转眼看着小燕子，一笑。

永琪凝视小燕子，赞叹不已："你穿了这一身衣服，和那天在围场里，真是判若两人！没想到，我有一个这么标致的妹妹！"

小燕子看着永琪，蓦然想起，那天在围场中，将自己惶急抱起的永琪，心中竟没来由地一热。

"原来，你是五阿哥！"

令妃招呼着众人："咱们到亭子里坐一下，格格大病初愈，只怕站得太久了不好！"

大家进了亭子，纷纷落座。宫女们早就忙忙碌碌，急急忙忙地上茶上点心。

永琪见小燕子明艳照人，一双大眼睛晶亮晶亮，竟无法把视线移开。

"你身体都好了吗？那天在围场，我明明看到的是一只鹿，就不知道怎么一箭射过去，会射到了你！后来知道把你伤得好重，我真是懊恼极了！"

小燕子看到永琪和尔泰，和自己差不多年纪，都是一脸和气，笑嘻嘻的，自己的情绪就高昂起来，把那些宫中忌讳，都忘掉了，坦率地喊着说："你不用懊恼了！亏得你那一箭，才让我和皇上见了面，我谢你还来不及呢！"

"那你就谢错人了，你应该谢我！"尔泰大笑说道。

小燕子惊奇地看着尔泰。令妃连忙对小燕子介绍："这位是福伦大学士的二公子，他和大公子尔康，都是皇上面前的红人，尔泰是五阿哥的伴读，两个人可是焦不离孟！"

什么"焦不离孟"？小燕子听不懂。对那天自己中箭的事，仍然充满好奇。

"为什么我该谢你呢？"她问尔泰。

"如果不是我分散尔康的注意力，可能你就逃掉一劫，五阿哥瞄准的时候，已经晚了一步，这才射到了你！所以，你应该是被我们两个'猎到'的！"尔泰嘻嘻哈哈地说。

永琪便对小燕子举着茶杯敬了敬："我以茶当酒，敬'最美丽的小鹿'！"

小燕子听了半天，对于自己怎么中箭的，还是糊里糊涂，却被两个人逗得哈哈大笑了，就豪气地举杯，嚷着说："敬最糊涂的猎人！"仰头一口干了杯子，这才发现杯子里是茶不是酒，不禁埋怨："为什么不用真酒呢？喝茶有什么味道？满人都是大口喝酒，大块吃肉的，不是吗？"

"说得是！"

永琪回头一看腊梅、冬雪和环侍在侧的小太监们。

"奴才这就去取酒来！"太监宫女们嚷着，立刻纷纷行动。

好快的速度，小菜、酒壶、酒杯、碗筷全上了桌。

小燕子这一下可乐坏了。当"格格"的滋味真好！一声令下，就有一群人为你服务，太过瘾了！紫薇，你只好再委屈几天了！她甩甩头，把那份"犯罪感"硬给甩在脑后，就站起身来，高举酒杯，浅笑盈盈，对众人欢喜地说道："谢谢你们大家，对我这么好。虽然莫名其妙挨了一箭，差点把小命送掉，却得到了许多一生没有得到过的东西！我每天都新奇得不得了，真的忘了自己姓甚名谁了！今天，我会和一个阿哥，一个官少爷，一个皇妃娘娘，坐在御花园的亭子里喝酒，说出去都没有人会相信，简直像做梦一样！"看着永琪和尔泰："我好高兴认识了你们，真想跟你们拜把子！"

永琪大笑起来："不用拜把子了，我是阿哥，你是格格，咱们本来就是兄妹！至于尔泰呢，他的额娘，是令妃娘娘的表姐，所以，沾亲带故，也可以算是你的哥哥了！"

"看样子，我有了一大堆的皇亲国戚！"

"不错！我听皇阿玛说，要用三个月的时间，让你把这些亲属关系，弄弄清楚！"

"这以后可忙了，多少规矩要学起来，头一件，你这汉人的鞋，是不能再穿了！"令妃笑着说。

"还有咱们的语言，满人不能不会满洲话！"尔泰接口。

"这宫中礼节，也要一样样地学！"令妃又说。

"还要和咱们一起上书房，皇阿玛能诗能文，对子女的要求也高！"永琪再说。

小燕子越听越怕，眼睛越睁越大。听到这儿，不禁把酒杯往桌上一放，脱口说道："完了，完了！我完了！"

众人被她这句话，吓了一跳。

"什么叫'你完了'？"永琪问。

"如果要我学这么多规矩，我就不要当格格了！"小燕子认真地说。

令妃慌忙用力将小燕子衣襟一扯，笑笑说："又在胡说八道了！"

永琪深深地看着小燕子，对这个"民间格格"有说不出来的惊奇和好感。

"在宫里，不可以说'我完了'，这是忌讳的！以后不要再说了！"他提醒着小燕子。

小燕子一呆。

"那我要说'我完了'的时候，我怎么说呢？"

尔泰大笑接口："你怎么会'完'呢？你是，千岁千岁千千岁，是'没完没了'的！是'长命千岁'的！是不会'完'的！"

"那我'死'的时候，也不会'死'吗？"小燕子又冲口而出。

令妃一把蒙住了小燕子的嘴。

众人瞪大了眼睛，面面相觑，连那些太监和宫女，都忍俊不禁。

尔泰和永琪，对这样一个没章法的格格，都不能不叹为观止了。

几天后，乾隆把几个心腹大臣，全部召到书房里来，商量小燕子的事。

"朕实在是没想到事隔多年，凭空多出这么一个如花似玉的格格来！哈哈……说起来冥冥中自有定数。那时，朕因接到太后懿旨，不得不匆匆离开济南返回北京，临行前，朕答应雨荷，会派人将她接回宫里来住，不料苗疆叛变，这一仗足足打了一年多才算平定。朕国事匆忙，也就把雨荷的事给耽搁了，想不到事隔十九年，朕的沧海遗珠，居然失而复得了！"

"此事足以证明皇上的真情感动了天地，合家才得以团圆，可喜可贺。格格大难不死，必有后福！"福伦弯腰说道。

众臣也都躬身祝贺道："恭喜皇上！贺喜皇上！"

"朕今天召见各位贤卿，是想征求一下大家的意见！朕觉得对这个女儿，有点愧疚，想公开给她一个'格格'名分，各位觉得如何？"

纪晓岚排众而出。

"皇上！臣以为，济南一段往事，难以取信天下。皇上是万民表率，也不宜有太多韵事传出，不如对外宣称，格格是皇上在民间所认的'义女'，如此一来，给予'格格'称谓，也就名正言顺了！"

"算是'义女'？岂不太委屈她了！"乾隆有些犹豫。

福伦诚恳地接了口："晓岚的顾虑，确实有理，当初，既是'微服出巡'，知道的人不多。如果把这段佳话，传闻天下，只怕多事的人，渲渲染染，对皇上和格格，都是不利！说是'义女'，万无一失！"

"也罢，就依两位贤卿的意思！那么，朕封她为和硕格格，如何？"

"皇上！这也不妥！和硕格格必须是王妃所生，这位格格来自民间，生母又是汉人，身份特殊，如果封为和硕格格，恐怕引起议论和猜忌，让其他格格不平。不如给她一个特别的称谓，让她超然一点，也与众不同一点！"纪晓岚又说。

"纪贤卿考虑得很周到，但是，什么称谓才好呢？"

纪晓岚沉吟片刻，抬头说："'还珠格格'如何？"

乾隆想了想，不禁大喜，击掌叹道："还珠格格！哈哈！好一个'还珠格格'，朕喜欢！太喜欢了！就是这样了！还珠格格！她是朕的还珠格格！"

小燕子就这样，名分已定。不管她自己还怎样迷迷糊糊，她却再也改变不了这个事实：她成为皇上面前的新贵——还珠格格！

【伍】

小燕子用力甩甩头，甩不掉紫薇的影子。紫薇，这是暂时的！等我保住了脑袋，等
我过够了"格格瘾"，我会把你爹还给你的！一定，一定，一定！

在"册封"之前，小燕子还有一关要通过。

这天，小燕子被带到乾清宫，来见乾隆和皇后。令妃陪着她。

乾隆的这位皇后，姓乌喇那拉氏，是乾隆的第二个皇后。乾隆第一个皇后"孝贤皇后"，为人谦和，人人喜欢，长得非常美丽，和乾隆伉俪情深。可惜不长寿，在乾隆十三年死了。乾隆伤心得不得了，作了很多的诗来悼念她。在他的内心，没有人再能继任"皇后"的位子。但是，六宫不能没有统摄，在太后的示意下，立了现在这个皇后。因为有"孝贤皇后"在前，大家都会把两个皇后做一番比较，乌喇那拉氏就输给孝贤皇后了。乾隆自己对这个皇后，也有很多不满意。既不像对孝贤皇后那么"敬爱"，也不像对令妃那样"宠爱"，所以，这个皇后是很失意很落寞的。为了要证明自己聪明能干，她事事要强；为了皇后的尊严，她经常声色俱厉。在她心里，确实有很多的不平衡，这些不平衡，把她变成了一个尖锐又难缠的人物。

小燕子对这些一无所知。走进大厅，就看到乾隆和皇后了。

乾隆和皇后端坐在桌前，乾隆面带微笑，皇后却非常严肃。小燕子一见到皇后，心里就七上八下，充满不安。她知道，如果说她在宫里有什么敌人，那就是这个皇后了。她硬着头皮上前，胡乱地屈了屈膝，问："你们叫我？"

皇后脸一板，看了令妃一眼。

"这像话吗？"锐利地盯着小燕子问，"你到现在，连'请安问好'都不会吗？见了皇上皇后，居然用'你们'两个字？"

小燕子一呆。

"那……不是'你们'，是什么？"

乾隆急忙打哈哈："慢慢教，慢慢教！"他看了令妃一眼，眼光却是柔和的："你累一点，一样样跟她说明白！"

"是！"令妃应着。

"小燕子！你坐下！"乾隆说。

早有宫女搬了一张小凳子过来，让小燕子坐下。

乾隆就和颜悦色地说："今天，朕和皇后叫你过来，是因为关于你的身世，还有许多不明白的地方，需要你说说清楚！这些疑问弄清楚了，你就是朕的'还珠格格'了！"

小燕子的心猛地一沉，睁大眼睛看着乾隆。疑问？弄弄清楚？这些"疑问"弄清楚了，管他什么"还珠格格""送珠格格"，我都不是了！这怎么办？或者，干脆招了！把真相说出来算了！她心里想着，眼珠转来转去，正好接触到皇后的眼光，那眼光不怀好意地瞪着她，似乎在说：等我揪出你的狐狸尾巴来！看你的脑袋还保得住保不住！小燕子的心，砰的一声，几乎跳出喉咙。我才不要被你逮住！我一定一定不能被你逮住！她咽了一口口水，看着乾隆："是！皇阿玛尽管问！"

"你娘有没有告诉你，朕和她，是怎么认识的？"乾隆柔声问。

小燕子神色一松，慌忙说："有啊！她说，皇阿玛为了躲雨，去她那儿'小坐'，后来，雨停了，皇阿玛也不想走了！'小坐'就变成'小住'了！后来……"

乾隆震动了，在两位后妃面前，提起往年韵事，也略有一些尴尬，就忙着打岔，掩饰地咳了一声："正是这样，避雨，避雨。没错！"

皇后的脸色很不好看。

"小燕子，你是什么时候离开济南的？什么时候到北京的？"皇后问。

小燕子转动眼珠，算着紫薇的日子："去年八月我从济南动身，今年二月才走到北京。"

"哦？这么说，你到北京只有短短的几个月，你怎么讲着一口地道的京片子？听不出一点山东口音？"皇后问得敏锐。

小燕子答得机警："皇后，你不明白，我娘从小就给我请了一位老师，教我说北京话，我到现在才知道我娘为什么要这样做！原来，她早已知道，我可能有一天，要到北京来，要说北京话！"

乾隆好感动，频频点头。

令妃长长一叹，同情地接口说："真是用心良苦啊！"

皇后阴沉地瞪了令妃一眼，再锐利地转向小燕子。

"原来如此！那么，你总不至于不会家乡话吧！说几句山东话，给我们听听！"

小燕子愣了愣，心里一阵窃喜。要考我山东话有什么问题？柳青、柳红都是山东人呀！卖艺的时候，我还常常装成山东人呢！想着，便脸色一正，用山东腔拉长声音叫卖起来："包子，馒头，豆沙包……又香又大的包子，馒头，豆沙包……热乎乎的包子，馒头，豆沙包……"

宫女们拼命忍住笑。

乾隆和令妃对看，有些啼笑皆非。

皇后听得眼睛都睁大了。

"好了好了，说点别的！"皇后打断了她。

"别的？"小燕子想了想，就用山东话流利地说了起来，"在下小燕子，山东人氏。我为了寻亲来到贵宝地，不料爹没找到，我又生了一场大病，差点送掉小命！身上的钱，全都用完，因此斗胆献丑，在这儿表演一点拳脚功夫给大家看看！希望北京的老爷少爷，姑娘大婶，发发慈悲，有钱出钱，让我筹到回乡的路费。各位的大恩大德，小燕子来生做牛做马，报答各位！"

皇后皱着眉头："这词真新鲜！讲得也挺溜！"

"我练过好多次了！"小燕子一得意，冲口而出。

皇后立即问："练这个做什么？"

小燕子吃了一惊，张大眼睛，飞快地转着念头。

"如果再找不着爹，我身上又没钱，只好去'街头卖艺'了！"她说。

乾隆听得心酸极了。令妃也是一脸的怜惜。只有皇后，越听越疑惑。

"你还会一点拳脚功夫？你娘居然教你这个？"

小燕子撒谎本来就是一个"专家"，这会儿已经不怕了，越说越溜："是啊！我娘说，姑娘家不学一点功夫，容易被人欺负，要我学拳脚，可惜我不用功，什么都没学好。"

皇后冷冷地看着小燕子，有力地说："你娘这样栽培你，你的学问一定挺好！你的皇阿玛能文能武，诗词歌赋样样强，想必你也学了诗词歌赋！背两首诗来听听吧！"

小燕子吓了一大跳，这才觉得问题来了，她看看皇后，又看看乾隆，有些慌了。

"我娘没教我作诗……"她结舌，吞吞吐吐。

皇后陡地提高声音："这就怪了！你娘教你说北京话，教你拳脚功夫，不教你作诗？那么，四书五经总读过吧？"

"什么书什么经？"她想了起来，眼睛一亮，"我会背几句'三字经'。"

"还有呢？总不会只有三字经吧？"

小燕子额上冒汗了，发现这个皇后实在很难缠。心里一急，撒泼耍赖的功夫就出来了。背脊一挺，恼羞成怒地、豁出去地喊了起来："我是没有什么学问，也没念过多少书！皇后这样审我，是不是皇阿玛不要认我了？不认就算了嘛！用不着考我！"

皇后又惊又怒："皇上！您看她这是什么态度？难道我问问她都不行吗？"

乾隆早已认定了小燕子，一句"避雨"，又说中了乾隆往事，他心里，再也没有怀疑，只有怜惜。看到小燕子被皇后逼得手足无措，更是心有不忍。他全心向着小燕子，代她着急，还来不及说什么，小燕子已经大声接了口："我娘，她就是很奇怪嘛！她教我这个，教我那个，就没有好好地教我做学问！她说，姑娘家学那么多干什么？她现在已经死了，我也没办法问她为什么。反正，我也弄不清楚，我也不明白……你再问，我还是不明白……"

乾隆听到这里，心中酸楚，揣测着雨荷的心态，再也按捺不住，面色凄然地说："你不明白，朕明白！"

小燕子吃了一惊，眼睛睁得好大，我都不明白，你居然明白？她愕然地问："啊？皇阿玛明白？"

乾隆重重地一点头。

"是，朕什么都了解了！"他叹了口气，"唉！你娘是个真正的才女呀！诗词歌赋，琴棋书画，样样都行！当初，就是她的才气让朕动了心，可是，却让她付出了一生！她的怨，是这么深刻，她不要你再像她一样……唉！女子无才便是德，真是用心良苦呀！"

小燕子喉咙里咕噜一声，咽了一口口水，如释重负。

皇后疑惑极了，却抓不着把柄。

"那么，小燕子，你娘临终，是怎样对你说的？除了交给你的两件信物以外，还有什么'夜半无人私语时'的话吗？"

"夜半什么？半夜什么……"小燕子头昏脑涨，"半夜没人的时候，我娘就死啦！"她哀怨地看乾隆："皇阿玛，我可不可以不说我娘临死的事？我……我……我……"声音颤抖着，一半由于害怕，一半由于技穷。

令妃看看小燕子，再看乾隆，委婉地插嘴了："皇上！咱们别问了吧！这不是很残忍吗？您瞧，小燕子已经快哭了，何必再折磨这孩子呢？她才十八岁，已经受过这么多痛苦了，好不容易，冒着生命危险，从鬼门关转了一圈，才找着了亲爹，现在，咱们还要让她一件一件地说，一件一件地回忆，不是让她再痛一次？难道她的伤口还不够多，不够深吗？"

乾隆早已心痛极了，令妃的字字句句，更是敲进他的心坎里，立刻大声说："小燕子，你什么都不用说了，朕已经完完全全地相信了你，肯定了你！再也没有丝毫的怀疑！从今以后，谁都不许再盘问你什么，你就是朕失而复得的'还珠格格'！"就回头喊："令妃！"

"臣妾在！"令妃大声应着。

"你帮朕好好地教她！"

"臣妾遵命！十天之内，一定给您一个仪态万千的格格！"令妃答得有力，充满信心，面有得色。

皇后对令妃恨得牙痒痒，对小燕子一肚子狐疑，她知道，这个来历不明的小燕子疑窦重重，绝对绝对有问题！但是，在乾隆的百般庇护和自圆其说下，她却充满了无可奈何。

小燕子知道过关了，好生得意，睁着黑白分明的大眼睛，忍不住胜利地扫了皇后一眼。

十天后，令妃带着宫女们，细心地把小燕子打扮成一个"格格"。

梳好了头，钗环首饰，一件件地插上发际，再把那顶缀着大红花的"格格"头，给她戴好。耳环珠钗，一一上身。当然免不了画眉染唇，胭脂水粉。最后，是那双"花盆底"鞋，代替了平底的绣花鞋，穿上了小燕子的脚。

小燕子被动地坐着，已经很不耐烦。但是，腊梅、冬雪她们忙得不亦乐乎。令妃跑前跑后，不住地拿来这个，又拿来那个，拼命往小燕子头上身上戴去。人家一番好意，她只得勉为其难地忍耐着。

终于，令妃满意了，站在她面前，左打量，右打量。

"真是佛要金装，人要衣装！这样一打扮，才真是一位格格了！镜子！"

冬雪捧了镜子，送到小燕子面前。

小燕子对着镜子一看。这一惊非同小可，大叫一声，整个人直跳了起来。

"哇！这怎么可能会是我？"

冬雪吓得镜子差点落地，幸好一手接住。正给小燕子上胭脂的腊梅，运气没那么好，吓得手一松，胭脂盒坠地。

"奴婢该死！"腊梅急忙跪下。

小燕子伸手去拉腊梅，真受不了大家动不动就下跪！

"不是你该死，是我这样打扮太奇怪了，不行不行……"她抓起桌上的帕子，就去擦着脸孔，"太红了，简直像猴屁股！"

令妃急忙拉住小燕子的手，又急又好笑，阻止着小燕子："别动别动！你看哪一位格格，不是这样打扮，连我身边的七格格和九格格，也是这样的！待会儿皇上要来，你就规矩一点，给皇上看看你的格格样子！"说着，又俯身在小燕子耳边说："还有，这'屁股'两个字，身为格格，是不能说的。"

小燕子掀眉瞪眼，冲口而出："难道'格格'就没有'屁股'？皇阿玛还不是要用'屁股'坐！"

腊梅、冬雪和宫女们掩着嘴，拼命要忍住笑。

令妃啼笑皆非。

"怎么规矩那么多！烦都烦死了！哦……想起来了，这'死'字格格也不能说……可是宫女们动不动就说'奴才该死'，真是奇怪。"她动了动手脚，脸拉得比马还长，"你们在我身上，涂了太多东西，这个头就有几斤重，这不是打扮，这是受罪嘛……"说着，从椅子上站了起来，想走动，一抬脚，差点摔跤，慌忙扶住桌沿，颤巍巍地站着："头上有高帽子，脚下有高鞋子……这比练把式还难！"

小燕子的议论还没发完，门外太监们的声音，已经一路嚷来："皇上驾到，皇后驾到！"

令妃一凛，急忙走出去迎接。

"臣妾恭请皇上吉祥，皇后吉祥。"

乾隆笑着扶起了令妃，说道："皇后特别要来看看你调教的成绩。小燕子怎样？这规矩都学会了没有？"

令妃笑笑，朝里屋看看，心里实在有点不放心。乾隆已经和皇后走了进去。宫女太监立刻趴了一地，大喊着："皇上吉祥！皇后吉祥！"小燕子像个雕像一样，直挺挺站在那儿，动也不敢动。令妃急忙喊："格格，还不快向皇阿玛、皇后娘娘行礼！"

小燕子听见令妃的吩咐，有些尴尬苦笑。那个"花盆底"，弄得她连站都站不稳，还行什么礼？她心里直叫苦，眼看乾隆和皇后盯着自己，没办法，只好硬着头皮，学着满人敬礼的方式，帕子一挥，嘴里喊着："是！皇阿玛吉祥，皇后娘娘吉祥……哎呀！"

小燕子两手往腰间一插，正要屈膝时，因为双手离开桌面，骤然失去了重心，一个无法平衡，话还没说完，人已整个地趴在地上了。

乾隆惊愕得瞪大了眼睛。

皇后掩口而笑，幸灾乐祸地说："这个礼，也行得太大了！"便瞟了令妃一眼，不满地问："连个'请安'都还没教好吗？那……'走路'会吗？"

令妃又慌又窘，上前扶起小燕子，惭愧地低下头去。

"是臣妾调教无方……"

令妃话未说完，小燕子已经从地上一跃而起，稳住身子，傲然地说："别怪令妃娘娘了，她已经教过几百遍了，谁会连'走路'都不会呢？让我走几步给你们看看！"

小燕子一面说，一面往前就"走"，这次有了防备，把练武的一套都搬出来了，脚不沾尘地，飞掠过乾隆和皇后的面前，竟然穿房而过，窜到外间去了。

乾隆和皇后错愕间，小燕子又飞掠而回，唰的一声闪了过来，一个大转身，稳稳地站在乾隆和皇后的面前。

"这是表演功夫，还是怎么的？"皇后惊得目瞪口呆。

乾隆惊愕之余，却哈哈大笑起来了。

"怪不得你的名字叫'小燕子'，原来走起路来，是用飞的，飞过去，又飞回来，真是一只小燕子呀！哈哈！哈哈！"

乾隆这样一乐，众人如释重负，全都配合着笑。只有皇后，一脸的不以为然。

"既然已经册封为'还珠格格'，这种种规矩，还是要学会！总不能见了王公大臣，也是这样'飞过去，飞过来'吧？"

"臣妾知罪，一定加紧训练。"令妃说。

乾隆不大高兴了，对皇后皱皱眉："你也太严肃了一点，小燕子来自民间，不能用宫中规矩，要求太多！"

"皇上这话错了，小燕子已经贵为格格，马上就要让百官参拜，还要游行到天坛祭天，去雍和宫酬神，那么多的场面，如果她有一些失态，岂不是让皇上丢脸吗？"皇后义正词严。

乾隆愣了愣，脸色不大好。

小燕子急忙一甩帕子，稳稳地请下安去，这次，做得丝毫不错。

"皇阿玛不用操心，皇后娘娘也不用着急，我一定尽快学会规矩，不让皇阿玛丢脸！"

乾隆一怔，又忍不住笑了，怜爱备至地看着小燕子。

"好一个'还珠格格'，真是冰雪聪明呀！"说着，再看令妃，"朕已经把漱芳斋赐给小燕子住！明儿起，她不必挤在你这儿，可以让她'自立门户'了。"

这下，轮到皇后的脸色不好看了。

"漱芳斋"是宫里的一个小院落，有大厅，有卧室，有餐厅厨房，自成一个独立的家居环境。在宫里，每个宫都有名字，皇后住的是"坤宁宫"，令妃住的是"延禧宫"，永琪住的是"景阳宫"，乾隆住的是"乾清宫"。另外还有"钟粹宫""永和宫""永寿宫""翊坤宫"和许多小燕子叫不出名字、也认不得字的宫，里面住着乾隆的众多妃嫔和阿哥们、格格们。

小燕子搬进了漱芳斋，才知道自己不再是一个"附属品"了。随着她的搬迁，明月、彩霞两个宫女就跟了她。小邓子、小卓子两个太监也跟了她。小卓子本来不姓卓，姓杜。小燕子一听他自称为"小杜子"，就笑得岔了气。

"什么小肚子，还小肠子呢！"于是，把他改成了小卓子。因为既然有个"小凳子"不妨再配个"小桌子"。小杜子有点不愿意，小邓子拍着他的肩说："格格说你是小卓子，你就是小卓子，你爹把你送进宫来，还指望你'传宗接代'吗？"

于是，小卓子就磕下头去，大声"谢恩"："小卓子谢格格赐姓！"

这样，这个"漱芳斋"就很成气候了。再加上厨房里的嬷嬷，打扫的宫女太监们，这儿俨然是个"大家庭"了。然后，乾隆的赏赐，就一件件地抬了进来。珍珠十串，玉如意一支，玉钗十二件，珍玩二十件，文房四宝一套，珊瑚两件，金银珠宝两箱，银锭子一百两……看得小燕子眼花缭乱，整个人都傻住了。

"哇！这么多金银珠宝，以后再也不用去街头卖艺了……够大杂院里大家过好几辈子！"小燕子想着，就心痒难搔了，"怎样能出宫一趟才好！怎样能把这些东西送去给紫薇才好！"

小燕子想着想着，就像害了相思病一样，想起紫薇来。紫薇，紫薇，我要怎样才能让你明白，这整件事情的经过？我要怎样才能把格格还给你呢？午夜梦回，夜静更深的时候，小燕子也会被"自责"折磨得失眠了。看着那鳞次栉比的屋檐，听着一声声的更鼓，她好想好想大杂院啊！

当乾隆来到漱芳斋，对小燕子关怀地问："这房子还满意吗？能住吗？"

小燕子挑起眉毛，夸张地喊："能住吗？住起来真有点困难呢！"

同来的令妃吓了一跳，急忙问："怎么？缺什么吗？我赶快叫人给你办！"

"就因为什么都不缺，才奇怪呢！睡在这样的房子里，想着大杂院……我是说，想着许多我进宫以前的朋友，我就睡不着了！"

乾隆深深地看着小燕子。

"你进宫以前，还有很多朋友吗？"

"那可不！"

乾隆点点头。

"等朕有时间的时候，应该跟你好好地谈一谈。"乾隆怜爱地问，"还有什么需要没有？你尽管说！"

小燕子对着乾隆，砰咚一跪，哀求地喊着："皇阿玛！"

"怎么？怎么？有什么不称心的吗？"乾隆着急地问。

"我想到宫外走走！"

"宫外？"乾隆怔了怔，"你想出宫，并不是不可以！但是，最近这段日子还不行，你有那么多礼节规矩还没学会，何况，马上要带你去祭天酬神了，那可是一个大日子……"想了起来，对小燕子安慰地笑道："对了，那天你就到宫外了！被大轿子抬着，从皇宫一路抬到天坛去！会很热闹的！你就忍耐两天吧。"

那天真的是个大日子。

在旗帜飘飘下，仪仗队奏着鼓乐，马队迤逦向前。

街道两旁，万头攒动，大家争先恐后地拥挤着，要争睹皇上和格格的风采。

乾隆盛装，坐在一顶龙舆内，在永琪及其他阿哥贝子们的簇拥下，威武地前行。乾隆拉开轿帘，不住对夹道欢呼的民众挥手。

小燕子真是神气极了，穿着清朝格格的盛装，坐在一顶十多人所抬的大轿上，四周有侍卫保护和大臣簇拥，沿街缓缓行进。小燕子在如此壮观的游行中，不免得意扬扬，把轿帘全部拉开，恨不得连脑袋都伸到窗外去，不住地对群众挥手示意。

群众你推我挤，叫着，嚷着，人人兴奋着。大家的欢呼不断，吼声震天："皇上万岁万岁万万岁！格格千岁千岁千千岁！"

一路有群众匍匐于地。

小燕子听到群众这样的欢呼，激动得一塌糊涂。她是小燕子呀！以前，走在街上，没有几个人会对她正眼相看，现在，竟然人人对她欢呼！她太感动了，太震慑了，太兴奋了！多么可爱的人群啊！她恨不得跳下轿子，去拥抱那些群众，去跟他们一起欢呼。

小燕子陶醉在人群的叩拜和欢呼里，完全没有发现，紫薇、金锁、柳青、柳红也挤在人群里观望。紫薇瞪着那顶金碧辉煌的轿子，瞪着那个掀开轿帘、珠围翠绕的"格格"，震惊得目瞪口呆。

金锁扶着紫薇，眼珠都快要从眼眶里掉出来了，她摇着紫薇，不相信地喊着："小姐！小姐！你看，那是小燕子呀！坐在轿子里的是小燕子呀！她成了格格了！是不是？是不是？"

紫薇瞪着小燕子，整个人都吓傻了。不不！这不可能！小燕子不会这样对我！

柳青看着轿子，忍不住大跳大叫起来："小燕子！小燕子！那是小燕子呀！"

柳红也挥着帕子大叫："小燕子！小燕子！看这边呀……你怎么会变成格格呢？"

小燕子什么都没有听到，外面的人群太多，人声鼎沸，各种欢呼，各种议论，早把紫薇的声音淹没了。在那黑压压的人群中，紫薇他们四个，像是四粒沙尘，那么渺小而不起眼。小燕子坐在轿子中，在轿夫的晃动下，在乐队的吹奏中，几乎要手舞足蹈了。她很忙，忙着笑，忙着对群众不停地挥手。

群众继续高喊着："恭祝皇上万岁万万岁！恭祝还珠格格千岁千千岁！"

"还珠格格！还珠格格？"紫薇这才大梦初醒般，震动地低喊着。

柳青急忙问一个人："什么是还珠格格？"

大家立刻七嘴八舌地接了口：

"你还不知道吗？万岁爷收了一个民间女子做'义女'，封为'还珠格格'，今天，是带还珠格格去祭天酬神呀！"

"听说这位还珠格格神通广大，万岁爷喜欢得不得了！"

"我叔叔在宫里当差，我最清楚了！这位格格来头不小，说是说'义女'，搞不好就是金枝玉叶！谁都知道，皇上最喜欢'微服出巡'了，东南西北到处跑……就跑出一个格格来啦！"

紫薇听着这些议论，震动至极。

金锁已经气急败坏，摇着紫薇，痛喊道："小姐！她骗了你！她拿走了信物，她做'格格'了！"

紫薇瞪大眼睛，整颗心都揪起来了。她朝前面看去，那威武的乾隆皇帝已经走远了，小燕子的轿子也慢慢地走远了。但是，小燕子那打扮得无比美丽的脸庞，那得意的笑，那挥舞着的手……全在她眼前扩大，扩大，扩大到无穷无尽。

"还珠格格千岁千岁千千岁！"

群众的欢呼，震动着紫薇的耳膜，声音响得盖天盖地。还珠格格，还珠格格？是沧海遗珠？是还君明珠？紫薇的心，紧紧地抽痛了，痛得翻天覆地。

轿子，马队，仪队，乐队……络绎向前。

尔康、尔泰骑着大马，不断巡视过来，严密地保护着皇上和"还珠格格"。

尔康叮嘱着尔泰："老百姓太多了，要小心一点，严防刺客！"

"我知道！"

队伍缓缓前行。

紫薇的眼光，始终直勾勾地看着前面。小燕子的脸，群众的欢呼，卫队的簇拥和在前面舆轿中的乾隆，那和她这么接近又这么遥远的乾隆……交叉叠印，在她眼前，如万马奔腾……

紫薇蓦然间，发出一声撕裂般的狂喊，排众而出，没命地追向小燕子的轿子，嘴里，疯狂般地大叫着："她不是'格格'！她是骗子！她是骗子！皇上，你被骗了！皇上……我才是'格格'呀！小燕子……你好狠呀，我们不是结拜的吗？你怎么可以这么欺骗我……你怎么可以这样对我？"

紫薇这样一叫，群众骚动，卫队骚动。

尔康急忙勒马奔来。一眼看到紫薇，年纪轻轻，美貌如花，却像着了魔，疯狂般地向前冲，势如拼命。尔康大惊，急忙喊："侍卫！把她抓起来！"

尔泰也勒马过来，察看发生了什么大事。尔康挥手喊道："尔泰！你保护皇上和格格，不要让他们受到惊扰，这儿有我！"

"是！"

尔泰便带着官兵，簇拥着乾隆和小燕子，隔断了紫薇的骚扰，向前行去。小燕子和乾隆，依然笑着，依然挥手，浑然不知身后的混乱。

紫薇立刻身陷重围，已有一群侍卫，一拥而上，七手八脚地抓住了紫薇。

紫薇拼命挣扎，痛喊着："小燕子！你回来，你跟我说明白……我对你这样挖心挖肝，为什么会变成这样……你做了格格，你要我怎么办……要我怎么办？"她在侍卫的手中，扭曲着身子，奋力想冲出去，嘴里继续狂喊："不要抓我！我要见那个格格！我要问问清楚，我要见皇上，我要见皇上……"

尔康怒叱："哪儿来的疯子？敢在今天闹场！给我拖下去！关进大牢去！"

"喳！"侍卫们大声应着，拖着紫薇走。

金锁陷在人群之中，眼看紫薇要被抓走，惊得全身冷汗。她努力地冲着，挤着，想穿过重围，去保护紫薇，在人群里尖叫着。

"小姐！小姐呀……"

柳青、柳红看到紫薇被抓，也都大惊失色，柳青狂叫道："紫薇！赶快回来呀！"

官兵怒吼，拦着老百姓，人群挤来挤去，要看热闹，场面完全失控，一片混乱。

紫薇在侍卫手中，徒劳地挣扎，惨烈地呼号："皇上……你认错人了……皇上……"

尔康见紫薇狂叫不已，人群也越挤越多，生怕惊动乾隆，急喊："让她住口！快抓下去，不要惊扰到圣上和格格……"

就在此时，柳青柳红竟然飞过人群，一路扫了进来。柳青大吼着："放下那位姑娘！看掌！"柳红跟着杀了进来，一路把人撂倒在地。

尔康又急又气，又惊又怒。怎么可能？这么高兴的场合，万民同欢的场面，居然有人捣乱？他勒住马，大叫："喀什汗！把他们都拿下来！"

"喳！"

便有一个大汉，率领了一队高手，立刻将柳青、柳红团团围住。

紫薇被侍卫拖着走，她已经没有挣扎的力气，嘴里仍在凄厉地喊着："皇上……折扇是我的，'烟雨图'是我的……夏雨荷是我娘呀……"

听到这几句话，尔康悚然一惊。她知道折扇，知道"烟雨图"，知道"小燕子",还知道"夏雨荷"！这个狂叫的年轻女子，到底是什么来历？他不禁注意地、仔细地看向紫薇。

侍卫见紫薇狂叫不休，对紫薇一拳挥去。顿时，众侍卫便对紫薇拳打脚踢起来。紫薇不支，倒在地上，嘴角溢出血来。

尔康翻身落马，冲上前去，一把抓住侍卫。

"住手！不要打！"

侍卫停手，惊看尔康。

紫薇抬起头来，看着尔康。她满面是伤，嘴角带血，但是，那对盈盈然的大眼睛，清清澈澈，凄凄楚楚，带着无尽的苦衷和哀诉，瞅着尔康。她挣扎着爬向他，伸手抓住他的衣摆。

"告诉皇上，请你告诉皇上，'雨后荷花承恩露，满城春色映朝阳'……皇上的诗……写给夏雨荷的……"紫薇说到此处，不支地倒在尔康脚下。

尔康大震。她知道皇上的诗，还能背出这首诗！这是什么女子？

就在此时，金锁终于冲出重围，一见紫薇倒地，肝胆俱裂，以为紫薇已被打死，扑奔上前，哭倒在紫薇身上。

"小姐！你不能死！你死了，我如何对得起死去的太太……早知道会这样，我们就待在济南，不要来北京了……"

尔康更加惊疑。济南？死去的太太？小姐？

此时，福伦勒马过来。

"尔康，到底怎么回事？有个疯女人吗？"

尔康怔怔地看着脚下的紫薇主仆，回头看看福伦，当机立断地说："阿玛，事有可疑，我把她们都带回府里去，再慢慢审问！"

福伦点头。

前面，乾隆踌躇满志，一脸的笑，对于身后的打斗争吵，一点也不知道。对于有个和自己关系密切，可能是他真正的"沧海遗珠"正被自己的卫队打得半死，更是连影子都没看到。他兴高采烈地接受着群众的欢呼，心底涨满了喜悦和欢欣。但是，那被层层队伍簇拥着，包围着的小燕子，却不知怎的，似有所觉，频频回顾，微笑里透着不安："好像有紫薇的声音……"她想着往前看，仆从如云。往后看，卫队如山。往左右看，群众如蚁。哪儿有紫薇？

小燕子用力甩甩头，甩不掉紫薇的影子。紫薇，这是暂时的！等我保住了脑袋，等我过够了"格格瘾"，我会把你爹还给你的！一定，一定，一定！

群众仍一路拜倒，高声呼叫着：

"恭祝皇上万岁万岁万万岁！恭祝还珠格格千岁千岁千千岁！"

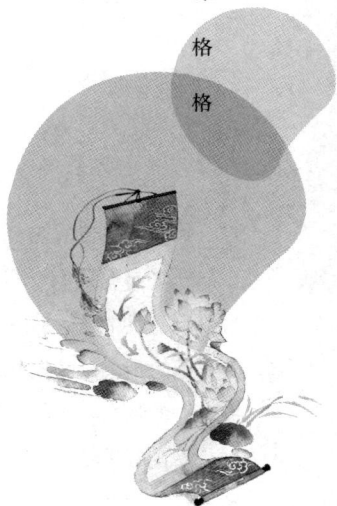

【陆】

她怎么样都没想到，那重重宫门，进来不容易，出去更不容易！

紫薇万万没有料到，学士府竟是一个温馨的、亲切的地方。福晋是一个高贵而温婉的女子。看到伤痕累累的紫薇，她什么话都没问，立刻拿出自己的衣裳，叫丫头们侍候紫薇梳洗更衣，又忙不迭地传来大夫，给紫薇诊治。几个时辰以后，紫薇已经换了一套干净的衣服，也重新梳妆过了，躺在一张舒适的雕花大床上。她神情憔悴，看来可怜兮兮。

福晋弯腰看着紫薇，微笑地说："好了，衣服换干净了，人就清爽好多，对不对？大夫已经说了，伤都是一些外伤，还好没有大碍，休养几天，就没事了！"

紫薇见福晋这么慈祥，不禁痴痴地看着福晋，在枕上行礼，说："福晋，夏紫薇何德何能，有劳福晋亲自照顾，紫薇在这儿给您磕头了！"

福晋听紫薇说话文雅，微微一怔，连忙笑着说："不敢当！姑娘既然到了我们府里，就是咱们家的贵客，好好养伤，不要客气！"

金锁捧着一个药碗，急急地走到床前。

"小姐，赶快把这个药喝了，福晋特别关照给你熬的，大夫说一定要喝！"

紫薇看着金锁，想到小燕子，就忍不住悲从中来，推开药碗，伤心地说："小燕子这样背叛我，我心都凉了，死了！信物没有了，娘死了，爹……也没指望了，我活着，还有什么意思呢？"

"不能这样说呀！留得青山在，不怕没柴烧呀！"金锁急急安慰着。

这时，尔康、尔泰和福伦一起进来。

金锁急忙起立。

"她好些了吗？"福伦问福晋。

"好多了！"

尔康走到床前，深深地看了紫薇一眼，惊奇地发现，这个紫薇，虽然脸上带伤，脸色苍白，眼神中盛满了无助和凄楚。但是，她的秀丽和高雅，仍然遍布在她的眉尖眼底，在她一举手一投足之间，那种典雅的气质，几乎是无法遮盖的。

尔康凝视着紫薇，微笑地说道："让我先介绍一下，这是我的阿玛，官居大学士，被皇上封为忠勇一等公。我的额娘，你已经见过了。我是福尔康，是皇上的'御前行走'，负责保护皇上的安全。这是我弟弟福尔泰，也在皇上面前当差！你都认识了，就该告诉我们你到底是谁了。"

紫薇见尔康和颜悦色，心里安定了一些，就掀被下床，下去请安。

"夏紫薇拜见福大人！给福大人请安了！"又回头对尔康、尔泰各福了一福，不亢不卑地说道，"见过两位公子！"

福伦同样被紫薇那高贵的气势震慑了，慌忙接口："姑娘不必多礼！今天姑娘大闹游行队伍，到底是怎么回事？"

"这件事说来话长！"紫薇激动起来。

"你尽管说，没有关系！"

紫薇有所顾忌，四面看看。

尔康回头看着婢女们，挥手道："大家都下去！"

婢女退出，房门立刻合上了。

福伦、尔康、尔泰、福晋都看着紫薇。福晋扶着她坐下，大家也就纷纷落座。只有金锁不敢坐，侍立在侧。

紫薇就开始说了："我姓夏，名叫紫薇，我娘名叫夏雨荷，住在济南大明湖畔。从小，我就知道我是一个和别人不一样的孩子，我没有爹，我娘也不跟我谈爹，如果我问急了，我娘就默默拭泪，使我也不敢多问。虽然我没有爹，我娘却变卖家产，给我请了最好的师傅，琴棋书画，诗词歌赋，都细细地教我。十二岁那年，还请了师傅，教我满文。这样，一直到去年，我娘病重，自知不起，才告诉我，我的爹，居然是当今圣上！"

大家看着紫薇，房间里鸦雀无声。

紫薇继续说："我娘临终，交给我两件信物，一件是皇上亲自题诗画画的折扇，一件是那幅'烟雨图'！要我带着这两件东西，来北京面见皇上，再三叮嘱，一定要我和爹相认。我办完了我娘的丧事，卖了房子，带着金锁，来到北京。谁知到了北京，才知道皇宫有重重守卫，要见皇上，哪有那么容易！在北京流落了好多日子，也想过许多办法，都行不通。就在走投无路的时候，认识了充满侠气的小燕子，我俩一见如故，我就搬到狗尾巴胡同的大杂院里，去和小燕子同住，两人感情越来越好，终于结为姐妹……"

"等一下！你和小燕子结为姐妹，她怎么会跟你同姓？"尔康追问。

"小燕子无父无母，姓什么，哪时生的，都搞不清楚。她为了要抢着做我的姐姐，决定自己是八月初一生的，因为她没有姓，我觉得好可怜，就要她跟着我姓夏。"

"原来如此！"大家都恍然大悟，不禁深深点头。

"我和小燕子既然是姐妹了，也没有秘密了！我就把信物都给小燕子看了，把身世告诉了她。小燕子又惊又喜，整天帮我想主意，怎样可以见到皇上。然后就是围场狩猎那天。事实上，我们三个都去了围场，小燕子带路，要我翻越东边那个大峭壁，是我和金锁不争气，翻来翻去翻不动，摔得一身是伤。没办法了，我就求小燕子，带着我的信物，去见皇上！把我的故事，去告诉皇上！小燕子就义不容辞地带着我的信物，闯进围场去了！从此，我就失去了她的消息，直到今天，才在街上看到她，她却已经成了'还珠格格'！"

紫薇说到这儿，已经人人震动。大家都惊讶不止，紫薇的故事，几乎毫无破绽，太完整了。大家呆呆地看着紫薇，研究着这个故事的可信度。金锁站在一边，紫薇说一段，她就哭一段，更让这个故事，充满了动人的气氛。

"我的故事，就是这样。我发誓我所说的话，一字不假。可是，我自己也知道，要你们相信我的故事，实在很难。现在，我身上已经没有信物了，一切口说无凭。可是，小燕子不是济南人，她是在北京长大的，住在狗尾巴胡同十二号，柳青、柳红和她认识已久，她的身份实在不难查明。如果福大人肯明察暗访一下，一定会真相大白。我到了今天，才知道人心难测，我和小燕子真心结拜，竟然落到这个后果。想到自从小燕子失踪，我为她流泪，为她祷告，为她祈福，为她担心……我现在真的很心痛。我已经不在乎自己是不是格格，只可惜失去一个好姐妹，又误了父女相认的机会！"紫薇说到这里，痛定思痛，终于流下泪来。

大家听完，彼此互视。好半天，都没有人说话。

过了一会儿，福伦便站起身来。

"夏姑娘的故事，我已经明白了！我想，如果夏姑娘所言，都是真的，我们一定会想办法，给你一个公道！目前，就请夏姑娘留在府里，把身子先调养好，一切慢慢再说！"说着，回头看福晋，"拨两个丫头照顾夏姑娘！"

"你放心，我会的。"

福伦起身离去，尔泰相随。

尔康跟着福伦，走了两步，不知怎的，又退了回来。

尔康摸着桌上已经凉了、还没喝过的药碗，看着紫薇，温柔地说："药已经凉了，我待会儿让丫头去热！药一定要吃，身上的伤，一定要养好！今天……在街上，实在是冒犯了，当时那个状况，我没有第二个选择！"

紫薇凝视尔康，含泪点头："不！你没有冒犯我，是你救了我！如果我今天落在其他人手里，大概已经没命了！谢谢你肯带我回府，谢谢你肯听我说这么长的故事！"

尔康深深地看着紫薇，看着看着，竟有些眩惑起来。

学士府有一段忙碌的日子。

尔康马不停蹄，立刻去了大牢。柳青、柳红那天和侍卫大战，怎么打得过那么多大内高手，已经失手被捕。尔康什么话都没说，就把两人放了出来。接着，尔康去了大杂院，参观了小燕子和紫薇住过的房间，见过了大杂院里的老老小小，又和柳青、柳红长谈了一番。什么都真相大白了！紫薇是真格格，小燕子是假格格！

尔康实在太震动了。再也想不到，小燕子这么大胆，冒充格格，犯下欺君大罪，这是要诛九族的事！但是，想那小燕子，一生贫困，混迹江湖，又没受过什么教育，碰到这么大的诱惑，可以从一无所有，摇身一变，变成什么都有，她大概实在无法抗拒这个机会吧！至于犯罪不犯罪，杀头不杀头，她大概也顾不得了。

尔康证实了紫薇的故事以后，第一件要处理好的，就是柳青和柳红。

"我想，你们对于小燕子怎么会变成格格，一定充满了疑问。这件事确实很离奇！她是那天闯围场，被皇上拿下了，带进宫里。是她的缘分吧，皇上居然十分喜欢她，就收了她做'义女'！事情是很简单的，但是，她既然已经是'格格'了，两位最好守口如瓶，不要把格格的往事，拿出来招摇，免得惹祸上身！"

柳青一挺背脊，粗声说："什么惹祸上身？她变成格格也好，她变成天王老子也好，她就是变不出她自己那个样子！孙悟空不管怎么变，还是一只猴子！"

"这话错了！"尔康正色地、严重地说，"她有了头衔，有了封号，有了皇上的宠爱……她已经成了金枝玉叶，不是当初走江湖的姑娘了，即使是我，也不敢直呼她的闺名，你们也收敛一点！否则，像今天这种牢狱之灾，恐怕会源源不绝而来，那时候，就不能像今天这样轻松了！"

柳青怔忡着，脸色阴晴不定。

柳红已经听出尔康话中的厉害，慌忙对尔康说道："我们明白了！从此以后，不会乱说了！"

"那就好！"尔康看着二人，"至于夏姑娘，暂时住在我们府里，大概不会回到这儿来住了！你们心里，也该有个谱！"说着，就从怀中掏出一锭银子，放在桌上，"这个，请给大杂院里的老老小小，买点吃的穿的！是……夏姑娘的一点心意！"

柳青满面狐疑，瞪着尔康，知道对方的来头，听出对方的"言外之意"，他就算有一千个、一万个怀疑，也只有咽进肚子里去。他深吸了一口气，冲口而出："看样子，不只小燕子当了'格格'，紫薇也变成凤凰了！我们什么都不问。这个大杂院，和紫薇、小燕子她们，大概是缘分已尽了！"

尔康回到学士府，把经过都说了。福伦一家，实在是震撼到了极点。

尔泰对小燕子，充满了好感，怎样都无法相信，那个天真无邪、毫无心机的小燕子，会是一个出卖结拜姐妹、鹊巢鸠占的假格格！

"怎么可能呢？"他不住地说，"那个'还珠格格'天真烂漫，有话就说，一点心机都没有！举止动作之间，完全大而化之，什么规矩礼仪，对她来说，都是废话。上次和她在御花园里相遇，她居然就在亭子里面，和我们喝起酒来，简直像个男孩子一样，又淘气又率直，是个非常可爱、也非常有趣的人。她怎么可能背叛紫薇，做下这样不可原谅的大事？"

"不管你相不相信，事实就是事实！"尔康懊恼地说，"假格格在宫里，真格格在府里！这件事，是个大大的错误！"

福晋思前想后，不禁着急起来。

"这事有点不妙！皇上对这个还珠格格好像爱得不得了，现在连酬神都酬过了，祭天也祭过了，等于昭告天下了……如果搞了半天，居然发现是个假格格，皇上的面子往哪里搁？恐怕有一大群人要受到牵连，头一个，就是令妃娘娘！皇后和令妃已经斗得天翻地覆，拿着这个把柄还得了！"

福伦神色一凛，接口说："夫人，你想的，正是我想的。"

"阿玛的意思是……"尔康看着福伦。

福伦眼光锐利地看着尔康："不管怎样，我们先把这个夏姑娘留在府里，免得她在外面讲来讲去，闹得人尽皆知！至于她是真格格这件事，只有我们几个知道，一定要严守秘密！目前，什么话都不能泄露……"

"那么，我们就什么都不做吗？"尔康着急地问，"已经知道了真相，还让那个假格格继续风光吗？我觉得，应该把真相禀告皇上！"

福伦一凛，急忙说道："事关重大，千万不能操之过急。我们是令妃的娘家人，有个风吹草动，大家都会惹祸上身！"

"这么说，紫薇的身份就永远没办法澄清了！何至于皇上知道被骗，就要迁怒给令妃娘娘呢？"尔康问。

"皇上不迁怒，总有人会迁怒！还是小心点比较好！何况，我看那还珠格格长得如花似玉，一天到晚眉开眼笑，逗得皇上高高兴兴，如果真砍了头，也有点于心不忍啊！"

福伦此话一出，尔泰就忙不迭地点头。

"是啊！皇上每次看到还珠格格就笑，如果发现她是假的，说不定会恼羞成怒呢！我看，咱们先不要说，我找一个机会，把五阿哥带到家里来，让他见见紫薇，再跟他研究一下，好不好？"

福伦慎重地点了点头："尔泰说得不错，别忘了，皇上有错也是没错！皇上喜欢的人，不是格格也贵为格格！我并不是要将错就错，把真相遮盖下去，而是要摸清很多状况，不求有功，但求无过！你们这些天，到宫里多走动走动，先探探风声。或者，私下里，跟还珠格格谈一谈，问她认不认识夏紫薇，看她怎么说。"

"是！"尔泰应着。

福伦严肃地扫了尔康一眼。

"家里住着一个夏紫薇，这是福家的大秘密！她是福是祸，咱们目前都不知道，得骑驴看唱本，走着瞧！所以，我要求你们，把你们的嘴，都闭紧一点，知道吗？"

尔康虽然觉得，这样对紫薇有点过意不去，可是，他是聪明的、有思想和判断力的，他知道，福伦所有的顾虑，都是真情。这件事，只要一个弄得不巧，就是全家的灾难。伴君如伴虎，难啊！当下，也就心服口服地答应了福伦："是！我们见机行事，绝不轻举妄动。"

但是，总得有一个人，把这个暂时"按兵不动"的结论告诉紫薇。尔康想着，叹了一口长气。

夜，宁静而安详。紫薇正坐在桌前，抚着琴，轻声地唱着一首歌：

山也迢迢，水也迢迢，
山水迢迢路遥遥。
盼过昨宵，又盼今朝，
盼来盼去魂也消！
梦也渺渺，人也渺渺，
天若有情天也老！
歌不成歌，调不成调，
风雨潇潇愁多少？

紫薇的歌声，绵绵逸逸，婉转动听。

有人敲门，金锁把门一开，尔康正托着一个药碗，站在门外。

"好美的琴，好美的歌！"尔康笑吟吟地看着紫薇，由衷地赞叹着。

紫薇的脸一红，慌忙让尔康进来。

"让福公子见笑了！我看到墙上挂着这把琴，一时无聊，就弹来解闷！"看到尔康手里的药碗，就有些失措起来，"你亲自给我送药来？这怎么敢当？"

"如果不敢当，就趁热喝了吧！"

金锁急忙接过药碗，帮紫薇吹冷。

"身上的伤，还疼不疼？"尔康凝视紫薇。

紫薇在这样的温存下，有些心慌意乱。

"好多了！谢谢！"

"不要谢！想到那天让你受伤，我懊恼得要死。你还左一个谢，右一个谢！"尔康正视着紫薇，把话题一下子切入了主题，"我已经和柳青、柳红都谈过了！也去过了你们住的大杂院！"

紫薇震动着，凝神看着尔康。

"那么，你的结论是什么？"

"请先吃药，我再说。"

紫薇心急，端起药碗，咕嘟咕嘟地喝了。喝完，放下药碗，睁着一对明亮的眼睛，询问地看着尔康。

"你已经说服了我，我相信你的故事！正像你说的，见过了柳青、柳红，就真相大白了！可是，现在的状况非常复杂，你已经没有信物，只有一个故事，如果小燕子咬定她是真格格，你反而是个冒牌货！如果皇上不相信你，你就有杀身之祸！"

"如果皇上不能相信我，你为什么会相信我？"

"我的相信里，还有一大部分是我的直觉！"尔康坦率地看紫薇，"你的本人，就是最大的说服力量！"

紫薇微微一震，心里很着急。

"你的意思是说，我的故事，以及人证物证都不见得有用！"

"对！柳青、柳红和大杂院里那些人，可能都是和你串通好的！你们看到小燕子轻轻松松就当了格格，大家眼红，就编出来这样一个故事！"

在一边的金锁，听到这儿，就气急败坏地喊了起来："岂有此理！福大少爷，你要为我们小姐申冤呀！"

"金锁别急，这只是我在举例！但是，事实上可能性很大，皇上毕竟是皇上，我阿玛一句话说得最中肯，皇上就算'错了'，也是'没错'！他已经'先入为主'，认定了小燕子，现在又跑出来一个夏紫薇，他一定想，他认了一个还珠格格，现在，阿猫阿狗都想当格格了！所以，我们不敢贸然让你出面，除非我有把握，能够保护你的安全，能够让皇上完全接受这个故事！"

紫薇听得心都冷了，脸色灰败。

"那么，我是百口莫辩了？"

"那倒也不尽然！我和全家都研究过了，现在，只有请你少安毋躁，在我们府里委屈一段时间。这段时间里，我们会去宫里，试着接触小燕子，现在，关键还是在小燕子身上，解铃还须系铃人！"

紫薇两眼发直，脚一软，乏力地倒进一张椅子里。

"她已经当了格格了，这个铃，她早就打了死结，现在还会去解铃吗？"

尔康深思，慢慢地说了一句："那也说不定！"

紫薇一怔，想着小燕子，侠义的小燕子，热情的小燕子，爱抱不平的小燕子，心无城府的小燕子，和她结拜的小燕子……小燕子小燕子啊，她心里苦涩地喊着，你到底是怎么回事呢？

小燕子在宫里好难过。

祭天已经祭过了，风光也已经风光过了。她这两天，眼皮跳，心跳，半夜做梦，都会喊着紫薇的名字醒过来。她要出宫去，她要去大杂院，她要找紫薇！她要对紫薇忏悔，把整个故事告诉她！想办法把这个"格格"还给紫薇。

可是，她怎么样都没想到，那重重宫门，进来不容易，出去更不容易！

带着小邓子、小卓子，她也尝试大大方方出去，才走到宫门前面，就被侍卫拦住。小燕子一掀眉，一瞪眼。

"我是还珠格格呀！"

侍卫一齐弯身行礼，齐声喊着："奴才参见还珠格格！"

小燕子一挥帕子："不要行礼，不要参见，只要让开几步，我要出去走走。"

"皇上有旨，要还珠格格留在宫里，暂时不能出宫！"

小燕子一急："皇阿玛说，'祭天'之后，就可以出宫了！你们让开吧！"

侍卫毕恭毕敬地站立着，像一根根铁杵，丝毫不动，大声应道："奴才没接到圣旨，不敢做主！"

小燕子还待争辩，小邓子和小卓子上前。

"格格就回去吧！奴才说了，格格还不信！上次容嬷嬷特别把我们两个叫进去，说要我们好好侍候格格，不能让格格出宫！"

小燕子出不了宫，生气了："容嬷嬷是个什么东西？"

小邓子慌忙四看，赔笑地警告道："容嬷嬷可是皇后跟前的红人，就是格格，也得听她的！"

"笑话！我小燕子从来就没听过谁的！"

小燕子噘着嘴，气呼呼地一甩袖子，回头就走。小邓子、小卓子慌忙跟随。

小燕子走到另一道宫门前，又被侍卫挡住了。

"你们看清楚，我是还珠格格呀！"她气冲冲地喊，"我不是你们的犯人啊！你们不认得我吗？"

侍卫们全部弯下腰去，齐声大喊，行礼如仪："格格吉祥！"

小燕子气得一跺脚，差点把"花盆底"跺碎。

"你们不让我出去，我还吉祥个鬼！我就'不吉祥'啦！"

当天夜里，小燕子梦到紫薇。她腾云驾雾般走向小燕子，眼中带笑，嘴角含愁。

"小燕子，你好不好？"她温柔地问。

"我……好……不好……好……"小燕子挣扎地、碍口地答。

"你偷了我的折扇，你偷了我的画卷，你偷了我的爹，你很得意啊？"

"不是的……不是这样的……你听我解释……"

紫薇蓦然扑向小燕子，伸手去掐她的脖子，尖声大叫："你这个骗子！把我的爹还给我！还给我……我掐死你！"

小燕子大骇，张口狂叫："紫薇！你听我解释……紫薇……不要这样，我们是姐妹呀……救命呀……"

小燕子一惊而醒。明月、彩霞睡在炕下，都被她的尖叫惊醒过来。

明月、彩霞跳起身子，双双扶住她，不断拍着，喊着："格格！没事没事！你又做梦了！"

小燕子怔忡地眨着眼睛，四面观望。

"我在哪里？"她迷迷糊糊地问。

"回格格，当然在宫里了！"

"宫里……我好想大杂院啊！"她出神地说。

明月、彩霞不知道她在说什么，不敢接口。

小燕子推开明月、彩霞，赤脚跳下床来。

明月、彩霞慌忙给她披衣服，穿鞋子。

"不用！不用！不要管我！"小燕子推开她们两个，在房间里走来走去，看来看去，"现在几更了？"

"回格格，刚打过二更。"

小燕子转动眼珠，满房间东张西望，忽然拍了拍手，喊："小卓子！小邓子！快来！快来！"

小卓子和小邓子一面应着"喳"，一面屁滚尿流般弯腰冲进房，兀自睡意蒙眬。

"奴才在！"

"你们以后，在我面前，不要自称'奴才'！"

"喳！奴才知道了！"小邓子大声答道。

"奴才遵命！"小卓子喊得更响。

明月掩口一笑。

小燕子瞪了明月一眼，没好气地问："笑什么笑？"

明月扑通一跪。

"奴婢该死！"

小燕子大为生气，拼命跺脚。

"什么奴婢该死？为什么该死？以后，都不可以说'奴才该死，奴婢该死'！谁都不是'奴才奴婢'，听到没有！"

四人便异口同声地回答："奴才/奴婢听到了！"

小燕子无可奈何，叹了一口大气，放弃这个话题了。

"小卓子、小邓子！你们把那个帐子上的铜钩给我拆下来。"

"帐子上的铜钩？"

"对对对！两个不够，再给我多找几个来！还有，把你们的衣裳给我一件，再去给我找一些绳子来！粗的细的都要，越牢越好！"

"现在就要吗？"

"现在就要！快去！快去！"

小邓子和小卓子急忙大声应道：

"喳！"

快四更的时候，小燕子穿着一身太监的衣服，用一条灰色的帕子蒙住脸，只露出一对亮晶晶的眼睛，轻轻悄悄地来到西边的宫墙下，这儿是宫里最荒凉的地方。

她蛰伏着，隐藏在黑暗的角落，四面张望。

几个侍卫，巡视之后，走了开去。

小燕子又等了一会儿，见四下无人，便站起身子，走到墙边，仰头看着宫墙。

她试着跳了几跳，根本上不了墙，心里不禁嘀咕："每天吃啊吃！吃得这么胖，弄得我轻功都不灵了！墙又那么高！幸好我有准备！"

她就从怀里掏出一条用帐钩做的工具来。她甩着帐钩，对着墙头抛了好几下，钩子终于抓住了墙头。

她立刻顺着绳子，往上攀爬。她爬了一半，忽然看到一队灯笼快速移近。

"不好！侍卫来了！快爬！"她心里叫着，慌忙手脚并用，往上攀爬。谁知帐钩绑的飞爪不牢，咔嚓一声，有个钩子松开了。

侍卫们立刻站住，四面巡视，大声问："什么声音？有刺客！"

"什么人？出来！"

灯笼四面八方照来，小燕子大惊。

侍卫们尚未发现吊在半空的小燕子，谁知，那帐钩一阵咔嚓咔嚓，全部松掉，小燕子便从空中直落下来，正好掉在侍卫的脚下。

"刺客！刺客！"侍卫们哄然大叫。

刹那间，十几支长剑唰地出鞘，全部指着小燕子。

小燕子魂飞魄散，大叫道："各位好汉，手下留情！"

"是个女人？"

一个侍卫用剑呼地挑开了小燕子脸上的帕子。

侍卫们的长剑顿时哐当哐当全部落地，大家惊喊出声："还珠格格！"

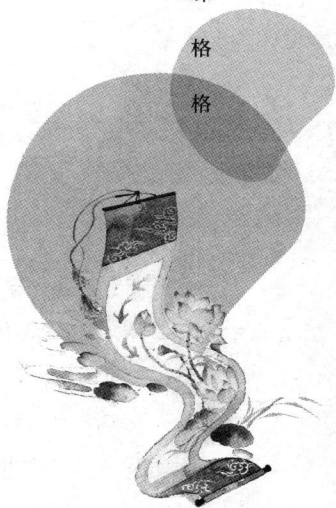

【柒】

紫薇一怔，凝视尔康，尔康的炯炯双眸，也正灼灼然地看着她。两人目光相接，
都有着深深的震动。

天亮没多久，乾隆就被侍卫和小燕子惊动了。

乾隆带着睡意，揉着眼睛，无法置信地看着那穿着太监衣服的小燕子。衣服太大，完全不合身，太长的袖子，在袖口打个结，袖子里面鼓鼓的。太宽的衣服，只得用腰带在腰上重重扎紧，扎得乱七八糟，拖泥带水。脸上东一块脏，西一块脏，狼狈万分。哪像个格格，简直像个小乞丐。却挺立在那儿，一副天不怕地不怕的样子。乾隆惊愕得一塌糊涂。

"什么事，一清早就把朕吵醒？你怎么又变成女刺客了？你简直乐此不疲啊！这是一身什么打扮？你到底是怎么回事？"拿起侍卫交上来的那些帐钩绳子，看得一头雾水，"这一堆又是什么东西？"

小燕子嘟着嘴，气呼呼地答道："这是'飞爪百练索'！"

"啊？'飞爪百练索'？这还有名字呀！"乾隆更加惊异。

"当然不是正式的啦！我临时做的嘛！小卓子小邓子气死我了，跟他们说那些绳子不够牢，太细了，他们就是找不到粗的！害我摔下来……"

站在一边的令妃，忍不住插嘴问："你从哪里摔下来？"

"墙上啊！摔得浑身都痛！还差点给那些侍卫杀了！"

乾隆一脸的不可思议。

"你半夜三更去翻墙？还带了工具去？你要做什么？"

小燕子委屈起来。

"我跟皇阿玛说过了，我要到宫外去走走！可是，大家都看着我，每一道门都守了一大堆的侍卫，我就是出不去！这皇宫是很好玩，可是，我想我的朋友了，我想紫薇、柳青、柳红、小豆子……我真的不能忍耐了！"

乾隆瞪着小燕子，有些生气了："胡闹！太胡闹了！你现在已经封了'格格'，不是江湖上的小混混呀！你娘怎么教你的？你打哪儿学来这些下三烂的玩意？"看钩子绳子，"哼！飞爪百练索！"

令妃见乾隆生气，急得不得了，对小燕子拼命使眼色。奈何小燕子也越来越生气，越来越委屈，根本不去注意令妃的眼光。

"朕记得你娘，是个温柔得像水一样的女子，怎会教你一些江湖门道？你这些三脚猫的武功，是哪个师父教的？"乾隆的声音，严厉起来。

小燕子听乾隆又问到"娘"，难免有些心虚，想想，却代紫薇生起气来。没有进宫，还不知道乾隆有多少个"老婆"，进了宫，才知道三宫六院是什么！小燕子背脊一挺，完全不知天高地厚，竟然对乾隆一阵抢白："你不要提我娘了，你几时记得我娘？她像水还是像火，你早忘得干干净净了！你宫里有这个妃，那个妃，这个嫔，那个嫔，这个贵人，那个贵人……我娘算什么？如果你心里有她，你会一走就这么多年，把她冰在大明湖，让她守活寡一直守到死吗？"

乾隆这一生，什么时候受过这样的顶撞，顿时脸色发青，一拍桌子，大怒道："放肆！"

乾隆这一拍桌子，房里侍立的腊梅、冬雪和太监，全部扑通扑通跪落于地，只有小燕子仍然挺立。

令妃急忙奔过来，推着她说："快给你皇阿玛跪下！说你错了！"

小燕子脑袋一昂，豁出去了。

"错什么错？反正谁生气都要砍我的脑袋！自从我进宫以来，我就知道我的脑袋瓜子在脖子上摇摇晃晃，迟早会掉下来！"说着，一个激动，就大声地冲口而出，"皇阿玛！我跟你说实话吧！我根本不是'格格'，你就放了我吧！"

此话一出，人人震惊。令妃吓得花容失色，心惊胆战，脱口就喊：
"格格！你怎么可以说这种话？跟你皇阿玛斗气要有个分寸，毕竟不在民
间，你的'阿玛'是皇上啊！"

谁知，小燕子答得飞快，想也不想地说："我的阿玛不是皇上，我的
阿玛根本不知道是谁。"

乾隆瞪着小燕子，见小燕子一脸的倔强，满眼的怒气，一副"绝不
妥协"的模样，那份傲气和勇敢，竟是自己诸多儿女中，一个也不曾有
的。想想，这孩子的指责，却有她的道理啊！他瞪着瞪着，不禁内疚起
来。他叹口气，再开口时，声音竟无比的柔和："小燕子，朕知道是朕
对不起你娘，其实，朕在几年后，又去过济南，想去接你娘！但是，
那次碰上孝贤皇后去世，什么心情都没有了！那种风月之事，也不能办
了！朕知道你心里，一直憋着这口气，今天说了出来，就算脾气发过
了！'不是格格'这种怄气的话，以后不许再说！朕都明白了，你娘……
她怪了朕一辈子，恨了朕一辈子吧！"

小燕子目瞪口呆，无言以对了，睁大眼睛，愣愣地看着乾隆。

乾隆误会这样的眼光，是一种"默认"，心中立即充满了柔软、酸
楚和难过。

"老实告诉你吧，朕的众多儿女中，没有一个像你这样大胆，敢公
然顶撞朕！今天看在你娘面子上，朕不跟你计较了！"便柔声地喊，"你
过来！"

小燕子没有上前，反而本能地一退。

"真的跟阿玛怄气吗？"乾隆的声音更加温柔了，几乎带着歉意。

令妃见乾隆竟如此小心，简直见所未见，就把小燕子拉上前去，笑
着打哈哈："皇上，您瞧格格这张脸，跟小花猫似的！闹了一夜，又翻
墙，又摔跤，还差点被侍卫杀了……在这儿等您起床，又等了好半天，
难怪脾气坏，吓着了，又太累了嘛！"

乾隆伸手，托起了小燕子的下巴，仔细地凝视她，深深一叹。

"你这个坏脾气，简直跟朕年轻的时候，一模一样！"

小燕子睁大了眼睛，注视乾隆。本来以为，被乾隆逮到，一定会受到重罚，没料到乾隆居然这么温柔！她忽然热情奔放，张开嘴，哇的一声哭了。

"怎么了？怎么了？"乾隆大惊。

小燕子一伸手，攥住乾隆的衣服，这一下，真情流露，呜呜咽咽地说道："我从来不知道，有爹的感觉这么好！皇阿玛，我好害怕，你这样待我，我真的会舍不得离开你呀！"

乾隆的心，被小燕子这种奔放的热情，感动得热烘烘的，前所未有的一种天伦之爱，竟把他紧紧地攥住了。

乾隆就把小燕子温柔地拥在怀中，眼眶湿润地说："傻孩子，从今以后，你是朕心爱的还珠格格，朕也舍不得让你离开呀！"

小燕子听了这样的话，又喜又忧又感动，简直不知道该怎么办了。

片刻，乾隆拍了拍小燕子的头，说："以后想到宫外去，就大大方方地去！不要再翻墙了！咱们满人生性豪放，女子和男人一样可以骑马射箭！你想出宫，也不难！只是，换个男装，带着你的小卓子小邓子一起去！不能招摇，还要顾虑安全！"

小燕子一听，大喜，推开乾隆，一跪落地，砰砰砰磕了好几个响头："谢谢皇阿玛！谢谢皇阿玛！"

"不过，有个条件！"乾隆笑了。

"什么条件？"

"过两天，去书房跟阿哥们一起念书！我已经告诉纪晓岚，要他特别教教你！纪师傅学问好得很，你好好地学！你娘没教你诗词歌赋，咱们把它补起来！纪师傅说你学得不错，你才可以出宫！"

小燕子脸色一僵，心又落进谷底去了。

"啊？还要念书啊！"她心里叫苦不迭。当个格格，怎么这样麻烦！

小燕子走出乾隆的寝宫，仍然穿着她那身太监的衣服，嘴里念念有词，一路往漱芳斋走："念好了书，才许我出宫，根本就是糊弄我嘛！小时候在尼姑庵，师傅教我念个三字经，已经要了我的命，现在再念，搞不好弄个一年两年，都念不好，那岂不是一年两年都出不去了？这要怎么办才好……"

迎面，尔泰和永琪走了过来。

永琪看到来了一个小太监，就招手道："你给我们沏一壶茶来，放在那边亭子里！我和福二爷要谈一谈！"

小燕子见是他们两个，心中一乐，什么都忘掉了，就想跟他们开个玩笑。用手遮着脸，学着小太监，一甩袖子，哈腰行礼："喳！"

小燕子这一甩袖子，甩得太用力了，袖口的结都散开了，几个藏在袖子里准备带给紫薇的银锭子，就骨碌骨碌地从袖子里滚了出来，滚了一地。另一个袖子里的一串珍珠和金项链，也稀里哗啦落地。小燕子急忙趴在地上捡珍珠项链和银锭子。

永琪大惊，喊道："呔！你是哪一个屋里的小贼！身上藏着这么多的银子和珠宝，一大清早要上哪里去？"

永琪说着，就飞蹿上前，伸手去抓小燕子的衣领。

小燕子回手，就一掌对永琪劈了过去。

永琪更惊，立刻招架，反手也对她打去。

小燕子灵活地翻身飞跃出去，永琪也灵活地跃出，紧追不舍。尔泰一看，不得了，宫里居然有内贼，还敢和五阿哥动手！就腾身而起，几个飞蹿，稳稳地拦在小燕子面前。

"小贼！看你还往哪里跑？"

小燕子抬头，和尔泰打了一个照面，眼光一接，尔泰吓了一跳。怎么是小燕子？尔泰还没反应过来，小燕子趁他闪神之际，一脚飞踢他的面门。

尔泰急忙应变，伸手去抓她的脚。

她刚刚闪过尔泰，永琪已迎面打来。她想闪开永琪，奈何永琪功夫太好了，避之不及，就被永琪拎着衣服，整个提了起来。她还来不及出声，永琪举起她，就想往石头上面掼去。

这一下，小燕子吓得魂飞魄散，尔泰已经大喊出："五阿哥！千万不可！那是还珠格格啊！"

小燕子也在空中挣扎着，挥舞着手，大喊大叫："五阿哥！我认输了！不打了！不打了！"

永琪大惊失色，急忙松手。

小燕子翻身落地，站稳了，对永琪嫣然一笑，一揖到地："五阿哥好身手！上次被你射了一箭，我心里一直不大服气，因为我当时东藏西躲的，完全没有防备！所以，刚刚就想跟你斗斗看！没想到，差点又被你砸死，现在服气了，以后不敢惹你了！"

永琪目瞪口呆，瞪着小燕子，惊愕得连话都说不出来了。

这样一闹，就惊动了侍卫，大家奔来，七嘴八舌地喊："怎么？出了什么事？又有刺客吗？"

尔泰大笑，对侍卫们挥手："去去去！没事了！是还珠格格跟我们闹着玩！"

侍卫们惊奇着，一面行礼，一面议论纷纷地散了。

永琪目不转睛地看着小燕子。

"你到底要给我多少意外，多少惊奇呢？这样的'格格'，是我一生都没有见过的！"他上上下下地打量小燕子，"你为什么穿成这样？带着那些银子和珠宝要干什么？"

尔泰心中藏着"真假格格"的秘密，更是深深地注视着小燕子，问："侍卫说，你昨天晚上，又闹了一次刺客的把戏，真的吗？"

小燕子看着两人，心中一动，压低了声音说："你们帮我好不好？我有事要求你们！"

"什么事？"

"我们到漱芳斋去谈！"

永琪和尔泰交换了一个视线，一语不发，就跟着小燕子到了漱芳斋。

小邓子、小卓子、明月、彩霞慌忙迎过来，四个人都是哈欠连天，不曾睡觉的样子。见到永琪和尔泰，连忙行礼下跪喊"吉祥"小燕子对这一套好厌烦，挥手对四人说："你们四个，通通去睡觉！"

四人异口同声地回答："奴才不敢睡！"

小燕子听了就生气，大叫："掌嘴！"

四人就立刻左右开弓，对自己脸上打去。小燕子大惊，怎么真打？又急喊："不许掌嘴！"

四人这才住手。

小燕子瞪着四个人，严重地说："跟你们说过多少次了，这'奴才不敢，奴婢不敢，奴才该死，奴婢该死'在我这个漱芳斋，全是忌讳，不许说的！以后谁再说，就从月俸里扣钱！说一句，扣一钱银子，说多了，你们就白干活了，什么钱都拿不到！"

四人傻眼了。小邓子就一哈腰说："奴才遵命！"

"记下！记下！小邓子第一个犯规，小卓子，你帮我记下！"

小卓子立即回答："喳！奴……"想了起来，赶快转口说，"小的遵命！"

小燕子摇头，没辙了，挥手说："都下去吧！我没叫，就别进来。"

"喳！"四个人全部退下了。

永琪和尔泰看得一愣一愣的。永琪不解地问："为什么他们不能说'奴才'？"

小燕子不以为意地对永琪瞪大眼睛，嚷着说："你当'主子'已经当惯了，以为'奴才'生来就是奴才，你不知道，他们也是爹娘生的，爹娘养的，也是爹娘捧在掌心里长大的，只因为家里穷，没办法，才被送来侍候人，够可怜了！还要让他们嘴里，不停地说'奴才这个，奴才那个'，简直太欺负人！我不是生的格格，我不要这些规矩！他们说一句'奴才'，我就难过得一次，我才不要让自己一天到晚，活在难过里！"

永琪和尔泰，都听得出神了。两人都盯着小燕子看，永琪震惊于小燕子的"平等"论，不能不对小燕子另眼相看。这种论调，是他这个"阿哥"从来没有听过的，觉得新鲜极了，小燕子说得那么"感性"，那么"人性"，使他心里有种崭新的感动。尔泰知道她不是真格格，对她的"冒充"行为，几乎已经"定罪"。这时，看到的竟是一个热情、天真，连"奴才"都会爱护的格格，就觉得深深地迷惑了。

"你说得有理！我们这种身份，让我们生来就有优越感，以至于从来没有考虑过别人的感觉，确实，这对他们，是一种伤害吧！"永琪说。

小燕子的正义感发作了，越说越气："尤其是太监们，先伤害他们的身体，再伤害他们的他们的……他们的……"想不出来应该怎么措辞。

尔泰接口："再伤害他们的'尊严'？"

"对！就是'尊严'什么的！反正，把他们都弄糊涂了，连自己是个和我们一样的人，都不明白了。怎么跟他们说，他们都搞不清楚！"小燕子叹口气，脸色一正，看着二人，"言归正传，你们要不要帮我？"

"帮你做什么？"尔泰问。

小燕子才诚诚恳恳地看着永琪和尔泰，哀求地说："带我出宫去！我化装成你们的跟班也好，小厮也好，小太监也好……你们把我带出去，因为皇阿玛不许我出去！"

永琪一愣，面有难色，看尔泰："这个……好像不大好……"

尔泰盯着小燕子："你要出去干什么呢？如果你缺什么，告诉我，我帮你去办！要做什么，我也可以帮你去做！要送个信什么的，我帮你去送！"

小燕子心里急得不得了，满屋子兜着圈子，跺脚说："你们不懂，我一定要出去呀！我有一个结拜姐妹，名叫紫薇，我想她嘛！不知道她好不好？我急都急死了，我要去见她呀！我要给她送银子首饰去，还有一大堆话要告诉她呀！"

尔泰大大一震。紫薇！结拜姐妹！原来，她的心里，还是有这个夏紫薇的！

当天，尔泰就把小燕子的话，原封不动地告诉了紫薇和尔康。

"她说她想我？有一大堆话要告诉我？"紫薇震动地喊。

"是！而且为了要出宫，昨天夜里去翻围墙，差点又被当成刺客杀掉了！连皇上都给惊动了！"

"你有没有告诉她，夏姑娘在我们家呢？"尔康急急问尔泰。

"我当然没说，没跟你们商量好，我怎么敢泄露天机呢？不过，随我怎么看，随我怎么研究，我都没办法相信，还珠格格是个骗子，是个很有心机的人！她看来天真得不得了！"

金锁忍不住插嘴了："两位少爷不知道，她骗人的功夫老到家了，当初我们也着了她的道，她在北京好多地方，都设过骗局，反正骗死人不偿命！"

"金锁！你别插嘴！"紫薇回头斥责着。

金锁不说话了。尔康凝视紫薇，沉思着问："你要不要见她一面呢？"

"见得到吗？怎么见呢？"紫薇屏息地问。

"有两个办法。一个是，你混进宫去！一个是，她混出宫来！"

"可能吗？"紫薇眼睛一亮。

"只要安排得好，当然可能！额娘随时可以进宫，我们把你扮成丫头，跟额娘一起进宫，到了宫里，必须靠五阿哥里应外合……"尔康转眼看尔泰，"恐怕我们瞒不了五阿哥！你得把这件事告诉他！"

"这办法好像有点冒险！宫里的人太多了，眼线太多了！还珠格格出了不少的事，现在宫里对她都很注意……尤其皇后，等着要抓她的小辫子！我和五阿哥，今天在她那儿坐了坐，我们都怕会被人一状告到皇后面前，说她行为不检呢！"

"我们用第二个办法！照她所要求的，把她打扮成小太监，带出宫来吧！这也需要五阿哥帮忙才行。带出来之后，还得送回去！"尔康积极地说。

"我们信得过五阿哥，他一定不会泄露机密的！"

"夏姑娘……"尔康再度凝视紫薇。

"能不能请你们不要叫我'夏姑娘'，如果不见外，就叫我紫薇吧！"

"行！那么，你也不要公子少爷地喊，叫我尔康，叫他尔泰吧。"

"好。"紫薇注视尔康，"你刚刚要说什么？"

"你要心里有个谱！不管小燕子是怎么做到的，她确实做到了！她已经让皇上心服口服，认了她，还非常宠爱她！昨夜她在皇宫里翻墙，皇上都不肯追究，你就知道她的能耐了！可是，如果皇上发现她是假格格，以皇家律例，她是死罪一条！你，真想置她于死地吗？"

紫薇心里一酸，寻思片刻，坦白而真诚地说："小燕子和我是结拜过的，她是我的姐姐！在结拜的时候，我就诚心诚意地向皇天后土禀告过，将来无论我们两个的遭遇如何，我一定对她'不离不弃'！现在，她顶替了我的地位，当了格格，我虽然懊恼生气，可是，她还是我的姐姐！如果，为了要证明我自己的身份，而把她置于死地，我是绝对绝对不愿意的！我现在想见她一面，主要是想弄清楚，到底这是怎么一回事。这个疙瘩卡在我心里，我是坐立不安，只要她给我一个解释，让我了解真相，我就回济南去，当一辈子的夏紫薇！"

这一番话，使尔康深深地感动了，他一眨也不眨地看着紫薇，一叹："那……你也不必回济南，人生的际遇，有时是很奇怪的。老天或者有它的安排，也说不定！"

紫薇一怔，凝视尔康，尔康的炯炯双眸，也正灼灼然看着她。两人目光相接，都有着深深的震动。

"那么，让我和阿玛再研究一下，和尔泰再部署一下，你相信我，我一定尽快安排你和小燕子见面！"尔康说。

紫薇感激不已，期待得心跳都加速了。

"我先谢谢你了！"

于是，这天下午，永琪和尔泰结伴来到漱芳斋，两人的神色都非常严肃。一进门，永琪就把自己贴身的太监小顺子、小桂子都安排在院子外面。又极其慎重地叫来小邓子、小卓子、明月、彩霞，让他们全体站在门外把风。两人这才走进大厅，把窗窗门门一一关好。小燕子困惑地看着他们，等到尔泰一说出紫薇的下落，她才惊叫起来，激动无比地喊："你说，紫薇住在你家里？我所有的故事你都知道了，你唬我吧？真的还是假的？"她转头看永琪："五阿哥！你也知道了？"

永琪急忙制止她："你声音小一点！这是何等大事，你还在这里嚷嚷！你真的不要命了吗？是的，我也知道了！尔泰把什么都告诉我了，现在这儿没有外人，我和尔泰要你一句真话，你坦白告诉我，你到底是不是格格？"

小燕子狐疑地看永琪和尔泰，不敢说话。

"你可以完全信任我们，如果我要跟你作对，我就不会来问你了！直接把紫薇送到皇上面前去就好了！"尔泰着急地说。

小燕子听到紫薇的名字，一颗心就全悬在紫薇身上了，急切地问："紫薇好吗？她骂我吗？恨我吗？"

"她怎么会好？那天在街上看着你游行，她追在后面喊，被侍卫打得半死，幸好我哥把她救进府里。进了府到现在，每天都精神恍惚，眼泪汪汪的！"尔泰说。

小燕子眼圈一红，咬着嘴唇，忍住眼泪："那……她一定恨死我了！"

"她说，只想见你一面，听你亲自告诉她，为什么会变成现在这样。

她还说，就算你骗了她，你还是她结拜的姐姐！"

小燕子这一下把持不住了，顿时间，眼泪稀里哗啦地滚滚而下。

"我不是存心的！我不是存心的……"她哭着说。

永琪不相信地瞪着她："难道她的故事是真的？你不是格格，她才是？"

小燕子泪眼汪汪，拼命点头。

永琪、尔泰都睁大了眼睛。

"我真的不是故意的！"小燕子急急解释，"当时我被一箭射伤，病得昏昏沉沉，皇阿玛看了我身上的东西，不知怎么就认定我是格格了。等我醒来，皇阿玛对我好温柔，问这个，问那个，我就有些迷迷糊糊起来……然后，一屋子的人过来跟我跪下，大喊'格格千岁千千岁'，我就昏了头了！"

永琪脚下一个踉跄，脸色苍白。

"天啊！你怎么能昏头呢？这是要诛九族的欺君大罪啊！"

"我没有九族，我只有一个人，一个脑袋……"

永琪跺脚。

"这个脑袋已经快保不住了！"便心慌意乱地看尔泰，"你说要怎么办？这事是绝对不能说穿的！"

永琪脸色那么苍白，尔泰的脸色就也苍白起来。

"或者，我们可以说服紫薇，让她放弃身份，将错就错，回济南去……"

"她会肯吗？她不是路远迢迢到京里来，就为了找皇阿玛吗？"永琪瞪着小燕子，"这样吧！我们掩护你溜出宫去，出了宫，就不要回来了！我给你安排几个高手，保护着你，你连夜逃走吧！"

"你别糊涂了！"尔泰着急地说，"这是什么烂主意？那怎么成！宫里丢了一个格格，多少人要倒霉！你和我，也脱不了干系！"

小燕子见永琪和尔泰神色紧张仓皇，这才知道事态严重。

"难道……皇阿玛真的会砍我的头？"她不由自主地放低了声音，不相信地问。

尔泰和永琪不约而同地、严重地点头。

"皇阿玛对我这么好，他怎么舍得杀我？"她还是不信。

"他对你好，是因为他相信了你的故事，以为你是他的骨肉！如果他知道你骗了他，他气你恨你都来不及，还会原谅你吗？"永琪说，"你对于我们王室的事，了解得也太少了！"

小燕子这才急了。

"那……我们还等什么？我这就去换衣裳，你们带着我，马上逃走吧。"小燕子说着，就往寝室里冲去。

尔泰急忙拉住她。

"你不要说是风，就是雨。尔泰说得对，这样做不行的，何况什么都没安排……"永琪话说到一半，外面，忽然传来小顺子、小桂子、小卓子、小邓子……他们紧张而大声地通报，一进一进地喊进来。

"皇后娘娘驾到……皇后娘娘驾到……"

永琪、尔泰、小燕子全都倏然变色。

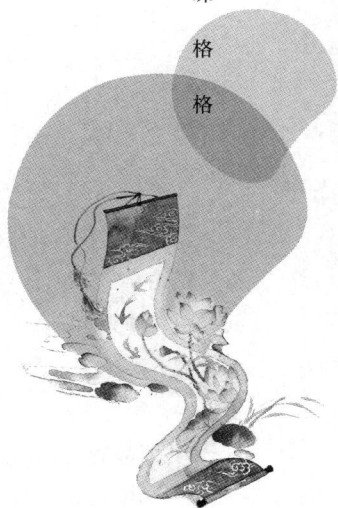

还
珠
格
格

【捌】

一时之间，她不知道是该嫉妒小燕子，是该恨小燕子，还是已经原谅小燕子，还是在继续喜欢小燕子。

皇后昂首阔步，带着容嬷嬷疾行而来。一走进漱芳斋的院子，就觉得气氛诡异。小顺子、小桂子、小邓子、小卓子、明月、彩霞全都在房间外面，伸头探脑。一看到她们两个，喊得比什么都大声。皇后心里疑惑，脚下不停，才迈进大厅，就看到永琪跟尔泰，带着小燕子匆匆地迎了出来，纷纷请安：

"儿臣恭请皇额娘金安！"

"小燕子恭请皇后娘娘金安！"

"臣福尔泰叩见皇后娘娘！"

皇后看了三人一眼，眉头一皱，心中又是纳闷，又是怀疑。

"原来五阿哥和尔泰在这儿！"眼光扫视三人，语气尖锐，"你们三个，有什么秘密吗？为什么把奴才们都安排在门外？我是不是来得太不凑巧？"

永琪慌忙机警地答道："皇额娘多心了！今天书房下课比较早，就和尔泰到格格这儿坐坐，聊聊家常。格格对宫中规矩，至今不太习惯，不喜欢奴才们在面前侍候！"

皇后哼了一声，看向小燕子。

"这样吗？我看，我得想个法，让你对这宫中规矩，尽快地熟悉起来！"

皇后说着，就昂首向厅里走去。容嬷嬷等一行人紧随。

永琪见小燕子掀眉瞪眼，用手在脖子上一比画，表示"小心脑袋"。

皇后蓦然一回头，这个动作，就看得清清楚楚。皇后心中有气，先藏住自己的种种怀疑，瞪着小燕子，严厉地问道："听说格格前晚又大闹皇宫了？还带着武器，想翻墙出去，是吗？"

小燕子一怔，嘟着嘴说："怎么一点点小事，也会弄得人人都知道呢？皇阿玛已经教训过了！以后不敢了就是嘛！"

皇后见小燕子既不认错，也不害怕，说得还挺大声，气不打一处来。

"你这是什么态度？一个'格格'，半夜去翻墙，还叫作'一点点小事'。那么对你而言，什么才是大事？"

小燕子对这个皇后，早就有气，立刻冲口而出地说："砍头就是大事啊！听说皇后娘娘很想砍我的头啊！"

皇后变了脸色，勃然大怒，一拍桌子，怒声喊："你听谁说我要砍你的头？是谁在我后面造这种谣言？你说！你说！"

一屋子的人全吓傻了，大气都不敢出。

尔泰和永琪交换视线，急死了。

"没有人告诉我，是我自己'听说'的！"

"你'听谁说'？马上招出来！"皇后大声命令。

"我不要说！说了你也不相信！就是听你说的！"

皇后怒极，简直无法控制了，厉声大喊："给我跪下！"

小燕子一怔，还来不及表示反抗，容嬷嬷上前，对她膝弯处很有经验地一踢，她一个站不住，就跪下了。

"掌嘴！"皇后再叫。

小燕子又惊又怒，就大喊出声："皇后！你别弄错了，我不是你的奴才，你要打要骂，都随你的便！我是皇阿玛封的格格，你要打狗，也要看主人是谁！"

皇后气得快发疯了，瞪大了眼，不敢相信地说："你居然搬出皇上来压制我！你这个不知天高地厚的野丫头！我今天就代皇上教训你！"便抬头喊："容嬷嬷！"

"奴婢在！"容嬷嬷答得响亮。

"掌她的嘴！看她说不说！"

容嬷嬷就一步上前，对着小燕子，一耳光抽去。

尔泰和永琪双双大惊。永琪大叫："皇额娘，使不得！"

小燕子实在没有防备到容嬷嬷说打就打，在毫无准备下，猛地挨了容嬷嬷一耳光，立刻气得暴跳如雷，对容嬷嬷大喊了一声："你是哪一根葱，居然敢打我？"

一面喊着，一面就握紧拳头，砰的一拳对容嬷嬷打去。容嬷嬷猝不及防，咕咚一声，栽倒在地上，抱着肚子直叫哎哟。小燕子趁此机会，一跃而起，向后飞蹿了好几步，竟飞身而起，爬在一根柱子上，对容嬷嬷喊："有种，你就上来抓我！你来呀！来呀！"

满屋子的人，个个又惊愕又意外，全部睁大了眼睛，仰头看着小燕子。

皇后这一下，气得快要昏倒了，回头大声喊："来人呀！去叫大内侍卫，通通过来！宫里要清理门户！"

太监们一迭连声地回答："喳！奴才遵命！"

永琪和尔泰，见闹得这样不可开交，迅速地交换了一个视线。尔泰对永琪点点头，做了一个手势，两人之间，默契十足。尔泰留下帮小燕子，永琪溜到门边，一溜烟地去找乾隆了。

当乾隆带着令妃，气急败坏地赶来时，只见皇后怒冲冲地站在室内，小燕子依然紧抱着柱子，高踞在柱子顶端，已经涨得脸红脖子粗，快要抱不住了。而一群大内高手，都在柱子下环伺，显然已经和小燕子僵持了一段时间。

一屋子的人，惊见乾隆赶到，全都匍匐于地，高声大喊："皇上吉祥！"

小燕子看见乾隆到了，如见救星，在柱子上面叫："皇阿玛！我没办法给您行大礼了，也没办法给您请安了……您快救救我，这儿有一大群人要杀我！"

乾隆见到这个局面，简直惊得目瞪口呆，生气地喊："这……成何体统？"抬头对小燕子喊："你快下来！"

"您保证我不会丢脑袋，我才要下来！"

"丢什么脑袋？谁要你的脑袋了？朕保证没有人敢伤你……"

"还要保证我不受罚……"小燕子居然和乾隆讲起价来。

皇后气得发昏，一步上前，对乾隆说："皇上！您不能再纵容这个小燕子了，她要礼貌没礼貌，要规矩没规矩，要水准没水准，教养学问更是谈不上！连我的教训，她都公然顶撞，说话不三不四，还制造谣言，我让容嬷嬷教训她一下，她居然出手打人……"

皇后的话还没说完，小燕子已经支持不住，大叫："皇阿玛！我快挂不住了……"

乾隆仰头，看着摇摇欲坠的小燕子，担心得不得了。

"挂不住，还不快下来！"回头急喊，"尔泰，永琪，你们两个上去，把她给弄下来，可别让她摔了！"

永琪和尔泰，便高声答应："是！"

两人双双飞身上去，一人抓着小燕子的一只胳膊，三人像一只大鹏鸟一般地飞了下来，准确地落到乾隆面前。

小燕子一下地，立刻跪在乾隆脚下，委屈地喊："皇阿玛，我在民间十八年，日子虽然过得苦，可从来没有人打过我一下，今天进了宫，头一遭，被人甩了一个耳刮子！这个格格当得好辛苦，宫里一大堆人不服气，恨不得把我五马分尸！说我来历不明，名不正，言不顺！皇阿玛，如果您真要保护我，让我回到民间去算了！"

乾隆生气，怒扫了皇后一眼，问："是谁甩了她一个耳刮子？"

容嬷嬷砰咚一跪："回万岁爷，是奴才！"

乾隆瞪着容嬷嬷，气冲冲地说："容嬷嬷！你是皇后面前的老嬷嬷，皇后任性的时候，心情不好的时候，你都得劝着一点，今天怎么不劝？
朕就知道，平时推波助澜，唯恐天下不乱的人，就是你们！"

容嬷嬷一惊，立刻左右开弓，打着自己的耳光。

"奴才知罪……奴才该死……"

皇后气得脸色惨白，往前跨了一步。

"皇上！打还珠格格是臣妾的命令，容嬷嬷不过是执行而已，皇上这
样，是在惩罚臣妾吗？"

乾隆瞪视着皇后，感慨万千地说："朕没有要任何人碰容嬷嬷一下，
皇后也会心痛，你对容嬷嬷尚且如此，还不能宽容小燕子吗？"就说：
"容嬷嬷！起来吧！"

容嬷嬷慌忙磕头，起身，灰头土脸地说："谢皇上恩典！谢皇上恩典！"

皇后气得咬牙切齿。

"如果朕不及时赶到，你预备把小燕子怎样？"乾隆看皇后。

"交给宗人府发落！"皇后傲然地挺着背脊。

"你会不会太过分了？她只是小孩脾气，毫无心眼！你贵为皇后，怎
么跟一个孩子认真？她犯了什么罪，要送宗人府？"乾隆问。

"忤逆罪！"皇后冷冷地回答。

这时，令妃忍不住上前，对皇后说："皇后，您别生气了！格格粗
枝大叶，不懂规矩。可是，心眼是好的，对人也挺热心的！进宫这些日
子，人缘一直很好，几个小阿哥、小格格都很喜欢她，今天冲撞了您，
大概是个误会。您大人不计小人过，别跟她计较了，让她给您赔个不
是吧！"

"对对对！小燕子，你给皇后磕个头吧！"乾隆附和着说，不愿闹
得皇后太下不了台。毕竟，她统摄三宫六院，一切宫中规矩，是她的
权责。

小燕子看了看乾隆，乾隆悄悄地跟她使了个眼色。小燕子不愿忤逆

乾隆,转身对皇后磕了一个头,嘴里还叽咕着说:"反正磕一个头,又不会少一块肉!"

这话"叽咕"得挺大声,皇后脸色铁青。小燕子不情不愿地磕完头,站起身就走到乾隆身边去找寻"庇护"。皇后心里的不平,像烧旺的火,熊熊地冒着火苗。她回头面对乾隆和令妃,义正词严地说:"皇上!臣妾有几句话,不能不说,忠言逆耳,如果会让皇上不高兴,我也顾不得了!这个还珠格格,既然已经被封为'格格',一举一动,代表的是皇家风范,假若做出什么荒唐的事情,会伤害皇上的尊严!现在,她已经闯了一大堆的祸,闹了许多笑话,再加上她胆大妄为,没上没下!宫里人多口杂,对她的行为,已经传得乱七八糟!如果再不管教,只怕会变成宫里的大问题,民间的大笑话!所以,我认为今天她用这种态度对我,就算不送宗人府,也该惩罚惩罚,让后宫妃嫔格格们,做个警惕!"

皇后这几句话,正气凛然,合情合理,乾隆也不得不沉默了。

令妃听到还要惩罚,一急,忍不住又开了口:"皇后!小燕子虽然行为鲁莽,但是,她毕竟不是宫里长大的,情有可原!再加上,她的率直和天真烂漫,正是皇上最珍惜的地方,如果一定要用礼教来拘束,岂不是把她的优点,全部抹杀了!咱们宫里,规规矩矩的格格,还不够多吗?"

令妃这几句话,可说到乾隆的心窝里去了,乾隆急忙点头称是:"正是正是!令妃说的,就是朕想说的!这还珠格格,既然来自民间,让她保持一点'民风'不好吗?至于管教,朕也有这个意思,不过,别操之过急,把她给吓唬住了,慢慢来吧!"

皇后见令妃和乾隆一唱一和,气极,却不便发作,瞪了面有得色的小燕子一眼,就对皇上请了一个安,说:"皇上这么说,就这么办吧!臣妾先告退了!"

乾隆点点头,皇后便带着她的人,全体退出去。

皇后一走，小燕子笑开了，对乾隆和令妃心甘情愿地磕了一个头，大声地说："小燕子谢皇阿玛救命之恩！谢令妃娘娘袒护之恩！来生做牛做马，做猪做狗，再报答你们！"

乾隆又好气又好笑，弯腰拉起小燕子，凝视着她："你不要太得意了，皇后说的话，也有她的道理！她是国母呀，你怎么连她也顶撞呢？你这样没轻没重，到处树敌，还随时做些奇奇怪怪的事，朕要把你怎么办才好呢？"

小燕子冲口而出："您多疼我一点，少要求我一点，就好啦！"

乾隆瞪着她，笑了。

乾隆这样一笑，满屋子的人，全体跟着笑了。一场风波，就这样烟消云散。永琪看着小燕子，对于这个精灵古怪、花招百出的"假格格"，实在不能不甘拜下风，佩服得五体投地了。

当天，在学士府，永琪见到了他真正的妹妹，夏紫薇！

紫薇穿着旗装，雍容华贵，轻轻盈盈地走过来，抬起澄澈的大眼睛，对永琪深深一凝眸，屈膝行礼。

"夏紫薇见过五阿哥！"

永琪目不转睛，上上下下地打量了一下紫薇，心中暗暗喝彩。

"我的名字是永琪。你应该知道，我们这一辈，排行是'永'字辈。算年龄，我比你大了些，应该算是你的五哥！"

紫薇听到永琪这样说，眼眶一热，凝视着永琪，又感动，又感慨地说："你这一句'五哥'，虽然只有两个字，对于我，却有千斤重啊！我从济南到这儿，路上走了半年，在北京又折腾了好几个月……想尽办法，到处碰壁！你是我第一个见到的亲人！我没办法告诉你，我现在有多么激动，虽然我无缘得到皇上的承认，我依然对上苍充满感恩，因为你已经承认了我！"

永琪好感动。这个紫薇，和小燕子简直是两个世界里的人。小燕子没章没谱，大而化之；紫薇却纤细温柔，如诗如画。永琪诚挚地说："我真没想到，我在宫里，多了一个小燕子那样的妹妹，在宫外，还有一个像你这样的妹妹！我和尔泰，一路都在谈你和小燕子两个！"

"你相信我的故事吗？你不怕我是一个骗子吗？你不认为小燕子才是真的格格，而我是冒牌的吗？"紫薇问。

尔康对紫薇点头说："现在已经完全没有怀疑了，因为小燕子对五阿哥和尔泰两个，把什么都招了！"

紫薇大震，颤声地问："她招了？她承认了？"

"是！她承认了！她说，情非得已，当时，有很多状况，很多误会，才造成今天的局面！她哭了，说是对不起你！"尔泰接口。

紫薇踉跄了一下，金锁急忙扶住。紫薇心中痛楚："这种大事，她用'对不起'三个字，就解决了吗？"

尔康走上前去，对紫薇诚恳地说道："我想，现在，我们的传话都没有意义，只有等到你和小燕子见了面，才能澄清种种问题！刚刚尔泰告诉我，小燕子在宫里发生很多事情，现在已经是危机重重，目前，能不能出宫还不知道。可是，我们一定会想办法安排！"回头看永琪："是吗？五阿哥会帮我们的，对不对？"

永琪拼命点头。

"是！我一定想办法！小燕子也一直求我，让我带她出来见你！你知道吗？为了要见你，她半夜翻墙，差点又被侍卫当成刺客打死了！她还带了好多珠宝和银子，说是要送来给你用！"

"是吗？"紫薇又震动了。

"是！"永琪注视紫薇，眼神诚挚而深刻，一直看进紫薇的眼睛深处去，"紫薇，我可不可以有一个要求呢？"

"五阿哥不要这么客气，你有什么吩咐，就直说吧！"

"请不要伤害小燕子！不管现在的事实是怎样，我都相信小燕子情有可原！事关生死，你还是要三思而行才好！"

紫薇震动地看着永琪，忽然在那张俊秀的脸庞上，在那明亮发光的眼神中，看出了某种让人感动的深情。他好喜欢小燕子啊！她模糊地想着。为了保护小燕子，或者，他宁愿没有自己这个妹妹吧！小燕子，她就有这种魔力，让身边的人，都不由自主地去喜欢她，去保护她。一时之间，她不知道是该嫉妒小燕子，是该恨小燕子，还是已经原谅小燕子，还是在继续喜欢小燕子。真的，听了小燕子在宫中的种种，看到永琪和尔泰对小燕子的忠诚，她的心已经软了。恨小燕子？她居然没办法恨小燕子！她迷糊了，半晌，都默然不语。

三天后，永琪和尔泰，带了一封厚厚的信，到学士府来交给紫薇。

紫薇惊奇得睁大了眼睛，激动地喊："小燕子给我一封信？她写的信？她怎么会写信？"

"是啊！好厚的一封信，她再三叮嘱我，要我亲自交给你！说她'写'了一个通宵才写出来的！"永琪说。

紫薇接过信来，尔康、尔泰、永琪、福伦、福晋、金锁全都忍不住好奇地观望。尔康看着紫薇，问："你不是说，小燕子没念过什么书吗？"

"是啊！当初教她写我的名字，教了好多天才会，一直怪我的名字笔画太多了！所以，她写信给我，我才觉得好稀奇呀！"

大家伸头去看，只见信封上歪歪倒倒地写着"紫薇"二字。

紫薇裁开信封，急忙抽出一沓信笺。

紫薇一看，是好几幅画。

第一幅画，画着一只小鸟，胸口插着一支箭，倒在地上，周围围着一些人。

第二幅画，画着小鸟睡在床上，一个穿着龙袍的人含泪在拔箭。远处有一朵小花在流泪。

第三幅画，画着小鸟靠在床上，瞪着骨溜滚圆的眼睛，一群人把格格头饰放在小鸟的头上，穿龙袍的人站在旁边微笑。

第四幅画，画着一朵花，小鸟衔着格格头饰，正给花儿戴上。

紫薇看完四幅画，早已热泪盈眶，把画交给尔康，她激动得一塌糊涂，嚷着说："我现在都明白了！我就知道小燕子不会欺骗我，我就知道一定有原因！她受伤了？你们没有一个人告诉我，她受伤了？你们怎么不说？她被箭射到了吗？伤得很严重吗？"

尔康等人，大家抢着看了看那些画，看得一知半解。永琪惊愕地问大家："你们没有告诉紫薇，小燕子是抬着进宫的？"便抬头看紫薇："是我一箭射中了她，当时，四个太医会诊，皇阿玛说，治不好小燕子，要太医'提头来见'。治了整整十天，才治活的！"

"为什么不告诉我？你们谁都没说过！"紫薇喊。

"我们以为你知道，我以为我哥告诉过你了！"尔泰惊讶地说。

"我以为尔泰说了，居然我们谁都没说吗？"尔康也惊讶地问。

"这个经过慢慢再告诉你……"尔康摇了摇手里的信笺，"你都看懂了？'

紫薇含泪而笑："看懂了！"

福伦和福晋，接过信笺也看了看。福伦忍不住问："她说些什么？"

紫薇郑重地接过信笺，打开，看着信笺说："你们可能看不懂，我念给你们听！"便正色地、动容地、充满感情地念起信来："满腹心事从何寄？画幅画儿替！小鸟儿是我，小花儿是你！小鸟儿生死徘徊时，小花儿泪洒伤心地！小鸟儿有口难开时，万岁爷错爱无从拒！小鸟儿糊糊涂涂时，格格名儿已经昭大地！小鸟儿多少对不起，小花儿千万别生气！还君明珠终有日，到时候，小鸟儿负荆请罪酬知己！"

紫薇念得抑扬顿挫，头头是道，大家听得目瞪口呆。尔康凝视着紫薇，在一片震动的情怀里，还有说不出的佩服。大家都听得感动极了，震动极了。

紫薇念完信，对众人含泪一笑。"就是这样了，她把所有的事情，都交代清楚了！"

永琪瞪着紫薇，心服口服地喊："所谓格格当如是！"

"哇！什么叫'出口成章'，我今天是领教了！"尔泰喊。

尔康热烈地看着紫薇，叹了口气，自言自语地说："天下的奇女子，都被咱们碰上了！"回头看永琪："五阿哥，谢谢你那一箭！射得好！"

永琪一愣。

"你谢得有点古怪！"

紫薇不由自主地脸一热，眼睛里亮晶晶的。

福晋拿起那些画，左看右看，纳闷地说："一个字都没有，居然有这么多的词，也只有你看得懂！真难为了你，怪不得你会和她结拜，只有姐妹，才会这样心灵相通吧！"

福伦看着紫薇，起身，对紫薇一拜。到了此时，才真正承认了紫薇。

"福伦有幸，能让一位真格格住在我家，有什么不周到的地方，您一定要说！"

紫薇跳起身子，涨红了脸，对众人喊："你们不要这样，弄得我不好意思！接到小燕子的信，我实在太兴奋，忍不住就'卖弄'了一下，你们千万不要笑我！不过是文字游戏而已！"

"我打赌，你如果在皇阿玛身边，他会喜欢得发疯的！"永琪说。

紫薇脸色一暗，忽然走到房间正中，面对众人，跪了下去，诚诚恳恳地说："不瞒大家，自从我发现小燕子是格格以后，我对小燕子真是又恨又怨又生气，可是，这些日子以来，听你们大家跟我分析利害，我已经越来越明白，我的存在，不只威胁到小燕子的生命，还威胁到很多无辜的人！今天，我看了小燕子的信，我不再恨她了，也不怪她了！"抬头看了尔康一眼："你说过，老天这样安排，可能有它的意义！我终于相信了这句话！"

尔康目不转睛地看着紫薇。

"现在的情势，如果我要认爹，可能有两个结果。一个是，我爹相信了我，那么，是小燕子死！另一个是，我爹不相信我，那么，是我死！"

福伦不禁深深点头。

"你分析得很对，足以见得，你已经想得非常透彻了！"

"无论是我死，还是小燕子死，都是不值得！上苍既然把小燕子送进宫，让她阴错阳差地做了格格，又让她帮我承欢膝下，做了女儿该做的事，我还有什么好埋怨呢？所以，我决定了，从今以后，还珠格格是小燕子！我是夏紫薇，一个普通的老百姓。现在，知道这个秘密的，就是你们各位，请你们帮我一个忙，永远永远，咽下这个秘密！"

大家激动着，感动着，一时无语。

尔康便就手扶起紫薇，动情地说："你起来吧！你的这番话，事实上，在我们每个人的心里，都盘旋了一段时间，只是没有人敢跟你讲。今天，你自己说出来了，我想，五阿哥和我们，都松了一口气！你能为大局着想，能为小燕子着想，牺牲你自己，你这种胸襟和气度，让我实在太佩服了！紫薇，我跟你保证，你不会白白牺牲的。老天会给你另一种幸福，一定会！"

尔康说得坦率坚定，紫薇凝视尔康，不禁动容。

福伦和福晋对看一眼，都若有所觉，惊异着。

室内，每个人有每个人的感动。只有金锁，不禁流下泪来，轻轻地喊了一声："小姐！你娘的遗志……"

紫薇回头看金锁，微笑地打断了金锁："金锁，你不必帮我委屈，我娘要我带给我爹的东西，小燕子已经帮我带到了！从我爹对小燕子的态度来看，我爹并没有完全忘掉我娘，我想，我娘应该可以含笑九泉了！"

紫薇说完，就对永琪说："五阿哥，请你把我的话，说给小燕子听！"

永琪心悦诚服地答道："你放心！我会一字不漏地讲给她听！"

所以，当天下午，在漱芳斋，小燕子已经听到了整个念信的经过。别提小燕子有多么激动了，她瞪着永琪，一直不敢相信地问："她原谅了我？她不恨我了？她说的？她真的这么说？"

永琪目不转睛地看着欣喜如狂的小燕子，叹口气，说："小燕子，我坦白告诉你，我生在帝王家，家里姑姑多，姐妹多，我是在一群'格格'中间长大的！可是，我从来没有见过这样两个格格，一个是你！一个是紫薇！你的率直坦荡，紫薇的诗情画意，你们两个真是绝配！看多了我家那些方方正正的'格格'，真欣赏你这个不在格子里的'格格'和紫薇那个玲珑剔透的'格格'！"

左一个格格，右一个格格，可把小燕子听得头昏脑涨。她大叫一声，说："不要跟我发表你的'格格'论了！只要告诉我紫薇真的没有骂死我，恨死我，气死我……还把我的信，念成一首歌……你没有骗我吧？我做梦都梦到紫薇要掐死我呢！"

"不骗你，她说，她已经原谅你了！"

"哇！"小燕子腾空一跃，几乎穿窗飞去，"紫薇原谅了我！紫薇原谅了我！"就满室飞舞，乐不可支："我就说嘛，拜把子是拜假的吗？上有玉皇大帝，下有阎王老爷，全都看着呢！可是……"又急急地抓住永琪的袖子："我还是要把这个'格格'还给紫薇！我一定要还的！你帮我想想办法，我怎么样可以把'格格'还给紫薇，不用砍头丢脑袋？我对自己这颗脑袋，其实还蛮喜欢的！"

永琪慌忙四面看看："小声一点！小声一点！你要叫得人尽皆知吗？你已经把皇后得罪了，说不定四面八方都是皇后的眼线，你还在这儿嚷嚷！"

小燕子盯着永琪，有个疑问，憋在心里好久了。

"你叫皇后皇额娘，她是你的娘吗？"

"不是的！因为她是皇后，我必须这样叫她！我的亲生额娘是愉妃，已经去世了！皇后的亲生儿子，是十二阿哥，不是我！"

小燕子呼出一大口气，连忙喊："阿弥陀佛！谢天谢地！"

"你别阿弥陀佛了，如果是的话，还可以帮你讲讲话，不是才糟呢！皇后平常对我就已经很忌讳了，现在又加一个你！"

"为什么皇后忌讳你？"

"自古以来，宫闱的倾轧都是同一个理由……咱们不要谈这个了！"凝视小燕子，"你眼前最大的危机，总算有惊无险，只要紫薇放你一马，你就安全了！你安心当你的还珠格格，不要东说西说，知道吗？"

"说实话，我已经当得不耐烦了，你们赶快帮我想一个脱身的办法！"

"好，我帮你想脱身的办法，没想好以前，你答应我不闹事！"

小燕子胡乱地点点头。永琪认真地叮嘱道："你和皇后，最好不要作对！在宫里，有宫里的生存法则，你这样任性，迟早会吃大亏的！我请求你，学着保护自己，好不好？"

永琪语气中的温柔，让小燕子心里热乎乎的，眼中闪着喜悦，就伸手很男性化地用手背啪地在永琪胸口打了一下，打得永琪好痛。

"你放心，我没给你那一箭射死，就死不掉了！"

永琪摇头苦笑："我还真不放心！如果你最后会丢脑袋，还不如当初一箭射死你，免得牵肠挂肚！"

"你说什么？"小燕子眼睛一瞪。

永琪慌忙掩饰地看向窗外。

"没什么！"

"不要东拉西扯了，你到底什么时候可以安排我出宫去见紫薇？"

"少安毋躁！"

"什么安什么躁？你叫我不要急是吗？怎么可能不急呢？我急得不得了！刚刚皇阿玛把我叫去说，明天要我跟你们一起去书房念书，我听到念书，一个头就胀成两个大，我哪会念书呢？大字都不认得几个，什么纪师傅，好像很有学问的样子，我一定会大出洋相，怎么办嘛？"

永琪看着她，笑了笑。

"怕什么？有我和尔泰，我们会帮你的！到时候，纪师傅一定会先考考你，你看我们的眼色就对了！我们不会让你下不来台的！"

"什么？还要考我呀？我完了！真的完了！"小燕子苦着脸叫，"当个格格，怎么这么麻烦？还是让紫薇来当比较好！"

小燕子往椅子里一倒，好像天都塌下来了。

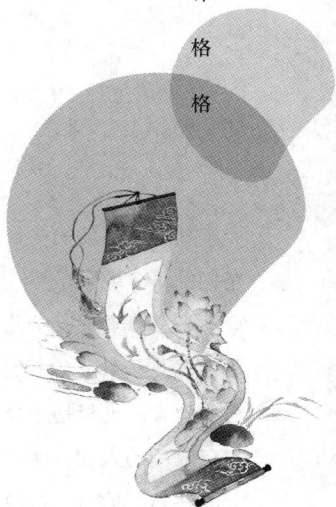

还
珠
格
格

【玖】

到底，皇后用什么方式，说服了乾隆，小燕子不知道。她只知道，忽然间，乾隆
不只对自己的"学问"关心，对于自己的"生活礼仪"，也大大地关心起来。

其实，清朝的格格们是不上书房的。上课，是阿哥们的事，不是格格们的事。乾隆虽然嘴里说，满人对女儿和儿子的教养差不多，不会拘束女子，事实上，女儿和儿子的待遇是绝对不一样的。女儿念不念书没关系，儿子就必须都是文武全才。但是，格格们都有妃嫔们自我要求，自我教育。乾隆是个琴棋书画，样样精通的人，格格们当然也个个都是出口成章的人物。所以，乾隆对于小燕子居然没念什么书，觉得是个大大的缺陷，他自己常说，人如果不读书，就会粗鄙，而他，最受不了的就是粗鄙。

所以，还珠格格是第一个走进书房的格格。

这天，乾隆为了慎重，也为了要看看纪晓岚如何"教育"小燕子，特别带着小燕子到书房。一群阿哥和伴读的王公子弟，见小燕子来了，万绿丛中一点红，给书房带来了一份活泼的气氛，不禁个个都有些兴奋。但是，看到乾隆坐镇，大家又都惴惴不安了。

纪晓岚看着小燕子，关于小燕子的种种脱序行为，早已传遍宫中。看到小燕子正襟危坐，如临大敌，大眼睛不住左顾右盼，而尔泰和永琪，一边一个，频频给她使眼色，觉得有些稀奇。心想，乾隆亲自督阵，这个"师傅"责任重大。不管怎样，先试试小燕子的程度再说。

纪晓岚就清清嗓子，微笑地说："今天是格格初次入学，臣想，不妨抛开那些又厚又重的书本，做些轻松有趣的事，格格以为如何？"

小燕子一听不碰书本，不由笑逐颜开，忙不迭地连连点头。

"咱们先来一个文字游戏，来作'缩脚诗'，总共四句，第一句七个字，第二句五个字，第三句三个字，第四句只有一个字，四句里头，格格随意接哪一句都行……"便看着阿哥们说，"哪一位先帮格格开个头？"

小燕子苦着一张脸，听得完全莫名其妙，什么"缩脚诗"，还"伸头诗"呢！看样子，自己得找一个地洞，到时候，来个"地洞诗"，钻下去算了！正在想着，永琪已经大声地接了口："我先来！"便看看小燕子，又看看尔泰，朗声念："四四方方一座楼！"

"挂上一口钟！"尔泰立刻接口，看小燕子，表示已从七字，降为五字。

"撞一下！"永琪见小燕子一脸糊涂，赶快接了三个字的，现在只要接一个字就可以了，永琪把茶杯倒扣，拿折扇做撞击状，暗示着。

小燕子瞪大眼睛看着，本能地就接一声："嗡！"

永琪、尔泰、阿哥们不禁热烈鼓掌叫好："哈哈！对了对了，就是这样！"

小燕子惊喜莫名，不相信地问："真的吗？我真的接对了吗？"

"接得好极了，接得妙极了！"永琪首先赞美。

乾隆笑着摇摇头："这不是接出来的，这是蒙出来的！不能算数，师傅再另外出题吧！"

纪晓岚出了第二个题："接下来，咱们来填诗，我提下半句，听好啊：'圆又圆，少半边，乱糟糟，静悄悄。'格格要用这几个字，填成一首诗！五阿哥！我看你跃跃欲试，你就再给格格示范一下！"

永琪想了想，看着小燕子，不能用字太深，要浅显，要是小燕子能够了解的，就念了出来："十五月儿圆又圆，初七初八少半边，满天星星乱糟糟，乌云一遮静悄悄！"

"嗯！填得不错！"纪晓岚点头，心里，可不怎么满意。太口语了！还没来得及要小燕子作，尔泰已经忙不迭地接口："我也示范一下！"看着小燕子，心想，永琪说的还是"太诗意"了，应该从生活中取材，还要是小燕子能了解的生活，就念了一首："一个月饼圆又圆，中间一切少半边，惹得老鼠乱糟糟，花猫一叫静悄悄！"

尔泰这样的诗，惹得阿哥们情不自禁地大笑。纪晓岚和乾隆相对一看，明知永琪和尔泰在千方百计地帮小燕子，两人也不表示什么。纪晓岚就催着小燕子说："格格！该你了，试一试吧！"

小燕子一震，为难地说："不试不行吗？"

"要试要试，这没有什么好难为情的！"纪晓岚鼓励着。

"那……要是填得不对、不好……"

"没有关系，不对可以更正，不好可以修饰啊！"

小燕子看看永琪他们，两人都对她点点头，鼓励着。小燕子知道赖不掉了，只得吸了一口气，豁出去了。

"好吧！试就试！"就看着纪晓岚，大声念着，"师傅眼睛圆又圆……"一句话刚刚出口，阿哥们窃笑四起。小燕子硬着头皮继续念："一拳过去少半边……"满堂的窃笑立刻变成了哄堂大笑，大家笑得东倒西歪。小燕子四面看看，完全就地取材，念了第三句："大家笑得乱糟糟……"

这一下，大家实在忍不住了，笑得前俯后仰，气都喘不过来了。课堂上从来没有喧闹成这样子过，何况乾隆在场！纪晓岚气得吹胡子瞪眼睛，急得又咳嗽又拍桌子，满屋子的笑声就是无法控制。乾隆又好笑、又好气，不得不板起面孔重重一哼："哼！"

阿哥们顿时收住笑，小燕子瞅了乾隆一眼，可怜兮兮地接完最后一句："皇上—哼静悄悄！"

大家又迸出大笑声，有的胆子小，拼命憋着笑，憋得脸红脖子粗。

乾隆哭笑不得，只有化为一声长叹："唉！"

小燕子看看乾隆，又看看纪晓岚，忽然间灵机一动，想起紫薇曾经教过她一副对子，当时觉得好玩，就记住了。现在，不妨拿出来试一试！当下，就又委屈、又不服气地朗声说："皇阿玛别叹气呀！书上这些文绉绉的玩意儿我是外行，可是外面活生生的世界我可内行了，不相信，我也来出个对子，只怕你们谁都对不出来！"

乾隆顿时大感兴趣。

"哦？好大的口气。晓岚！你听见没有啊？"

"臣听见了，请格格尽管出题！"纪晓岚看着小燕子。

"好，听着啊！'山羊上山，山碰山羊角，咩！'"最后一声羊叫，惟妙惟肖。

纪晓岚一呆。这是什么东西？怎么对？

阿哥们纷纷窃窃私语。

连乾隆也露出了困惑之色。

眼看大家讨论、思考、皱眉、抓头，表情不一而足，小燕子真是好不得意。

"怎么样啊？"小燕子笑嘻嘻地问大家。

阿哥苦笑的苦笑，摇头的摇头。

"纪师傅？"小燕子得意地看纪晓岚。

纪晓岚涨红了脸，不得不拱拱手说："请教格格！"

"这下联嘛，就是……"小燕子笑嘻嘻地接了下联，"水牛下水，水淹水牛鼻，哞！"最后的一声牛叫，也惟妙惟肖。

乾隆不禁拊掌大笑："哈哈！原来如此，原来如此啊！"

纪晓岚也笑了出来，明知道小燕子不可能对出这样的对子，一定是什么文人的游戏之作，但是，看到乾隆那么高兴，就也凑趣地说："真所谓教学相长也。还珠格格，今日，我算是服了您了！"

阿哥们都鼓掌起来，轰然叫好。永琪和尔泰相对一看，与有荣焉。

小燕子眼睛发光，脸孔也发亮，笑得好灿烂，心里却在叽咕着："还好，跟紫薇学了这么一招，把师傅也唬住了！"

乾隆听到纪晓岚赞美小燕子，更乐了。

"哈！博学多才的纪晓岚，居然也有甘拜下风的一天啊！哈哈！"

在一片哄闹声中，小燕子飘飘然着，永琪和尔泰用力鼓掌，都满眼激赏地凝视她，书房中难得这样热闹，大家兴奋，其乐融融。

小燕子上书房的趣事，几乎立刻就轰动了整个宫廷，更是大臣们茶余酒后的笑谈。大家对于这个毫无学问，却能让乾隆开怀大笑的"民间格格"，众说纷纭。对于她的来历，更是揣测多端，各种说法，莫衷一是。

不管大家的议论如何，小燕子还是心心念念要出宫。出不了宫，见不到紫薇，难免心浮气躁，觉得当格格越来越不好玩了。

同一时间，紫薇已经下定决心，让小燕子的格格当到底，她要彻底"退出"了。

这天，尔康走进紫薇的房间，发现紫薇把一沓洗得干干净净的衣裳放在床上。她和金锁两个，打扮得整整齐齐，正准备出门。

尔康一惊，急急地问："你们要去哪里？"

"正要去大厅，看福大人、福晋和你们兄弟两个！"紫薇说。

"有事吗？阿玛去拜访傅六叔了，还没回家；尔泰进宫了，也还没回来！"

"啊！"紫薇一怔。

"什么事呢？告诉我吧！"

"我是要向大家道谢，打扰了这么多日子，又让大家为我操心。现在，情势已经稳定了，我想我也应该告辞了！我把福晋借我穿的衣裳，都洗干净放在床上了……"

尔康一震，看看收拾得纤尘不染的房间，着急地问："为什么急着走呢？难道我们有什么不周到的地方吗？"

紫薇摇摇头，赶紧说："没有没有！就因为你们太周到了，我才不安心！真的，打扰得太多了，我也该回到属于自己的地方去了！"

尔康凝视紫薇，忽然间，就觉得心慌意乱了，一急之下，冲口而出："什么是'属于你自己的地方'？你是说那个大杂院？还是说皇宫？还是你济南老家？什么是属于你的？能不能说清楚？"

一句话问住了紫薇。她的脸色一暗，心中一酸。

"是，天下之大，居然没有真正属于我的地方！但是，'不属于'我的地方，我是很清楚的！"

尔康看了金锁一眼。

金锁就很识趣地对尔康福了一福，说："大少爷，我先出去一下！您有话，慢慢跟小姐谈！"

金锁走出门去，关上了房门。

紫薇有些不安起来，局促地低下头去。

尔康见房内无人，就一步上前，十分激动地盯着紫薇。

"紫薇，我跟你说实话，我不准备放你走！"

紫微大震，抬头看尔康。

"为什么？"

"因为……我们大家，包括五阿哥在内，都或多或少，给了你很多压力，使你不得不委委屈屈，放弃了寻亲这条路！我们每个人都明知你是金枝玉叶，却各有私心，为了保护我们想保护的人，把你的身世隐藏起来。我们对你有很多的抱歉，在这种抱歉里，只有请你把我们家当你的家，让我们对你尽一份心力！"

"你的好意，我心领了！其实，你们一点都不用对我抱歉，是我自己选择放弃这条路，我也有我想保护的人！你们全家对我都这么好，我会终生感激的！但是，这儿毕竟不是我的家，我住在这儿，心里一直不踏实，你还是让我走吧！"

尔康情急起来。

"可是，你的身份还是有转机的！说不定柳暗花明呢？住在我家，宫里的消息，皇上的情况，甚至小燕子的一举一动……你都马上可以知道，不是很好吗？何况，我们还在安排，要把你送进宫，跟小燕子见面呢！"

"我心里明白，混进宫是一件很危险的事，说不定会让福晋和你们，都受到责难！看过小燕子的信以后，我已经不急于跟小燕子见面了！只要大家都平安，就是彼此的福气了！"

"可是，可是……你都不想见皇上一面吗？"

紫薇一叹："见了又怎样呢？留一点想象的空间给自己，也是不错的！"

尔康见讲来讲去，紫薇都是要走，不禁心乱如麻。

"那……你是走定了？"

"走定了！"

尔康盯着紫薇，见紫薇眼如秋水，盈盈如醉，整个人就痴了，顿时真情流露，冲口而出地说："所有留你的理由，你都不要管了！如果……我说，为了我，请你留下呢？"

紫薇大震，踉跄一退，脸色苍白地看着尔康。

尔康也脸色苍白地看着紫薇，眼里盛满了紧张、期盼和热情。

这样的眼光，使紫薇的呼吸都急促起来，她哑声地问："你是什么意思？"

"你这么冰雪聪明，还不懂我的意思吗？自从你在游行的时候，倒在我的脚下，攥住我的衣服，念皇上那两句诗……我就像是着魔了！这些日子，你住在我家，我们几乎朝夕相处，你的才情，你的心地，你的温柔……我就这样陷下去，情不自禁了！"尔康一口气说了出来。

紫薇震动至极，目不转睛地看着尔康，呆住了。

两人互看片刻，紫薇震惊在尔康的表白里，尔康震惊在自己的表白里。

尔康见紫薇睁大眼睛，默然不语，对自己的莽撞，后悔不已，敲了自己的脑袋一下，退后了一步，有些张皇失措。

"我不该说这些话，冒犯了你！尤其，你是皇上的金枝玉叶，我都不知道你会怎样想我。"

紫薇愣了片刻，低低说："我现在还算什么金枝玉叶呢？我说过了，我只是一个平常的老百姓，一个没爹没娘的孤儿，甚至连一个名誉的家庭都没有……真正的金枝玉叶是你，大学士的公子，皇上面前的红人，将来，一定也有真正的金枝玉叶来与你婚配……我从小在我娘的自卑下长大，不敢随便妄想什么！"

尔康听得非常糊涂，激动地说："如果你可以'妄想'呢？你会'妄想'什么？"

紫薇大惊，再度踉跄一退。

尔康见紫薇后退，受伤、懊恼、狼狈起来，脸上青一阵，白一阵。

"是我脑筋不清，语无伦次！你把这些话，都忘了吧！如果你决定要走，待我禀告过阿玛和额娘，我就送你回大杂院！"

尔康说完，不敢再看紫薇，就伸手要去开门。

紫薇心情激荡，一下子拦了过去，挡在门前，哑声地说："我留下！"

尔康大震，抬头盯着紫薇："你说什么？"

紫薇睁着黑白分明的眼睛，一眨也不眨地看着尔康。自从来到福府，对尔康的种种感激和欣赏，此时，已经融合成一股庞大的力量。她无法分析这股力量是什么，只知道，她的心，已经被眼前这个恂恂儒雅的男子，深深地打动了。她清晰地说："为了你最后那个理由，我不走了，我留下！"

尔康太激动了，一步上前，就忘形地握住紫薇的手。

紫薇脸红红的，眼睛水汪汪的，也忘形地看着尔康。

两人痴痴地对视着，此时此刻，心神皆醉，天地俱无了。到这时候，紫薇才知道，尔康常说，紫薇和小燕子的阴错阳差，是老天刻意的安排。她懂了，失之东隅，收之桑榆！如果她顺利进了宫，就不会进府！和尔康的这番相知相遇，相怜相惜，大概就不会发生了！她定定地看着尔康那深邃的眸子，突然间，不再羡慕小燕子了。

这时的小燕子，确实没有什么可羡慕的，因为，她正陷在水深火热中。

到底，皇后用什么方式，说服了乾隆，小燕子不知道。她只知道，忽然间，乾隆不只对自己的"学问"关心，对于自己的"生活礼仪"，也大大地关心起来。而且，他居然派了和小燕子有仇的容嬷嬷来"训练"她，这对小燕子来说，是个大大的意外，更是个大大的灾难！

事有凑巧，乾隆带着皇后和容嬷嬷来漱芳斋那天，小燕子正趴在地上，和小邓子、小卓子、明月、彩霞四个人，在掷骰子，赌钱。四个宫女太监，全都听从小燕子的命令，趴在地上，正玩得不亦乐乎。

谁知道，乾隆等一行人，会忽然"驾到"呢？门口又没派人把风，等到乾隆的贴身太监小路子，一声"皇上驾到，皇后驾到"的时候，乾隆和皇后已经双双站在小燕子面前了。

小燕子吓了一大跳，慌忙从地上跳了起来。

小邓子、小卓子、明月、彩霞全部变色，吓得屁滚尿流，仓皇失措。大家纷纷从地上爬起来。还没站稳，抬眼看到乾隆和皇后，又都扑通扑通跪下去。这一起一跪，弄得手忙脚乱，帽子、钗环、骰子、铜板……滚了一地。

小燕子倒是手脚灵活，急忙就地一跪。

"小燕子恭请皇阿玛圣安，皇后娘娘金安！"

皇后见众人如此乱七八糟，心中暗笑。

"格格在做什么呢？好热闹！"皇后不温不火地说。

乾隆皱着眉头，惊愕极了，看着满地的凌乱。

"小燕子，你这是……"看到骰子，气不打一处来，对小邓子四个人一瞪眼，大声一喝，"是谁把骰子弄进来的？"

小燕子生怕四人挨骂，慌忙禀告："皇阿玛！您不要骂他们，是我逼着他们给我找来的，闲着也是闲着，打发时间嘛！"

乾隆听了，简直不像话！心里更加不悦，哼了一声，瞪着太监和宫女们，大骂："小邓子，小卓子！你们好大胆子！好好的一个格格，都被你们带坏了！"

小邓子、小卓子跪在地上，簌簌发抖。

"咱们……奴才该死！"

皇后眉毛一挑，立刻接口："什么叫'咱们奴才该死'？谁跟你们是'咱们'？"

小燕子又急忙喊："是我要他们说'咱们'，不许他们说'奴才该死'！皇阿玛，皇后，你们要打要骂，冲着我来好了，不要老是怪到他们头上去！"

乾隆看了皇后一眼，气呼呼地点点头："你说对了！小燕子不能再不管教了！"便转头对小燕子，严厉地喊："小燕子！你过来！"

乾隆的脸色这么难看，小燕子心里暗叫不妙，只得硬着头皮走了过去。

"从明天起，你双日上书房，跟纪师傅学写字念书；单日，容嬷嬷来教你规矩！容嬷嬷是宫中的老嬷嬷，你要礼貌一点，上次发生的那种事，不许再发生了！如果你再爬柱子，再打人，朕就把你关起来！君无戏言，你最好相信朕的话！"

容嬷嬷走上前来，对小燕子行礼。

"容嬷嬷参见格格，格格千岁千千岁！"

小燕子蓦地一退，脸色惨变，急喊："皇阿玛！您为什么这样做？"

"朕知道什么叫'恃宠而骄'，什么叫'爱之，适以害之'！不能再纵容你了！"

乾隆一用成语，小燕子就听得一头雾水，心里又着急，想也不想，就气急败坏地喊着说："什么'是虫儿叫'，什么'哎吱哎吱'？皇阿玛，您不要跟我转文了，你不喜欢我赌钱，我不赌就是了，您把我交给这个容嬷嬷，不是把鸡送给黄鼠狼吗？下次您要找我的时候，说不定连骨头都找不到了！"

容嬷嬷面无表情，不动声色。

皇后摇摇头，一股"你看吧"的样子，注视着乾隆。

乾隆听到小燕子的"是虫儿叫，哎吱哎吱"，简直气得发昏。对这样的小燕子，实在忍无可忍，脸色一板，厉声一吼："朕已经决定了！不许再辩！朕说学规矩，就要学规矩！你这样不学无术，颠三倒四，让朕没办法再忍耐了！"便回头喊："容嬷嬷！"

"奴才在！"容嬷嬷答得好清脆。

"朕把她交给你了！"

"喳！奴才遵命！"容嬷嬷这一句，不只"清脆"，根本是"有力"的！

小燕子的灾难，就从这一天开始了。

容嬷嬷教小燕子"规矩"，不是一个人来的，她还带来两个大汉，名叫赛威、赛广。两人健壮如牛，虎背熊腰，走路的时候，却像猫一样轻悄，脚不沾尘。小燕子是练过武功的，对于"行家"，一目了然。知道这两个人，必然是大内中的高手。

容嬷嬷对小燕子恭恭敬敬地说："皇上特别派了赛威、赛广兄弟来，跟奴婢一起侍候格格。皇上说，怕格格一时高兴，上了柱子屋檐什么的，万一下不来，有两个人可以照应着！"

小燕子明白了，原来师傅还带着帮手，看着赛威、赛广两人像铁塔一般，心里更是暗暗叫苦。

她看着容嬷嬷，转动眼珠，还想找个办法推托，苦思对策。

"容嬷嬷，我们先谈个条件……"

容嬷嬷不疾不徐地接口："奴婢不敢跟格格谈条件，奴婢知道，格格心里，一百二十万分地不愿意学规矩！奴婢是奉旨办事，不能顾到格格的喜欢或不喜欢。皇上有命，奴婢更不敢抗旨！如果格格能够好好学，奴婢可以早点交差，格格也可以早点摆脱奴婢，对格格和奴婢，都是一件好事！就请格格不要推三阻四了！"

容嬷嬷讲得不亢不卑，头头是道，小燕子竟无言以驳，无奈地大大一叹："唉！什么'格格''奴婢'地搞了一大堆，像绕口令似的，反正，我赖不掉就对了！"

小燕子第一件学的，竟是"走路"。容嬷嬷示范，一遍又一遍地教："这走路，一定要气定神闲，和前面的人要保持距离！甩帕子的幅度要恰到好处，不能太高，也不能太低，格格请再走一遍！"

"格格，下巴要抬高，仪表要端庄，背脊要挺直，脸上带一点点笑，可不能笑得太多！再走一遍！"

"格格，走路的时候，眼睛不能斜视，更不能做鬼脸！请再走一遍！"

小燕子左走一遍，右走一遍，一次比一次不耐烦，一次比一次没样子，帕子甩得忽高忽低。容嬷嬷不慌不忙地说："格格，如果你不好好学，走一个路，我们就要走上十天半月，奴婢有的是时间，没有关系！但是，格格一天到晚，要面对我这张老脸，不会厌烦吗？"

小燕子忍无可忍，猛地收住步子，一个站定，甩掉手里的帕子，对容嬷嬷大叫："你明知道我会厌烦，还故意在这儿折腾我！你以为我怕你吗？我这样忍受你，完全是为了皇阿玛，你随便教一教就好了，为什么要我走这么多遍？"

容嬷嬷走过去，面无表情地拾起帕子，递给小燕子。

"请格格再走一遍！"

"如果我不走呢？"

"格格不走，容嬷嬷就告退了！"

容嬷嬷福了一福，转身欲去。小燕子不禁大喊："慢着！你要到皇阿玛面前告状去，是不是？"

"不是'告状'，是'复命'！"

小燕子想了想，毕竟不敢忤逆乾隆，气呼呼地抓过帕子。

"算了算了！走就走！哪有走路会把人难倒的呢？"

小燕子甩着帕子，气冲冲迈着大步向前走，帕子甩得太用力，飞到窗外去了。

小邓子、小卓子等六人，拼命忍住笑。

容嬷嬷仍然气定神闲，把自己手里的帕子递上，不温不火地说："请格格再走一遍！"

小燕子第二件学的是"磕头"。和"走路"一样，磕来磕去，磕个没完没了。

"这磕头，看起来简单，实际上是有学问的！格格每次磕头，都没磕对！跪要跪得端正，两个膝盖要并拢，不能分开！两只手要这样交叠着放在身子前面，头弯下去，碰到自己的手背就可以了，不必用额头去碰地，那是奴才们的磕法，不是格格的磕法。来！请格格再磕一次！"

"格格错了！手不能放在身子两边……再来一次！"

"格格又错了，双手要交叠，请格格再磕一次！"

小燕子背脊一挺，掉头看容嬷嬷，恼怒地大吼："你到底要我磕多少个头才满意？"

容嬷嬷温和却坚持地说："磕到对的时候就可以了！"

小燕子就跪在那儿，磕了数不清的头。

小燕子第三件学的事，居然是如何"坐"。

"所谓站有站相，坐有坐相。这'坐'也有规矩的！要这样慢慢地走过来，轻轻地坐下去。膝盖还是要并拢，双手交叠放在膝上。格格，请坐！"

"格格请起，再来一遍！坐下去的时候，绝对不能让椅子发出声音！"

"格格请起，身子要坐得端正，两只脚要收到椅子下面去！请再来一遍！"

"格格请起，要抬头，下巴不能下垂，两只脚不要用力！请再来一遍！"

于是，小燕子又起立，又坐下，整整"坐"了好多天。

小燕子终于爆发的那一天，是练习了好久的"见客"之后。好不容易，到了吃饭的时间，她累得脚也酸了，手也酸了，脖子背脊无一不痛。看到饭，如逢大赦，高兴得不得了。坐在餐桌上，她吃着这个，看着那个，狼吞虎咽。一面忙着自己吃，还要一面忙着招呼小邓子、小卓子等人。

"哇！总算可以吃饭了，我现在吃得下一只牛！"稀里呼噜地喝了一口汤，满意地喘了口大气，再含着一口菜，回头说，"大家坐下来一起吃吧！我相信大家都饿了，都累了，这一桌子的菜，我一个人怎么吃得下？来来来！吃饭！吃饭！累死事小，饿死事大……"

小燕子话没说完，容嬷嬷清脆地接口："格格，请放下筷子！"

小燕子一怔，抬起头来，气往脑袋里直冲。

"干吗？规矩已经教完了，我现在在吃饭呀！难道你连饭也不让我好好吃？"

"这'吃饭'也有规矩！嘴里含着东西，不能说话！更不能让奴才陪你吃饭，奴才就是奴才！格格身份高贵，不能和奴才们平起平坐，这犯了大忌讳！格格拿筷子的方法也不对，筷子不能交叉，不能和碗盘碰出响声！喝汤的时候，不能出声音！格格，请放下筷子，再来一遍！"

这一下，小燕子再也无法忍耐了，啪的一声，把筷子重重地往桌上一拍，跳起身子，大叫："我不干了！可以吧！这个还珠格格我不当了！早就不想干了！什么名堂嘛？坐也不对，站也不对，走也不对，跪也不对，笑也不对，说也不对……连吃都吃不对！我不要再受这种窝囊气！我受够了！我走了，再也不回来了！"

小燕子一面喊着，一面摘下了"格格扁方"，往地上一摔，扯掉脖子上的珠串，珠子稀里哗啦地散了一地，小燕子就冲出房去。在她身后，小邓子、小卓子、明月、彩霞、容嬷嬷嘴里喊着格格，拼命地追出来……

就在这个时候，乾隆、皇后、令妃，带着永琪和尔泰走进漱芳斋的院子。

小燕子像箭一样地射出，嘴里乱七八糟地喊着："帽子，不要了！珠子，不要了！耳环，不要了！金银财宝，都不要了！这个花盆底鞋，也不要了……"就伸脚一踢一踹，一只花盆底鞋子飞了出去。

乾隆惊愕地一抬头，只见一只花盆底鞋，对他脑门滴溜溜飞来。乾隆大惊："这是什么？"

永琪出于直觉反应，跳起身伸手一抄，抄到一只鞋子。

乾隆瞪大了眼睛。皇后、令妃、永琪、尔泰都是一阵惊呼。小燕子嘴里还在喊："不干了，总可以吧！什么'还珠格格'，简直成了'烤猪格格'……"

乾隆惊魂未定，怒喊："小燕子！你这是干什么？"

小燕子这才猛然刹住脚步，睁着大眼，气喘吁吁地看着乾隆。

奔出门来的容嬷嬷、小邓子、小卓子、明月、彩霞、赛威、赛广扑通扑通地跪了一地，纷纷大喊："皇上吉祥！皇后娘娘吉祥！令妃娘娘吉祥！五阿哥吉祥！福二爷吉祥……"

在这一片吉祥声中，小燕子却涨红了脸，瞪大了眼珠子，气鼓鼓地光脚站着，一句话都不说，也不请安。

皇后一挑眉，厉声问："这是怎么回事？容嬷嬷！"

"奴婢在！"

"你不是陪着格格吗？怎么把格格教成这个样子？帽子鞋子全飞了，是怎么回事？你说！"

"奴婢该死！教不会还珠格格！"容嬷嬷一股"罪人"状。

乾隆气得眼冒金星，瞪着小燕子，大怒地吼："你这是什么样子！要你学规矩，你怎么越学越糟？你看看你自己，服装不整，横眉怒目，成何体统？"

小燕子什么都不管了，瞪着眼睛嚷："皇阿玛！我豁出去了！这个格格我不干了！您要砍我的脑袋，我也只有认了！反正……"她傲然地昂着头，视死如归地大喊："要头一颗，要命一条！"

乾隆被她气得脸红脖子粗。

"你以为'格格'是什么？随你要干就干，要不干就不干？"回头大叫，"来人呀，给朕把还珠格格拿下！"

赛威、赛广便大声应着"喳"，上前迅速地捉住了小燕子。

小燕子急喊："皇阿玛！皇阿玛……您真的要我的脑袋吗？"

乾隆震怒，无法控制了，对小燕子声色俱厉地吼着："你如此嚣张，如此放肆！朕对于你，已经一忍再忍，实在忍无可忍了！朕不要你的脑袋，只要好好地教训你！"便对太监们喊道："打她二十大板！"

太监们大声应着"喳"。

永琪大急，真情流露，扑通一声，对乾隆跪落地，气急败坏地喊："皇阿玛请息怒！还珠格格是金枝玉叶，又是女儿身，恐怕禁不起打！不如罚她别的！"

尔泰见永琪跪了，便也跪了下去。

"皇上仁慈！五阿哥说得很对，格格不比男儿，不是奴才，万岁爷请三思！"

令妃也急忙对乾隆说："是呀是呀！还珠格格身体娇弱，上次受的伤，还没有全好，怎么禁得起板子？皇上，千万不要冲动呀！"

小邓子、小卓子、明月、彩霞四人，更是磕头如捣蒜，流泪喊："皇上开恩！皇上开恩！"

乾隆见众人求情，略有心软，瞪着小燕子怒问："你知错没有？"

谁知，小燕子下巴一抬，脱口而出："我最大的错，就是不该做这个格格……"

乾隆不等她说完，就大喊着说："打！打！谁都不许求情！"

这时，早有太监搬了一张长板凳来。赛威、赛广便把小燕子拖到板凳前，按在板凳上面，另有两个太监，拿了两根大板子，抬头看乾隆。

乾隆怒道："还等什么？打呀！朕要亲自看着你们打！重重地打！重重地打！"

两个太监不敢再延误，噼里啪啦地就对小燕子的屁股上打去。一面打，一面数数："一！二！三！四……"故意打得很慢，给乾隆机会叫停。

小燕子直到板子打上了身，这才知道乾隆是真的要打她，又痛又气又急又羞又委屈又伤心，挣扎着，挥舞着手大叫："皇阿玛！救命啊……我知错了！知错了……"痛得泪水直流。

永琪急坏了，跪行到乾隆面前，磕头喊："皇阿玛！手下留情呀！"

乾隆怒不可遏，喊道："说了不许求情，还有人求情！加打二十大板！"

永琪和尔泰，再也不敢求情，急死了，眼睁睁看着板子噼里啪啦打上了小燕子的屁股。

令妃眼看小燕子那一条葱花绿的裤子，已经透出血迹，又是心痛，又是着急。自从小燕子进宫，令妃还是真心疼她。这时，什么都顾不得了，抓着乾隆的手，一溜身跪在乾隆脚下，哀声喊着："皇上，打在儿身，痛在娘心！小燕子的亲娘，在天上看着，也会心痛的！皇上，您自己不是说过，对子女要宽容吗？看在小燕子娘的份上，您就原谅了她吧！再打下去，她就没命了呀……"

令妃的话，提醒了小燕子，当下，就没命地哭起娘来。

"娘！娘！救我呀！娘……娘……你为什么走得那么早？为什么丢下

我……"一哭之下,真的伤心,不禁悲从中来,痛喊,"娘!你在哪里啊……如果我有娘,我就不会这样了……娘!你既然会丢下我,为什么要生我呢……"

乾隆一听,想着被自己辜负了的雨荷,心都碎了,急忙喊:"停止!停止!别打了!"

太监急急收住板子。赛威、赛广也放开小燕子。

小燕子哭着,从板凳上瘫倒在地。

令妃、明月、彩霞都扑过去抱住她。

乾隆走过去,低头看了小燕子一眼,看到她脸色苍白,哭得有气无力,心里着实心痛,掩饰住自己的不忍,色厉内荏地说:"你现在知道,'君无戏言'是什么意思了!不要考验朕的耐心,朕严重地警告你,再说'不当格格',再不守规矩,我绝对不饶你!如果你敢再闹,当心你的小命!不要以为朕会一次又一次地纵容你!听到没有?"

小燕子呜呜咽咽,泪珠纷纷滚落,吓得魂飞魄散,拼命点头,却说不出话来。

乾隆见小燕子的嚣张,变成全然的无助,心中恻然,回头喊:"赛威、赛广,去传胡太医来给她瞧瞧!容嬷嬷,去把上次回疆进贡的那个'紫金活血丹',拿来给她吃!"

乾隆说完,便一仰头,转身而去。

皇后、容嬷嬷、赛威、赛广、太监、宫女跟随,都疾步而去了。

永琪和尔泰,见到乾隆和皇后已去,就跳起身子,奔过去看小燕子。

永琪看到小燕子满脸又是汗,又是泪,奄奄一息,裤子上绽着血痕,心都揪紧了,掩饰不住自己的心痛和关怀,低头说:"小燕子,你怎样?现在,皇上和皇后都已经走了,你如果想哭,就痛痛快快哭一场吧!不憋着!"

小燕子闭着眼,泪珠沿着眼角滚落,嘴里叽里咕噜,不知道说了一些什么。

　　"她说什么？"尔泰听不清楚，问永琪。

　　"她说，幸好打的不是紫薇！"

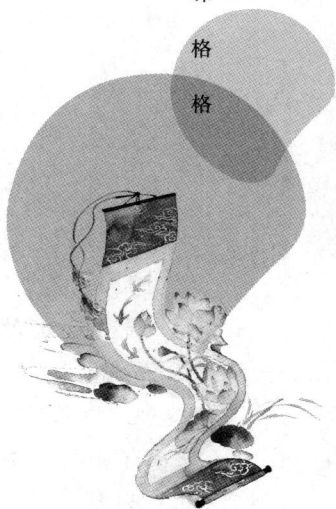

【拾】

尔康凝视着紫薇，但见紫薇临风而立，自有一股不可侵犯的高贵与美丽。他被这
样的美丽震慑住了，不敢冒犯，只是痴痴地看着她。

知道小燕子挨了打，紫薇激动得一塌糊涂，不相信地看着大家。

"皇上打了小燕子？怎么可能？他不是很喜欢小燕子的吗？他不是心存仁厚的吗？他不是最欣赏小燕子那种无拘无束的个性吗？为什么打她呢？打了，是不是表示皇上不喜欢她了？那……小燕子有没有危险呢？"

尔康见紫薇急得魂不守舍，急忙安慰她："你先不要急！皇上其实和一般人没有两样，也是望子成龙，望女成凤的！管教小燕子应该是爱，而不是不爱！"

永琪摇摇头，担心地接口："尔康说得对，但是也不对！"

"什么又对，又不对的？"紫薇问。

"皇阿玛是我的爹，我太了解他了！小燕子完全不明白'伴君如伴虎'这句话。皇阿玛这一生，从来没有人敢顶撞他，敢跟他说'不'字，他早已经习惯这种生活了！他的话是圣旨，是命令，是不可违背的！小燕子头几次顶撞他，皇阿玛觉得新鲜，忍了下去，次数多了，皇阿玛就受不了了！"

福伦不禁拼命点头："五阿哥分析得对极了！想想宫里，不论是哪位娘娘，哪位阿哥和格格，都是对皇上千依百顺的，还想尽法子讨好，皇上对小燕子能够忍到今天，已经很不容易了！何况，小燕子还有敌人，这些敌人在皇上面前，叽叽咕咕一下，皇上的面子也挂不住呀！不管也得管！"

紫薇更急了。

"这么说，小燕子根本就有危险嘛！她向来就咋咋呼呼，不知道天高地厚的！她脾气还硬得很，绝不会上一次当，学一次乖！过几天，她又会

原形毕露的！今天是挨打，下次，岂不是要砍头了？"便对永琪、尔泰说，
"五阿哥、尔泰，你们两个常常在宫里，一定要想办法保护她才好！"

"你以为我不想保护她吗？但是，这内宫之中，还是有礼法的！虽然
是兄妹，也男女有别，我和尔泰，去漱芳斋的次数太多，一样会惹起是
非和议论的！"永琪说。

紫薇越想越急，便走到福晋面前，哀求着说："福晋，您上次说，可
以把我打扮成丫头，带进宫里去！您就冒险带我进去吧，好不好？本
来，我以为小燕子这两天就可以混出宫来了，现在，她又被打伤了，肯
定出不来，我好想进去看看她！"

福晋一怔。

"这……还是太冒险了吧？万一被发现了，咱们怎么说呢？何况，现
在刚刚发生了事，咱们更不能轻举妄动了！"

"额娘说得对！小不忍则乱大谋，你一定要忍耐！"尔康接口。

紫薇急得心烦意乱："知道小燕子挨了打，我怎么还能忍耐呢？她
一个人在宫里，身上受了伤，连个说知心话的人都没有，她怎么办呢？"
她越说越急切，越想越难过："她每次出事，原因只有一个，就是心里还
记挂着我，要把格格还给我，才会说些'不当格格''不是格格'这种
话……"抬头看尔康："你以前说，她是我的'系铃人'，其实，我才是
她的'系铃人'呀！我得去开导她，我得去帮她'解铃'呀！"

永琪凝视紫薇，深深一叹："你和小燕子，真是奇怪，她挨了打之
后，说的第一句话是'还好打的不是紫薇'。而你，为了她，弄得家没
有家，爹没有爹，你还记挂着她的安危！想到皇室中，兄弟之间，为了
大位之争，常常弄得骨肉相残，真觉得不如生在民间，还能得到真情！"

紫薇对永琪的感慨，还无法深切体会，只是关心小燕子："你们要
不要帮我呢？我真的想进宫去看小燕子呀！我有预感，如果不去见她一
面，把我的心态说清楚，小燕子会出大事的！皇上的爱，这么孤傲，小

燕子就算有一百颗脑袋，也想不明白的！你们让我进宫去见她一面吧！我发誓，我会很小心很小心，绝对不出错！只要进去两个时辰，就够了呀！你们大家成全我吧！"

福伦和福晋，彼此看着，实在顾忌太多了。尔康就走上前去，对紫薇郑重地、诚恳地说道："不是阿玛和额娘不愿意帮你！我们每一个人都想帮你，不只帮你，还要帮小燕子！可是，你不能弄巧成拙是不是？你仔细想一想，现在进宫合适吗？小燕子刚挨了打，一肚子委屈，见到你之后，还会心平气和吗？以她的个性，以你的个性，你们说不定会抱头痛哭，泪流成河！如果那样，岂不是惊动了宫里所有的人？现在，小燕子身边，也是宫女太监一大堆，一个不小心，对小燕子都是杀身之祸，你也不见得'有理说得清'！你想想，我们怎么放心让你进宫呢？"

尔康一番话，说得合情合理，大家都纷纷点头。永琪尤其赞同："大家的顾虑，真的对极了！现在，皇阿玛对小燕子已经动了板子，如果小燕子再有什么风吹草动，问题就大了！你就算为了小燕子的安全，也要忍耐！你放心，我和尔泰，会每天去探望小燕子的。宫里又有太医，又有最珍贵的药材，她很快就会好的！"

尔泰接口说："是呀，你虽然见不到小燕子，可是，我每天都会把消息带回来给你！"

金锁也插嘴了："小姐，你也可以写信给她呀！她能画画给你，你也可以画画给她！请五阿哥送进去！"

"我心甘情愿，做你们两个的信差！"永琪急忙说。

大家你一言，我一语，说得仁至义尽，紫薇心里再急，也无可奈何了。

这天晚上，乾隆心绪不宁，奏折看不下去，书看不下去，事情做不下去，连打棋谱的兴趣都没有。想写写字，写来写去写不好。最后，什么事都不做了，到延禧宫去看令妃。令妃不在。他也不叫人找，也不叫人传，只是在那儿背着手，走来走去，耐心地等待着。

令妃好晚才进房，看到乾隆，吓了好大一跳。

"她怎么样？"乾隆劈头就问。

令妃一愣，急忙请安。

"皇上！怎么这样晚了，还不睡觉？"

乾隆不耐地摇摇头："朕不困！你不是从小燕子那儿回来的吗？"

"是！"

"她怎样呢？"

令妃轻轻一叹："好像不太好！"

"什么叫'不太好'？不过打了几板子，能有多严重？总不会像上次当胸一箭，来得严重吧！"

令妃悄悄地看了乾隆一眼，唉声叹气："皇上啊！上次当胸一箭，只是外伤，现在，可是外伤加内伤啊！"

乾隆一惊："怎么还会有'内伤'呢？谁打的？"

"皇上打的啊！"

"朕何时打过她？"乾隆又一愣。

"皇上，女儿家的心思，您还不了解吗？在这么多人面前，皇后、容嬷嬷、太监、宫女、侍卫……还有五阿哥和尔泰，大家瞪大眼睛瞧着，她当众被打了板子，面子里子都挂不住了！最让那孩子伤心的，是皇阿玛的'疾言厉色''非打不可'啊！所以，人也伤了，心也伤了！"

乾隆震动了，真的，是个女儿呢，怎么也用板子？他心中实在后悔，嘴里却不愿承认。

"她太过分了，简直无法无天，不打不行呀！"说着，就不安地看令妃，"是不是打重了？"

令妃点点头："皮开肉绽了！"

乾隆一呆，立刻怒上眉梢，大骂："可恶！是哪个太监打的板子，明知道是打'格格'，还真下手狠打吗？"

"那可不能怪太监，皇上一直在旁边叫'重重地打'！"令妃坦率地说。

"胡太医怎么说呢？要紧吗？"乾隆急了。

"格格不给胡太医诊视！"

"为什么不给诊视？你也由着她吗！"乾隆简直生气了。

"皇上呀，格格是姑娘家呀，冰清玉洁的！伤在那种地方，又是板子打的，她怎么好意思让太医诊治呢？瞧都不许瞧，就哭着叫着把太医赶出去了！"令妃瞅着乾隆，婉转地说。乾隆一想，也是，伤在屁股上呀，怎么看大夫呢？

"那'紫金活血丹'有没有吃呢？伤口有没有上药呢？"乾隆更急了。

"不肯吃药，也不肯上药，谁的话都不听！丫头太监们跪了一地求她，她把药碗全给砸了！"

"什么？脾气还是这么坏，打都打不好？"乾隆大惊。

"也难怪她，发着高烧，人都气糊涂了，烧糊涂了。"

"怎么会发高烧呢？"乾隆越听越惊了。

"胡太医说，发烧是伤口引起的，再加上什么'急怒攻心，郁结不发'……这热就散不出来，说是吃两贴药就好了！开了药方，也熬了药，可是，这个牛脾气格格，就是不吃……口口声声说，死掉算了！"

乾隆再也按捺不住，往门外就走。

"她敢不吃？朕自己去瞧瞧！"

令妃慌忙喊："腊梅、冬雪、小路子……大家跟着！"

小燕子趴在床上，昏昏沉沉地躺着，哭得眼睛肿肿的。明月、彩霞在床边侍候着，擦汗的擦汗，擦泪的擦泪，两人苦苦地劝解着。

"格格，不要伤心了，我让厨房熬一点稀饭来吃，好不好？"明月问。

小燕子不睁眼睛，也不说话。

"格格，您这样不行呀，药也不吃，东西也不吃，就是铁打的身子，也禁不起呀……令妃娘娘拿了最好的金创药膏来，五阿哥又特地送了一盒'九毒化瘀膏'来，说是好得不得了，让奴婢帮您擦一擦吧！"彩霞哀求着。

小燕子动也不动。

门外忽然传来小邓子和小卓子的大叫声："皇上驾到！"

接着，是乾隆的声音："通通站在外面，不要跟着！朕自己进去！"

乾隆声到人到，已经大步跨进房。

小燕子大惊，蓦地睁开眼睛，见到乾隆，吓得从床上一跃而起，想跪下身子磕头，奈何一个头昏眼花，竟跌落在地，砰然一响，撞到伤处，痛得失声大叫。

"哎哟！"

明月、彩霞正跪在地上喊"皇上吉祥"，见到这等局面，急忙连滚带爬冲过来，要扶小燕子。

谁知乾隆比明月彩霞都快，已经一弯腰，抱起小燕子。

乾隆凝视着臂弯里的小燕子，小燕子觉得丢脸，不敢看乾隆，用袖子蒙住自己的脸，把整个脸庞都遮得密不透风。

乾隆一语不发，轻柔地把小燕子放上了床，知道她不能仰卧，细心地将她翻转。

小燕子呻吟着，只能趴着身子，觉得丢脸至极，沮丧已极。她现在终于知道"皇上"的意义和权威了，对乾隆是又爱又怕。她把棉被一拉，把自己连头蒙住，从棉被中呜呜咽咽地说："皇阿玛，跪地磕头，学了三天，还是没磕好！您别生气……我在棉被里给您磕头！"她的脑袋，就在棉被中动来动去。

乾隆又是心痛，又是困惑，又是好笑，又是好气。

"干吗蒙着脸？把棉被拉开！"

"我不！"小燕子蒙得更紧了。

"这样蒙着头，怎么透气？"乾隆命令地喊，"拉开！"

"不能透气就算了……"

乾隆回头看明月、彩霞："给你们主子把棉被拉下来！"

"是！"

明月、彩霞便上前去拉棉被，谁知小燕子死命扯住棉被，就是不肯露面，和明月、彩霞拉拉扯扯，挣扎地喊着："不要！我不要！让我蒙着！"

乾隆忍无可忍，推开明月、彩霞，一伸手，把棉被从小燕子头上拉下。

"你到底在闹些什么？不要见皇阿玛了吗？"

小燕子没有棉被"遮羞"就慌忙把脸埋在枕上，哽咽说："小燕子没有脸见皇阿玛！没有脸见任何人了！"

"那么，你预备从今以后，就蒙一床大棉被过日子吗？"

小燕子埋着脸不说话。

乾隆瞪着她，声音不知不觉地柔和下来："给皇阿玛打两下，有什么不能见人的？"说着，就伸手把她的脸从枕头上扭转过来，一面摸着她的额头，摸到满头滚烫，不禁大惊："烧成这样子，为什么不吃药？为什么不看大夫？"

小燕子偷眼看乾隆，泪就忍不住纷纷滚落。

"不想吃！"

"什么叫不想吃？药也由得你想吃才吃，不想吃就不吃吗？"乾隆生气地说。

"反正……迟早是会给皇阿玛杀掉的，吃药也是白吃！早点死了早超生！"

乾隆瞪着小燕子，看到她烧得脸庞红红的，眼睛里泪汪汪，虽然痛得不能动，还是一副"要头一颗，要命一条"的样子，看起来真是又可怜又让人无奈。乾隆是皇帝，所有的人对他言听计从，他从来没有应付过这样的格格，竟然觉得自己有些手足无措，招架不住了。

"这是什么话？打你几下，你就负气到这个程度，你的火气也太大了吧？"他咳了一声，清清嗓子，勉强板起脸来，用力地说，"朕要你吃药！听到没有？朕命令你，听到没有？这是'圣旨'，听到没有？"便抬头对明月彩霞吼道："你们还不赶快去把药重新熬过，端来给格格吃！你们两个，会不会侍候？"

明月、彩霞吓得魂飞魄散，一面慌忙连声应着："喳！奴婢该死，奴婢遵命！"一面急急出房去。

乾隆见房中已无人，就收起了那股"皇上架势"，俯身对小燕子温柔地说："今天打你的时候，令妃说，'打在儿身，痛在娘心'。其实，爹和娘是一样的！'打在儿身，也痛在朕心'！当时，你也实在太不像样了，你逼得朕不能不打你！你这种个性，就是会让自己吃亏呀！现在，打过了，也就算了，不要伤心了，好好地吃药，知道吗？"

小燕子听到乾隆这么温馨的几句话，再也熬不住，哇的一声，放声痛哭了。

"别哭呀！你这是怎么了？疼吗？很疼吗？"乾隆急得不知道该怎么办了。

"我以为……我以为，皇阿玛再也不喜欢我了！"小燕子抽抽搭搭地喊。

乾隆眼中一热，眼眶竟然有些潮湿起来。

"傻孩子，骨肉之情是天性，哪有那么容易就失去了？"

乾隆一句"骨肉之情是天性"，让小燕子又惊得浑身打冷战。

乾隆见小燕子打冷战，脸色青一阵，白一阵，心里实在焦急。

"怎么？为什么发抖？冷吗？朕得宣太医来，不看伤口，总得把把脉！那个'紫金活血丹'是救命良药，怎么不吃？"

小燕子又是感动，又是害怕，对乾隆真的"敬畏"极了。

"我吃药，我待会儿马上就吃药，不敢不听话了，不敢'抗旨'了……可是……可是……"

"可是什么？"

"我终有一天，会让皇阿玛失望的……会让皇阿玛砍我脑袋的……"小燕子越想越怕，痛定思痛。

乾隆凝视她，纳闷地说："朕这次真的把你吓坏了，是不是？朕又不是暴君，怎么会动不动就砍人脑袋呢？你为什么老是担心朕会砍你脑袋呢？放心吧！朕不会的！你的脑袋还是长得很牢的！"

"可是……可是……"

"又可是什么？"

"可是……那些规矩，我肯定学不会的……过两天，我又会挨打的……"

乾隆见小燕子眼神悲戚，泪眼凝滞，平日的神采焕发，趾高气扬，已经完全消失无踪，心里就紧紧地一抽。

"唉！"他长叹一声，"不能要求你太多，这宫中规矩嘛，学不会，也就算了！你，把心情放宽一点吧！快快好起来，才是最重要的！知道吗？"

小燕子眼睛蓦地一亮。

"我可以不学规矩了？"

乾隆因小燕子眼睛这"一亮"，心里也跟着"一亮"。

"是！你可以不学规矩了！"

小燕子急忙在枕上磕了一个头，说："谢皇阿玛恩典！"

乾隆深深地看着小燕子，看到她身子一动，难免痛得龇牙咧嘴，脸上又是泪，又是汗，好生狼狈。想到自己把一个生龙活虎、欢欢喜喜的女儿，折腾成这样，他的心里，就更加柔软，更加心痛和后悔莫及了。

当小燕子无奈地躺在床上养伤的时候，紫薇也陷进了一份深深的无奈里。

紫薇没办法进宫，懊恼极了。所幸，知道小燕子身体逐渐复原，皇上依然宠爱，居然免除了她"学规矩"的苦差事，总算小燕子因祸得福。可是，紫薇仍然觉得惴惴不安，一天到晚，代小燕子捏把冷汗。尔康看她这么不快乐，一连几天，都带她出门。他们去了大杂院，给孩子和老人们送去了无数的东西，吃的穿的都有。柳青和柳红看到尔康对紫薇那么小心翼翼，两人就心知肚明了，许多疑问，在紫薇的难言之隐中，也都咽下去了。

紫薇的不快乐，其实不只是为了小燕子，也有一大部分，是为了尔康。尔康察言观色，将心比心，对紫薇的心事，也体会出来了。自从紫薇那天一句"我留下"，他就想了千遍万遍，如何"留"她？越想，心里也越乱。

这天，尔康带她来到一个幽静的山谷。这儿，像个世外桃源，群山环绕，满山苍翠，风微微，云淡淡，水潺潺。有条清澈的小溪，从绿树丛中，蜿蜒而过。小溪旁，几株桃花，开得一树灿烂，微风一过，落英缤纷。

尔康和紫薇站在水边，两人迎风而立，衣袂飘飘。

"哇！怎么有这么美丽的地方？简直是个仙境！"紫薇喊着。

"这是我常常来的一个地方，我给它取了一个名字，叫作'幽幽谷'，是我秘密的藏身之处。小时候，每当心里不痛快，就会到这儿来！看看山，看看水，听着风声，听着鸟叫，一待就是好几个时辰，然后，所有的烦恼就都没有了。今天，难得带你出来，就忍不住要把这个好地方，跟你分享！"

"像你这样什么都不缺的人，也会有不痛快和烦恼吗？"紫薇问。

"喜怒哀乐是每一个人的本能，应该没有阶级之分，大家一样的，我当然也有我的烦恼！"

紫薇点点头，看着山色如画，不禁出起神来。

"你有心事！"尔康凝视她。

紫薇一笑。

"从你认识我那天开始，我就一肚子心事！"

尔康一叹。

"本来，你只有进宫的心事，现在，又添了我！"

紫薇震动了，看看尔康，不说话。尔康紧紧地凝视她，似乎想一直看到她内心深处去，半晌，才真挚而诚恳地说："紫薇，有几句心里的话，一定要跟你说！"

紫薇点点头。

"自从那天，我向你表明了心迹，这些日子，我想了很多很多！"

紫薇专注地听着。

"我第一句要告诉你的话是，我要定了你！"

紫微一震。

"可是，如何要你，成为我现在最大的难题。你知道，在我这样年龄的王孙、公子，早就成婚了，我之所以还没成亲，是因为皇上迟迟没有指婚！"

紫薇睁大眼睛看着尔康。

"你或者还不知道，我和尔泰的婚姻，都不在父母手里，而是在皇上手里！事实上，皇上早在五六年前，就看上了我，曾经要把六格格指给我，阿玛和额娘心里都有数，只等我们长大。谁知道，六格格却生病夭折了，皇上难过得不得了，我的婚事，就这样耽误下来了！"

"我懂了！"紫薇轻轻地说。

尔康对紫薇摇摇头："不！你没有懂！我要告诉你的是，我和尔泰，都是皇上看中的人选，因为皇上的宠爱，就连父母，都没有办法为我们的婚姻做主，更别说我们自己了！"

"我懂了！"紫薇又说，眼神里已经透着凄凉。

"你还是没有懂！我要说的是，不论你是格格，还是一个民间女子，不论你未来怎样，我的心念已定，我要娶你为妻！但是，皇上一定不会把你指给我，因为他根本不知道这世界上有一个你！这件事好像是老天开我的玩笑，我身边有一个格格，皇上要我当额驸，我却没办法告诉他，请把紫薇指给我！"

紫薇的眼睛亮晶晶的，一眨也不眨地看着他。

"你的心我懂了，你的意思我也懂了！一直就觉得奇怪，为什么你还没成亲，现在都明白了！我早就知道，你的地位和身份，一定会娶一个金枝玉叶！我也说过，我没有奢望。为你留下，只是情不自禁！事实上，这些日子，我也想了很多。我第一句要告诉你的话就是，请放了我吧！"

尔康大震，变色了。

"你是什么意思？"

"我想来想去，我们之间，是没有未来的！一个没有未来的'相遇'，是一个永远的折磨！我们结束它吧！"

尔康激动起来："怎么会没有未来？我要告诉你的就是，我们有一条艰苦的路要走，我希望你在各种恶劣的情势下，都不要退缩！请你相信我，我的心有如日月，你一定要对我有信心！现在，皇上并没有指什么人给我，我左思右想，我唯一的一条路，就是在指婚之前，找个机会，对皇上坦白，告诉他，我爱上了一个民间女子，请他成全。"

紫薇吓了一跳，瞪着尔康："他怎么会成全呢？他会生气的！你千万千万不要说！"

"你何以见得他不会成全呢？"尔康反问，"如果他生气，我就问他，还记得大明湖畔的夏雨荷吗？"

紫薇大大地震动了，睁大眼睛看着尔康，惊喊着说："你不要吓我！你把我弄得心慌意乱了！我已经为了小燕子，在这儿六神无主，你又说这些异想天开的话！我听得心惊胆战，你不能这样做的！皇上就是皇上，他可以做的事，你不能做！何况……"她痛苦地吸了一口气，用力地说出来："他从来没有'娶过'夏雨荷！"

这句话像当头一棒，敲得尔康一阵晕眩。是啊！乾隆对雨荷只是逢场作戏，事情过了就"风过水无痕"了。自己的举例，实在该打！

"好好，我说得不对！我不会冲动，去将皇上的军！怎么办，我再慢慢想办法。我说了这么多，主要就是要告诉你，我的处境和我的决心！请你千万千万要相信我，要给我时间去安排一切！"

尔康说着，便伸手握住紫薇的手。

紫薇震动了一下，便矜持地、轻轻地把手抽开，难过地低下头去。

尔康受伤了。

"怎么？忽然把我当成毒蛇猛兽了？"

紫薇眼中含泪了。

"不是这样，因为你提到我娘，我想起娘临终对我说的最后一句话！说完那句话，她就闭目而逝了！"

"是什么？"

"她说：'紫薇，答应我，永远不做第二个夏雨荷！'"

尔康大震，不由自主，退后了一步，立刻了解到紫薇那种心情，私订终身，只怕历史重演，步上夏雨荷的后尘。如果自己跟乾隆一样，只有空口白话，不管多少承诺，对紫薇而言，都是一种亵渎！

尔康凝视着紫薇，但见紫薇临风而立，自有一股不可侵犯的高贵与美丽。他被这样的美丽震慑住了，不敢冒犯，只是痴痴地看着她。心中，却暗暗地发了一个誓，除非明媒正娶，洞房花烛，否则，决不侵犯她！决不让她变成第二个夏雨荷！

溪水潺潺，微风低唱，花自飘零水自流。

两人默默伫立，都感到愁肠百折，体会到"情"之一字带来的深刻痛楚了。

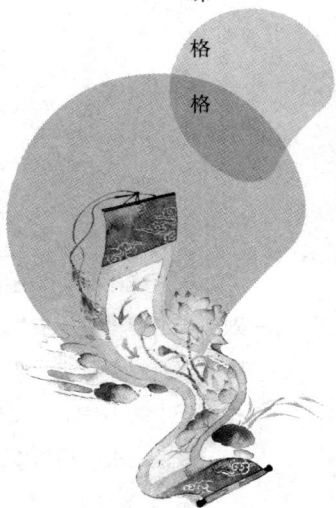

还珠格格

【拾壹】

小燕子凝视着紫薇，眼睛睁得圆圆的，对紫薇真是心服口服，虽然觉得继续当格格仍有许多难处，却一句话都说不出来了。

小燕子在床上是躺不住的，没有几天，就下了床。书房也暂时不去了，规矩也不学了，她整天在漱芳斋里转来转去。因为伤还没好，是名副其实的"坐立不安"。何况，她心烦意乱，想的是紫薇，念的是紫薇，脑子没有片刻休息，看着窗外的天空，心里痒痒的，真恨不得自己变成一只真正的小燕子，飞呀飞的，就可以飞出那绿瓦红墙。

这天，永琪和尔泰结伴而来。

"身上的伤好了没有？还痛不痛？我上次送来的那个'九毒化瘀膏'，对外伤有很神奇的效果，是傅六叔从苗疆带回来的灵药！用九种毒虫子制造的，可以以毒攻毒，灵得不得了！你用了没用？"永琪仔细地看小燕子，见她行动不便，脸色也依然苍白，就关切地问。

"用了用了！"小燕子含含糊糊地点点头。

尔泰看着小燕子心不在焉，忍不住大声说："这个药很名贵，很稀奇呢！上次大阿哥问五阿哥要，五阿哥都舍不得给，你不要把它随随便便扔了！"

"我怎么会把它扔了呢？用了就是用了嘛！"

永琪打量小燕子，着急起来："我看你就是没用！要不然，怎么走路这么不灵活？真拿你没办法，伤在你身上，咱们又不能帮你上药！如果你是男孩子，我早已把你按下来上药了！"

永琪这句话一出口，小燕子想到"按下来上药"的情景，苍白的脸颊竟漾出一片红晕。

永琪见十分男儿气概的小燕子，忽然显出女性的娇羞，心里不禁一阵激荡。想到自己那句话说得未免太造次了，脸上也是一红。

尔泰看着二人的神情，心里震动了，若有所觉。同时，一股微妙的醋意，就从心底升起。受不了他们两个眉来眼去，他大声喊："好了好了！"他看永琪："你不是信差吗？信呢！"

永琪忙从怀里掏出一封信来。

"什么信！"小燕子又好奇、又惊讶，兴奋起来，"谁给我的信？是不是紫薇？赶快给我看！"

"紫薇说，你看完以后，一定要烧掉，不能留下来……"永琪说，忙着去关门关窗，察看小邓子、小卓子等人有没有把好风。

小燕子迫不及待，伸手一把抢过信，三下两下地撕开信封，抽出信笺。一看，只见也是几幅画。

第一幅画着一只小鸟被关在笼子里，一朵花儿在笼外关心地观看。

第二幅画着一只小鸟在挨打，一朵花儿在流泪。

第三幅画着小鸟飞出笼子，拉着小花在跳舞。

第四幅画着小鸟戴着格格头饰，小花笑嘻嘻的，隐入云层，飘然而去。

小燕子看完了信，脸上顿时急得一阵红，一阵白，激动地大叫起来："不行不行！紫薇不可以这样待我！我就说嘛，她根本不了解状况……我要怎么样才能让她明白呢？她还在生我的气，你们都骗我，说她原谅我了，她根本没有原谅我！她骂我！还要我永远当格格，怎么可能？我会憋死的！不行不行……"小燕子一面叫着，一面一屁股在椅子上坐下，这一坐，碰痛伤口，立刻跳起身子，大叫："哎哟！哎哟！"

永琪和尔泰，一边一个，赶快搀扶住她，同时急声喊："你慢一点呀，身上有伤，自己不知道吗？坐，也得轻轻坐下去呀！"

"那个红木椅子硬得不得了，你要坐，也得垫个垫子呀！"尔泰喊。

小燕子又咬牙，又跺脚，把两人甩开："不要你们两个来管我怎么坐！"

"好好好！咱们不管，你就站着吧！"尔泰关心地伸过头去，"你为什么这样激动？信里写什么？你到底看懂没有？"

"怎么不懂？她写得清清楚楚！我讲给你听！"小燕子拿着信，就气急败坏地说："她说：'小燕子，你这个骗子，你这个浑蛋！现在自作自受了，被关在笼子里，飞也飞不出来，动也动不了，还被打得乱七八糟！你害我，现在老天爷帮我惩罚你，这都是你的报应！你想出宫来，再跟我一起笑，一起玩，那是做梦，门都没有！你要当格格，我就让你当一辈子，我不理你！我走了，再见！'"

永琪和尔泰，双双抽了一口冷气。

"怎么你的解释，跟紫薇说的，完全不一样？你字不认识，看画总看得懂呀！她是这个意思？"永琪问。

"你误会了，紫薇才不会写这些！"尔泰跟着说。

小燕子把画摊在他们面前，指着说："你们看！你们看！她就是骂我嘛！"

永琪把画，看了一遍，叹了口气："我就帮你再译一遍，她说：'小燕子，我知道你现在好痛苦，关在皇宫里，像坐监牢一样！我好关心，就是没办法进来看你！听说你挨了打，我急得一直掉眼泪。小燕子，你一定要忍耐，千万不要再闯祸！我相信，很快我们两个就会见面的！见了面，你就会知道，我还是和以前一样喜欢你！至于格格，你已经当了，就只好继续当下去，高高兴兴地当下去！我不论走到哪里，都会笑着祝福你！'"

小燕子听得发呆了，瞪着眼睛看着永琪。

"她是这个意思吗？真的吗？"

"一点也不错，就是这个意思！"

小燕子拿起那些画，颠来倒去地看，又翻来覆去地看。

"我看不像！她还是气我，还是骂我！"她不信地说。

"你怎么变得这么悲观？你仔细看看嘛！"永琪生气地喊。

"被皇阿玛打了一顿，我对什么都没有信心了！"小燕子拿着画，满屋子走来走去，忽然停在永琪和尔泰面前，扑通跪落地，拼命磕头，喊着说："让我出去见紫薇一面！你们想办法让我出去！我给你们两个磕头！"

永琪和尔泰，慌忙去拉她。

"干什么嘛？你是格格，这样跪在我们面前，给皇上看见了，你又要挨打了。怎么都打不怕呢？"尔泰喊。

永琪看着这样的小燕子，蓦然之间，下了决心，搀着小燕子，认真地说："好了好了！我豁出去了！管他呢！我答应你，你不要再急得五心烦躁了！我带你出宫去！"

小燕子大喜，眼睛发亮，脸颊发光，整个人顿时精神起来。喘了口气，她一迭连声地、急如星火地叫了起来："什么时候？今晚！好不好？要不然，你们商量来商量去，又不知道会拖到哪一天。等会儿福大人和福晋不同意，又走不成！咱们干脆不告诉他，说去就去！拣日不如撞日，就是今晚！好不好？"

永琪一点头，决定了。

"一不做二不休！就是今晚！让明月装成你，躺在床上装睡，无论谁来，都说刚吃了药睡着了！你化装成小太监，跟我大大方方地出去。我让小顺子守在皇宫的边门，帮我们开门。不过，我们溜出去顶多一个时辰，就得溜回来！知道吗？"

尔泰见两人认真的样子，急坏了，跳脚喊："你们疯了吗？如果被发现了怎么办？五阿哥，你也想挨一顿板子吗？"

小燕子已经兴奋得不得了，气都喘不过来了："尔泰！你有一点冒险精神好不好？了不起是脑袋一颗，小命一条嘛！"

永琪重重地点头，豪气地接口："对，了不起是脑袋一颗，小命一条！"

尔泰又是叹气，又是踩脚："完了，你们两个都失去理智了，这小燕子会发疯，五阿哥，你怎么也跟着疯？小燕子刚刚挨过一顿打，你们居然没有一个人会害怕！我跟你们说……"瞪大眼睛看两人："我只好……我只好……"

小燕子对尔泰一吼："你只好怎样？"

尔泰一踩脚，昂头挺胸，一副"我不入地狱谁入地狱"的样子，大声应道："我只好'舍命陪君子'，跟你们一起发疯了！还不赶快把小邓子、小卓子、明月、彩霞、小顺子、小桂子通通叫进来，共商大计！希望他们几个靠得住！"

小燕子喜出望外，乐不可支，大叫："啊哈！所谓'生死之交'，就是咱们三个了！"

小燕子欢呼着，乐得忘形一跳，砰然一声，坐在桌上，立即痛得滚下地来。

"哎哟！"

永琪和尔泰面面相觑，又是心痛，又是好笑，又是担忧，又是紧张。

于是，这天晚上，小燕子又打扮成了一个小太监，穿着太监的衣裳，戴了一顶小帽子，帽檐拉得低低的，衣领拉得高高的，一副畏畏缩缩的样子，坐在永琪那辆豪华的马车上。永琪和尔泰坐在车里，她和小顺子、小桂子坐在驾驶座上，两个太监一边一个半遮着她，为她护航。马车踢踢踏踏来到宫门口。小燕子大气都不敢出，像座小雕像。

侍卫看到五阿哥和尔泰，几乎连看都没看，问都没问，一切顺利得不得了。马车出了宫门，潇潇洒洒往前走去。

小燕子看到宫门终于被远远地抛在后面了，就发出"啊哈"一声大喊，也不管马车正在进行当中，她从座位上一跃而起，几乎跳了三尺高，放声大叫："出来了！出来了！我终于出来了！老天啊！紫薇啊！

我出来了!"不禁仰天大笑:"哈哈!哈哈!我出来了!我又是小燕子了……哈哈……"

车子直接到了福府。

别提福家有多么震动,多么慌乱了。福伦不敢骂五阿哥和小燕子,只能瞪着尔泰,气急败坏地说:"尔泰,你们真是胆大包天,怎么也不跟我们说一声?这么突如其来,让我们措手不及!如果有个闪失,怎么办?"

尔泰叹口气:"唉!没办法,五阿哥和还珠格格有命,我只能听命!"

福晋看着小燕子,吓得脸色发白,一迭连声问:"宫里有没有安排好?万一万岁爷发现了怎么办?"

小燕子急急地说:"你们不要担心,也不要怪尔泰!宫里都安排好了,现在明月躺在我床上……我是假格格,她是假格格的假格格……"

小燕子话说到一半,房门一开,紫薇和金锁得到消息,两个人跌跌撞撞地冲进房来。后面跟着尔康。

小燕子一看到紫薇,整个人就像被钉子钉住,站在那儿,动也不能动。

紫薇看到小燕子,脚下一软,差点跌倒。金锁紧紧地扶着她,眼光直勾勾地落在小燕子脸上,竟傻住了,站在那儿,也是动也不动。

尔康把房门关上,紧张地看着二人。

霎时间,房间里鸦雀无声,只有大家沉重的呼吸,每个人的眼光,都集中在小燕子和紫薇身上。

半晌,紫薇哑哑地开了口:"小燕子,身上的伤,好了没有?这样出来,安全吗?行吗?"

紫薇这样一问,小燕子哇的一声,痛哭失声。接着,就一下子扑倒在紫薇面前,双膝落地,双手抱住了紫薇的腿,嘴里痛喊着:"紫薇,你骂我吧!你打我吧!你踢我,踹我,捶我,砍我……什么都可以,就是别对我好，你再对我好，我真想一头撞死！"

紫薇眼中，立刻充泪了，她伸手拉着小燕子的手，哽咽难言。金锁拿着手绢，自己也哭得稀里哗啦，不知道要先给谁擦泪才好。

大家全体看呆了，各有各的心痛。

紫薇吸了吸鼻子，咽着泪，柔声说："我现在都明白了！到围场那天，你受了伤，你也没有办法，身不由己嘛！总之，这是阴错阳差、命中注定的安排，我已经认了，也不生气了，不介意了。你也不要再怪自己了！"

小燕子急切地拼命摇头，哭着喊："你不懂，不完全是这样的！其实我有好多机会可以说明白，我就是没有说！起先，是胆子小，怕他们砍我的头，皇阿玛错认了，我也不敢说明……可是，后来……皇阿玛对我那么好，他亲手喂我吃药，喂我喝水，我从来没有这样被人宠过，他又是皇上！大家见着他，都磕头下跪，可他却把我捧在手心里，那样疼着……我就发晕了，犯糊涂了！"她仰头看着紫薇："紫薇，我该死！我真的该死！我抢了你的爹，占据了你的位子！"

紫薇听到小燕子叙述被乾隆宠爱的情形，心中一痛，泪就滑下面颊，颤声问："他亲手喂你吃药？"

"是的！还那样低声下气地跟我说话，令妃娘娘拼命要我喊皇阿玛，一屋子的人跪在我面前喊：'格格千岁千千岁！'我就是坏嘛！我就是贪心嘛！我可以说明白的，我就是没能说出口！当时，我想，我先当几天'格格'再还给你，过过有爹的瘾，过过'格格'的瘾！只要几天就好了！不知道一天天过去，事情越闹越多，我就越陷越深了！"

紫薇咽着泪，心痛已极地沉浸在一个思想里，对小燕子其他的告白，都没怎么听进去，只是重复地说着："他亲手喂你吃药？他亲手喂你吃药？"

小燕子呆了呆，看着紫薇，见紫薇神情恍惚，泪不可止，更加强烈地自责起来。

"对不起！紫薇，对不起！我现在跪在你面前，随你怎么罚我，怎么骂我！我跟你发誓，我绝对不是要霸占你的爹，不是要永远当格格……"

"他真的亲手喂你吃药？"紫薇低头看小燕子，再问。

"是的！"

紫薇眼睛一闭，长长一叹。

"他如果亲手喂我吃药，我死也甘愿！"

尔康看到紫薇这么难过，再也按捺不住，一步上前，对紫薇心痛地说："紫薇，你要明白，当时小燕子病得糊里糊涂，皇上眼中的小燕子，是他流落在民间的女儿，所以对她充满了心痛和怜惜。皇上虽然喂的是小燕子，其实，等于是你啊！如果没有那一把折扇，一幅画，小燕子已经被当成刺客给处决了！哪还能得到皇上丝毫的怜惜呢？"

紫薇一震，抬眼看尔康，醒过来了，精神一振，如梦初醒地说："是啊！我在计较什么呢？不管他喂的是谁，我都可以确定一点，皇上，他有一颗慈爱的心，他没有赖账，他认了我娘，认了女儿了！"说着，她就伸手拉着小燕子，热情地说："小燕子，在皇上面前，你就是我！你代我得到他的宠爱，代我拥有这个阿玛，我感同身受！我们是结拜姐妹，当初，我发过誓，我说过，我们是患难扶持，欢乐与共的！我还说过，不论未来彼此的命运如何，遭遇如何，永远不离不弃！这些话，你不一定都了解，但是，它是一种真挚的誓言，很美很美的！那个誓言不是假的，那个结拜不是假的！你是我的姐姐，你姓了我的姓，所以，我还跟你计较什么呢？我的爹，就是你的爹，他疼爱你，就等于疼爱我了！"

小燕子睁大眼睛，痴痴地看着紫薇，专心地倾听，听到最后，再也忍不住，伸手把紫薇紧紧一抱，激动地大喊："紫薇，紫薇！我怎么能冒充你呢？我充其量只是阎王面前的小鬼，你才是玉皇大帝身边的仙女啊！你放心！你爹永远是你爹，我会还给你！我一定要还给你！"

紫薇便含泪一笑，伸手拉起小燕子，说："现在，只有半个时辰，你就得回宫了，时间真的好宝贵呀！你难道不想到我房里去，跟我说一点'悄悄话'吗？"

小燕子眼睛发光了，抬眼看着大家："我可以吗？"

福伦早已被这两个"格格"感动得鼻中酸楚，立刻一迭连声地说："可以，可以，当然可以！不过……"

尔康机警地接口："我知道，我会去安排，让人守着门！"

两个女孩便看了大家一眼，手拉手地奔出门去。金锁跟着，也急急地去了。

别提三个女孩，再度聚在一起，是多么激动，多么恍如隔世了。

房门才刚刚关上，小燕子就急急地从怀里掏出几串项链来，塞进紫薇手里。再掏出几个银锭子，放在桌上。再掏出一些耳环和首饰，往桌上堆去。

"我本来想再多拿一些东西出来，可是，我身上揣不下！这些给你，本来就应该是你的东西，皇阿玛一下赐这个，一下赐那个，可是，我在宫里出不来，这些东西用都用不着！你赶快拿去！"又从口袋里翻出一个首饰来，看着金锁说："我这里还有个好稀奇的东西，是个金镶玉的金锁，当时，我看了就说，这是金锁的名字嘛！我就帮你留下了！"她追着金锁，塞进金锁手里："你看看！你看看！是不是很稀奇？"

金锁忙着把床上的一床被子，折叠着搬到一张椅子上去垫着，躲着小燕子。

"我不要，你给小姐好了！"金锁面无表情地说，对小燕子，她有一肚子的气。

紫薇把手里的珠珠串串放下，喊："金锁，不要这样！好不容易才见到小燕子，再要见面又不知道是何年何月，你还有时间在这儿闹脾气？"

金锁袖子一抹，拭去了滚出的泪珠，对小燕子福了一福，接过锁片。

"谢'还珠格格'赏赐!"

小燕子一呆,受不了了,抓着金锁喊:"金锁,你要我怎样做,你才会原谅我呢?"

"我原不原谅你,有什么关系呢?我不过是个丫头!只要小姐原谅了你,我就什么话都没有!小姐很多话都不会说,可是,这些日子以来,掉的眼泪比她一生掉的都多!她没有认到爹,她不心痛,我总可以代她心痛吧!"金锁气呼呼的。

"我知道错了,我错了嘛!可我现在怎么办嘛?"小燕子脸色凄楚,痛苦地喊。

金锁已经把椅子垫好了,就把小燕子拉到椅子前面去。

"椅子垫了这么厚的棉被,应该可以坐了!待会儿,你把衣服退了,房里只有我们,不必害臊,让我帮你看看,到底伤成怎样。我这儿还有柳青给我的半盒'跌打损伤膏',我给你擦一擦!好歹有些用!"

小燕子眨巴眼睛,眼泪一掉,把金锁一抱,痛喊出声:"金锁!你嘴里骂我,你心里还是对我这么好!"

金锁眼泪落下,和小燕子相拥片刻,金锁便推开小燕子,说:"我知道小姐有一肚子的话要跟你说,我不打扰你们,我去给你们两个沏一壶热茶来!"便匆匆地去沏茶了。

紫薇过来,把小燕子按进椅子里,盯着她的眼睛,急促地说:"小燕子,你好好地听我说,我们的时间不多,你一定要仔细听我说,并且照我吩咐的去做,算是你欠我的!"

"好!我听你的!"小燕子神色一凛。

"听着!你要勇敢,你要负起责任,已经做了的事情,只有硬着头皮做到底,你懂不懂?"紫薇严肃地问。

"我不懂!我已经后悔得不得了,我也做不好格格,惹得皇阿玛生气，皇后生气，纪师傅生气，一大堆人跟我生气……我常想，如果是你，大家肯定都会喜欢你。你什么都会，我什么都不会。紫薇，我跟你说，我是真心真意要把格格还给你！我现在只想脱身，我最舍不得的，还是皇阿玛！他虽然打了我，可我不恨他，想到跟他分开，我就会好难过！"

紫薇拼命摇头："你不会跟他分开，因为你已经是格格了。再也别说要把格格的位子还给我这种话，事到如今，你还不起了！现在，皇上已经把你当成女儿，那么深刻地爱了你，如果他知道你骗了他，他会多么痛心和失望呢？你造成了这种局面，就再也不能反悔了！皇上，他是我的爹呀！我听了你的叙述，对他真是又崇拜，又喜欢！如果你觉得你已经伤害了我，就不要再伤害我爹！如果你把真相告诉皇上，让他伤心，我会恨死你！我真的会……"她用力地说："恨死恨死你！"

小燕子目瞪口呆，睁大眼睛看着紫薇。

紫薇诚挚地、掏自肺腑地继续说："小燕子，不要一错再错了！我跟你发誓，我虽然因为没有认到爹而心痛，可是，我现在没有一点点恨你！我们还是好姐妹！听到你在宫里的一些事情，我也跟着忽悲忽喜。听你跟那些规矩挑战，我也以你为荣！现在，有一大群人的生命握在你的手里，这些人碰巧也是我最在乎的人！像是福家的每一个人……"她想着尔康，那是她心之所系、情之所钟啊："像是五阿哥！你不能伤害他，如果伤害了，你就是再害我一次，你不如干脆拿刀把我给杀了！"

"你确定吗？你不要我说？那么，你就永远做不成格格，认不了爹了！"小燕子脸色苍白地盯着紫薇。

紫薇郑重地点头："我确定！我不要你说不做格格，只要你努力去做一个好格格！让我爹高兴，让帮助我们的人，不会因为我而遭殃，这就是我的幸福和快乐了！"

"可是……可是……"

紫薇蹲下身子，把小燕子的双手紧紧地握在自己手中。

"不要'可是可是'了。我知道，这个'格格'你当得也很辛苦，很痛苦！但是，为了我，只好请你勉为其难地当下去了！"

"为了你？我不懂，我不懂……"

紫薇含泪而笑："傻瓜！我们拜过玉皇大帝，拜过阎王老爷，有福同享，有难同当！如果你掉了脑袋，我也活不成的！但是，你当了格格，荣华富贵都有了，总有一天，我也会跟着享福的！瞧，你这不是给我送东西来了吗？我还可以把这些银子，送去给大杂院里的人用，连柳青和柳红，都会沾光的！这样有什么不好？为什么一定要冒险去丢脑袋呢？"

小燕子凝视着紫薇，眼睛睁得圆圆的，对紫薇真是心服口服，虽然觉得继续当格格仍有许多难处，却一句话都说不出来了。

小燕子完全不知道，就在她和紫薇难解难分的时候，漱芳斋已经出了问题。

这晚，小燕子乔装出门去，漱芳斋里的几个宫女太监全都慌了手脚。小邓子、小卓子两人像热锅上的蚂蚁，小邓子守在门口，目不转睛地向外看，小卓子满房间走个不停，双手握在胸前，一会儿拜天，一会儿拜地，嘴里喃喃地说着："阿弥陀佛，观世音救苦救难菩萨，保佑格格早点回来，保佑我们几个多活两年……南无阿弥陀佛……大慈大悲观世音菩萨……"

卧室里，明月躺在床上，棉被一直盖到下巴，睁着一双惊慌的大眼，不停地四处张望着。彩霞魂不守舍地站在床边，伸着头直看外面。

"什么时辰了？怎么还不回来？"明月爬起身来。

彩霞一把将明月按回床上，紧张兮兮地喊："躺着别动！格格再三嘱咐，除非她回来，否则你不能吭声！你忘了吗？躺好！躺好！不要一直爬起来，弄得我好紧张！"

"我躺得浑身冒汗了……哇！到底还要多久呢？格格啊！主子啊……求求你快点回来啊……"明月咕哝着。

彩霞忍不住，伸头对外喊："小邓子！小卓子！你们在不在外面？"

小邓子、小卓子紧紧张张跑进来。

"你们两个干吗？大呼小叫的，不怕把人引来吗？我们不在外面，难道在里面吗？不要说话！"

"咱们把灯通通吹掉好不好？这样，有人要来，一看灯都灭了，肯定都睡了，就不会进来了。"小卓子害怕地说。

明月立刻赞同："好好好！把灯都给吹了，黑乎乎的，就没人看出我是假的了！"

小邓子在小卓子脑袋上狠敲了一下："说你笨嘛！你真笨！平常，这漱芳斋总是维持有个亮，整夜灯都不灭的，你忽然把灯灭了，不是告诉大家，咱们这儿有问题吗？走走走！我们还是到外面守着！"

小邓子说着，和小卓子又紧紧张张跑出去。到了大厅，小邓子站在大厅门口，向外张望，忽然惊呼："有好多灯笼过来了！"

小卓子冲到门口去，对着灯笼拜："格格！回来就回来吧，悄悄溜回来就好了，干吗弄一大堆灯笼啊！"

来人慢慢走近，灯笼照射，如同白昼。小卓子大叫："我的天呀！是万岁爷！"

小邓子大骇，嘣咚一声跪落地，颤抖着大叫："皇上驾到！令妃娘娘驾到！"

乾隆这晚，无巧不巧，一时心血来潮，带着令妃和宫女、太监们，来探视小燕子。一走进大厅，就觉得有些怪异。小邓子、小卓子像掉了魂，跪在地上直发抖。

乾隆四下张望，没看到小燕子的人影。

"你们的主子呢？"

小邓子抖得牙齿打战，脸色惨白："启禀皇上，启禀娘娘，格格已经睡了……"

令妃惊愕："睡了？这么早怎么会睡了呢？是不是又病了？"

乾隆看两个太监神色不对，心里一急，就径自往卧室里走去："朕看看她去！"

明月和彩霞听到外面的喊声，早已吓得魂不附体，这时，听到乾隆居然进房来了，明月呼噜一声，就用棉被把自己连头带脑蒙住，浑身发抖，抖得整个床咯吱咯吱地响。

彩霞脸色惨白，扑通一跪，抖得语不成声："皇上……吉……吉祥……娘娘……吉……吉……祥……"

令妃奇怪极了，担心极了，急问："怎么了？你们个个脸色惨白，浑身发抖，是不是格格病得很厉害？怎么不报？"

乾隆更急，大步走向床边，只见棉被盖得密不透风，棉被里的身子抖得连床都一起晃动，不禁大惊，就喊着说："小燕子！你这是怎么了？身子不舒服，有没有宣太医？怎么抖成这样？赶快给朕瞧瞧！"

彩霞慌成一团，赶快爬行到床边，用手紧紧压着明月的棉被："格格不许瞧……"

乾隆又惊又疑："不许瞧？又犯老毛病了？"就拍拍棉被："为什么又把自己蒙起来？这次是谁惹你了？怎么每次心里不痛快，就把自己蒙起来？出来！"

明月在棉被里含含糊糊地哼哼着："不……不……不出来！"

乾隆生气，着急，喊道："出来！朕命令你出来！"

明月死命扯住棉被："不……不……不出来！"

令妃就说："皇上别急，格格又闹小孩脾气了！我来问问她！"她走上前去，伸手按住棉被，立即心惊肉跳，惊呼："不得了！抖成这样，一定病得不轻，不能由着她，赶快看看是怎么了，赶快宣太医！"一面说着，一面用力掀开了棉被。

明月从床上滚落到床下，整个人抖成一团，匍匐于地，颤声说："奴婢……该……该……该死……"

乾隆大惊，眼睛瞪得像铜铃。

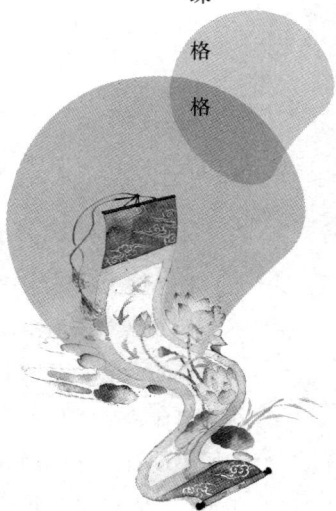

还珠格格

【拾贰】

"她这个人一定有什么特殊法力，会把危机一一化解，实在不可思议！"

小燕子浑然不知，漱芳斋已经有变。她陶醉得不得了。

这个晚上，对她来说，实在太珍贵了！终于亲眼见到了紫薇，终于亲耳听到紫薇说不怪她，原谅她了。回宫的一路上，她一直飘飘欲仙。尔康、尔泰、紫薇都上了车，送她到宫门口。大家生怕回宫之后有状况，拼命教她，如果被人撞到，要怎么应付。小燕子心情这么愉快，听也听不进去，毫不在意地说："只要进了宫，就没事了！如果在宫墙里面被逮到，自己就来个死不认账！谁能证明咱们出过宫？"一面转头对永琪说："五阿哥，就说你在教我作诗，明天纪师傅要考！赶快教我一首诗吧！"

"诗？诗？好，你记着，皇阿玛喜欢李白，李白有一首喝酒的诗，是这样写的：花间一壶酒，独酌无相亲，举杯邀明月，对影成三人……"永琪真的教了起来。

小燕子忙着恶补，念道："花间一壶酒，不坐不相亲，举杯……举杯……"

"不是'不坐不相亲'，是'独酌无相亲'！举杯邀明月……就是举着杯子，邀请你房里那个明月来喝酒……"尔泰赶快帮忙。

"这个我记住了，'举杯邀明月'！有没有'举杯邀彩霞'呢？"

尔康觉得这个办法烂极了，急忙说："听我说！现在背诗已经来不及，反正，如果被抓到，也是落在侍卫手里。半夜三更，没有人会去惊动皇上！侍卫毕竟好打发，你们一个是阿哥，一个是格格，尽管拿出威风来吼他们！谁吃了熊心豹子胆，来得罪皇上面前最得宠的两个人！所以，赖定了，是在宫里走动走动，就对了！我和尔泰，五更就会进宫来看动静，万一出了什么事，我们和令妃娘娘，一定会想办法营救！"

永琪连连点头："还是尔康脑筋清楚，就这么办！小燕子，别忘记你是还珠格格，一人之下万人之上，没人敢惹咱们，知道吗？"

小燕子猛点头。

"如果进不了宫，只好先回府去商量大计，我们会看着你们进宫再离去！"

紫薇见皇宫在即，便拉着小燕子的手，非常不放心地叮嘱："你在宫里，真的不比外面，你一定要小心，不能太任性了！五阿哥有一句话，'伴君如伴虎'，你要放在心里呀！不管皇阿玛多疼你，他还是皇帝！"

"我知道了！不会再惹他了！"小燕子看着紫薇，"告诉柳青和柳红，我下次出了宫，一定会去看他们！"

"我会的！"

"别依依不舍了！宫门快到了，小燕子，你坐回驾驶座上去！尔康、尔泰、紫薇，你们三个下车吧，不过，没有马车，你们怎么回去呢？"永琪问。

"这么好的月色，散散步就回去了！"尔康说。

小燕子把紫薇一抱，千千万万个舍不得，羡慕至极地说："我不要回宫了，我要跟你们一起，在月光下散步！"

"别闹了！你是我们带出来的，如果丢了，大家都完了！赶快，下车的下车，换位子的换位子！"尔泰喊。

于是，马车停下，尔泰、尔康和紫薇下了车。

马车向前驶去。小燕子在驾驶座上，拼命对紫薇挥手。

"紫薇过两天我再来看你！不要气我，不要怪我啊！"

"别喊了！我知道，我都知道……快去吧！"

马车停在宫门前，小桂子下车，伸手拍门。

紫薇、尔康和尔泰躲在暗处观望。

宫门开了，侍卫出来。一看是五阿哥，纷纷请安，高喊"吉祥"，对于那个半蒙着脸、缩着头、毫不起眼的小燕子浑然不疑，马车踢踢踏踏进去了。

宫门关上。

尔康、尔泰和紫薇从暗处走出，大家相对而笑，全都吐出一口长气。

小燕子进了宫，好生得意，真是神不知鬼不觉。

下了马车，永琪不放心，一直送小燕子到漱芳斋。

整个漱芳斋静悄悄的，安详极了，窗子上，透出明亮的灯光。

两人四面看看，放了心，彼此互视，相对一笑。小燕子用手背拍拍永琪："成功了，谢谢你，这个晚上对我太重要了，我永远忘不了今晚！你的大恩大德，我记在心上了！"

"你记在心上就好了，别提什么大恩大德了！"永琪眼光停在她脸上，话中有话地说。

"你快回去吧！"小燕子笑笑。

"我看你进去了，我再回去……"想想，又说，"我送你进去吧！怎么小邓子、小卓子都睡死了，一个也不出来接你？这儿黑，小心门槛……"

小燕子推开大厅的门，还回头看永琪："我兴奋得很，一点都不困，干脆进来喝杯茶吧！要不然……"睁着骨碌大眼，异想天开地说："这样吧！我让小邓子他们烫一壶酒，弄点小菜，咱们庆祝一下，好不好？"

永琪一怔，虽知不妥，但是，这种诱惑力太大了，立刻喜悦地答道："好极了！古人秉烛夜游，我们也来'花间小酌'吧！哈哈！"

二人嘻嘻哈哈，进入大厅去。一走进大厅，乾隆那威严的声音，就像焦雷般在两人耳边炸开："小燕子！永琪！回来了？要不要烫一壶酒，弄点小菜，大家一起喝两杯？"

小燕子和永琪，吓得魂飞魄散，大惊抬头，只见乾隆和令妃端坐房中，后面站着一排宫女太监，小邓子、小卓子、明月、彩霞跪了一地。

小燕子和永琪，这一惊真是非同小可，两人嘣咚嘣咚跪落地，异口同声，惊慌地喊着："皇阿玛！令妃娘娘！"

乾隆脸色铁青，瞪视着二人，大喝一声："你们到哪里去了？小燕子，你说！"

令妃着急地看着小燕子和永琪，心里也是一肚子的疑惑，没办法给两人任何暗示，急得不得了。

永琪怕小燕子说得不对，急忙插嘴禀告："皇阿玛，我和还珠格格……"

"永琪，没问你，你不要开口！"乾隆打断了永琪，看着小燕子，"你说！"

小燕子心慌意乱，害怕极了，看永琪，看乾隆，讷讷地说："我们没有去哪儿，就在这御花园里，走走……明天纪师傅要考作诗……五阿哥教我作诗……"

永琪眉头一皱，心中暗叫不妙。

"哦？"乾隆兴趣来了，"永琪教你作诗？教你作了什么诗？"

"这……这……就是一首诗……一首诗……"

"哪一首诗？念来听听看！"

小燕子求救地看永琪。

"皇阿玛……"永琪忍不住开口。

"永琪！你住口！"乾隆厉声喊，"现在不是在书房，把你糊弄纪师傅那一套收起来！"

永琪闭住嘴，不敢说话了。

小燕子没辙了，只得硬着头皮说："一首有关喝酒的诗……是……举杯邀明月……"

"哦？举杯邀明月，怎么样？"

"举杯邀明月……举杯邀明月……"小燕子吞吞吐吐。

"举杯邀明月……到底怎样?"

小燕子冲口而出:"举杯邀明月,板子就上身!"

乾隆睁大眼睛,惊愕极了。

"什么?你说什么?"

小燕子知道遮掩不过,惶急之下,又豁出去了,大声说:"我知道我又惨了,给皇阿玛逮个正着,我说什么都没用了,反正作诗还是没作诗都一样,板子又要上身了!皇阿玛,您要打我,您就打吧!五阿哥是被我逼的,您不要怪他!这次,请您换一个地方打打,原来的地方伤还没好,打手心好了……"吸口气,眼睛一闭,伸出手掌,惨然道:"我已经准备好了!皇阿玛请打!打过了,气消了,再来审我!"

乾隆瞪视着她,真是又生气,又无奈。

"你知道会挨板子,你还不怕?打也打不好,管也管不好,教也教不好,你这么顽劣,到底要朕把你怎样?你的板子,朕待会儿再打,你先告诉朕,你这样一身打扮,让明月在房里装睡,你到底是做什么?"

小燕子转头看明月,气呼呼地说:"是谁出卖我?"

"谁都没出卖你,是朕好心来看你,他们一屋子奴才吓得发抖,整个床都咯吱咯吱地响,朕还以为你又病得严重了,一掀棉被,明月就滚下床来了!这些奴才真是坏透了!等你挨完打,朕再一个个打他们,然后通通送到火房里去当差!"

小燕子大惊,嘣咚一声,在地上磕了一个响头,凄楚地喊:"皇阿玛!我知道我这次错大了,您要怎么罚我都没有关系,可是,不要怪罪到他们身上去!自从皇阿玛把他们四个赐给了我,他们陪我,侍候我,照顾我,帮我解闷,散心……我挨打,他们比我还难过,对我简直好得不得了……跟我已经成了一家人一样……"

令妃忍不住咳了一声:"格格!奴才就是奴才……"

"我知道，我知道！"小燕子哀声喊道，"我是金枝玉叶，不可以跟'奴才做朋友'，不可以说他们是一家人……可是，皇阿玛！在我进宫以前，我不是金枝玉叶，我也吃过很多苦，日子过不下去的时候，我也去饭馆里做过工，也到戏班里卖过艺，我也做过'奴才'啊！如果每个主子都那么凶，我已经见不到皇阿玛了！"

乾隆听得好惊讶。

"你去饭馆做过工？去戏班子里卖过艺？怎么以前没说过？什么时候的事？"

"就是……就是从济南到北京这一路上的事啊！我没说，是因为皇阿玛没问啊！"

乾隆凝视小燕子，觉得小燕子越来越莫测高深了，蹙眉不语。

"皇阿玛！一人做事一人当！今晚，是我鼓动大家帮我，要打要罚，我都认了！请您高抬贵手，饶了不相干的人！小燕子给您磕头，给您谢恩！"小燕子连连磕头，说得诚挚至极，字字掏自肺腑。

乾隆凝视她，颇感震撼，不知怎的，竟严厉不起来了。

"你先告诉朕，你今晚去了哪里？"

小燕子抬头正视乾隆，心想，撒了谎也圆不过去，就老实地招了："去了福大人家里！"

永琪吓了一跳，惊看小燕子。

乾隆纳闷极了，也惊看小燕子。

令妃更是吃惊，不住地看永琪，永琪对她暗暗点头，使眼色。令妃一肚子疑惑，又没办法细问，只得忍耐着不说话。

小燕子就激动地喊："我跟皇阿玛求过好多次，让我出宫走走！皇阿玛就是不许，我住在宫里，吃最好的，穿最好的，用最好的……可是，真的像坐监牢一样呀！我快闷死了，烦死了。我好想出去，哪怕就是看看街道，看看人群都可以！上次，为了想出去，我连墙都翻了。这次不敢翻墙，只有求着五阿哥和尔泰，带我出去。他们两个看我可怜，就被我说动了！我们也没去别的地方，只去了尔泰家里……"

乾隆狐疑地看永琪："她说的是真的吗？你们去福家了？"

永琪不得不承认了。

"是！我们去了尔泰家里，坐了一坐就赶回来了！"

乾隆满心疑惑，纳闷地看两人："你们费尽心机，好不容易蒙混出宫，居然哪儿都没去，只是去福伦家里坐了一坐？"

"回皇阿玛！实在不敢带她去别的地方！"永琪斗胆说。

令妃急忙打圆场："哦，原来去了福伦那儿，好在是自家亲戚，总比出去乱跑要好！"

乾隆在两人脸上看来看去，实在看不出什么破绽，就一拍桌子，厉声说："永琪！你是兄长，居然跟着小燕子胡闹！不要以为你是阿哥，朕就会纵容你！小燕子不懂规矩，难道你也不懂吗？"

永琪惭愧地低下头去："永琪知罪！凭皇阿玛处罚！"

小燕子看乾隆，心里好急，知道乾隆一生气，连格格都会挨板子，阿哥大概也逃不掉，就磕头说："皇阿玛！我说过了，一人做事一人当！罚我就可以了！"

永琪心里也好急，想到小燕子挨打还没好，至今连"坐"都不能坐，如果再挨打，恐怕连命都保不住了！就也磕头喊："皇阿玛！小燕子身子单薄，才挨过打，不能再打！儿臣身为兄长，不曾开导，甘愿受罚！"

乾隆见两个兄妹抢着愿为对方受罚，而且都是真心真意，心里有些震撼，有些感动，也有些困惑。听到更鼓已经敲了三响，自己也闹累了，就一拍桌子，站了起来，严肃地盯着两个人说："今晚太晚了，朕没有时间审你们！你们两个也可以散了。至于酒嘛，也别喝了，明天早朝之后，你们两个到我书房里来，朕要好好地跟你们算算账！"

永琪连忙磕头，嘴里应着"是"。

乾隆一起身，令妃就跟着站了起来。乾隆转身一走，令妃和宫女、太监们赶紧跟随。永琪哪里敢继续留在漱芳斋，飞快地看了小燕子一眼，什么话都没办法说，就起身追着乾隆："儿臣送皇阿玛回宫！"

乾隆便带着令妃、永琪、宫女、太监们浩浩荡荡地走了。

房间里剩下小燕子、小邓子、小卓子、明月、彩霞。五人面面相觑，全都惊魂未定。过了好半晌，大家才回过神来，小邓子就对小燕子倒身下拜，夸张地把手高举着再扑下地，嘴里乱七八糟地喊："格格！主子！千岁！祖宗……您饶了咱们吧！万岁爷随时会来漱芳斋，您再也不要出花样了！咱们实在招架不住啊！"

小燕子坐在地上，睁大眼睛，惊惶地想着，明天早朝以后，乾隆还要审她！天啊！怎么办？怎么办？今晚没办法睡觉了，天亮就得去五阿哥那儿，商量对策！

好不容易，天亮了，小燕子又穿上了那身小太监的衣服，遮遮掩掩，闪闪避避，踢踢踏踏……快步地踩着晨雾，顶着露珠，穿过重楼深院，越过亭台楼阁，直奔永琪住的景阳宫而来。

小顺子看到她又是这副打扮，吓了一跳，赶紧把她带进永琪的书房。原来，这儿还有比她到得更早的两个人，就是尔康和尔泰。三个年轻人，已经开了半天的会，对于要怎么"招供"，还没商量出一个结论。当房门一开，小燕子闪身而入时，三个人都吃了一惊。

小燕子看到他们三个都在，大喜，急忙说："你们三个臭皮匠，一定已经想好办法了！赶快把你们的锦囊妙计告诉我吧！我只能停一下，快说快说！"

尔康抽了一口冷气，盯着小燕子："你的胆子未免太大了吧？就这样闯来了？有没有被人跟踪？"

"没有没有啦，我很小心的！你们别耽误时间了，快教我吧，见了皇阿玛，我该怎么说？"

"过来！过来，我们围拢一点！"永琪喊。

四人便围在一起，紧紧张张地商量大计。

四人正在叽叽咕咕，门外，忽然传来小顺子、小桂子急促地大喊："皇后娘娘驾到！"

四人面面相觑，全部大惊失色。小燕子四面一看，逃都没地方逃，只好往书桌下面一钻。

小燕子才钻进去，房门就开了，皇后带着容嬷嬷和宫女们，大步走进房。

三人全部请下安去。

"儿臣永琪叩见皇额娘！"

"臣福尔康（福尔泰）恭请皇后娘娘金安！"

皇后看着室内的三人，哼了一声："这么早，你们三个，是在用功呢，还是在商量国家大事呢？"

容嬷嬷站在皇后身旁，目光如鹰，在室内搜寻着。

三人全部神情紧张，魂不守舍。尔康勉强维持镇静，答道："正和五阿哥谈论回疆的问题！"

"原来如此！"皇后冷冷地接了一句。

容嬷嬷已经发现了小燕子，给皇后使了一个眼色。

皇后不动声色地看过去，只见桌子底下，露出小燕子伏在地上的手指。

"难得五阿哥这么关心国事，尔康和尔泰也这么勤快，天才亮，就进宫来商议回疆问题，这真是咱们大清朝的福气……"皇后一边说着，一边已走到书桌前面。她低头看看，就用那厚厚的"花盆底"鞋，使劲地踩在小燕子的手指上。

小燕子一声惨叫，本能用力地一挥手。

"哎哟……我的娘呀……我的天啊！"

小燕子太用力了，皇后竟跌倒在地。容嬷嬷和宫女们慌忙去扶。皇后摔得七荤八素，狼狈地爬起身子。容嬷嬷已经放声大叫："反了！反了！桌子下面有反贼！来人呀！"

外面侍卫一拥而入，纷纷惊问："反贼在哪里？反贼在哪里？"

尔康奋力一拦，挡住侍卫，大吼："你们看看清楚，这房间里都是些什么人！怎么可以听一个嬷嬷的叫唤，就随随便便闯进门来？"

永琪立刻和尔康同一行动，也大声怒吼："这是我的书房，没有叫传，是谁乱闯？好大的狗胆！"

侍卫们一听，吓得扑通扑通，全都跪了下去，嘴里大喊："奴才该死！奴才该死！"

皇后站稳了身子，看到侍卫都不敢动，气得脸红脖子粗，喊道："是我的懿旨！把桌子底下那个小贼，给我抓出来！谁敢违抗，就是忤逆大罪！快！动手！"

侍卫们见是皇后命令，又都昏头昏脑地答道："喳！奴才遵命！奴才遵命……"

侍卫向前冲，尔康、尔泰、永琪一溜挡住。永琪喊："那是还珠格格！谁要抓还珠格格，先抓我！"

侍卫被挡，场面乱七八糟。

小燕子再也藏不住，从桌子下面，滚了出来，痛得眼泪直流，拼命甩手，却一挺身站了起来，脸色惨白，高高地昂着头，气势凌人地大吼着说："我一人做事一人当。要头一颗，要命一条！"

结果，大家又都闹到乾隆面前去了。

乾隆看着又变成小太监的小燕子，头都痛了。再看看跪在地上的尔康、尔泰和永琪，心里更加困惑，一拍桌子，怒声喝问："你们几个到底是怎么回事？昨儿个偷溜出宫，今天又开秘密会议，你们好大的胆子！尔康，你身为一等侍卫，居然也跟着他们几个小的胡闹！如此鬼鬼祟祟，到底为了什么？尔康，你说！"

皇后严肃地站在乾隆身边，冷冷地看着他们四个。

尔康不得不整理着凌乱的思绪，禀告着说："回禀皇上，昨儿个还珠格格私下出宫，尔泰不敢将格格和阿哥带到随便的地方去，所以带回了家。今天我们兄弟拂晓入宫，就为了探视五阿哥和格格，不知道他们是不是'平安过关'了！"

"哦？"乾隆挑着眉毛，"结果呢？"

"结果，发现没有平安过关，听说皇上今天还要追究，大家就乱了章法！'还珠格格'害怕皇上震怒，一时情急，冒险扮成小太监，也到五阿哥这儿来商量对策。所以，大家就聚在一起，不料给皇后娘娘撞见了！经过情形，就是这样！"

乾隆想了想，觉得尔康所说，合情合理。

"朕料想，你说的都是实话！"乾隆盯着尔康。

"不敢欺瞒皇上！"

乾隆喊："小燕子！"

小燕子惊惶地抬头。

"皇阿玛！"

"你到五阿哥那儿商量对策，是不是？"

"是！"小燕子答得清脆。

"你预备怎样'对付'朕，说说看！"

尔康、尔泰和永琪都紧张起来，全部捏了一把冷汗，提心吊胆地悄看小燕子。

小燕子一怔，就求救地去看三人。

"不要看他们，只要抬头看朕，朕要听你亲口说说！"乾隆瞪着小燕子。

小燕子一急，连思考的余地都没有，话就冲口而出："皇阿玛！我哪儿有时间商量出'对策'呢？我前脚才进门，皇后娘娘后脚就进了门，我心里一慌，吓得钻到桌子底下，又被皇后娘娘发现了，一脚踩在手指上，我现在手指大概都断了，痛得直冒冷汗，还有什么策不策呢？我倒霉嘛！做不得一点点错事，自己梳了满头小辫子，还在那儿招摇，以为没有人抓得到我的小辫子！现在，满头小辫子被人扯得乱七八糟，头也痛，手也痛，心也痛……什么都顾不得了！故事编不出来，谎话说不出来，就算有'对策'，现在也变成'错策'了！"

乾隆听小燕子说了这么一大串，非常稀奇，睁大眼睛。

"手指头怎么会断了呢？过来给朕瞧瞧！"

小燕子便站起身，走上前去，出示手指。乾隆一看，果然，几根纤纤玉指，全部又红又肿。乾隆皱了皱眉，还没开口，皇后就冷冷地说话了："小燕子，不要耍心机！你躲在桌子底下，我怎么看得见？无意踩了你一下，也值得跟皇上告状吗？你不要分散皇上的注意力，以为皇上给你糊弄一下，就会对你所有的荒唐行为都不追究了？"

"是！"小燕子应着，可怜兮兮地看乾隆，"是给皇后娘娘'无意地、狠狠地'踩了一脚！"

皇后气得牙痒痒，乾隆看得心酸酸。

"手指还能不能动，动一下给朕看看！"乾隆说，盯着那手指。

小燕子动了动手指，夸张地吸气，苦着脸说："很痛很痛啊！弯都弯不起来了！"

"待会儿记得给胡太医诊治诊治！"乾隆说。

"是！"

乾隆猛地拍了一下桌子，突然提高了声音，厉声大喊："小燕子！别以为你的手受伤，朕就会饶你！"

小燕子一吓，立刻砰的一声跪了下去。不巧膝盖又撞在龙椅上，当场痛得龇牙咧嘴。

"哎哟……哎哟……"

尔泰、永琪和尔康三人，都不敢有任何反应，跪得直直的。

乾隆惊看小燕子："你又怎么了？"

小燕子眼中含泪，脸色苍白，喊着说："皇阿玛……我想，我的八字跟皇宫不合，自从进宫以后，大伤小伤，到处都伤！大痛小痛，到处都痛！我又很会得罪人，每个人都跟我生气，我觉得好累呀！"

乾隆凝视小燕子。

"你累？我看，你弄得整个皇宫鸡飞狗跳，人人都累！"

小燕子低头不语。

乾隆叹了口气，对地上四个人说："你们都起来！"

尔康、尔泰、永琪和小燕子就站起身来。

乾隆看着四人，若有所思，沉吟片刻，说："你们几个，都是皇室子弟，大家感情好，是一件好事！但是，千万不要忘记自己的身份，什么事该做，什么事不该做，自己要有一个谱！不要大家跟着还珠格格乱转，没大没小，没上没下！如果朕怪罪起来，伤了亲戚和气，如果不怪罪，岂不是又太便宜你们了？"

皇后见乾隆的意思又活动了，显然要放水，不禁着急："皇上！"

乾隆立刻看着皇后说："朕自有分寸，皇后不必为他们太操心了！"

皇后被乾隆一堵，气得说不出话来。

乾隆看尔康等三人："你们三个，身为兄长，不知以身作则，你们自己说，该当何罪？"

三人还来不及说话，小燕子挺身而出："所有的错，都是我一个人的！昨儿个私自出宫，五阿哥和尔泰都是被我闹的，没有办法！一屋子奴才，也都只有听我的！现在，我已经知道，我的任性、自私会害了每一个人！真的后悔了，知错了！皇阿玛一向疼爱我，我每次闯祸，皇阿玛都会原谅我，您就再原谅我一次吧！从今以后，我一定痛下决心，好好念书，做个让您骄傲的格格，来报答您，好不好？"

小燕子这一番话，掏自肺腑，说得诚恳之至，乾隆不禁动容，叹了口气说："唉！你实在让朕头痛！国家的事，已经有一大堆麻烦，朕操心都操不完了，还要整天为你烦恼！"

尔康连忙上前问："皇上是为边疆的战事烦恼吗？"

"是呀！刚刚在朝上，大臣们纷纷禀告，西藏的吐司又在蠢蠢欲动，缅甸边境，更是战事连连，回疆也不平静，准噶尔也有麻烦……朕想到边境上的老百姓，连年战争，民不聊生，心里很沉重！"

永琪神色一正，对这样的父亲，肃然起敬，诚恳地说："皇阿玛！您整天为国事操劳，常常深夜还在批奏章，儿臣不能为皇阿玛解忧，还为一些生活小事，让皇阿玛生气，真是不孝极了！现在，儿臣已经长成，不知道可不可以，随兆惠将军出征，或是随傅六叔出征！"

乾隆走近永琪，深深凝视他。

"治国不一定要带兵！你年龄还小，念书第一，国家的事，你不必操之过急！你从小就肯读书，文学武功，都学得挺好！朕对你期望也很深。你不要辜负了朕，就是你的孝顺了！"

几句话说得永琪热血沸腾，又是感动，又是受宠若惊，又是汗颜，就恭恭敬敬地、心服口服地说："儿臣谨遵皇阿玛教诲！"

皇后听着，看着，脸色铁青。

乾隆看看小燕子，提起精神，一笑说："小燕子！算你运气，朕也不追究你了！免得你一天到晚提心吊胆，说不定做出更多稀奇古怪的事来！朕告诉你，以后要出宫，不要装成小太监，你跟令妃娘娘说一声，让人跟着你，保护你，你就大大方方出去吧！至于去福伦家，更无须躲躲藏藏，自家亲戚，多走走也好！"

小燕子大喜过望，眼睛睁得大大的，简直不相信自己的耳朵了。

"皇阿玛，您不罚我啦？"她小声地问。

"朕不罚你了。"

"也不罚五阿哥吗？"她兀自不相信。

"也不罚五阿哥。"

"所有的人都不罚了吗？"

乾隆叹口气："都不罚了！"

皇后忍无可忍，冷峻地说："皇上！从今以后，这后宫之中，大概就再也没有纪律可谈了！"

乾隆不悦地皱眉。

"小燕子得到过朕的特许，本来就无须受到限制，皇后，你也睁一眼，闭一眼，不就天下太平了吗？"

皇后气得咬牙切齿。

小燕子却对着乾隆，灿烂一笑，在室内翩然一转，大声欢呼着说："皇阿玛！您有一颗最宽大、最仁慈的心！我跟您说，您不要为国家事操心了，您这么好，老天会报答您的！我在民间的时候，听到大家都说：'国有乾隆，谷不生虫！'您是大家心中最好的皇帝！国家一定会越来越强的！"

乾隆惊愕地看着小燕子。永琪、尔康、尔泰三人听得有些糊涂，彼此看了看。

"怎样的两句话？怎么朕跟虫子有关系呢？"乾隆听不懂。事实上，没有一个人听懂。

小燕子满脸发光地、振振有词地嚷着："国家有了乾隆，连稻谷都不会长虫子啦！大家把您看得跟老天爷一样啊！您不是人，是神啊！"

乾隆睁大眼睛，有点疑惑，有点惊喜。

"是吗？真有这样两句话吗？"

小燕子拼命点头："是啊是啊！你叫我编，我都编不出来呀！"

乾隆寻思，不禁笑了："你编不出来？说得也是！"看着小燕子，想着那两句话，越想越得意，脸上的阴霾，竟一扫而空了："哈哈！小燕子，你真有一套！"就回头对皇后得意地说："皇后！这个小燕子，是上天赐给朕的一个'开心果'，有了她，朕的烦恼，都被她赶走了！哈哈！朕珍惜着这个'开心果'，皇后，你也跟朕一样珍惜吧！"

皇后又气又愣，乾隆便拍拍皇后的肩，再说："小燕子的手给你踩了一下，腿，又给朕的椅子撞了一下，就算是打过了罚过了吧！"又转头看永琪等三人："至于你们，明天，每人给我交一篇文章来，谈一谈边疆的治理办法！"

三人喜出望外，异口同声喊："遵命！"

一场"偷溜出宫"的大祸，就这样消弭于无形了。四人从乾隆书房走出来，几乎还不敢相信这个事实。怎么这么容易就过关了？

尔泰回头看看，做挥汗状。

"吓得我一身冷汗！居然有惊无险！"

永琪见无人注意，心里实在困惑，忍不住问小燕子："你那两句'国有乾隆，谷不生虫'，是真的还是编的？"

小燕子转着眼珠子："前一句是真的，后面那一句可能有点问题，我记不清楚了！"

尔康惊得瞪大了眼睛："啊？到底是怎样两句话？我听起来就怪怪的！"

"我真的弄不清楚呀！可是，我知道，一定是两句好话，因为紫薇听了好得意，你去问紫薇，就知道了！"

三人你看我，我看你，半晌，尔康呼出一口气来："我真服了你，这也敢随口就说！居然也错有错着，让皇上听了好开心，好得意！"看着小燕子，又是摇头，又是笑。

小燕子挥着那太长的衣袖，高兴起来："哈哈！没想到这么轻松就过关了，大家练习了半天的台词，一句也没用上！以后，还可以大大方方出宫去！哈哈……"不禁有些手舞足蹈起来："我太高兴了！恨不得马上就去告诉紫薇！”

"你不要得意忘形啊！这两天，我劝你收敛一点吧！皇阿玛是为了国事操心，没有精力管我们！要不然，哪会这么容易就放了我们。"永琪说，想起国事，不禁叹了口气。

永琪一叹气，尔康也跟着叹了口气。

小燕子就关心地看着三人，很认真地问："那个'西藏、面店、生姜……'为什么'整个儿'很麻烦呢？让皇阿玛和你们都这么烦恼？"

三人一呆，互看，半天才想明白了，大家失笑。

"你是说'缅甸、回疆、准噶尔'是不是？"尔泰问。

"就是！就是！你们赶快教教我，搞不好皇阿玛也要我交一篇文章，那就惨了！"

"这个，说起来就太复杂了，西藏、缅甸、回疆、准噶尔都是我们边境的部落……"尔泰解释着，才起了一个头，见小燕子一脸迷惑，就放弃了，"算了，算了！就是'整个儿'很麻烦！'面店、生姜'都很麻烦，那些麻烦跟你比起来，你就不够瞧了，只能算是'芝麻、绿豆'的小麻烦了！"

尔泰说完，三人都笑了。

永琪关心地看着小燕子，问："你的手指怎样？"

尔泰立刻接口："还有你的膝盖，撞伤没有？"

小燕子看着两人，嫣然一笑。

"当然很痛啦！但是，刚刚在皇阿玛那儿，我是夸张了一点，总要让他心痛，才能过关嘛！"

三人惊叹地看着小燕子，真是服了她！

小燕子却抬头看着天空，开始做起白日梦来。

"如果紫薇能够进宫来，跟我一起住，那就好了！她什么都懂！"

尔康心里一动，呆呆地看着小燕子，有个念头，在心里朦胧地成形了。

紫薇当天就知道整个的经过情形了。小燕子又度过一个难关！紫薇松了好大的一口气。尔康对于小燕子的"有惊无险"，叹为观止，不住口地说："她这个人一定有什么特殊法力，会把危机一一化解，实在不可思议！我们大家吓得魂飞魄散，教她的话，她也记不得，告诉她的事，她也不照做！真是毫无章法，乱七八糟，可是，她就有本领让皇上开心，连边疆战事的隐忧，都给她一语化解了！这个人是个奇人，我不服都不行！"

紫薇清澈如水的眸子，定定地看着尔康。尔康这才想起来，问："到底，这'国有乾隆，谷不生虫'是什么意思？"

紫薇笑了，说："是'国有乾隆，国运昌隆'！"

尔康恍然大悟，原来如此！

【拾叁】

他和紫薇，两情相悦，两心相许，既已相遇，何忍分离？

　　尔康自从和紫薇去过"幽幽谷"之后，就陷进一份强烈的渴望和浓浓的隐忧里了。他对紫薇的爱，像江河大浪，每天都波涛汹涌，无法遏止。可是，紫薇的身份那么特别，自己又是身不由己的人，前途茫茫，到底该怎么办？他每天都在想办法，每天几乎都生活在煎熬里。他这种神思恍惚的情形，使福伦和福晋看在眼里，急在心里，不止一次，他们严重地警告着尔康："不可以！你绝对不可以和紫薇认真！你要认清一个事实！紫薇现在的地位实在太特别了，轻不得，重不得！如果她只是一个民间女子，你们既然有情，就收在身边，做个小妾，没什么大不了的！可是，她又不是普通女子，她是龙女呀！你忍心委屈她吗？"

　　尔康背脊一挺："我不会委屈她，除非凤冠霞帔，三媒六聘，正式娶进门来，我绝不会让她做什么'小妾'，除了她，我也不会容纳任何女人！"

　　"什么凤冠霞帔，三媒六聘？皇上根本不知道紫薇的存在，指婚的时候，怎么样都指不到紫薇身上，你如何跟她三媒六聘，正式成亲？"

　　"你脑筋清楚不清楚？皇上指婚的时候，你能抗旨吗？什么叫除了她，不要任何女人？你已经不是孩子了，在皇上面前当差，身负重任，居然说出这么幼稚和不负责任的话！"

　　福伦和福晋，你一句，我一句，苦口婆心，要尔康"悬崖勒马"。

　　尔康知道，父母说的，都句句在理。只是，他和紫薇，两情相悦，两心相许，既已相遇，何忍分离？

　　是小燕子的一句话提醒了尔康。福晋一句"皇上根本不知道紫薇的存在"第二次提醒了尔康……或者，大家千辛万苦，说服紫薇不进宫是错的！或者，应该让乾隆知道有紫薇这个人！或者，紫薇可以进宫，和小燕子一起存在……

尔康那个朦胧的念头，终于被一件事逼得成形了！

尔康不知道父母到底对紫薇说了些什么，但是，这天，尔康早朝之后回家，发现紫薇和金锁，不告而别了。

在书桌上，紫薇留下一张短笺，上面写着：

尔康，几千几万个对不起，我走了！现在，小燕子已经尘埃落定，我的心事已了，我也应该飘然远去了！虽然我心里有无数无数个舍不得，但是，也有无数无数的安慰！我住在你家这一段日子里，领略到我这一生从来没有领略过的感情，终于知道，什么叫作生死相许，什么叫作刻骨铭心！我没有白活，没有白白认识你！感谢你对我种种种种的好，请不要为我的离去难过！我把你对我的恩情全部带走，把我的思念和祝福一起留下！永别了！请代我照顾小燕子！照顾你的父母和尔泰！

紫薇留

尔康看完了信，脸上已经毫无血色，他的手颤抖着，信笺哆嗦得像秋风里的落叶。他看着父母，眼睛涨得血红，终于按捺不住，对父母挥着信笺狂叫："你们对她说了什么？为什么对这样一个温婉善良的女子，你们没有一点点同情，一定要把她逼走？你们知道不知道，她没有家，没有爹娘，现在，也没有小燕子，她什么都没有，你们要她走到哪里去？这样短短一封信，你们知道她有多少血泪吗？你们不在乎失去她，也不在乎失去我吗？"

尔康喊完，抓着信笺，冲出房门，狂奔而去。

接着，是一阵天翻地覆的搜寻。

尔康去了大杂院，柳青和柳红咬定了，根本没有见到紫薇和金锁。随尔康怎么询问，甚至是苦苦哀求，两人始终都是摇头。柳青还说："她不见了？她不是住在你家吗？怎么你不看好她？"

尔康毫无办法。突然发现，这个世界好大，要在这茫茫人海中，找寻紫薇和金锁，几乎是不可能的！他在街道上寻寻觅觅，也在市集中寻寻觅觅，甚至在他们去过的地方寻寻觅觅……紫薇就是不见。怕小燕子得到消息，会沉不住气，又大闹起来，他们还不敢让小燕子知道。找了三天，一点踪影都没有！

再也没有办法，他和尔泰、永琪到了漱芳斋。

小燕子一听，急得三魂六魄，全都飞了，气急败坏地看着尔康他们。

"你们说紫薇走了，不见了，是什么意思？"

尔康一脸的憔悴，一身的疲倦："我已经找了她三天三夜，一点头绪都没有！我现在决定要去济南找她，但是，不知道她在济南的时候，到底住在哪里，老家还有什么亲戚。你赶快把所有你知道的事都告诉我！"

小燕子跳脚："她老家哪里还有人？你不知道她是把房子卖了来北京的？她的娘和所有的亲戚，早就断了关系，大家都看不起她们嘛！紫薇不会回济南的，虽然她偶尔会说，找不着爹就回济南，那只是说说罢了！你想，她老家什么都没有了，她回去干什么？"

"那么，她可能去什么地方呢？在北京，除了你以外，她还认识谁？"

"柳青！柳红！"

"我发现她失踪以后，马上就去了大杂院！柳青柳红都说没有见到她！孩子们也说没见到！"

小燕子脸色苍白，神情痛楚，跺着脚，自怨自艾："就知道不能这样下去嘛！她一定是为了我走掉的！她要我安心待在这里，所以自己走掉……我……我就知道，不能依她，我该死！"她扬起手来，就给了自己一耳光。

尔泰急忙喊："不要什么事都怪你自己……这件事与你无关，是尔康闯的祸！"

小燕子惊看尔康，糊里糊涂，就对尔康一凶："你赶她走吗？你为什么这样做？"

尔康痛苦得快要死掉了。

"我赶她走？我留她都来不及，我怎么会赶她呢？为了她，功名利禄，前程爵位，我什么都抛了！天涯海角，跟她流浪去，我认了！"

小燕子瞪着尔康，在尔康如此坦白强烈的表示下，恍然了解了一些事情，不禁大大地震撼了，呆呆地看着尔康，说不出话来了。

永琪急忙一步上前，急促地说："尔康！你一向最冷静，今天，你最不冷静！这个漱芳斋，实在不是我们谈话的地方，容嬷嬷说不定躲在哪个角落里，等着逮我们！所以，长话短说，小燕子，你赶快告诉我们，紫薇还可能去哪里！如果再找不到紫薇，尔康会发疯的！"

小燕子呆了片刻，忽然向外就跑，一面跑，一面喊："我去求令妃娘娘，我马上跟你们出宫去！只有我，才找得到她！你们先去五阿哥那儿等我！我马上就来！"

小燕子就像箭一般冲进令妃寝宫，对着令妃，就扑通一跪，喊着："令妃娘娘！皇阿玛说，如果我想出宫，只要跟您说一声就成！我现在就想出去，您让我出去吧！"

"现在？"令妃好惊愕。

"是啊！现在天气又好，太阳又好，我出去透透气，马上就回来，好不好？"

"谁保护你？"

"有尔康和尔泰啊！"

令妃一怔，又是尔康尔泰，看着心急如焚的小燕子，以为自己明白了。尔康和尔泰是她的内侄，都还没有指婚，如果能和小燕子成亲，那是再好也不过了。她心中想着，也就乐得放行了。

"让小邓子、小卓子跟着，换一身平民衣裳，不许单独行动，不许去杂乱的地方，晚饭前一定要回来！"

"是，是，是，是……"小燕子一迭连声，应了几百个是，磕了好几个头，然后，跳起身子，又像箭一样地射出门外去了。

半个时辰以后，小燕子、尔康、尔泰、永琪带着仆从，驾着马车，来到大杂院。

院子里的孩子和老人们，看到小燕子，一拥而上，别提多么开心和意外了，几千万个问题要问。小燕子没有时间和他们"话旧"，匆匆忙忙地把柳青和柳红拉到一边，尔康、尔泰、永琪都围了过来。

小燕子便对柳青和柳红正色说："柳青，柳红！这三位是我的好朋友、哥们！和你们一样，我跟他们已经拜了把子！自从我离开大杂院，我发生了很多事，好几次都差一点翘辫子，是他们三个，一次又一次地救了我，他们对我有恩，是自己人！"

柳青的脸色立刻僵硬起来："你失踪了这么久，第一次回来，就是为了给我介绍朋友吗？"

小燕子脸一板，声音提高了："不是介绍朋友，是向你要两个人！"说着就对柳青、柳红一凶，"你们把紫薇和金锁藏到哪里去了？"

柳青一呆。

"谁说我藏了她们？你好奇怪！"

"真的没看到她们！不知道她们在哪里！"柳红也说。

小燕子一跺脚，嚷着："你们是怎么回事？不认得我是谁吗？不记得我是谁吗？也不记得在这大杂院里，你们两个亲眼看见我和紫薇结拜的吗？她是我的妹妹呀！如果不是事关紧急，我会跑出来找你们吗？你们也知道，我现在待的地方，出来一趟，难得不得了！你们不要跟我打马虎眼了，再不告诉我，我就翻脸了！"

柳青涨红了脸："我说不知道就是不知道！"

小燕子大怒，对柳青就一拳打去。

"你气死我！你如果不知道紫薇在哪里，你就是小狗！你在我面前还撒得了谎吗？你满脸都写了字，你知道！你明明知道！"她掉头看柳红，大声喊，"柳红！你们以为在帮紫薇吗？你们在害她呀！你要让她哭死吗？要让她伤心死吗？再不说，我一辈子不理你们了！"

柳红叹了口气："好了好了！我告诉你吧！你去银杏坡，土地庙后面的山坡上，有一间小茅屋……"

柳青跺脚，喊："柳红！你怎么这么沉不住气？"

柳红抬头看柳青："哥！你真的要让紫薇哭死吗？"

尔康、尔泰、永琪彼此一看，立刻掉头跑向马车。

小茅屋顺利找到了。

大家跳下车，纷纷冲向茅屋，小燕子大喊着："紫薇！紫薇！你快出来！我来找你了啊！"

尔康已经身先众人，冲到茅屋前，一推门，门便开了。

房内空空如也，只有简单的炊具，四壁萧然，什么人都没有。

尔康一呆，小燕子一呆，随后奔来的尔泰和永琪一呆。

"我们被骗了！这儿哪里像姑娘住的地方？"

"就是嘛！连张床都没有，只有稻草堆！"

小燕子回头，很有把握地说："不会骗我们，她们一定就在这附近！大家分开来找！"便大喊："小邓子！小卓子！小桂子！你们都帮忙去找人！"

几个太监苦着脸，小邓子问："格格要找谁？高的还是矮的？胖的还是瘦的？"

"两个姑娘！和我一般大，长得像天仙一样的，就对了！"小燕子说。

三个太监应着"喳"，分头去找。

尔康失望地走出茅屋，站在山坡上眺望，四面一看，忽然惊觉：
"这儿离一个地方好近……幽幽谷！"

尔康蓦然之间，冲到马车前，解下一匹马，飞身跃上马背。

"驾！驾！驾……"

尔康一夹马腹，马儿如箭离弦，飞快地向前奔去。

小燕子和众人，目瞪口呆，纷纷大叫："尔康！尔康！你去哪里？
尔康……"

紫薇确实在幽幽谷。

本来，只要柳青给她弄个可以住的地方，怎么都没想到，那么巧！
小茅屋的后面，走不了多远，竟然是幽幽谷！第一天住进来，百无聊
赖，整天在外面走，走来走去，就发现了这个山谷，然后，她就离不开
这个山谷了。站在水边，想着尔康，她的心已碎，魂已飞。为什么要相
遇呢？为什么相遇又不能相守呢？难道，母亲的命运，要在自己身上重
演？终生的等待，终生的相思，却再也见不到面了！她想着母亲的歌：
"山也迢迢，水也迢迢，山水迢迢路遥遥！盼了昨宵，又盼今朝，盼来盼
去魂也消！"心里真是千回百转，百转千回。

云淡淡，风轻轻，水盈盈。

紫薇就这样默默地站着，动也不动，任云来云往，风来风去，花飞
花落……金锁不敢打扰她，坐在远远的一角的石头上，关心地、同情地、
无奈地注视着她。

忽然间，马蹄声传来。

紫薇被马蹄声惊动了，蓦然回头，简直不敢相信自己的眼睛，是尔
康！他正骑马奔来。她挺立着，不能动，不能呼吸。尔康的身影，越奔
越近，越奔越近，越奔越近……

金锁站起身来，惊喜交集，看着尔康。

尔康奔到紫薇身边，翻身落马。他气喘吁吁地站住，一眨也不眨地

看着紫薇。两人都不说话，就这样痴痴对视，好久，好久。然后，尔康张开双臂，紫薇就投进他的怀里去了。两人紧紧地、紧紧地拥抱着，只觉得万籁无声，天地无存，世界上，只剩下他们两个遗世而独立。

好半天，尔康才抬起头来，看着她，恍如隔世。

"紫薇，你好残忍！留那样一封信给我，写上一句'生死相许，刻骨铭心'，再写上一句'永别了'，然后一走了之！你知道这对我是怎样的打击？你安心要我活不下去，是不是？"

紫薇落泪了，定定地看着尔康，千言万语，不知从何说起。

"你怎么会找到了我？"她问。

尔康拉着她的手，紧紧地看着她。

"这个，慢慢再告诉你！算是我们心有灵犀吧！现在，有一大堆人在等着我们呢！我要你一句话……"

"什么话？"

"你真的要离开我吗？你真的要走出我的生命吗？真的吗？"

紫薇一眨也不眨地迎视着他，眼里燃烧着一片炙热的深情，心里的千回百转，百转千回，化成两句最缠绵的誓言。她低低地、坚定地念了两句诗："山无棱，天地合，才敢与君绝！"

尔康把她重重一抱，热烈地喊："有你这样几句话，我们还怕什么？命运在我们自己手里，让我们去创造命运吧！事在人为啊！我会拼掉我的生命，来为我们的命运奋斗！"

金锁站在一边，流了满脸的泪。

小燕子等一群人，正在茅屋前面着急，找了半天，什么人都没有找到。

忽然，大家听到马蹄嗒嗒，抬头一看，只见紫薇和尔康骑着马，缓步徐行，像梦一样地出现。金锁远远地跟在后面。

小燕子发出一声欢呼："尔康找到她了！找到她了呀！"便扬起手帕，跳着脚大叫："紫薇！紫薇！我在这儿啊！"

紫薇在马背上，也对众人挥手。

永琪见双人一骑，绿野红驹，两人耳鬓厮磨，衣袂翩然，不禁感动地大叹："好像一幅画，画的名字就叫'只羡鸳鸯不羡仙'！"

尔泰羡慕地接口："能够这样爱一场，痛苦一下也值得了！"

尔康见到众人，不好意思再慢慢骑，催马上前。

尔康和紫薇刚刚下马，小燕子就冲上去，拉着紫薇的手，跳脚大骂："你搞什么鬼？好端端地闹失踪，要吓死我们每一个人吗？上次才一本正经地教训我，说是什么有福同享，有难同当的！你现在跑来睡小茅屋，是不是要我跟你一起来睡小茅屋？好嘛，咱们'有稻草同睡，有茅屋同住'，我今天不回宫了！我得跟你'有难同当'！"

永琪一听，吓坏了。

"你可别陷害令妃娘娘啊！是她保你出来的！"

"管不着了！"

尔泰见小燕子认真的样子，觉得有点担心，回头看永琪："我跟你说，我们迟早会被这两个格格，弄得天下大乱，人仰马翻！"

"还说什么'迟早'，'已经'天下大乱，人仰马翻了！"

紫薇见众人这样劳师动众来找她，已经不安，再听大家这样一说，更加不安，就对众人团团一揖，说道："不知道会把你们闹成这样，还惊动了五阿哥，真是对不起！"

小燕子气呼呼地喊："什么'不知道'！你用脚指头想，也知道会闹成这样！哦……"忽然拉住紫薇，身子转开一点点，就问："我还没有审你，什么时候和尔康对上眼的，上次见面怎么也不说一声。"

紫薇见众目睽睽，大窘，跺脚，身子一躲，脸一红。

"不要说了嘛！"

这时，金锁已经走来，见这么多人，连忙说："要不要进屋里去坐？我去烧壶水，给大家泡壶茶，好不好？"

小燕子拉住金锁。

"算了，那个屋里，他们也坐不下去，我们就在这草地上坐坐，算是出来郊游吧！"

永琪高兴地说："对呀！难得有这样的机会，大家可以从那个绿瓦红墙里，到这个有山有树的地方来，算我们沾了尔康和紫薇的光！今天是个大日子，离别的人能够重逢，有缘的人能够相聚！太好了！真该好好庆祝一下！咱们就席地而坐吧！"便回头大喊："小邓子、小卓子、小桂子！你们把马拉去吃草！走远一点，不要打扰我们，知道吗？"

三个太监已经很习惯这几个主子的神神秘秘，便拉着马，走到远处去了。

尔康见四野无人，正是讨论大事的时候，就对大家郑重地说："我有一个大计划要宣布！你们大家听好，这个主意，我已经想了很久，一直只是酝酿着，没有成熟，今天，我被紫薇逼得非拿主意不可了！方法是有一点冒险，但是，说不定可以解决我们大家的困境，制造出一个全新的局面！"

小燕子又紧张，又兴奋："什么方法？快说！快说！"

尔康就郑重地、一个字一个字地说："让紫薇进宫去！"

大家一怔。

"怎么进宫？皇宫这么容易进去吗？"尔泰问。

"这要看小燕子的功夫了。以前，紫薇进不了宫，见不到皇上，因为没有门路；现在不同，她有一个结拜的姐姐当了格格，这个格格在皇上面前很吃得开，那么，要个宫女总可以吧！就算小燕子看中了我们家的一个丫头，可不可以跟咱们要了，带进宫里去呢？这事连皇上都不必惊动，皇上日理万机，哪儿管得着宫女的事？小燕子只要去求令妃娘娘，我再让额娘去跟她打边鼓，一定进得了宫！"尔康说。

"我不懂，就算紫薇能够进宫，目的何在？总不能跑到皇阿玛面前去说，小燕子不是格格，我才是格格！那岂不是坐实小燕子的欺君大罪？如果不说真相，进宫去当宫女，岂不是又多一个人陷进宫里？"尔泰问。

"进了宫，就看紫薇的了！只要有机会接近皇上，紫薇不必说穿真相，只要慢慢让皇上了解有她这么一个人，见机行事！我觉得，皇上和小燕子的父女之情已经奠定，牢不可破！如果他再发现有个紫薇，似乎更像夏雨荷的女儿，更像自己的女儿……使他不得不喜欢，不得不亲近，到了那一天，我们再把真相告诉他！我的如意算盘是，真假格格，他都喜欢，都舍不得！说不定，他会把她们两个，一起接受！"

大家你看我，我看你，认真地思索起来。

尔泰想了想，本能地抗拒："不行！不行！你这叫作'病急乱投医'！本来，一个小燕子在宫里，我们已经提心吊胆，现在，再加一个紫薇，不是更加混乱了？你的最终目的，就是要让她们两个各归各位，让紫薇得回格格的身份，那么，你就可以名正言顺地请求皇上'指婚'！你这个圈子兜得太大了，万一弄巧成拙，你会害了小燕子！我反对！这样太自私，太危险！"

尔泰这样一说，紫薇立刻跳了起来："尔泰说得对！我不干！只要是威胁到小燕子的事，我通通不干！"说着，就看着尔康，责备地说："你太自私了，本来，你最怕的就是小燕子身份被看穿，现在，你居然做这样的提议，你好可怕！"

尔康大大地叹了一口气。

"我可怕？我自私？你们不要拼命给我加罪名，而不用大脑去想一想！你们想，紫薇会让小燕子危险吗？她会拼命保护小燕子的！小燕子现在才危险，一天到晚想出宫，有了危机不会躲，被跟踪了也不知道！紫薇进了宫，姐妹两个有商有量，紫薇可以做小燕子的手、小燕子的眼睛、小燕子的头脑，对小燕子才是一个大大的帮助呢！我承认，我最终的目的确实是尔泰所说的，难道，你们大家不想那样吗？紫薇真的不想认爹吗？小燕子真的不想脱身吗？"

几句话说得小燕子热血沸腾，眼睛发光，激动地嚷道："我想我想！我决定了！就这么做！"说着，就站起身来，急匆匆地喊："我这就回去，告诉皇阿玛我要紫薇进宫……不过……"看着紫薇："我当格格，要你当宫女，好像太委屈你了，我就说，我有个妹妹……"

"你看你！你是夏雨荷的女儿，怎么会有妹妹呢？宫女就是宫女！只有宫女，进宫才容易！"永琪说，看着小燕子，突然对这个计划也兴奋起来，"如果真要这么做，大家就要把细节编得清清楚楚，天衣无缝才行！"

"我还是反对，任何天衣无缝的故事，到了小燕子那儿，都会变得天衣有缝！"尔泰说。

小燕子气得把尔泰一推，大吼着说："你对我有点信心好不好？这件事关系到紫薇认爹，关系到我的脑袋，关系到紫薇和尔康能不能做夫妻……我还不知道严重性吗？大家编故事吧，我就是用一个字一个字背的，我也要把它背出来！我再也不能忍受，紫薇和大家为我而痛苦了！如果紫薇再失踪一次，我那个格格也做不下去了！"

紫薇看着大家，这个提议，对她确实是个大诱惑，但是，她仍然抗拒着。

"不要忙！我觉得不好，哪里不好，我也说不上来，就是觉得很危险！虽然，进宫能见到皇上，对我是一个大大的诱惑，就算不能认爹，让我有机会亲近一下，也是好的！可是，我很怕小燕子因为同情我，在乎我，会在一个冲动下，把真相整个抖出来，我不要！我不同意！"

小燕子急坏了，抓着紫薇的手，拼命摇着、喊着、哀求着。

"你不要婆婆妈妈了，如果我会抖出来，现在也会呀！想想看！这是多么伟大的提议，说不定我不用丢脑袋，就可以把你爹还给你！就算不行吧，有你进宫来陪着我，我夜里做梦都会笑！我跟你发誓，我一定都听你的话，只要你觉得危险的事，我全都不做！你要说出真相的时候再说，你不说的话，我咬紧牙关，绝对绝对不说！紫薇，求求你！同意了吧！看在结拜的份上，不是有福同享，有难同当的吗？与其我来跟你住茅屋，不如你去跟我住皇宫！"

小燕子这一番话，可说得合情合理，婉转动听，又诚恳之至。紫薇的心就大大地活动起来。

尔康就对紫薇积极地、诚恳地说："紫薇，给你自己一个机会，也给我们两个一线生机！我们以半年为期，如果半年之间，状况不能突破，小燕子就宣称不要你了，我们就把你接回家里去！如果，皇上真的认了你，我们所有的难题，就迎刃而解了！"

永琪想明白了，不住点头，深思地说："我越想，就觉得这个办法实在不错。目前，我们大家等于是生活在一个大谎言里，每天担心着怎么圆谎，确实不是一个长久之计！小燕子的秘密其实随时都有可能拆穿，危危险险的！这是紫薇和小燕子唯一的机会！只要皇阿玛两个都喜欢，她们彼此又情深义重，皇阿玛本来就是性情中人，到时候，一定会感动！只要他感动了，大概就不会追究小燕子的欺君大罪了！"

一直在默默旁听的金锁，此时，再也按捺不住，上前激动地说："小姐！你的梦想，太太的遗命，尔康少爷的希望，都在你的身上啊！你还考虑什么呢？不过……"她掉头看小燕子，郑而重之地说："你不能只要一个宫女，你得连我一起弄进宫去才行！我和小姐，是绝不分开的！"

尔泰看着大家，大叫："你们通通走火入魔，全体发疯了！不过，既然要发疯，大家一起发吧！时间宝贵，你们还拖拖拉拉些什么？大家过来过来，仔细地编故事吧！"

于是，全体的人，都聚了过去。

就这样，大家做了一个决定：把紫薇送进宫去！

【拾肆】

皇上来了，乾隆来了，那一国之君，万人之上，她从未谋面的亲爹啊！她简直不能呼吸了，跪在那儿动也不敢动。

一切都照计划进行。

小燕子没有耽搁，第二天一早，就到了令妃面前，对着令妃就跪下磕头。

"娘娘！我有事情要求您帮忙！"

"干吗行这么大的礼？赶快起来！"令妃惊愕地说。

腊梅和冬雪就去搀扶小燕子。

"不起来！不起来！等娘娘答应了我，我才要起来！"

"什么事情那么严重？"

"对娘娘来说，是一件小事！我想增加两个宫女！"

"你还要两个宫女？难道明月和彩霞侍候得不好吗？"令妃不解，困惑着。

"不是！她们两个好极了，只是我还想要两个人！"

"再要两个人也不难，只是你一个人，需要那么多人侍候吗？"

"其实，不是侍候，是解闷！这两个人如果进了宫，我就不会每天闹着要出宫了！娘娘也可以少操一点心！"

令妃大惊："难道，你还有指定的人选不成？难道……还要从宫外弄进来不成？"

小燕子就从地上站起，走过去，搂住了令妃的肩。

"娘娘！算您宠我一次！我知道，您心里疼我，每次有好吃的，好用的，您总是送给我！皇后娘娘骂我的时候，总是您帮我说话，我将来一定会报答您的！您宠我就宠到底吧！把这两个宫女赐给我吧！"

令妃听得糊里糊涂。

"哪两个呢?"

"她们一个叫紫薇,一个叫金锁!现在都在福伦大人家里当差!"

"福伦?又是他们家?"令妃审视小燕子,"你跟他们家走得真近!"

"那两个丫头真是好得不得了,跟我投缘得不得了,简直像我的姐妹一样!她们进了宫,我也不需要宫里发月俸给她们,皇阿玛赐我的银子,我还没有用完,我自己付月俸!只要您允许她们进宫!"

令妃凝视小燕子,十分疑惑。

"好!这件事我放在心上了,等我考虑几天再说!"

小燕子急死了。

"娘娘,不用考虑了!我那个漱芳斋,每天的饭菜都吃不下,多两个人吃饭,一点问题都没有!"

"那也不能说是风,就是雨,要怎么办,就怎么办!总得让我想想!"

小燕子再急,也无可奈何了,只好等令妃考虑。

令妃并没有考虑太久,找来了福晋,她仔细地问了问,福晋早已和大家套好了词,说得头头是道。令妃这才恍然大悟:"你说,那两个姑娘是还珠格格的结拜姐妹?"

"是啊!当时,还珠格格刚进宫,见着尔泰,她就托尔泰去照顾这两个姑娘!尔泰哪会做这些事呢?我就跑了一趟,谁知这两个姑娘,长得玲珑剔透,干干净净,我一看就喜欢,干脆接到家里来,让她们帮忙做做家事。这样,还珠格格想她们的时候,来我家就见着了!"

"原来如此啊!这孩子,怎么也不跟我明说呢?那么,上次格格偷溜出宫,也是要见她们两个吗?"

"不错!三个姑娘,感情好得不得了!"

令妃沉吟:"依你看,她们进宫来当宫女,有没有什么不妥呢?"

福晋看着令妃,诚恳地说:"还珠格格现在是皇上面前的小红人,这也是你处理得当的结果！说真的，不定哪一天，我们会需要她的支持！让她高兴，又有什么不好呢？宫里又不在乎多两个人。至于这两个姑娘的人品，我可以担保！"

令妃眼睛一亮："是啊！还是姐姐您想得周到，那么，就这么决定了吧！过两天，你就让她们进宫来吧！"

真是顺利得出乎意料。本来，在宫中，尊贵如令妃，要安排两个宫女进宫，根本就是小事一件。

紫薇进宫的前一晚，尔康真是矛盾极了，担心极了。离愁依依，千丝万缕。对紫薇，有说不完的话："紫薇，这次把你送进宫，实在是无可奈何的一条路。我千思万想，只有冒这个险，才能让每个人都各得其所！可是，在我心里，真巴不得你再也不要离开我！那道宫墙，虽然只是一道墙，但感觉上，有些像铜墙铁壁！我还真不放心你，不舍得你！明天你进了宫，我会一直担心下去，还不知道要担心到哪一天为止！还没进宫，我已经有些后悔了，不知道这步棋到底是对，还是不对。你答应我，千万千万，要小心谨慎啊！"

紫薇不住点头，凝视着尔康。

"你放心，我不是小燕子，我会非常小心，非常谨慎的！我知道你做这样的安排，有多么矛盾！我也知道，你为我想得多么深入！你明白我心底对皇上的渴望，你也明白，我在你家这样住下去，妾身不明，非长久之计！现在安排我进宫，解决了我处境的尴尬，又给未来铺下了一条相聚的路，你真是用心良苦！如果我不了解你这种种用心，我也不会听你安排了！"

尔康听得又是激动，又是感动，又是心醉，又是心碎。

"有时，真恨自己生在公侯之家，弄得身不由己！那天，在幽幽谷见到你，我应该把你抱上马，就这样策马而去，再也不要回来！"

"如果那样，你就不是有担当、有责任感的福尔康了！"

尔康深深地盯着她。

"你进了宫，我们见面就不像现在这么容易了，但是，我还是会进宫来跟你见面！你要随时跟五阿哥联络，每天都要让我知道你的情形！"

紫薇拼命点头，眼中已有泪光。

"在宫里，不比外边，你又只是一个宫女，不像小燕子有'格格'身份撑腰，你的一举一动，都要留神。对皇上，也不要太心急，更不要亲情发作，就不能自已！你一定要有个数，他心底，已经先入为主地认了小燕子！"

"我知道，我都知道！"

"万一在宫里住不下去，告诉五阿哥，我们就接你出来，千万不要勉强！"

"我知道，我都知道！"

尔康深深切切地看着她，恨不得用眼光将她紧紧锁住。

"记住！今天的小别，是为了以后的天长地久。"

紫薇又拼命点头。

"那么，你还有话要跟我说吗？"尔康不舍至极地看着她。

"珍重！"

尔康心头一热。

"就这么两个字？"期待地问，"还有没有别的呢？"

紫薇就走到桌前坐下，开始抚琴。她一面拨出叮叮咚咚的音符，一面凝视着尔康，婉转地唱着：

聚也不容易，散也不容易，聚散两依依，今夕知何夕！

见也不容易，别也不容易，宁可相思苦，怕作浮萍聚！

走也不容易，留也不容易，心有千千结，个个为君系！

醒也不容易，醉也不容易，今宵离别后，还请长相忆！

　　紫薇唱完，眼光幽幽柔柔地看着尔康。

　　尔康神魂俱醉，痴倒在紫薇的眼神与歌声里。

　　于是，这一天，福晋领着紫薇、金锁进了宫，直接来到令妃面前。

　　小燕子早就等在令妃旁边，用热切的眸子，盯着紫薇，兴奋得不得了。

　　"娘娘！我把紫薇和金锁带来了！"福晋说。

　　紫薇和金锁双双跪下磕头。

　　"奴婢紫薇叩见令妃娘娘！娘娘千岁千千岁！"

　　"奴婢金锁叩见令妃娘娘！娘娘千岁千千岁！"金锁也跟着磕头。

　　"抬起头来！给我瞧瞧！"令妃说。

　　紫薇和金锁便双双抬头。

　　令妃走到两人面前，仔细地打量二人，心里有些惊讶，不能不赞美："哟！长得真是不错！白白净净，清清秀秀的！"便问紫薇："几岁啦？"

　　"奴婢十八岁！"

　　"我十七！"金锁急忙跟着答。

　　"没问你，不用答话！"令妃笑着说。

　　"是！我知道了！"金锁急忙回答。

　　"好了，这'我呀我'的毛病，慢慢再改吧！跟了还珠格格，我想，这规矩就难教了。不过，格格得到皇上特许，可以不苟求'规矩'，你们两个，就不一样了！这些宫中的礼仪规范，还是要遵守的！如果出了差错，别人会说我令妃，怎么让你们两个进宫的！知道吗？"

　　紫薇急忙磕头说："奴婢谢娘娘指点！一定遵守规矩，不让娘娘为难！"

　　令妃一怔，忍不住再看了紫薇一眼。

　　小燕子站在一边，早已忍耐不住，上前对令妃急急地说："我可不可以带她们回漱芳斋了？"

　　"你急什么？我话还没有说完呢！"令妃又对两人叮嘱，"你们两个，是靠着还珠格格的面子进宫来的，没有受过正式的宫女训练，自己要机警一点，要知道分寸！就算在漱芳斋里，也不可以和格格没上没下！宫里地方大，除了漱芳斋，别的地方不要乱走乱逛！出了娄子，可没有人给你们收拾！"

紫薇又磕头，说："奴婢谨遵娘娘教诲！我们一定会自我约束，谨守本分，不敢逾矩！"

令妃又看了紫薇一眼，觉得此女说话不俗，有点纳闷。

小燕子已经急得不得了。

"娘娘！您说完没有？其他的规矩，我会慢慢地教她们！"

令妃睁大眼睛，失笑地说："你教？那你还是别教的好！"

正说着，外面忽然传来太监的大声通报："皇上驾到！"

紫薇一听到这四个字，脑中顿时轰地一响，整个人就惊得一颤。皇上？皇上？她才进宫，居然马上可以见到皇上？天啊！她的心擂鼓似的在胸腔里敲击，脸色顿时发白，眼睛直了。皇上来了，乾隆来了，那一国之君，万人之上，她从未谋面的亲爹啊！她简直不能呼吸了，跪在那儿动也不敢动。

乾隆大步走进。一屋子的人请安的请安，拜倒的拜倒。

令妃和福晋急忙迎过去。

"皇上，怎么这会儿有时间过来？"令妃问。

乾隆心情良好，大笑说："哈哈！今天真高兴，缅甸的问题解决了！他们居然派了使者，要来讲和！可见咱们大清朝，还是威名赫赫！几位大将，都不含糊！"这才看到福晋，笑着说："哟！这儿有客！"

福晋早已福了下去："臣妾参见皇上！"

乾隆对福晋点点头，和颜悦色地说："朕刚刚还奖励福伦了一番！你家的尔康尔泰，越来越有出息了，你的相夫教子，功不可没！"他一转眼，看到小燕子，更乐了，对小燕子招手说："过来！过来！许你不学规矩，你见了皇阿玛，还是应该主动招呼一声，怎么这样傻傻的？"

小燕子看到乾隆进门，就和紫薇一样，兴奋得发呆了，一双眼睛，不停地看乾隆，又不停地看紫薇，恨不得冲上前去，拉着乾隆大喊："看啊看啊！那才是您的女儿啊！赶快认清楚啊，那才是您真正的还珠格格啊……"可是，她什么话都不能说，拼命憋着，看来看去，心情紧张，魂不守舍。这时，听到乾隆点名召唤，才急忙请安，说道："皇阿玛吉祥！"

乾隆对小燕子笑着说："哈哈！你是金口啊！居然给你说中了！你说，国家会越来越强盛的，果然不错！'国有乾隆，谷不生虫'也有点道理！哈哈！"

乾隆忽然看到跪在地上的紫薇、金锁，一怔，就仔细地看了看。紫薇接触到乾隆的眼光，心里嘣咚嘣咚跳，心脏几乎要从嘴里跳了出来。她知道应该低头，就是无法移开视线。天啊！他多么英俊，多么高大，多么神气啊！她心里想着，身子僵着。乾隆看了一会儿，觉得眼生，便不在意地挥手说："起来！起来！不要每个人看到朕，就跪着忘记起身！"

紫薇再度一颤，看到乾隆跟自己说话，连呼吸都几乎停止了，脸色苍白得厉害。

在一边的福晋，急得要命，赶快走过去，轻轻一碰紫薇："皇上要你们起来，就赶快谢恩起来呀！"

紫薇这才震动地觉醒，抖着声音磕下头去。

"谢皇上恩典！"

金锁也跟着说了一句，两人站了起来。紫薇心情太激动了，又在久跪之后，脚下一软，差点跌倒。金锁急忙扶住，一声"小姐"几乎脱口而出，幸好及时咽住了。

乾隆觉得两人有点奇怪，诧异地再看了她们一眼。

令妃就说："这是新来的两个宫女，我拨给小燕子用了！"

乾隆听说是宫女，毫无兴趣。

"哦！"转头看小燕子，"你今天是怎么啦？平常话多得很，今天怎么如此安静？"

小燕子一惊，慌忙振作了一下，没话找话，对乾隆说："皇阿玛，'面店'的问题解决了，'生姜'的麻烦是不是也没有了？"

乾隆怔了怔，半天才醒悟，大笑说："是！'面店'的问题解决了，'生姜'的麻烦也会过去！"拍拍小燕子的肩膀，立即一瞪眼："什么'面店''生姜'，还'麻油'呢！明天去跟纪师傅说，皇阿玛要你把边疆问题，弄弄清楚！"

小燕子着急，提到纪师傅就头大，说："'生姜'都还没闹明白，您还要我学'边姜'！'边姜'是个什么姜，我怎么弄得清楚嘛！明天我可不可以不上课？因为，我……"小燕子看看紫薇，突然把紫薇推到乾隆面前，冒出一句，"这是紫薇！"又指指金锁："那是金锁！"

乾隆觉得莫名其妙，再看了两人一眼，心不在焉地说："好好，你们不必一直杵在这儿，下去吧！"

紫薇的心，蓦地一沉，好生失望，脸色就一片惘然，眼神中一片落寞。

小燕子急忙对乾隆屈了屈膝，嚷着说："谢谢皇阿玛！我带她们先去漱芳斋，等会儿再来侍候您！"

小燕子一拉紫薇，紫薇便对乾隆福了一福，跟着小燕子，失魂落魄地出去了。金锁依样画葫芦地福了一福，也跟着出去了。

福晋这才暗暗地呼出一口气，被这一幕父女相见，弄得紧张死了。

从延禧宫出来，紫薇失神落魄，小燕子神魂未定，金锁却兴奋不已。

"我见着皇上了欸！真的是皇上！他看起来好年轻，好威风啊！他脾气挺好的样子，一直笑！"金锁低低地、不敢相信地说。

"你没看到他发脾气的时候，只要喉咙里哼那么一声，一屋子的人都会吓掉魂，扑通扑通全跪一地！"小燕子说。

金锁陷在自己的震撼里："当皇上好神气呀！"她转头看小燕子，羡慕地说："你也很过瘾嘛！皇上对你那么好，你说那个'生姜'的时候，他笑得好高兴！"忽然发现紫薇的失魂落魄，急忙对紫薇说："小姐，你不要难过，他现在还没发现你呢！"

小燕子也急忙对紫薇说："今天才是你第一天进宫，想不到皇阿玛会突然进来，你一点准备都没有，当然没办法引起皇阿玛的注意，你千万不要泄气，日子还长呢！"

紫薇眼中含泪，轻轻地说："我没有泄气，也没有难过，只是……忽然发现自己的亲爹站在那儿，高大、挺拔、威武、神气……我觉得心里像是烧滚的油锅一样，整颗心都快从嘴里掉出来了。我那么激动，但是，他几乎没有正眼看我！"

"小姐，你别急呀！小燕子说得对，日子还长着呢！咱们慢慢等机会嘛！"

紫薇忽然回过神来，惊觉地说："金锁！小心！你如果不改称呼，我们迟早会出问题的！"

金锁被提醒了，急忙收收神："我忘了！以后一定注意，绝对不再出错！"就对小燕子屈屈膝："格格请走前面，奴婢后面跟着！"

小燕子看了紫薇一眼，心中涨满了喜悦，实在没有办法让紫薇跟在自己身后做"奴婢"，又见紫薇若有所失，便跑过去，一把挽住紫薇的胳臂，热情地说："紫薇！你振作一点！不要失望！现在，我们两个又在一起了，多好呀！想想看，几个月以前，我们还什么门路都没有，像大头苍蝇一样到处乱飞，不知道要怎样才能见着皇上！现在，我们两个都进了宫，而且……"

紫薇被小燕子鼓舞了，深吸口气，接口说："而且，我已经见着了皇上！这才是我进宫的第一天，我居然就见着了他！"说着说着，就喜不自胜了。

小燕子因紫薇的高兴而高兴，蹦蹦跳跳地走着，说着："是啊是啊！我们已经很不容易了！这就像五阿哥说的，山路走完了有水，柳树落了又有花……"

紫薇笑着更正："山重水复疑无路，柳暗花明又一村！"

"对对对！就是这两句话！"小燕子拍着紫薇的肩，又笑又兴奋，"我们已经走完山路，现在走水路了！你还有什么不开心呢？开心起来！知道不知道？"

紫薇心情已经好转，被小燕子引得兴奋起来，应道："是，格格！奴婢遵命！"

"你敢这样叫我……我呵你痒哦！"小燕子笑着喊。

紫薇机警四望，咳了一声："格格，请走好！"

小燕子赶紧收敛，放眼四望。

容嬷嬷站在回廊下，正对三人阴沉而好奇地凝视着。

小燕子笑容僵了，拉了紫薇一下。

"我们绕路走吧！别惹这个老巫婆！"小燕子低声说。

紫薇觉得有点不对，眼光顺着小燕子的眼光看去，和容嬷嬷冷冽的眼神一接，不知怎的，竟激灵灵地打了个寒战。

小燕子带着紫薇和金锁，走进漱芳斋，就兴奋地大喊："明月！彩霞！小邓子！小卓子！通通过来！通通过来！"

明月、彩霞、小邓子、小卓子立刻奔了过来，屈膝的屈膝，哈腰的哈腰。

"格格吉祥！"

"我要给你们介绍两个人！"小燕子喊着，就一手拉紫薇，一手拉金锁，对四人说，"这是紫薇，这是金锁！对宫里的人来说，她们两个是我这儿新来的宫女，实际上，她们两个是我的结拜姐妹！"

紫薇吓了一跳，看着小燕子："格格！怎么这样说？"

小燕子对紫薇一笑。

"如果我们在漱芳斋里，还要避这个避那个，我们就活不下去了！你放心，他们四个，已经是我的心腹了，就像五阿哥的小桂子和小顺子，大家是一条心，一条命！他们不会出卖我！"就看四人，问，"是不是？"

四个人异口同声，有力地回答："是！"

小燕子又继续交代："紫薇和金锁，名义上是我的宫女，那是没办法的事，因为我要她们进宫，只能这样安排，你们给我咬紧牙根，不要胡说八道，知道吗？如果有刀搁在你们脖子上，逼你们说，那怎么样？"

四个人都抬头挺胸，豪气干云地嚷："要头一颗，要命一条！"

紫薇和金锁看傻了。

"既然她们是我的姐妹，那么，是你们的什么？"小燕子再问。

"是主子！"四个人回答。

小燕子笑了起来："什么主子？教也教不会！大家是一家人！知道吗？一家人！你们怎么待我，就要怎么待她们两个，谁对她们不礼貌，就是对我不礼貌，知道吗？"

"知道了！"大家又高声回答。

小邓子眼光在紫薇和金锁脸上看来看去，恍然大悟，说："这就是那两位'天仙'姑娘嘛！我们都明白了，上次在茅屋前面，格格要我们找的那两个天仙，就是她们。没想到，'天仙'也来漱芳斋！我们的'家'，越来越大了！"

"说得好！小邓子有赏！"小燕子兴高采烈。

四人就赶快上前，对紫薇和金锁拜了下去。

"奴才（奴婢）叩见天仙姑娘！"

紫薇慌忙拉起明月，金锁就拉起彩霞。

"千万不要这样称呼，更不能对我们拜来拜去！"紫薇急忙说，"我是紫薇，那是金锁，以后，大家都称呼名字，免得让别人疑心！"回头对金锁说："金锁，咱们带来的东西呢？"

金锁打开一个随身的小包袱，紫薇拿了两件首饰，两个钱袋，过来分给四人。

"一点见面礼,请大家收了!"

金锁笑着对四人说:"别小看那个钱袋,是我家小姐亲手做的,这些首饰,也是小姐自己戴过的东西!既然在这漱芳斋里,不用避讳,那么,我就得告诉你们,紫薇名义上是我的结拜姐妹,事实上,是我的主子!"

四人拿着礼物,又惊又喜,看到紫薇气度不凡,不禁油然生敬。但是,对于这两人的身份,实在头昏脑涨了。

小邓子不管他三七二十一,又拜了下去。

"谢紫薇姑娘赏赐!谢金锁姑娘赏赐!"

其他三人立即依样画葫芦地拜了下去,喊着:"谢紫薇姑娘赏赐!谢金锁姑娘赏赐!"

小燕子对紫薇一笑说:"没办法,慢慢再来教他们!这主子奴才,小姐丫头……别说他们会糊涂,连我都糊涂了。"

那天晚上,在漱芳斋,有一场"宴会"。

小燕子一定要给紫薇和金锁接风,命令小邓子、小卓子、明月、彩霞全体参加,反正漱芳斋没有"主子奴婢"那一套,大家都是"一家人"。

小燕子兴致勃勃,不管三七二十一,拉着六个人"聚餐"。几杯酒一下肚,就得意忘形了,面颊红红的,握着酒壶,为每一个人斟酒,兴高采烈地喊:"喝呀!大家尽兴一点,好好地喝一杯!我今天太高兴了,高兴得快要昏掉了!自从进宫以来,今天是我最高兴的一天。紫薇!喝酒喝酒,不要怕!我们已经把院子门、房门都锁起来了,别人进不来!"

小邓子、小卓子、明月、彩霞虽然和小燕子同桌,却怕得要命,不住回头观望。

紫薇和金锁也很不安,时时刻刻望向门口。紫薇见小燕子已有醉意,便拉拉小燕子的衣袖,警告地说:"格格,你收敛一点!听说,你这个漱芳斋,皇上随时会来,你喝得醉醺醺,万一给皇上撞见,岂不是又要遭殃吗？"

小邓子立刻站起身来，害怕地说："紫薇姑娘说得对，我看，我还是去门口守着吧！有人来，我也可以通报一声！"

小燕子笃定地说："坐下坐下！不要扫兴嘛！皇阿玛今天不会来我这儿了！饭前我去请安，皇阿玛说，今晚要和兆惠将军吃饭！兆惠将军不知道从什么姜回来，皇阿玛好忙，要跟他谈'边姜'大事！所以，他们那儿面店生姜，咱们这儿我就可以花雕陈绍了！来呀！"欢喜地一口干了杯子，大叫："紫薇！为了庆祝我们的团圆，喝吧！今天不醉的人是小狗！"

金锁连忙站起身来："好了，小姐，你就和格格痛痛快快地喝酒吧！你不喝，她不会安心的！我来做小狗，帮你们守门。"

"我来做小狗吧！我守门！"小邓子忙说。

"我也做小狗吧！"小卓子跟着说。

"我看，我跟大家一起做小狗！"明月说。

"那……我也要做小狗！"彩霞也说。

小燕子生气，跳起来大叫："你们不要气死我好不好？哪有抢着当'小狗'的道理？我要那么多小狗干什么？来来来，大家勇敢一点，高兴一点，起劲儿一点！天塌下来，有我撑着！"说着，就近抓住彩霞，就端起酒杯，往她嘴里灌去："再不喝，算你'抗旨'！"

彩霞不得已，咕嘟咕嘟喝下酒。

小燕子再端着一杯酒，双手捧着，走到紫薇面前，说："这杯酒，我要敬你！这些日子，我让你受尽委屈，让你伤心，让你难过，还差一点永远见不到你，我的罪过，堆得比山还高！今天，我就借这一杯酒跟你诚心诚意地道歉！如果你真的原谅了我，就干了这一杯吧！"

紫薇听小燕子说得真诚，叹了口气，举起杯子豪气地说："好了！千言万语，尽在不言中！我干了！"就一口喝干了杯子。

小燕子快乐极了，简直要乘风飞去了，对大家喊："都来干一杯吧！

小邓子、小卓子、明月、彩霞……你们一个也不要逃,为了'还珠格格',大家干一杯!为了我们大家的脑袋,再干一杯!但愿'格格'不死,'脑袋'不掉!"

四人一听,这杯酒关系大家的"脑袋",就通通举杯了,大声地喊:"祝'格格不死,脑袋不掉'!"

七个酒杯,<u>重重上碰</u>。

这样一干杯,大家就都松懈下来,你一杯,我一杯,逐渐放任地喝了起来,一会儿之后,桌上已经杯盘狼藉。再过一会儿,七个人全部喝得醉醺醺。小卓子趴在桌上睡着了,小邓子满屋子行走,嘴里念念有词,不知道在说什么。明月搂着彩霞,两人低低地唱着歌。

金锁拼命维持清醒,睁大眼睛看着小燕子和紫薇。

小燕子已经大醉,抱着紫薇,一面诉说,一面掉泪:"我算什么嘛?义气没义气,勇气没勇气……说穿了,我就是一个骗子嘛!以前骗吃的骗喝的,还说得过去,骗你的爹,就应该被雷劈死,被闪电打死……我坏嘛,黑心嘛……连自己的结拜妹妹我都骗,我会下地狱的……"

紫薇搂着小燕子,像个慈母般拍着,帮她擦泪,安慰着:"嘘!不要说了!玉皇大帝和阎王老爷都好忙,世界上太多的是是非非,对对错错,好好坏坏……他们管都管不了!轮不着你!嘘……别哭,我保证你不会下地狱,有我守着你呢!有我看着你呢!"

金锁看得好感动,不住地吸鼻子。

就在此时,窗子咯噔一响。

小邓子蓦然收住脚步,对着窗子大叫:"什么人?"便冲到窗前去,一开窗子。

窗外,一条黑影,晃了一晃。小邓子大喊:"窗外有人!"

小燕子直跳起来,酒醒了一半,泪痕未干,就冲到窗前,嘴里大吼:"是哪条道上的人,报上名来!"

窗外的黑影，一闪而过。

"你逃？你往哪里逃！你不知道你姑奶奶叫作'小燕子'？"小燕子叫着，便施展轻功，向窗外蹿去。

谁知，小燕子不胜酒力，这一蹿，竟然将脑袋撞在窗棂上撞得砰然一响，身子便重重地跌落在地，嘴里不禁哎哟哎哟叫出声。

紫薇、金锁、明月、彩霞、小邓子全部围过来看小燕子。

紫薇抱着小燕子的头，拼命揉着："不得了！撞出一个大包了，怎么办？"转头急喊："金锁！那个'跌打损伤膏'有没有带来？"

"好像没有欸！"

"药膏？我这儿有一大堆，皇上说格格容易受伤，留了各种药膏。五阿哥又送了一大堆来，我去拿来！"

明月说着，就奔去拿药。

小燕子一挺身，从紫薇怀里坐起来，气呼呼的，还要对窗外冲去，嘴里怒骂："哪个王八蛋，在外面鬼鬼祟祟？有种，你给我出来！"说着，就摇摇晃晃的，又要施展轻功，往窗外蹿。

紫薇慌忙一把抱住了小燕子。

"算了算了，你站都站不稳，怎么追人嘛？"

"人已经跑了，追也追不上了！"金锁也说。

小燕子仍然跳着脚骂："会武功？会武功有什么了不起？半夜三更来偷看，看什么看？欺负我这儿没高手是不是？赶明儿我把柳青和柳红也弄进宫来，看你们还能逃到哪里去！气死我了！"

一场宴会，就因为这门外的黑影而匆匆地结束了。

紫薇进宫的第一天，也就这样结束了。

还珠格格

【拾伍】

紫薇看着这个明察秋毫、又恩威并用的乾隆，不禁又是佩服，又是景仰，又是崇拜，又是依恋……各种复杂的情绪，把她那颗充满孺慕之情的心，涨得满满的。

尔康自从紫薇进宫，就害起相思病来，心里七上八下，总是怀疑自己的主意拿错了，一天到晚，魂不守舍。虽然，永琪和尔泰都说，小燕子这两天很乖，宫里也没有出什么状况，可是，他就是不能安心，也不能放心。早也想紫薇，晚也想紫薇。这天，再也按捺不住了，就不管合不合适，得不得体，拉着永琪和尔泰，一起来到漱芳斋，探视紫薇。

紫薇看到他们，又惊又喜又紧张，问："你们三个人，就这样闯来了？给人看到有关系没有？"

"五阿哥是阿哥！在宫里走来走去，当然没关系，我跟五阿哥是一道的，也没关系！就是尔康没事往宫里跑，有点问题！"尔泰说。

"那……尔康，你还不赶快离开！不要让人发现了！"紫薇着急地说。

尔康盯着紫薇看，眼里，盛载着千言万语。

"已经冒险进来了，你就不要担心害怕了！就算有人看到，说是陪伴五阿哥过来办事，也就搪塞了。总之，皇上没出宫，我在宫里陪着，也还说得过去！"他上上下下地看紫薇，好像已经分别了几百年似的，"你怎样？好吗？有进展吗？"

"我才进来几天，谈什么进展呢？除了第一天匆匆忙忙地见了皇上一面，到现在根本就没有再见到他！"

"大家长话短说，说完了就走！咱们三个这样出现在漱芳斋，实在有点引人注意！"永琪说，看着小燕子的额头，"怎么肿个大包？又跟人动手了吗？"

一句话提醒了小燕子，就急急地说："你们三个臭皮匠，赶快再想个办法，给我找几个武功高手来。要不然，你们去找柳青和柳红，把他们弄进宫里来，做我的侍卫！"

永琪睁大眼睛："你这真是异想天开！刚刚把紫薇和金锁弄进来，已经好不容易了，你还想把柳青和柳红弄进来！"

"等到柳青和柳红进来之后，你大概就想把什么小豆子、小虎子、宝丫头……通通弄进来，你预备把整个大杂院搬进皇宫，是不是？"尔泰问。

"可是，我这漱芳斋晚上会闹贼！半夜三更，还有夜行人来偷看！我的武功，越来越退步，翻个窗子，都会撞到头！"

"那是因为你喝醉了！"紫薇说。

尔康、永琪、尔泰大惊。

"有人偷看，什么人？你们有没有注意？小邓子、小卓子他们怎么不在外面守卫？"

金锁给每个人倒了茶过来，就接口说："小邓子、小卓子都喝醉了！那晚，小燕子一定要给我们接风，大家都醉了！"

三个男人全部变色。

尔康就往前一迈，对小燕子急促地、命令地说："你不要太任性了，不管心里怎么高兴，都不可以全体的人喝醉酒，你好歹要让小邓子、小卓子保持清醒……不不！不只小邓子、小卓子，你们谁都不可以喝醉！这个宫廷之中，敌人到处都是！防不胜防！你们两个都有任务在身，不是进宫来玩的！这大局一天不定，你们两个都有危险！怎么一点警戒心都没有呢？"

"好了好了！你别训我，人，总有忍不住的时候嘛！你还不是一样，明知道跑到漱芳斋来不妥当，你还不是进来了？"小燕子不高兴地说。

尔康一怔，尔泰便急急地把尔康推到紫薇身前。

"小燕子说得有理！你有话快说，如果要我们回避，我们大家就回避！"

紫薇脸一红，还没说什么，忽然，外面传来小顺子和小桂子的急呼："皇后娘娘驾到！"

接着，是小邓子和小卓子的急呼："皇后娘娘驾到！"

接着，又是明月、彩霞的急呼："皇后娘娘驾到！"

室内众人，全部吓了一大跳，还来不及交换任何讯息，皇后已经大步走入，后面跟着容嬷嬷、宫女、赛威、赛广和太监们一大群人。

一屋子人赶快行礼的行礼，请安的请安。紫薇和金锁急忙匍匐于地，喊着："奴婢紫薇（金锁）叩见皇后娘娘，恭祝娘娘千岁千千岁！"

皇后的头，高高地昂着，眼光威严而凌厉地环室一扫，挑了挑眉毛说："小燕子！你这漱芳斋可真热闹，外面奴才站了一院子，里面主子站了一屋子！五阿哥和福家两位少爷都在，真是盛会！哟，这儿还有两张生面孔，想必就是令妃娘娘赐给你的宫女了！"就看着紫薇金锁，命令地说："抬起头来给我瞧瞧！"

紫薇、金锁就抬起头来。

皇后来，就是冲着紫薇和金锁来的。听说漱芳斋又来了新的宫女，而且是"令妃赏赐"，心里就是一肚子气，又有一肚子的怀疑。一个不学无术的小燕子，到底需要多少奴才？令妃和小燕子，到底在搞些什么把戏？她有意要看看两个新人，到底是何方神圣。所以，当紫薇和金锁抬头，她就认真地、仔细地看二人，好像要在两人的脸上挖掘出什么秘密似的。好标致的丫头！皇后看得纳闷，满屋子的人也被皇后的眼光，弄得惴惴不安起来。

"你刚刚说你叫什么名字？"皇后问紫薇。

"紫薇，就是紫薇花那个紫薇！"紫薇战战兢兢地回答，难免紧张。

皇后下巴一抬，可逮着机会了，就大喊："容嬷嬷！给我教训她！居然不说'奴婢'，简直反了！"

容嬷嬷立刻上前，劈手给了紫薇重重的一耳光。

满屋的人全部惊跳起来。尔康几乎冲了出去，被尔泰机警地一把抓住。可是，尔泰顾到了尔康，就没顾到小燕子，小燕子直冲上前，大嚷："容嬷嬷！你敢！"

容嬷嬷旧恨新仇一起算，得意地说："我帮皇后娘娘教训奴才！有什么不敢？"

皇后厉声说："容嬷嬷！再教训她！"

"遵命！"

容嬷嬷大声应着，竟左右开弓，对着紫薇的脸熟练而迅速地连续开打。

尔康又气又急又心痛，脸色都白了，浑身发抖。

尔泰死命拉住他，对他制止地摇头，他眼睁睁地看着紫薇挨打，竟然一筹莫展。

金锁还不知道宫里的规矩和厉害，急喊了一声，什么都顾不得了，扑上去，用身子挡着紫薇，喊："打我！打我！我来代替她受罚！"

"容嬷嬷，两个一起打！"皇后怒喊。

容嬷嬷便抓着金锁的头发，一阵噼里啪啦，耳光声清脆地响着。

"谁敢打她们！容嬷嬷！我要你的命……"

小燕子嘴里喊着，身子就箭一般往前冲去，赛威、赛广一拦，她就像撞到了铜墙铁壁，震开好几步。小燕子大怒，飞扑上去，动手就打，赛威一伸手，小燕子哪是对手，被赛威一撂，身子像断线风筝一般飞跌出去。永琪再也忍不住了，飞身一跃，接住小燕子，气得脸色发青，大吼："反了吗？敢对格格动手！"

同时间，尔康也什么都顾不得了，挣开了尔泰，他飞蹿上前，左打赛威，右打赛广，一阵连环踢，把赛威、赛广踹了开去。赛威、赛广见是尔康，不敢还手，被打得毫无招架之力。尔康一面打，一面怒喊："赛威、赛广！你们好歹是我的手下，不要命了吗？谁敢再动手，我把他交到大内监牢去！"

赛威、赛广吓住了，震住了，连连后退。

皇后走到尔康面前，昂着头说："福大人，你是不是要把我也送到大内监牢去？"

尔康吸了口气，面色惨然地躬身说："臣不敢！请皇后娘娘看在五阿哥面子上高抬贵手，再闹下去谁都不好看，请手下留情！"

永琪也急忙往前，说："皇额娘！这漱芳斋是皇阿玛最喜欢的地方，皇额娘不看僧面看佛面，手下留情！"

"留什么情？这还珠格格有圣旨，可以不守规矩，难道奴才也有吗？我就教训了她们，你们预备怎样？"皇后回头喊，"翠环、佩玉……你们也上去！帮容嬷嬷教训这两个丫头！"

宫女便应着"喳"，上前帮忙容嬷嬷，分别抓住紫薇、金锁，容嬷嬷扬起手来，又要对两人打去。

尔康飞快地冲过去，人已经切入容嬷嬷和紫薇之间，伸手一挥一舞，两个宫女飞跌出去。容嬷嬷眼睛一花，已经被震倒在地。一时之间，哎哟哎哟之声不断，屋子里摔的摔，跌的跌，乱成一团。

皇后气得快疯了，怒喊："赛威！赛广！你们是死人吗？"

尔泰和永琪对看一眼，见闹成这样，就都豁出去了。两人同时迈步，一个拦住赛威，一个拦住赛广。

永琪就高高地昂着头，语气铿然地说道："皇额娘！儿臣斗胆，请皇额娘高抬贵手！今天，儿臣在漱芳斋，就不允许任何人在这儿动手！如果要动手，无论是谁，都得先把我撂倒再说！"

永琪气势凛然，不可侵犯。容嬷嬷、宫女、赛威、赛广全都震慑住了。

皇后气得脸色铁青，话都说不出来。

紫薇见场面弄得如此不可收拾，心惊胆战，又怕连累到尔康、尔泰和永琪，急得五内如焚，便膝行到皇后面前，磕下头去。

"皇后娘娘请息怒，奴婢罪该万死，让娘娘生气！奴婢甘愿受罚，请娘娘饶恕大家！"说完，就自己掌嘴。

金锁大惊，也爬行过来哭着说："皇后娘娘！请罚金锁，饶了紫薇！"说着，也自己掌嘴。

这时，小邓子、小卓子、小顺子、小桂子、明月、彩霞全都进来，跪了一地。

"皇后娘娘！奴才们愿意代她们两个受罚！"六个人便噼里啪啦，自打耳光。

皇后看着跪了一地的奴才，如此护着紫薇和金锁，心中实在震撼。见大家纷纷自打耳光，总算有了面子，就乘机下台，说："好了！不用打了！"

大家停手。

皇后扫了尔康、尔泰和永琪一眼，眼神阴沉而凌厉，义正词严地说："国有国法，家有家规！今天我管奴才，用的是'家规'！这整个皇宫，还没听说过我不能教训奴才的！今天看在五阿哥的面子上，我就算了！大家也都收敛一点吧。这漱芳斋是宫闱重地，不是酒楼！身为阿哥和臣子，也该有自己的分寸！"

"皇额娘教训得是！"永琪忍气吞声地说。

"谨遵皇后娘娘教诲！"尔泰也应着。

唯有尔康，脸色苍白，咬牙切齿，一语不发。

皇后就一挥手说："容嬷嬷！咱们走！"

皇后带着众人，昂着头，威风凛凛地走了。

皇后一走，大家就纷纷从地上跳了起来。明月和彩霞，急急忙忙端了一盆水来，绞了帕子，来给紫薇和金锁敷脸。小燕子也来帮忙，一面给紫薇敷脸，一面说："拿冷帕子这样冰着，比较不疼，而且可以消肿，明月、彩霞她们都有经验，我帮你弄！"

紫薇推开小燕子忙碌的手。

"算了！算了！没有关系！"她着急地看着尔康等三人，"你们怎么还不走？"

尔康蹿上前去，拉着紫薇就向外走。

"走！我们一起走！我这个猪脑袋想出来的笨主意！我恨不得把自己给杀了！走！我们这就出宫去，什么都不要了！天涯海角，难道还没有我们两个的容身之地吗？"

"尔康！你理智一点！"永琪一拦。

"我不要理智！我就是太理智了，才会把紫薇和金锁陷入困境，我要把她们救出去！我什么都不管了！"尔康红着眼说。

尔泰跺脚，拦住尔康："哥！你不要碰到紫薇的事，就阵脚大乱！你什么都不管，你怎么能什么都不管？阿玛跟额娘你要不要管？五阿哥你要不要管？小燕子你要不要管？令妃娘娘你要不要管？"

紫薇死命挣脱了尔康，眼泪滚了下来："我不跟你走！我好不容易进宫来了，好不容易见着了皇上。你现在用一百二十匹马来拖我，也没办法把我拖出宫去！"眼泪汪汪地看着尔康："你快走，不要管我了，我不痛，真的！挨两下打，没有关系！我以后会很小心，不会说错话！"

"你还不了解吗？皇后想打的不是你，是小燕子！她不敢打小燕子，就打你！你无论怎么讲话，她都可以挑你的错！"尔康喊。

"那也阻止不了我要留下的决心！"紫薇哀求地看着尔康，"我才进来几天，什么状况都没摸清楚，要见的人，要说的话，要做的事……一件都没有完成。你要我现在放弃，我死也不甘！你那么了解我，才把我送进来，怎么不成全我呢？"

小燕子气得胃都痛了，用手揉着胃，手里拿着湿帕子，满屋子乱转。

"尔康！你不要婆婆妈妈了！今天的仇，我记下了！总有一天，我会跟她们算总账！你尽管把紫薇交给我，我来保护她！"小燕子气冲冲地叫。

"就是交给你，我才心惊胆战！你连自己都保护不了，怎么保护她？"

永琪对大家喊："大家都冷静一下好不好？"

大家安静了片刻，永琪就对尔康正色道："不要再说带走紫薇的话，人，是你额娘送进来的，要带走，也得让你额娘来带！现在这样走，等于全盘皆输，你服吗？"

尔康冷静下来了，深思着。永琪急急地说："不要感情用事了！棋，已经走到这一步，没办法后悔了！现在，最重要的，还是眼前的事！皇后看到我们三个在这儿，已经满肚子怀疑了，又闹得这么严重。紫薇和金锁虽然吃了亏，她也吃了亏！她会甘休吗？刚刚已经对我们话里藏刀，现在，会不会跑到皇上面前去说一些不干不净的话？咱们在宫内这样大打出手，对方又是皇后，可是犯了大忌啊！一个'忤逆'罪，大家就吃不了兜着走！"

紫薇一听，更是心惊胆战。

"那要怎么办？"

小燕子往门外就跑："我先去跟皇阿玛告状！就说皇后娘娘来我这儿杀人放火！打我的人，安心要我活不成！"

尔康一把拉住小燕子，被永琪点醒了，理智也恢复了。

"你不要毛毛躁躁，这样不行！"想了想，点头说，"不是你去！应该我们三个去！"

乾隆正在御书房批奏章，永琪、尔康、尔泰三个，气急败坏地进来了。

永琪一进门就急切地嚷着："皇阿玛！儿臣先跟您请罪！刚刚我们三个，大闹漱芳斋，跟赛威、赛广动了手，气走了皇额娘……"

乾隆惊愕极了。

"永琪，你慢一点，到底是怎么回事？尔康！你讲！"

尔康就急急禀告："皇上！刚刚我们三人，正和还珠格格研究边疆问题，皇后娘娘忽然带着容嬷嬷、侍卫、宫女……浩浩荡荡到了漱芳斋，才说了两句话，皇后娘娘就命令容嬷嬷打人，是臣一时按捺不住，没有时间深思熟虑，唯恐还珠格格吃亏，只有下手维护！"

乾隆大震。

"怎么？皇后又去漱芳斋找小燕子的麻烦了？小燕子挨打了吗？"

"打的不是格格，是令妃娘娘赏赐的两个宫女！可是，格格气得发狂了，完全失去理智了……"尔泰说。

"朕听得糊里糊涂，到底是怎么回事？"

永琪就急如星火地喊："皇阿玛！事情经过，让儿臣再慢慢禀告！总之，就是容嬷嬷打了新来的紫薇和金锁，皇阿玛也知道，小燕子那个脾气，是最重义气，最爱护奴才的！打她还好，打了她手下的人，比打她还严重！她一气，就无法控制了！现在，正在漱芳斋发疯呢……"

"发疯，什么叫发疯？"乾隆大惊，跳起身子，"朕自己去看！"

乾隆带着尔康他们三个赶到的时候，看到的是一个惊人的场面。

只见一条白绫，高高地挂在屋檐上，下面凳子叠凳子，架得好高。小燕子爬在凳子顶端，正要把头往白绫圈圈里套去。脸上，一脸惨烈；嘴里，激烈地喊着："士可杀不可辱！被人这样欺负，不如死掉算了！"

凳子下面，小桂子、小卓子、小顺子、小邓子全部吓得魂飞魄散，绕着凳子尖叫。大家各喊各的，吼声震天："格格！不可以！千万不可以！格格冷静呀，命只有一条呀……"

明月和彩霞吓得发抖，跪在地上磕头，哭喊："格格！下来呀！求求您下来吧！"

"格格，我给您磕头！您要保重呀，这种玩笑开不得呀！"

紫薇、金锁抬头，望着高高在上、摇摇欲坠的小燕子，也不禁心惊胆战。紫薇哀求地喊："你下来吧！不要这样嘛！我看起来好怕！"

"小心小心啊……不要把头伸进去呀……一伸进去就真的完了！"金锁也喊。

大家各喊各的，一片混乱。

小燕子却怒喊不停："你们谁都别劝我，士可杀不可辱！我气死了，不要活了……"

小燕子一面尖叫，一面眼观四方。

乾隆急急地冲了进来，小燕子的声音立刻高了八度："紫薇！我死了，你帮我收尸，带我回济南，葬到我娘的坟边，给我立一块墓碑，上面写'还珠格格冤死之墓'……我走了！大家再见！"

乾隆一见这等景象，惊得目瞪口呆，急喊："小燕子！你这是干什么？你下来！这是圣旨！"

小燕子悲声喊："皇阿玛，小燕子跟您永别了！那个……士可杀不可辱，小燕子变成鬼，还是会孝敬您的！"

小燕子说完，眼睛一闭，头伸进白绫圈，脚下一踢，凳子乒乒乓乓摔倒。

底下众人的声音吼成一片，有的叫"格格"，有的叫"小燕子"，有的叫天，有的叫地，有的叫菩萨。

"尔康！永琪！你们还不上去救她……"乾隆大喊。

谁知，那白绫的结根本是虚打的，哪里套得住小燕子，乍然松开。

乾隆话未说完，小燕子就从空中直溜溜地掉下来了，正好掉在乾隆脚前。

乾隆惊愕，眼睛从上面移到下面，瞪着小燕子。

小燕子一跃而起，嘴里怒骂着："什么都跟我作对，连条白绫都跟我作对！"小燕子一面喊，一面捞起白绫，奔到另一根屋檐下，搬凳子，架凳子，跃上凳子，抛白绫，打结……

乾隆看出苗头不大对，怒喊："小燕子！你在胡闹什么？"就对尔康等人一瞪眼："你们由着她胡闹吗？赶快把她给捉下来！"

"臣遵旨！"尔康和尔泰便飞跃上去，把小燕子拉下了地。

乾隆往小燕子面前一站，生气地瞪着她："你这是怎么了？你到底有完没完？你要气死朕吗？只有那些没教养的小女子，才闹这手'一哭二闹三上吊'！你什么不好学，居然学这个！一点出息都没有！"

小燕子往乾隆面前一跪，说："我本来就是'没教养的小女子'，改也改不好！皇后想尽办法要杀了我，我帮她处理了，让您少费心！"

"你跟皇后又怎么了？她打了你两个宫女，又没打你，你也要气成这样？"

这一下，小燕子不是做戏了，真情流露，痛喊出声："皇阿玛！宫女也是人，宫女也有爹有娘，爹会疼，娘会爱呀！她的娘虽然死了，她还有爹……她的亲爹如果知道她被人打成这样，一定会心痛死的！"说着，爬起身子，把紫薇拉到乾隆面前来："紫薇，抬起头来，让皇阿玛看看你的脸！"

紫薇万万没料到小燕子会这样把她拉到乾隆面前，跪在那儿，又是激动，又是伤心，再加上脸上有伤，心里更是难过，觉得不能给乾隆一个最完美的印象，所以，抬着头，两行热泪，就沿颊滚落。

尔康、尔泰、永琪都没有料到小燕子有这一招，三人十分震动与期待地观望着。

金锁更是激动，目不转睛地看着这父女的相会。

紫薇磕下头去，声音颤抖着："奴婢紫薇叩见皇上！"再抬头痴痴看着乾隆。

乾隆见紫薇眼中，盛满千言万语，两颊肿胀，热泪双行，说不出来的楚楚动人，不禁一怔，没来由地被深深撼动了。

"你是紫……紫什么？"乾隆怔怔地问。

"奴婢名叫紫薇，奴婢出生在紫薇花盛开的季节，所以取名叫紫薇。"

"嗯，好名字！挺容易记的。"低头看看紫薇的脸，"让她们给你擦点药！"

乾隆这样一点点关心，已经让紫薇感动得一塌糊涂，哽咽说："有皇上这样一句话，不用上药了！奴……奴婢谢皇上恩典！"

乾隆心中一热，有股奇异的悸动，就柔声说："宫里规矩多，受点委屈，也是难免。皇后的脾气不好，打你们两下，只好认了！平常，要劝着格格，不要再火上加油，知道吗？"

紫薇柔顺地答道："奴……奴婢知道。皇后教训奴婢，也是奴婢的福气，不敢抱怨，不敢委屈。格格厚爱奴婢，才引起这样一场大乱，奴婢知罪了！以后，一定劝着格格，不再和皇后娘娘冲突！"

乾隆忍不住仔细看紫薇："嗯！脑筋清楚，是个懂事的……怪不得格格宠你！"便振作了一下，说："你们都起来吧！"

小燕子看了紫薇一眼，起身。

紫薇再磕了一个头，也起身。

乾隆就正视着小燕子，说："好了！事情过去了，你不许再胡闹了！以后，皇后找你麻烦，你也机灵一点，不要硬碰硬，嘴巴甜一点，态度好一点，能够'化戾气为祥和'，不是皆大欢喜吗？你是聪明孩子，怎么不懂呢？"

小燕子一听，大惊失色，抗议地大声说："皇阿玛！您不要太狠心！那个'力气'怎么能化成'糨糊'呢？我每次见到皇后娘娘，就要倒霉，不是这儿伤，就是那儿痛，再把'力气'化成'糨糊'，我就升天了！"

尔康、尔泰、永琪你看我，我看你，拼命憋着笑，快要憋死了。

紫薇脸上泪痕未干，眼中已闪着笑意。

乾隆怔了怔，又好气又好笑，抬眼去看永琪。

"永琪，你跟小燕子常在一起，朕要问问你，她是不是每次说话都这样颠三倒四？朕说东，她说西，朕说上天，她说下地，但是接嘴接得倒快，也不知道她是真的还是假的？她跟你们在一起的时候，也是这样吗？"

"回皇阿玛，我们跟小燕子说话的时候，会迁就她的语言！"永琪忍笑回答。

"原来如此！"乾隆笑笑，点点头，看看小燕子，忽然回头，对三人瞪圆了眼睛，"那么，是谁教她说'士可杀不可辱'这句话的？这不是她的语言吧！"

三人一呆，面面相觑。没想到演了半天戏，栽在一句台词上！

"还不快说实话！"乾隆喊。

尔康一叹，上前说："皇上圣明！什么都瞒不过皇上！"

乾隆对几个人看来看去，明白了。

"好！你们气走了皇后，跟她的人动手，还恶人先告状，把朕引到这儿来看小燕子演戏，是不是？"

永琪对乾隆心服口服，坦白地说了："皇阿玛别生气，如果我们不告状，皇额娘一定先告状，而且会说得很难听，我们走投无路，别无选择！"

"皇上！这都是臣出的主意，请不要怪罪五阿哥！"尔康急忙请罪。

"皇上英明！这都是我的主意，跟五阿哥和尔康没有关系！"尔泰抢着说。

小燕子挺身而出："皇阿玛！不是的！他们都是要保护我，所有坏点子，当然是我出的！一人做事一人当！我才不要他们帮我担罪名！"

乾隆呆了呆，看着大家，瞪大眼睛，骂着说："你们串通一气，联手做戏！这样大胆！这样放肆！连朕都敢骗！不怕朕摘了你们的脑袋吗？但是……"再想想，忍不住大笑了，"哈哈，你们演得这么逼真，这么卖力，大概也是情迫无奈吧！看在两个宫女受伤的分上，朕只好化'力气'为'糨糊'，就饶了你们这一次！但是，下不为例！"

小燕子扑通跪地，高喊："皇阿玛万岁万万岁！"

一屋子的人便全体跪地，齐声喊："皇上万岁万万岁！"

乾隆被大家喊得心里热烘烘，可是，觉得小燕子实在太过分了，就对小燕子严厉地说："你不要以为对朕喊句万岁万万岁，朕就会不罚你！你这样又上吊又发疯地乱闹，让大家陪着你撒谎，简直无法无天！朕看你的学问一点进步也没有，坏点子倒有一大堆！书房也白去了！朕罚你把《礼运大同篇》写一百遍！三天之内，交给朕看！而且要把它讲解出来给朕听！如果你做不到，朕会再打你二十大板！君无戏言！"

小燕子脸色惨变。

"皇阿玛！您不是说饶了我们吗？"

"别人能饶，你不能饶！你'化力气为糨糊'，绝不能饶！"

"但是……但是，这个'搬运大桶什么篇'是什么东西？"

"三天之后，你告诉朕，那是什么东西？"

小燕子呆了。

紫薇看着这个明察秋毫、又恩威并用的乾隆，不禁又是佩服，又是景仰，又是崇拜，又是依恋……各种复杂的情绪，把她那颗充满孺慕之情的心，涨得满满的。

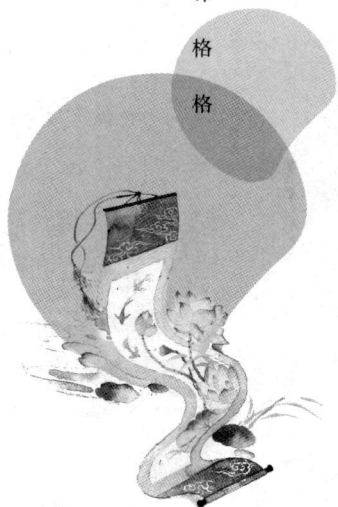

还

珠

格

格

【拾陆】

"我娘说,等了一辈子,恨了一辈子,想了一辈子,怨了一辈子……可是,仍然感激上苍,让她有这个'可等、可恨、可想、可怨'的人!否则,生命会像一口枯井,了无生趣!"

接下来的三天，小燕子、紫薇、尔康、尔泰、永琪全部都在赶工，抄写《礼运大同篇》。乾隆的"一百遍"，把大家忙坏了。连金锁、明月、彩霞这些会写字的丫头，都被抓来帮忙。深更半夜，漱芳斋灯火通明，人人在写《礼运大同篇》。

可是，这些丫头写得实在太糟了。紫薇检查大家的成绩，真是不忍卒睹。

"明月，你不用写了！"紫薇叹口气。

"阿弥陀佛！"明月喊。

"彩霞，你也不用写了！"紫薇又说。

"谢天谢地！"彩霞喊。

"金锁，我看，你也算了！不用写了！"

"我去给你们做夜宵！包饺子去！"金锁如获大赦，逃之夭夭了。

小燕子立刻停笔，满脸期待地看着紫薇说："你看我写的这个，大概也过不了关。我觉得，我也不用写了！"

紫薇拿起小燕子那张"鬼画符"，认真地看了看。

"不行！随便你写得多烂，你也得写下去！皇上只要看了我们的字，就知道你有帮手！他会问你，哪一张是你写的！你非得多写一点不可，你的'真迹'越多，过关的希望就越大！赶快振作一点！写！写！写！"

"啊？非写不可啊？"小燕子脸拉得比马还长。

"非写不可！"

"这个'鱼家瓢虫'怎么那么多笔画？"

"什么'鱼家瓢虫'？"紫薇听得一头雾水，伸头一看，不禁叫了起来，"那是'鳏寡孤独'！我的天啊！"

"你别叫天了！这些字，我认得的没几个！是谁那么无聊，写这些莫名其妙的话，让人伤脑筋，做苦工！写这个一百遍，能当饭吃吗？能长肉吗？能治病吗？真是奇怪！"小燕子说着说着，一不小心，一大团墨点掉在纸上，"哎呀！这怎么办？"

紫薇看看，把那张拿过来，撕了。

"喂喂！我写了好半天的！"小燕子急抢。

"弄脏了，就只有重写。"再拿起小燕子写的另一张，看看，又撕了。

"你怎么把我写的，都撕了呢？我一直写，你一直撕，我写到明年，也写不了一百张！"小燕子大急。

"那张实在写得太难看，皇上看了一定会生气，只有重写！"说着，又看一张。

"你别撕！你别撕……"小燕子紧张兮兮地喊。

话没说完，紫薇又撕掉了。

小燕子大为生气，嚷着："你怎么回事嘛？你的字漂亮，我的字就是丑嘛！你拼命撕，我还是丑丑丑！"

"你丑丑丑，你就得写写写！你快一点吧，再不写，就来不及了！"

小燕子一气，伸脚对桌子踹去，嘴里大骂："什么玩意儿嘛！哎哟！"没料到，踢到桌脚，踢翻了趾甲盖，痛得跳了起来。

"你怎么啦？"

小燕子苦着脸，抱着脚，满屋子跳。

小燕子交卷的时候，脚还是一跛一跛的。

"皇阿玛！我来交卷了！"

乾隆抬头，惊愕地看着小燕子。

"你的脚怎么啦？"

"我好惨啊！"小燕子哀声地说，"早知道，给您打二十大板算了！毕竟，二十大板噼里啪啦一下子就打完了，只有一个地方会痛！这个字，写了我三天三夜，写得手痛头痛眼睛痛背痛，最糟糕的还是脚痛，痛得不得了！痛成这样子，还是写得乱七八糟，我管保您看了还是会生气！"

"你写字，怎么会写到脚痛的呢？"乾隆惊讶极了。

"因为一直写不好，紫薇说，这张也不能通过，那张也不能通过，拼命叫我重写，我一生气，用力踹了桌子一下，没想到，桌子那么硬，把脚指甲都踹翻了！"

乾隆瞪着小燕子，见小燕子说得凄凄凉凉，诚诚恳恳，真是啼笑皆非。

"拿来！给朕看看！"乾隆伸手。

小燕子便做贼心虚地、胆怯地把作业呈上。

乾隆一张张地翻看着，只见那一张一张《礼运大同篇》，有各种各样的字体。有的娟秀，有的挺拔，有的潇洒，有的工整……只是，最多的一种，是"力透纸背，墨汁淋漓，忽大忽小，不知所云"的那种。乾隆心里有数，越看，脸色越沉重。

小燕子看着乾隆的表情，就知道不妙，一副准备被宰割的样子。

"你有多少人帮忙？老实告诉朕！"乾隆头也不抬地问。

"能帮忙的，都帮忙了！可以说是'全体总动员'了！尔康、尔泰、永琪都有。连明月、彩霞、金锁都被抓来帮忙。可是，她们实在写得太烂，紫薇说不能用！"小燕子倒答得坦白。

"哪些是你写的？"

"不像字的那些，就是我写的！像字的，漂亮的，干净的……都不是我写的！"

乾隆抬眼盯着小燕子："你倒爽快！答得坦白！"

"皇阿玛那么聪明，我遮掩也没用！紫薇说，只要皇阿玛一看，就知道我有帮手，逃都逃不掉，叫我不要撒谎！"

"哦？你不只有帮手，原来你还有军师！"乾隆看到一沓作业中，屡屡出现一种特别娟秀的字迹，不禁注意起来，抽出那张，问，"这是谁写的？"

"紫薇！"

乾隆一愣，仔细地看看那张字，沉吟："是那天被打的紫薇？"

"是！"

乾隆有点诧异，但随即搁下，抬头严肃地看小燕子，声音蓦地抬高了："为什么找人代写？朕说过你可以找人帮忙吗？"

"可是……可是……您也没说不可以啊！您要我写这个一百遍，我觉得还是打二十大板来得干脆！"小燕子鼓起勇气说。

"好！现在你告诉朕，你写了这么多遍，它到底在说什么？"

小燕子深呼吸了一下，在脑子里默念了几遍，正色说："这《礼运大同篇》，是孔子对这个社会的一种理想境界，它的意思是说，天下是大家的，只要选出好的官员，大家和和气气，每个人能把别人的父母当成自己的父母，别人的儿女当成自己的儿女，让老人啦，孩子啦，孤儿和寡妇都有人照顾！不要贪财，不要自私，那么，我们睡觉的时候可以不要关门，阴谋诡计都没有了，土匪强盗也都没有了！这个世界就完美了！"一口气说完，吸口气，看着乾隆。

乾隆简直不相信自己的耳朵，瞪大眼睛看着小燕子，惊奇不已。

"是谁教你的？纪师傅吗？"

"是紫薇啦！"小燕子笑了，"她说，讲得太复杂，我也记不清楚，这样就可以了！"

乾隆惊愕，这已是小燕子第四次提到"紫薇"的名字，他不能不注意了。

"这个紫薇,她念过书啊?"

"当然啊!念书、作诗、写字、画画、弹琴、唱歌、下棋……她什么都会,就是不会武功!"小燕子两眼发光,真心真意地、崇拜地说。

乾隆听到有这样的女子,感到非常好奇。可是,小燕子的话,不能深信。他想了想,对小燕子瞪瞪眼睛。

"好了!算你运气!字虽然写得乱七八糟,讲解得还不错,朕就饶了你!以后,你再胡闹,朕还会罚你写字!下次罚的时候,不许有人帮忙,全都要你自己来!"

小燕子呆了呆,叹了一口长气。

"这下我完了!希望孔老先生不要再折腾我,少说点话,少写点文章,使小燕子手也不痛,头也不痛,眼耳口鼻都不痛,是谓大同!"

"你在叽里咕噜,念什么经?"

"回皇阿玛!没有念经,只因为写了太多遍《礼运大同篇》,说话都有一点'礼运大同式'!夜里睡觉,梦里都是'天下为公''是谓大同!"

乾隆失笑了,觉得终于找到治小燕子的办法了,心里不禁十分得意。

乾隆真正注意紫薇,还是因为皇后的缘故。皇后对于那个漱芳斋,似乎兴趣大得很;对于管教小燕子,似乎兴趣更是大得很。在乾隆面前,说东说西,每次都带着火气。

"皇上!这个小燕子,如果您再不管教,一定会出大事的!"

"你跟小燕子的冲突,真是永不结束啊!这宫里嫔妃那么多,每个都称赞小燕子,为什么你一定要跟她作对呢?"乾隆皱眉。

"我不是和她作对,而是必须让后宫干干净净!"

"干干净净?这是什么意思?"

"皇上!您难道没有听到,宫女们,嫔妃们,都在窃窃私语吗?"

"私语什么?"乾隆困惑。

"大家都说,小燕子和五阿哥之间,有些暧昧!"

乾隆一震，这句话听进去了，眼神立刻注意起来。

"怎么会有这种不堪入耳的话传出来？是谁在造谣言？"

皇后深深凝视乾隆："恐怕不是谣言吧！臣妾那天，亲眼看见，五阿哥、尔康、尔泰都在漱芳斋，一屋子男男女女，毫不避嫌！听说，那漱芳斋夜夜笙歌，常常主子奴才，醉成一片！"

"有这等事？"乾隆心中，浮起了阴影。

"臣妾绝对不敢造谣！想这后宫，本来就是臣妾的责任！如果出了什么有损名誉的事，会让整个皇室蒙羞！皇上不能不察！"

"朕知道了！"乾隆不耐地说。

皇后还想说什么，乾隆一拦。

"朕知道你为了后宫的清誉，非常操劳！朕劝你也休息休息，不要太累了！有些事，只要无伤大雅，就让它去吧！像是前几天，你在漱芳斋，教训了两个奴才！其实，奴才犯错，要打要骂，都没什么关系，可是，那两个丫头，偏偏是令妃赏赐给小燕子的！你这样一打，岂不是又挑明了和令妃不对吗？"

皇后一听，才知道小燕子已经先告了状。而乾隆却一面倒地偏向小燕子，不禁怒不可遏。

"原来皇上都知道了！那么，皇上也知道尔康、尔泰和五阿哥动手的事了！"

"不错，朕都知道了！朕已经告诫过永琪和福家兄弟，也惩罚过小燕子了！这件事，就到此为止！朕想，小燕子心无城府，虽然行为有些离谱，心地却光明磊落！后宫那些三姑六婆，一天到晚无所事事，就喜欢搬弄是非！你听在耳里，放在心里，也不必太认真了！"

皇后气坏了，张口结舌。

乾隆看看她，想想，又说："朕也知道，尔康、尔泰和永琪，情同手足，这是永琪的福气！他们和小燕子感情好，又是小燕子的福气！朕不愿用很多教条，很多无中生有的罪名，把这种福气给打断了！小燕子的操守，朕信得过！永琪，朕也信得过！至于尔康和尔泰，更是百里挑一的人才！小燕子真和他们走得近，朕便把她指给他们兄弟之一！不过，朕还想多留小燕子两年，所以，走着瞧吧！”

皇后忍无可忍地抬高了声音：“皇上！您如此偏袒，只怕后宫之中，会被他们弄得乌烟瘴气！来日大祸，恐怕就逃不掉了！”

乾隆大怒，一拍桌子：“放肆！你会不会讲一点好听的！”

“自古忠言逆耳！这个小燕子，来历不明，粗俗不堪，没有一个地方像皇上！明明是个假‘格格’，整个故事，大概都有高人在幕后捏造导演！皇上，您如此英明，怎么偏偏对这件事执迷不悟呢？”皇后越说，声音越大。

乾隆怒极，脸色铁青，重重地一甩袖子，喝道：“住口！朕不要再听你的‘忠言’了！‘幕后高人’，你是指谁？令妃吗？你心胸狭窄，含血喷人，还跟朕说什么‘忠言逆耳’！你身为皇后，既不能容忍其他妃嫔，又不能容忍小燕子，连五阿哥和尔康、尔泰，你也怀着猜忌！什么叫高贵典雅，与世无争，你都不知道吗？你让朕太失望了！”

皇后被骂得踉跄一退，抬头看着乾隆，又气又委屈又感到侮辱，脸色惨白，知道再说什么，乾隆都听不进去，只得跪安，匆匆离去了。

乾隆用几句话，堵了皇后的口，可是，自己心里，却不能不疑惑，尤其那句：“听说，那漱芳斋夜夜笙歌，常常主子奴才，醉成一片！”

所以，这晚，夜色已深。乾隆批完了奏章，想了想，回头喊：“小路子，你给朕打个灯笼，不要惊动任何人，朕要去漱芳斋走走！”

“喳！要多叫几个人跟着吗？要传令妃娘娘吗？”

“不用！就这样去！到了漱芳斋，也别通报，知道吗？”

“喳！”

夜静更深，万籁俱寂。漱芳斋的大厅里，几盏灯火，透着幽柔光线，一炉熏香，飘飘袅袅，氤氤氲氲地缭绕着一室檀香味。紫薇正在抚琴而歌，歌声缠缠绵绵，凄凄凉凉，穿过夜空，轻轻地荡漾在夜色里。

乾隆只带着一个人，悄悄来到漱芳斋。

果然，隐隐有歌声传出。

乾隆神色一凛，眉头微皱。

漱芳斋的大厅里，紫薇浑然不觉，正唱得出神，金锁在一边侍候着，小燕子在打瞌睡。其他的太监宫女，早已都睡了。

金锁推推小燕子，低声说："大家都睡了，你也去睡觉吧！我陪着她！"

"我不困！我喜欢听她唱！"小燕子蒙蒙眬眬地说。

紫薇唱得哀怨苍凉：

山也迢迢，水也迢迢，
山水迢迢路遥遥。
盼过昨宵，又盼今朝，
盼来盼去魂也消！
梦也渺渺，人也渺渺，
天若有情天也老！
歌不成歌，调不成调，
风雨潇潇愁多少？

漱芳斋外，乾隆被这样凄婉的歌声深深地吸引了，不禁伫立静听。

紫薇唱得专注，乾隆听得专注。紫薇唱得神往，乾隆听得神往。紫薇唱得凄凉，乾隆听得凄凉。紫薇唱得缠绵，乾隆听得震动。

紫薇唱完，心事重重，幽幽一叹。

窗外，也传来一叹。

　　小燕子睡意全消，像箭一般快，跳起身子，直射门外，嘴里大嚷着："你是人是鬼？给我滚出来！半夜三更，在我窗子外面叹什么气？上次没抓到你，这次再也不会放过你了！滚出来！"

　　小燕子砰的一声，撞在乾隆身上。

　　乾隆一伸手，就抓着小燕子的衣领。小燕子暗暗吃惊，没料到对方功夫这么好，自己连施展的余地都没有。她看也没看，就大骂："你是哪条道上的？报上名来！敢惹你姑奶奶，你不要命了……"

　　乾隆冷冷地开了口："朕的名字，需要报吗？"

　　小燕子大惊，抬眼一看，吓得魂飞魄散。

　　"朕是哪条道上的，你看清楚了吗？"乾隆再问。

　　小燕子扑通一跪，大喊："皇阿玛！这半夜三更，您老人家怎么来了？"

　　紫薇的琴，戛然而止，抬眼看金锁，不知道是该惊该喜。

　　片刻以后，乾隆已经坐在一张舒适的椅子里。三个姑娘，忙得不得了。拿靠垫的拿靠垫，端点心的端点心，泡茶的泡茶。乾隆四看，室内安安静静，温温馨馨。几盏纱灯，三个美人，一炉檀香，一张古琴。这种气氛，这种韵味，乾隆觉得有些醉了。

　　小燕子跟在乾隆身边，忙东忙西，兴奋得不得了。

　　"皇阿玛，您怎么一声也不吭，也不让小路子通报一声，就这样站在窗子外面，吓了我一大跳！"

　　乾隆笑笑，问："小邓子他们呢？"

　　"夜深了，大家都困了，我叫他们都去睡觉了！"小燕子说，"要让他们来侍候吗？"

　　"不必了！"

　　紫薇和金锁在忙着泡茶。

　　乾隆看看桌上的琴，再凝视忙忙碌碌的紫薇："刚刚是你在弹琴唱歌吗？"

紫薇一面泡茶，一面回头恭敬答道："是奴婢！"

"好琴艺，好歌喉！"乾隆真心地称赞，再仔细看紫薇，好一个标致的女子！唇不点而红，眉不画而翠，眼如秋水，目若晨星。

紫薇捧了一杯茶，奉上。

"这是西湖的碧螺春，听说皇上南巡时，最爱喝碧螺春，奴婢见漱芳斋有这种茶叶，就给皇上留下了！您试试看，奴婢已经细细地挑选过了，只留了叶心的一片，是最嫩的！"

乾隆意外，深深看紫薇，接过茶，见碧绿清香，心中喜悦，啜了一口。

"好茶！"他盯着紫薇，"刚刚那首歌，你愿意再唱一遍给朕听吗？"

"遵旨！"

紫薇屈了屈膝，就走到桌前，缓缓坐下，拨了拨弦，就扣弦而歌。

乾隆专注地听着，专注地凝视紫薇。这样的歌声，这样的人！依稀仿佛，以前曾经有过相似的画面，这个情景，是多么熟悉，多么亲切啊！

紫薇唱完，对乾隆行礼："奴婢献丑了！"

乾隆目不转睛地看紫薇，柔声地问："谁教你的琴？谁教你的歌？"

"是我娘……"紫薇警觉到用字不妥，更正道，"是奴婢的娘，教奴婢的！"

乾隆叹口气："怪不得小燕子总是'我'来'我'去，这个'奴婢'这样，'奴婢'那样，确实别扭，现在没外人，问你什么，直接回答吧，不用拘礼了！"

"是！皇上！"

"你娘现在在哪儿？怎么会把你送进宫来当差呢？"

"回皇上，我娘已经去世了！"紫薇黯然地说。

"哦！那歌词，是谁写的？"

"是我娘写的！"

"你娘，是个能诗能文的女子啊！只是，这歌词也太苍凉了！"乾隆感慨地说。

紫薇见乾隆对自己轻言细语，殷殷垂询，心里已经被幸福涨满了。此时，情不自禁，就暗暗地吸了口气，鼓起勇气说："我娘，是因为思念我爹，为我爹而写的！"

"哦？你爹怎么了？"乾隆怔了怔。

小燕子在旁边，听得心都跳了。她的爹啊……见了她都不认识啊！

金锁站在一边，眼眶都湿了。她的爹啊……近在眼前啊！

"我爹……"紫薇看小燕子，看金锁，看乾隆，眼中涌上了泪雾，努力维持声音的平静，依然带着颤音，"我爹，在很久很久以前，为了前程，就离开了我娘，一去没消息了！"

乾隆怔忡不已，看着紫薇，不禁怜惜。

"原来，你也是个身世堪怜的孩子！你爹有你娘这样盼着，也是一种福气！后来呢？他回去没有？"

紫薇低声说："没有。我娘一直到去世，都没有等到我爹！"

乾隆扼腕大叹："可惜啊可惜！所以，古人有诗说，'忽见陌头杨柳色，悔教夫婿觅封侯'！年少夫妻，最禁不起离别！当初，如果不轻言离别，就没有一生的等待了！"

紫薇看着乾隆，情绪复杂，思潮起伏："皇上分析得极是！不过，在当时，离别也是一件无可奈何的事，毕竟，谁都没有料到，一别就是一生啊！不过，我娘临终前，对我说过几句话，让我印象深刻……"说着，有些犹豫起来，"皇上大概没有兴趣听这个！"

"不！朕很有兴趣！说吧！"

紫薇凝视乾隆，几乎是一字一泪了："我娘说，等了一辈子，恨了一辈子，想了一辈子，怨了一辈子……可是，仍然感激上苍，让她有这个'可等、可恨、可想、可怨'的人！否则，生命会像一口枯井，了无生趣！”

乾隆撼动了。对这样的女人，心向往之。

“多么深刻的感情，才能说出这样一番话！你娘这种无悔的深情，连朕都深深感动了！你爹，辜负了一个好女子！”

小燕子眼珠一直骨碌碌地转着，时而看乾隆，时而看紫薇，此时，再也按捺不住，激动地喊了出来：“皇阿玛！你认为这样的女人是不是太傻了？值得同情吗？我听了就生气，等了一辈子，还感谢上苍，那么，受苦就是活该！女人也太可怜，太没出息了，一天到晚就是等等等！对自己的幸福，都不会争取！”

乾隆对小燕子深深地看了一眼：“朕明白，你也想到你的娘了，是不是？你和紫薇，虽然现在境况不同，当初的遭遇，倒是蛮像的！”

小燕子一呆，紫薇也一呆。两个人都震动着。

乾隆深思地看看窗外，有些怆恻起来：“身为男子，也有身不由己的地方！男人通常志在四方，心怀远大，受不了拘束。所以，留情容易，守情难！动心容易，痴心难！在江山与美人的选择中，永远有矛盾。男人的心太大，要的东西大多，往往会在最后一刻，放弃了身边的幸福。这个，你们就不懂了！朕说得太远了！”调回眼光，愧疚地看小燕子，怜惜地看紫薇：“好久以来，朕没有跟人这样‘谈话’了！能和你们两个，谈到一些内心的问题，实在不容易！”注视紫薇：“紫薇，你这样的才气，当个宫女，未免太委屈你了！”

小燕子冲口而出：“皇阿玛！您也收她当个‘义女’吧！”

乾隆瞪了小燕子一眼：“你以为收个义女是很简单的事，是不是？说话总是不经过大脑！”

紫薇吓了一跳，生怕小燕子操之过急，破坏了这种难能可贵的温馨，急忙说：“格格有口无心，皇上千万千万别误会！紫薇能在格格身边，做个宫女，于愿已足！”

小燕子不服气地喊："孔子不是说'人不独亲其亲，不独子其子'吗？皇阿玛，您把全天下和我一样遭遇的姑娘，都收进宫来做格格好了！"

乾隆看着小燕子，又惊又喜："你居然说得出'人不独亲其亲，不独子其子'这种话！"

"我写了一百遍呀！"

"可见，这个有用，以后再写点别的！"

"皇阿玛，请饶命！"小燕子大叫。

乾隆笑了，紫薇笑了，金锁笑了。室内的气氛好极了。

紫薇看着乾隆，心里涨满了孺慕之情，对乾隆微笑说："皇上！您一定饿了吧！我让金锁去厨房给您煮点小米粥来，好不好？想吃什么，您尽管说！金锁还能做点小菜！"

"是吗？"乾隆摸了摸自己的胃，"你不说，朕不觉得，你一说，朕才觉得真有点饿了。"

小燕子急忙接口："皇阿玛不说，我也不觉得，皇阿玛一说，我也饿了！"

金锁笑着请安："我这就去做吃的！"

金锁便兴奋地、匆匆忙忙地奔去了。

于是，乾隆在漱芳斋吃了夜宵。

乾隆吃饱，精神又来了，自己也不明白，为什么那么亢奋，看着紫薇说："我听小燕子说，你琴棋书画，无一不通！"

"格格就是这样……皇上您知道她的，她就会夸张！"紫薇脸红了。

"我夸张？皇阿玛！你已经看过她的字，听过她的琴……"

"朕还没试过她会不会下棋！"

此时，小路子哈腰进门，甩袖一跪，提醒说："万岁爷，已经打过三更了！"

乾隆一瞪眼："三更又怎的？别拦了朕的兴致！你去外面等着！"

"喳！"

结果，乾隆和紫薇一连下了四盘棋。

第一盘，乾隆赢了，可是，只赢了半颗子。乾隆的棋力是相当好的，他简直有些不信。第二盘，乾隆又赢了，赢了一子半。第三盘，乾隆再度赢了，赢了一子。

乾隆兴趣盎然，瞪着不疾不徐的紫薇："这样下棋，你不是很累吗？"

"跟皇上下棋，一点都不累！"紫薇慌忙应道。

"怎么不累？你又要下棋，又要用心思，想尽办法让朕赢！你这样一心两用，怎么不累？可是……朕觉得很奇怪，你故意输棋，朕不奇怪，朕奇怪的是，你用什么方法，输得不着痕迹，而且就输那么一子半子的？"

紫薇的脸孔，蓦然绯红，佩服无比地喊："皇上！我哪有故意输棋，是您的棋下得好，您有意试我的高低，故意下得忽好忽坏，声东击西，弄得我手忙脚乱，应接不暇，哪里还能顾得到输几子！我拼命想，别输得太难看就好了！"

乾隆大笑了。

"哈哈！看来，我们都没有全心在下棋！现在！朕命令你，好好地使出全力，跟朕下一盘！不许故意输给朕，听到没有？"

"听到了！"

两人又开始下棋。这样一下，就下到天亮。最后一盘，两人缠斗不休，乾隆数度陷入长思。等到一盘下完，已经是早朝的时候了。数完子，乾隆输了，也只输了一颗子。乾隆大笑，推开棋子，站起身来。

"你赢了！好好好！朕终于碰到一个敢赢朕的人！"注视紫薇，心服口服，"你这个围棋，也是你娘教你的吗？"

"我娘会一点，我有一个教我念书的顾师傅，教了我几年！我娘把我像儿子一样栽培！"

乾隆兴致高昂："这棋逢敌手，酒遇知音，都是人生乐事！紫薇，朕改天再来和你下！"

这时，小邓子、小卓子、明月、彩霞进门，一见到乾隆，全体跪落地，惊喊："皇上吉祥！"

乾隆见到四人，这才一惊。

"什么时辰了？"

"已经卯时了！"

紫薇惊呼："皇上！别误了早朝！"便回头喊，"金锁打水来！小邓子、小卓子，快去皇上寝宫拿朝服来！明月、彩霞，拿水来漱口！"

立刻，房里人人忙乱。

小邓子奔到门口，和令妃娘娘撞了个满怀。一屋子人，纷纷行礼，喊"令妃娘娘吉祥"。

令妃进门，看到乾隆，呼出一大口气。

"皇上！可让臣妾吓坏了！到漱芳斋来，怎么也不说一声？奴才们快把整个皇宫都翻过来了！"

"是朕的疏忽……和紫薇下棋下得忘了时间，怎么一晃眼，就到这个时辰了？朕的朝服……"

"臣妾带来了！"善解人意的令妃，急急把朝服捧上。

紫薇绞了帕子，给乾隆擦脸，又倒了水来，给乾隆漱口。看到朝服，就本能地接过，令妃早就一步上前，两人帮皇上更衣。

一阵忙忙乱乱，乾隆总算弄整齐了出门去。令妃率众跟随。

紫薇、小燕子、金锁追到门口，屈膝喊道："皇阿玛好走！"

"奴婢恭送皇上！"

乾隆走了几步，又情不自禁地回头，再深深地看了紫薇一眼，这才带着众人，浩浩荡荡地去了。

【拾柒】

乾隆眼前，立刻浮起紫薇那清灵如水、欲语还休的眸子。耳边，也萦绕起她那缠绵哀怨的歌声。好聪明的丫头，好动人的丫头，好奇怪的丫头！他不由自主就出起神来。

　　紫薇和乾隆，居然有这么好的开始，大家都高兴得不得了，小燕子真是兴奋极了，每天都高兴得手舞足蹈。这天，她要带紫薇去景阳宫看五阿哥。和紫薇研究了半天，决定"正大光明"地去。

　　于是，小燕子穿着一身红色的格格装，紫薇穿着一身绿色的宫女装，两人都装扮得十分美丽，昂首挺胸地走在前面。后面紧跟着金锁、明月、彩霞、小邓子、小卓子，一行人非常惹眼，浩浩荡荡地往景阳宫走去。她们一路走，身前身后，一直有太监伸头伸脑地窥探着，紫薇拉拉小燕子的衣服，小燕子就发现了，仔细再一看，容嬷嬷居然站在假山后面，全神贯注地看着她们。

　　小燕子就不动声色，大声地说："紫薇，我现在带你去五阿哥那儿走走，五阿哥在兄弟姐妹里，跟我最谈得来！奇怪的是，我每次去看五阿哥，总有一些莫名其妙的人，在我后面伸脑袋。你瞧，那儿就有一个！"

　　小燕子一面说着，就突然飞蹿到一根柱子后面，捉出一个太监，撂倒在地，对那小太监大声一吼："谁要你来跟踪我的？说！"

　　小太监吓得魂飞魄散，跪在地上大拜特拜。

　　"格格饶命！没有人要奴才跟踪您，是奴才正穿过花园，要去坤宁宫办事……"

　　小燕子一脚就踩在太监的胸口："你说不说？说不说？"

　　紫薇拉拉小燕子的衣袖，慢条斯理地说："格格不要生气！上次你把那个侍卫踩到吐血，你忘了？你脚力大，别闹出人命来！"

　　"那我可管不着！他不说，我就踩死他！"小燕子说着，用力一踩。

小太监吓得浑身发抖，尖叫起来："格格！高抬贵脚呀！冤枉啊……高抬贵脚啊……"

"我这个'贵脚'抬不起来了！你再不说，我要把你的五脏都踩出来！"

小燕子再一用力，小太监尖叫出声了："是容嬷嬷！容嬷嬷！"就对着容嬷嬷的藏身处大喊，"容嬷嬷救命啊！"

容嬷嬷一见情况不对，闪身要溜，谁知，一个人影一闪，已经拦住了她。容嬷嬷定睛一看，原来是永琪。

"容嬷嬷！站住！"永琪大喝一声。

容嬷嬷吓了一跳，只得站住。永琪就厉声说："这宫中规矩，你是知道还是不知道？"

容嬷嬷维持着骄傲，说："奴婢不知道五阿哥是什么意思？"

永琪气势凌人地一吼："什么意思？这'格格'大，还是你大？"

"当然'格格'大！"

小燕子可逮着机会了，大喊："放肆！说话居然不用'奴婢'，反了！金锁！给我教训她！"

"啊？格格……"金锁愣住了。

"金锁，你不知道怎么教训是吗？就是上去给她几巴掌，就像她上次给你的！"小燕子喊着，气势汹汹。

金锁眨巴着眼睛，讷讷地说："格格……奴婢不会这个！"

小燕子没辙，又喊："明月！你去教训她！"

明月一惊："格格……奴婢不敢！"

小燕子跌脚大叹："真没出息！你们不敢教训她？那么，我亲自教训她！"

小燕子说着，已经飞身上前，啪的一声，就给了容嬷嬷一耳光。

容嬷嬷一直是皇后面前的红人，哪里受过这样的侮辱，又惊又怒。可是，面前的人，一个是格格，一个是阿哥，她只能忍气吞声，动也不敢动。

"这一耳光,是当初你打我,我没加利息,就这样打还给你!现在,紫薇和金锁的账,我再和你一起算!"小燕子嚷着,举起手来,还要继续开打。

斜刺里,赛威匆匆赶到,飞身而上,拦住了小燕子。

"格格请息怒!容嬷嬷是皇后娘娘身边的人,又是老嬷嬷,格格手下留情!"

小燕子见是赛威,就停住手,喊:"赛威!你武功好,身手好,我把你看成一个好汉!为什么好汉不做好事,老是跟我作对?"

"奴才不敢!"赛威看着小燕子,诚恳地说,"奴才是奴才,上面有主子,主子是主子,主子有命,奴才从命!对主子不忠,就不是好汉了!"

小燕子呆了呆,听得头昏脑涨。

"什么主子奴才,我头都给你绕昏了,不过,好像你有你的道理……"就抬高声音,"那么,你不预备让开了,是不是?"

赛威躬身行礼,说:"请格格息怒!"

小燕子背脊一挺,怒喊:"我今天一定要打容嬷嬷,如果你不肯让,你就得把我撂倒,你要忠于你的主子,你就动手吧!"说着,往前一迈步,气势凛然,赛威不得不往后一退。

永琪就义正词严地大声喊:"赛威!你只要碰格格一下,你就是以下犯上,罪无可赦!你想想清楚!摸摸你脖子上有几颗脑袋,哪有奴才拦格格的路?你也反了吗?"

容嬷嬷到这个时候,才知道情况严重,眼见很多太监宫女都围过来,生怕当众吃亏,下不了台,便屈服急呼着:"格格息怒,奴婢知罪了,奴婢不敢了!"

紫薇见容嬷嬷年迈,一脸的委屈惊恐,心中不忍,就走上前来,对小燕子说:"格格!大人不计小人过,您就饶了容嬷嬷吧!就像这位勇士说的，容嬷嬷上面有主子，主子有命，奴才从命！生为奴婢，也有许多身不由己！容嬷嬷虽然是奴婢，在宫中多年，也算是长辈了！不是'人不独亲其亲'吗？您就得饶人处且饶人吧！"

小燕子对紫薇惊问："紫薇！你居然帮她说话？你忘了她怎么欺负你？怎么打得你脸都肿了？这正是报仇的时候，你不要报吗？"

"格格，我宁可不报！"

小燕子愣了一下，这样放过容嬷嬷，心有不甘，就说："那……还有金锁的账！"

金锁急忙往前一步，说："格格，我和紫薇一样！她不报，我也不用报了！"

小燕子跺脚："我这个漱芳斋全是一些没出息的人！只会同情别人，不会保护自己！"就抬头看永琪，"五阿哥，你怎么说？"

永琪就往容嬷嬷面前一站，正气凛然地说："容嬷嬷！今天，我和还珠格格就放你一马！我们饶你，不是因为赛威挡在前面，赛威功夫再好，也不能和主子动手！你心里也明白这个道理！今天饶你，是因为你这把年纪，这个辈分，真要挨打，你的面子往哪儿搁？看在你四十年的工作上，我们放了你！你自己也想想清楚，和我作对，和格格作对，你值得吗？你够分量吗？我们尚且顾全你的面子，你呢？"

容嬷嬷脸色铁青，此时此刻，不得不低头，就忍辱地说："谢五阿哥不罚之恩！谢还珠格格不罚之恩！谨遵五阿哥和格格的教训，奴婢知错了！"她仍然维持着尊严，只屈了屈膝。

小燕子怒叫："跪下！"

容嬷嬷不得不双膝落地，脸色惨白。

小燕子就声色俱厉地喊："容嬷嬷！不要以为你不会落单，不会栽跟斗！夜路走多了，总会遇到鬼！今天，五阿哥说放你，紫薇说放你，金锁说放你，我就放了你！我现在清清楚楚地告诉你，我要到五阿哥那儿去坐坐，你不用再跟踪我了！你回去告诉你的主子，我们漱芳斋所有的人，都在五阿哥那儿串门子，皇后娘娘没事做，也可以来参加！你那些偷偷摸摸的事，你就给我免了吧！"

小燕子说完，掉头看紫薇。

"紫薇，我们走！"小燕子就高昂着头，和永琪、紫薇向前走去。

金锁、明月、彩霞、小邓子、小卓子一群人跟随，个个都感到痛快极了，对容嬷嬷胜利地注视，大家昂首阔步，趾高气扬。

容嬷嬷像个被斗败了的公鸡，跪在那儿，灰头土脸，咬牙切齿。

教训了容嬷嬷，小燕子好得意，和紫薇走进永琪的书房，尔康和尔泰早已等在那儿了。小燕子一看到尔康兄弟，就兴奋地大嚷："我们刚刚碰到容嬷嬷，我和五阿哥把她狠狠地教训了一顿，总算出了半口气，报了半箭之仇！"

"什么叫半口气、半箭之仇？"尔泰问。

"本来，我可以狠狠地给她几耳光，在所有的太监宫女面前，打得她脸蛋开花，那才算是出了一口气，报了一箭之仇！都是紫薇拦着我，五阿哥又说什么她那把年纪，要给她留点面子，所以，我只好'手下留情'了！结果，只出了半口气，只报了半箭之仇！"

尔康吓了一跳，急得跺脚，说："为什么要逞一时之快？小不忍则乱大谋啊！"

"什么'快不快，小人大猫'的？"小燕子瞪圆眼睛。

永琪义愤填膺地接口："没办法忍了，我赞成小燕子的做法，总要让容嬷嬷知道一下利害！一个格格加一个阿哥，还收拾不了这个老刁奴，也大不像话了！"

尔康着急，看着紫薇，他已经好多日子没见到紫薇了。

"那么，你们这样一闹，待会儿皇后又会找来了，大家还有机会说话吗？"

小燕子就把紫薇推到尔康身前，急急地说："所以，你们有话快说！我们去门外帮你们两个守门，只要听到我们咳嗽什么的，你们两个就知道有人来了！"就回头喊："五阿哥！尔泰！我们回避一下！"

紫薇脸一红，说："不要这样嘛，大家一起说话嘛……"

小燕子偏着脑袋看看紫薇，喊着："那你的'悄悄话'怎么告诉他？"

紫薇脸更红了："我哪有'悄悄话'嘛！"

小燕子就偏着脑袋看尔康："那……尔康的'悄悄话'怎么告诉你？"

"谁说……他有'悄悄话'嘛！"紫薇哼着。

小燕子看看紫薇，又看看尔康。

"都没有'悄悄话'？好奇怪！那我就不走喽，你们不要后悔啊！"

尔康只好笑着上前，对小燕子一揖到地。尔泰就笑着喊："小燕子，不要耽误他们两个的时间了！走走走！"

小燕子这才嘻嘻哈哈笑着，跟尔泰、永琪跑出门去了。

房里剩下了紫薇和尔康。

两人深深注视，尔康就激动地握住了紫薇的手。

"我都听说了！皇上跟你下了一夜的围棋？"

紫薇兴奋地点点头，眼睛发光。

尔康凝视紫薇，又惊又喜地说："你从来没有告诉过我，你会下围棋！你还有多少事情是我不知道的？你简直是深藏不露啊！"

紫薇谈到乾隆，就兴奋起来，好多话要告诉尔康："我现在终于知道，我娘为什么为他付出了一生，临终还要我来找他！他是个好有深度，好有气度，好有风度的人，我崇拜他！想到他是我爹，我就充满了幸福感！当他几次三番问到我娘的时候，我的声音都激动得发抖，如果不是为了小燕子，我真想把一切都告诉他！"

尔康眩惑地看着紫薇，分沾着紫薇的喜悦，也有着无数的担心："我就知道，你的光芒遮也遮不住，藏也藏不住！不过，我没想到这么快，你就进入状态了！我真是一则以喜，一则以忧。喜的是你这么争气，忧的是这深宫之中，危机重重，生怕皇上对你的喜爱，会变成你的另一个危机！紫薇，你真的要小心啊！"

"我知道！你放心，我会拼命保护自己和小燕子的！"

尔康就热切地、渴望地、上上下下地看她，低声问："想我吗？"

紫微头一低："不想！"

"有没有'悄悄话'要告诉我？"尔康再问。

紫薇头更低了，轻声说："有一句。"

"是什么？"

紫薇就在他耳边，吹气如兰，低低说："那句'不想'是假的！"

尔康一个激动，就把她拥入怀中。

紫薇依偎着他，两人片刻温存，毕竟有所顾忌，就轻轻分开了。紫薇想了想，说："有件事一直搁在心上，希望你帮我办一下！"

"什么事？"

"柳青和柳红那儿，我大概暂时没办法过去了！上次他们把我藏在小茅屋，给你们找到了，接着带进宫，连喘气的机会都没有，我对他们兄妹好抱歉，该给他们一个交代的！你可不可以去看看他们？那个大杂院里的人，你也要时时刻刻去照顾一下！"

尔康凝视紫薇。真的，那个柳青、柳红和大杂院里的老老小小，是个大大的隐忧，不能不解决了。他郑重地点头："是！我知道了！"

尔康第二天就去了大杂院，交给柳青一个钱袋，郑重地说："这是小燕子和紫薇托我交给你的！里面有五十两银子，她们暂时无法照顾大家，希望你和柳红，帮大伙儿换一个地方住！"

柳青锐利地盯着尔康："你是说，要我把大杂院里二十几口人，都给疏散了？"

尔康也锐利地盯着柳青："不错！给老人找个可以安养的地方，给孩子们找个家，如果找不到，这些钱可以盖一个！但是，必须离开这个大杂院，而且，越早越好，走得越远越好！"

柳青抓起钱袋，往怀里一揣，简短地说："我们换一个地方说话！"

两人来到郊外。站在一个山冈上，四顾无人，柳青才正色地问："你是不是预备告诉我，小燕子和紫薇到底是怎么回事？"

尔康摇头："不，我不预备告诉你！你知道得越少，对你越好！我只能告诉你一件事，小燕子把紫薇也接进宫里去了，你们那个大杂院，出了两个进宫的姑娘，总有一天，会引起注意，为了大家的安全，我才对你做那样的要求！"

柳青镇静地一笑。

"那么，让我告诉你是怎么回事好了！假格格进了宫，真格格进了府！现在，你又把紫薇送进宫去，想让皇上再认一个！"

尔康大惊失色："谁跟你说了这些话？"

柳青一叹，直率地说："小燕子在大杂院住了五年，她的事，我哪一件不知道！至于紫薇，自从来到大杂院，心心念念的，就是要找她的爹！她和小燕子每天叽叽咕咕，总有一些蛛丝马迹露出来。等到小燕子和紫薇闯围场，小燕子变成了格格，紫薇居然疯狂到去追游行队伍，然后留在你们的府中，就不回来了！事情一直发展到今天，如果我还看不明白，我就是傻瓜了！"

尔康点点头，对柳青诚挚地说："紫薇说你是侠客，碰到困难就找你！小燕子想把你们兄妹弄进宫去当侍卫！她们如此器重你，我想，她们都没有看错你！"

柳青眼光闪了闪，心里就萌生出一份"士为知己者死"的知遇之感来。

"是吗？她们这么说？"

尔康凝视着柳青："是！你都分析出来了，我也不瞒你了，小燕子和紫薇，是一个阴错阳差的错误！紫薇才是真正的‘还珠格格’。我们现在把紫薇送进宫，是抱着一线希望，希望真相大白，而不会伤害到小燕子！也让紫薇得回她的爹和她应有的身份！”

柳青沉思，许多疑团全部解开了，不禁惊叹：“一直知道她不简单，原来竟是一个格格！”

“我希望，你会咬紧这个秘密！”

“你把我看成什么？搬弄口舌的无聊汉吗？”柳青有些生气地说。

“当然不是！我一直欠你一份最深刻的感激。谢谢你上次帮助紫薇！”

柳青一笑，掉头看尔康：“你会保护她们两个的，是不是？”

尔康诚挚地回答：“我会用我的生命来保护她们两个！”

柳青点头，和尔康交换着深沉的注视。

“好！那么，我去保护大杂院里的老老小小！你放心，十天之内，大杂院里的人就都不见了！没有人再会泄露任何秘密！如果她们需要我，你去上次紫薇住的小茅屋，告诉那儿的张老头，就可以找到我！记住，不是只有你，愿意为她们出生入死！”

尔康感动极了。

“紫薇说你是侠客，我认为你是英雄！”

柳青微微一笑，两个男人把所有未竟之言，都心照不宣了。

小燕子有了紫薇做伴，又打了容嬷嬷，真是“志得意满”，快乐得不得了。至于尔康担心的“小人大猫”，她一点都不放在心上。这天心血来潮，带着整个漱芳斋的女性，裁了一大堆的锦缎，在那儿缝制一种奇怪的东西。

紫薇一面缝，一面说：“我觉得你做这个有点多余，真用得上吗？”

小燕子拼命点头，说：“用得上！用得上！我告诉你，等到做好了，我们每个人膝盖上都绑一个！我已经想了好久了，才想到这个主意！这一天到晚下跪，总得把膝盖保护保护！我就不明白，皇阿玛那么聪明的一个人，干吗动不动要人跟他下跪？"

"你绑这么厚两个东西在膝盖上，走路会不会不灵活呢？"紫薇问。

金锁已经做好了一对，就对小燕子说："格格！你要不要先试一试看！"

"好！"

小燕子就兴冲冲地坐下，捞起裤管，金锁把"护膝"给她绑上，明月、彩霞都来帮忙。绑好了，金锁说："怎么样？膝盖动一动看，如果太厚了，我再把它改薄！"

小燕子把裤管放下，满屋子跳来跳去，得意地哈哈大笑："哈哈！好极了！一点都不妨碍走路！"在室内绕了一圈，突然重重地嘣咚一跪："哈哈，像跪在两团棉花上，可舒服了！这玩意儿好，我给它取个名字，就叫'跪得容易'！我们漱芳斋每人发一对！大家赶快做，我还要去送礼！五阿哥、尔康、尔泰、小桂子、小顺子、腊梅、冬雪……简直人人需要！你们想，常常在那个石子地上，说跪就跪，几次都把我跪得青一块，紫一块！"

紫薇失笑："你别送礼了！五阿哥他们收到你这样的礼物，不笑死才怪！你教他们戴上这个，我想，他们没有一个人肯戴！"

小燕子瞪大眼："为什么？这么好用的东西，为什么不戴？赶明儿，我还要做一个'打得容易'，那么，就不怕挨打了！"

金锁实在忍不住，问："你这个'跪得容易'绑在膝盖上就可以了，那个'打得容易'要怎么绑？"

小燕子纳闷起来："是啊！说得也是！这有点伤脑筋！"

明月贡献意见："格格以后都穿棉裤算了！"

"那不成。"紫薇笑着说，"这个大热天穿棉裤，就不是'打得容易'，是'中暑容易'了！"

大家都笑了起来。室内嘻嘻哈哈，好生热闹。就在一片笑声中，小邓子带着小路子来到。小路子甩袖跪倒，对小燕子说："格格！皇上在书房，要格格马上过去！"

小燕子一呆，喊："完了！完了！皇阿玛一定又找到什么'好运坏运''大桶小桶'的东西来教训我！看样子，我最该发明的，还是一个'写得容易'！"

小燕子走进御书房，抬眼一看，尔泰、永琪都在，正给她拼命使眼色。除了他们还有一个纪晓岚。她糊里糊涂，心里有点明白，自己又出了什么错。仗着膝盖上绑着"跪得容易"，她对着乾隆就砰地跪倒，说："皇阿玛吉祥！"

"起来！"

小燕子心里一阵得意，那个"跪得容易"真好用，膝盖一点都不痛。站起身来，面对纪晓岚，又嘣咚一跪。

"纪师傅吉祥！"

纪晓岚吓了好大一跳，慌忙伸手扶起小燕子："格格请起，为何行此大礼？"

小燕子刚刚起身，又对着乾隆扑通跪倒："皇阿玛，我是不是又做错了事？"

乾隆好生纳闷。这孩子怎么被吓成这样，左跪右跪的？

"起来！起来！"

"我就跪着吧，反正'跪得容易'！"小燕子自言自语。

乾隆听不懂，伸手一挥。

"叫你起来就起来，又没罚你，你一直跪着干吗？"

小燕子这才不情不愿地站起身来。

乾隆拿着好多篇文稿，对小燕子说："今天，朕跟纪师傅研究你们的功课，朕刚刚看了永琪和尔泰的文章，心里非常安慰！可是，纪师傅把你的功课拿给朕一看，朕就头晕了！"把一张字笺递给小燕子，"这是你作的诗吗？"

小燕子拿过来看了看。

"是！"

"你自己念给朕听听看！"

"最好不要念！"

"叫你念，你就念，什么最好不要念！"

小燕子迫不得已，只好低头念："走进一间房，四面都是墙，抬头见老鼠，低头见蟑螂！

永琪和尔泰彼此互看，拼命要忍住笑。

纪晓岚一脸的尴尬。

"你这是什么诗？"乾隆看着小燕子。

"这是很'写实'的啦！我现在住在皇宫里，当然什么都好！可是，我进宫以前住的那个房子，就是这样！那个李白，能够'举头望明月，低头思故乡'，一定是窗子很大，又开着窗户睡觉，才看得到月亮。我那间房，窗子不大，看不到月亮，半夜老鼠会爬到柱子上吱吱叫。至于蟑螂嘛，也是'写实'。"

"你还敢说是'写实'！"乾隆大声一吼。

小燕子吓了一跳，慌忙说："下次不写实就好了嘛！"

"这首也是你作的？"乾隆又拿出一张字笺问。

小燕子拿来一看，头大了，点点头。

"念来听听看！"

"可不可以不念？"

"不许不念！"

小燕子只得念："门前一只狗，在啃肉骨头，又来一只狗，双双打破头！"

永琪和尔泰拼命忍笑，快憋死了。

纪晓岚也忍俊不禁。

"你这种诗，算是诗吗？你也交得出来？"乾隆瞪着小燕子。

"没办法，师傅说：'你给我作鬼打架也好，狗打架也好，反正一定要作首诗给我！'我想，还是写实一点，鬼打架我没看过，狗打架，我看过！所以就写了这首！可是，师傅说我'双双'两个字，用得还不错！"说着，就求救地看纪晓岚。

纪晓岚就急忙说："皇上！格格已经进步很多了，她确实在努力学习，偶尔还有很典雅的句子出现，慢慢调教，一定会进步的！"

永琪也上前禀告："皇阿玛！小燕子本来字都不认得几个，现在能写两首打油诗，真的已经难能可贵，不要把她逼得太紧，反而让她对文字害怕起来！"

尔泰也上前帮忙："皇上，小燕子作诗，已经分得清'五言''七言'，也会押韵了！她起步太晚，有这样的成绩，是师傅的'功劳'，徒弟的'苦劳'了！"

"哼！"乾隆瞪瞪小燕子，啼笑皆非地说，"作出这样的诗来，居然还人人帮你说话！"又抓起第三张字笺，对小燕子说，"你再念这首给朕听听！"

小燕子大大地叹口气，无奈地念："昨日作诗无一首，今天作诗泪两行，天天作诗天天瘦，提起笔来唤爹娘！"

"又是一首'写实'诗？"

"是！"

"作诗那么辛苦啊？"

"是！"

"还敢说是！"

"本来就是！如果说'不是'就是'欺君大罪'！"

乾隆一拍桌子，挥舞着那张字笺："可是，这就不是'欺君大罪'了吗？是谁帮你写的？从实招来！这首诗虽然努力模仿你的语气和用字，仍然不是你写得出来的！是永琪写的吗？还是尔泰写的？"

永琪和尔泰，慌忙摇头否认。

小燕子见又逃不过，只好招了："皇阿玛！这作诗，不是那么容易嘛！我已经很努力地学了，那个'平平仄仄'实在很复杂，什么是'韵'还没弄清楚……"

"你不要跟我东拉西扯，先告诉朕，是谁代笔，朕要一起罚！"乾隆生气。

小燕子一急："您罚我就可以了，罚她……"忽然眼睛一亮，"如果是罚写字，就罚她好了！她不怕写字，写得又快又好！"

乾隆纳闷。

"她是谁？"

"紫薇！"

乾隆震动了。紫薇？又是紫薇！

"这首诗是紫薇写的？"

"是！她说我作诗实在太辛苦了，帮我随便写了两句！"

乾隆眼前，立刻浮起紫薇那清灵如水、欲语还休的眸子。耳边，也萦绕起她那缠绵哀怨的歌声。好聪明的丫头，好动人的丫头，好奇怪的丫头！他不由自主就出起神来。

尔泰和永琪，又对看一眼，有意外之喜。

乾隆出了半天神，这才回过神来，转眼看纪晓岚。

"晓岚，朕觉得，小燕子必须管得紧一点，她的帮手一大堆，课堂上好几个，家里还有，你不能不防！"

"臣遵旨！"纪晓岚看乾隆，"其实，格格天资聪颖，生性活泼，有格格的长处！在课堂上规规矩矩地上课，对格格是一种虐待，如果能从生活上教育，说不定会收到事半功倍的效果！"

乾隆沉思，就把作业推开，说："纪贤卿说得很有道理。好了！功课的事，就让纪师傅去伤脑筋！朕最近想出门走走，'微服出巡'一趟，视察视察民情。纪贤卿一起去！永琪、尔泰，你们和尔康也一起去！”

“是！”永琪和尔泰兴奋地应着。

“我也一起去！”小燕子急忙喊。

“你是女子，不能去！”

“您'微服出巡'也是要化装的，我装成您的丫头，不就行了吗？”小燕子兴奋极了，哀求地说，“皇阿玛，求求您带我去，我整天闷在宫里，都快要生病了！有我在路上跟您做伴，说说笑笑，不是很好吗？”

“你想去，有个条件！”乾隆盯着小燕子。

“什么条件？”

“把李颀的《古从军行》背出来！”

“'古从军行'是什么东西？”小燕子自言自语，“不管它是什么东西，我背就是！如果我背出来了，皇阿玛，您可不可以也答应我一件事？”

“你也要讲条件吗？你说！”

“您不能只用一个丫头，让紫薇跟我一起去！”

乾隆想了想。紫薇一起去？路上，有人下棋唱歌，岂不快哉？他爽气地一点头：“好！让紫薇跟你一起去！”

“皇阿玛万岁万万岁！”小燕子这一乐，非同小可，情不自禁，就欢呼了起来。一面喊着，一面就高兴地一跃，又嘣咚跪下，谢恩，“小燕子谢皇阿玛恩典！”

谁知，小燕子这一次动作太大了，这样一跃一跪，两个“跪得容易”就滚了出来，跌落在地。

乾隆惊愕地喊：“这是什么东西？”

小燕子慌忙抓起护膝，纳闷地说：“这是'跪得容易'！怎么一跳就掉出来了？简直变成'掉得容易'了！不行！还得改良！回去再研究！”

尔泰、永琪、纪晓岚全都瞪大了眼睛，个个莫名其妙。

乾隆稀奇极了，困惑极了，喃喃自语：“跪得容易？”

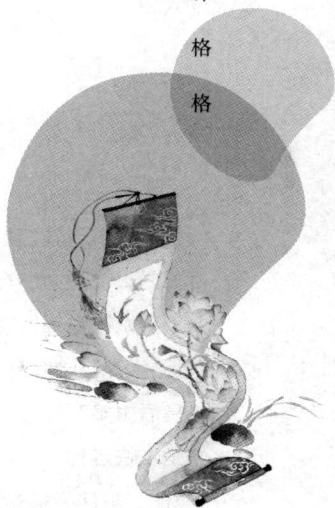

【拾捌】

尔康就捉住她的手，送到唇边吻着。

紫薇苍白的脸，终于漾出了红晕。

就在小燕子被乾隆叫去问功课的时候，宫里的太监头儿高公公，带着一群很有气势的太监，昂首阔步地来到漱芳斋。

"皇后娘娘懿旨，宣紫薇去坤宁宫问话！"高公公大声说。

紫薇大惊，跳起身子。

"皇后娘娘？"

"是！快走！"

金锁、明月、彩霞全部围了过来，慌成一团。金锁急忙应着："格格此刻不在，交代大家不得离开漱芳斋，等格格回来，立刻就去！"

"是是是！我们奉命，谁都不许走！"彩霞也跟着说。

高公公面无表情。

"皇后娘娘的懿旨，是马上就去！谁敢延误，以'抗旨'论！"

高公公身后，一排太监往前跨了一步。

紫薇看看这个气势，知道逃不过了，挺身而出。

"好！我跟你们去！"

"我也一起去！"金锁急忙嚷。

"皇后娘娘只传紫薇，别人不用去！走吧！不要让娘娘等！"

紫薇给了金锁一个眼光，便被一群太监，押犯人似的押走了。

金锁脸色惨白，回头看明月、彩霞，大喊："快去找格格！快去找五阿哥！快去找福少爷啊！"

紫薇怀着一颗忐忑的心，跟着高公公走进坤宁宫。高公公一语不发，埋着头走。紫薇身后，一群太监紧紧跟随。拐弯抹角地走了好长一段路，穿过回廊，穿过后花园，来到一个光线暗暗的房门口。赛威、赛广在门口走来走去，气氛十分诡异。紫薇还没看清楚，忽然觉得有人在身后将她一推，她就跌进一间密室里，房门立刻关上。

紫薇抬头一看，皇后正端坐桌前，容嬷嬷和三个老嬷嬷侍立在侧，室内光线幽暗，气氛阴沉。

紫薇一见皇后，立刻跪地，磕头说："奴婢紫薇叩见皇后娘娘！"

皇后起身，走到紫薇身前，冷冰冰地说："抬起头来！"

紫薇被动地抬起头来，胆怯地看着皇后。

"哼！听说你会唱歌，会下棋，还会写字，是不是？"

"回皇后，只是皮毛而已！"

"你的'皮毛'，已经会勾引人了，你的'骨肉'岂不是会把人给吞了？"皇后的声音抬高了。

紫薇大惊，震动极了，忍不住就喊了出来："皇后娘娘……"

皇后一拍桌子，厉声问："你给我老实招出来，你混进宫来，为了什么？是令妃娘娘训练你的吗？是福伦家养着你的吗？你学了多少东西，让你来勾引皇上？说！"

紫薇惊得目瞪口呆，脸上的血色，全体消失。天啊，这是怎样的误会，但是，自己的来龙去脉，怎么说得清楚呢？她便以头触地，诚挚地喊："皇后娘娘，请不要误会，奴婢和令妃娘娘，几乎不认得！奴婢所学，都是奴婢的娘教的，与福大人家里，一点关系都没有！奴婢也绝对绝对没有勾引皇上，奴婢可以指天誓日，那是天理不容的呀！"

皇后绕着紫薇走，上上下下打量紫薇，怒喊："长的就是一副狐媚样子，做的都是下流事情，还在这儿狡辩！容嬷嬷、李嬷嬷……给我教训她！"

容嬷嬷就带着三个嬷嬷一起上来，容嬷嬷对着紫薇肚子一踢，其他几个嬷嬷就将紫薇按倒在地。紫薇吓得魂飞魄散，大叫起来："皇后娘娘！您冤枉我了！您真的冤枉我了！我跟您发誓，我绝对不是任何人为了皇上安排的女人，我不是不是呀……对皇上而言，我根本是个'零'，是个'不存在'呀……"

"你这个'零'，如果再不说实话，我就让你变成真的'零'！真的'不存在'！"皇后咬牙切齿。

地上，放着一块红布，布上，放着无数的金针。

容嬷嬷就拿起一根金针，猛地插进紫薇的胳臂。其他嬷嬷，纷纷拿起金针，对着紫薇浑身上下，狠狠刺下去。刺完便收针，随刺随收。紫薇顿时陷入一片针海里，那细细的针，那么有经验地、专门拣身上最敏感的地方下针，似乎每一针都刺进了五脏六腑，痛得她天昏地暗。

"哎哟……娘娘！请不要！请不要……"紫薇喊着，泪落如雨，"我真的没有啊……我对皇上，只有孺慕之思啊……天啊！老天知道，苍天救我……哎哟！"

"你叫天吧！你叫地吧！皇宫这地方，就是叫天不应、叫地不灵的地方！谁叫你千方百计地混进来！'孺慕之思'！你居然敢用这四个字？你有什么资格用这四个字？会两句成语，就这样乱用！容嬷嬷！让她抬起头来！"

容嬷嬷便把紫薇的头发，死命地往后一扯。紫薇的头发散开，钗环滚落。容嬷嬷拾起一根发簪，就往紫薇身上戳去。

紫薇痛得天翻地覆，不住口地喊着："娘娘！不是的！不是娘娘想的那样呀……"

"容嬷嬷！跟她说说清楚！"

容嬷嬷就拉起紫薇的头，警告地说："娘娘没时间跟你耗着，今天，问你什么，你老老实实地回答，我们就放你一条活路！如果你不说，你这张漂亮脸蛋，就没有了！会弹琴的这些手指，也没有了！你自己想一想吧！"

紫薇在剧烈的痛楚中，突然逼出一股力量，抬头喊："娘娘！我只是一个卑微宫女，死不足惜！可是，我奉娘娘旨意，到这坤宁宫来，是宫女们太监们看着过来的，还珠格格一定会追究我的下落，她的个性，一定闹得天翻地覆，娘娘贵为东宫之首，真要为一个无名小卒，担当杀人之罪吗？"

皇后冷哼了一声："嘴巴倒是很厉害！该说的不说，不该说的说上一大堆！容嬷嬷！"

容嬷嬷对着紫薇的腰际，一脚踹去。另外几个嬷嬷，更是扭的扭，掐的掐，戳的戳，刺的刺。

紫薇痛喊："容嬷嬷……御花园里，我还帮你说情，你今天一定要对我下这样的狠手吗？大家都是奴才呀！"

容嬷嬷恨恨地说："不提御花园，我还会手下留情，提了御花园，我再赏你几下厉害的。你以为我不知道，你和那个还珠格格在演戏吗？欺负了人，还要假扮好心！"

容嬷嬷说着，掐住紫薇腰间的肉，狠狠地一扭。

"现在，告诉我，你和令妃娘娘、福伦家、小燕子，还有五阿哥在图谋什么？说！"皇后厉声问。

紫薇心想，这样的问题，简直说都说不清。她根本不屑于回答，就闭嘴不语。容嬷嬷抓起一把金针，迅速地对紫薇腰际戳下去。这样一戳，紫薇痛得冷汗直流，身子都痉挛起来，再也忍不住，凄厉地大喊出声："皇后！别这样待我呀！谁无父母，谁无子女，给您的十二阿哥积点阴德吧！您看！十二阿哥在窗外看着您呢！"

皇后大惊，本能地就冲到窗前，窗外，什么人都没有。皇后大怒，过来，对着紫薇狠狠一踢。

"你死到临头，还在这儿胡说八道！我今天毙了你，也不过是打死一个丫头！"

"皇后！您看！十二阿哥真的在窗外看着您呢！"

紫薇再喊。皇后又一惊，本能地再抬头，窗外依然静悄悄。

"容嬷嬷，给她一点厉害的！"皇后怒喊。

容嬷嬷拿了针，对紫薇浑身乱刺。紫薇喊得更加惨烈了："皇后！您看！十二阿哥真的在窗外看着你呢！上有天，下有地，种瓜得瓜，种豆得豆啊……"

皇后一凛，被紫薇喊得五心烦躁。

"容嬷嬷！这儿交给你！我没有时间慢慢磨蹭，你帮我问个清楚！"

"是！"容嬷嬷大声应着。

皇后就昂着头，出门去了。

容嬷嬷见皇后一走，就抓起紫薇的手，用一根针，刺进紫薇的指甲缝里去。

"啊……"

紫薇惨叫着，晕过去了。

皇后刚刚回到大厅，小燕子已经带着永琪、尔康、尔泰、金锁等人，冲进门来。

小燕子气急败坏地喊："皇后娘娘，你把紫薇带到哪里去了？你要干什么？请你把她还给我吧！"

皇后雍容华贵地站在那儿，身后一排的宫女，一排的太监，十分威武。

"什么事，在我宫里这样大呼小叫？格格，你在漱芳斋里可以不守规矩，到了我这坤宁宫里，希望你维持起码的礼仪！"

小燕子心急如焚，知道人在屋檐下，不得不低头，急急地屈了屈膝："皇后娘娘吉祥！听说我房里的紫薇，被您叫来了！如果问完了话，可不可以把她还给我，我屋里有一大堆事要她做！缺了她不行！"

皇后好整以暇，慢条斯理地问："哦？紫薇吗？就是那个新来的宫女啊？"

小燕子一股气往上冲，简直按捺不住了，大声说："是啊！就是新来的宫女啊，就是被你'教训'过的宫女啊……"

永琪怕小燕子把事情闹僵，急忙一步上前，说："皇额娘！还珠格格和这个宫女非常投缘，日常生活，全是这个宫女照顾，如果皇额娘没什么事，就把她放回去吧！"

皇后看着永琪，又看尔康尔泰，心里更加疑惑。

"一个小小宫女，居然惊动五阿哥和福家少爷，是不是太小题大做了？"

尔康往前一冲，急切之情，已难控制，喘息地说："皇后！那丫头虽然事小，还珠格格事大。整个皇宫，几乎都知道，皇后和格格不睦，皇后何必再为一个丫头，再和格格伤和气呢？如果皇后肯放回紫薇，我想，格格会感激涕零的！"

皇后见尔康情急，疑惑中更添疑惑，便冷冷说道："谁说那个丫头在我这儿？"

金锁大急，往前面一冲，喊："皇后！明明是你派人把她叫来了！我亲眼看到的，亲耳听到的！怎么说不在呢？"

皇后大怒："你小小一个宫女，也可以到坤宁宫来撒泼？"便回头大喊："翠环！给我教训她！掌嘴！"

小燕子一个飞身，就拦在金锁前面，厉声喊："谁敢打金锁！先来打我！"抬头怒视皇后："你有什么气，冲着我来好了，要问什么话，你问我，放掉我屋里的人！你今天不把紫薇还给我，我马上去告诉皇阿玛。我不怕把事情闹大，反正我不守规矩已经出了名了！皇后，你也要弄得跟我一样出名吗？"

尔泰急忙推了推小燕子，对皇后躬身，恭恭敬敬说道："皇后！为了一个小小的紫薇，实在犯不着如此！"

"皇额娘！这实在是件小事，还是不要惊动皇阿玛比较好！"永琪也说。

"皇后娘娘有什么话要问，大概也问完了，就让还珠格格把人带走吧！"尔康也低声下气了。

皇后满腹疑云，脸上，却不动声色。

"你们真是太奇怪了！我叫紫薇来问问话，值得你们一个个脸红脖子粗的？何况，那个紫薇，在我这儿只停留了半盏茶的时间，我就让她回去了！你们都跑到我这儿来吵吵闹闹，有没有回去漱芳斋看看呢？如果不在漱芳斋，在不在令妃娘娘那儿呢？"

"您已经让她回去了？"小燕子一呆。

"是啊！老早就走了！"

尔康掉头看尔泰，尔泰低声说："我就说先回去看看，格格已经沉不住气了！"

尔康便甩袖俯身，急道："臣等告辞！"

小燕子也不行礼，已经气急败坏对外冲去。

紫薇没有回漱芳斋，没有在令妃娘娘那儿，没有在皇宫任何一个角落。大家找到日落时分，已经断定紫薇陷在坤宁宫，出不来了。

小燕子跌坐在一张椅子里，用手蒙住脸，痛哭失声。

小燕子这一哭，金锁也控制不住了，跟着痛哭。

"我就是应该跟去嘛！我追在后面，喊着要一起去，可是，那些公公拦着我，不许我去，我就应该什么都不管，跟定了她才对！"

尔泰安慰金锁，说："你去了，是多一个人失踪，对紫薇一点好处也没有！幸亏你没去！"

"皇阿玛叫我去，我就把紫薇带在身边又怎样？为什么把她一个人留在漱芳斋？尔康，你杀了我吧，我把紫薇弄丢了……"小燕子哭得伤心："我得去告诉皇阿玛，让皇阿玛帮我做主！"说着，跳起来就往外跑。

永琪把她抓了回来。

"你不要这样激动，商量清楚再行动呀！"

"等你商量清楚了，紫薇就没命了！"

"你认为皇阿玛会为一个宫女，跑去向皇额娘兴师问罪吗？就算他肯去，皇额娘还是咬定人不在坤宁宫，皇阿玛又能怎样？要找皇阿玛，你就要有证据，紫薇确实陷在坤宁宫才行！否则，救不了紫薇，还会逼得皇后'杀人灭口'！"永琪说。

"杀人灭口！"尔康大震。

"给你这样分析来，分析去，紫薇是死定了嘛！"小燕子脸色如死。

尔康忽然往众人面前一站，脸色惨白，意志坚定地说："你们听好，天已经黑了，再等半个时辰，等到天黑透了，我要'夜探坤宁宫'！"

"夜探坤宁宫？"永琪惊喊。

"是！我承认，五阿哥分析得都对！可是，我现在忧心如焚，已经顾不得理智不理智！这样等下去，我会发疯！我必须采取主动！我要弄清楚，紫薇在不在坤宁宫。其实，我们都知道，她一定在，只是不知道在哪间屋子里！好在，坤宁宫不大，我去一间一间搜！只要确定紫薇人在坤宁宫，小燕子就可以理直气壮去找皇上！如果我失手被捕，你们就拼出你们的全力，去求皇上救我和紫薇吧！"

众人目瞪口呆地看着尔康。

"你一个人去'夜探坤宁宫'，不如我'舍命陪君子'吧！"尔泰吸了口气。

"要去，不能现在去，要等夜静更深才行！而且你们两个去，不如我们一起去！万一出事，好歹我是'阿哥'，可以罩着！毕竟，没有人敢把'阿哥'扣上'刺客'的帽子！"永琪说。

"那……我也一起去，人多好办事！我们看到紫薇，就把她救出来！"小燕子立刻热烈地喊。

永琪对小燕子正色地说："如果你真的想帮忙，真的想救紫薇，你就老老实实地待在漱芳斋，什么事都不要做，等我们的消息！否则，我们大家还要照顾你，更加手忙脚乱！"

小燕子心里明白，自己那点武功，在高手云集的皇宫内，实在不算什么，为了救紫薇，只好忍耐了。

于是，这天深夜，尔康、尔泰、永琪穿着一身黑衣，蒙着脸，去了坤宁宫。

由于对地形熟悉，三人又都是武功高手，几乎没有碰到什么障碍，就深入了坤宁宫的内院。三人分开，一间一间地探视，探到后院的密室，尔康从屋檐上倒挂在窗口，就看到紫薇了。紫薇蜷缩在地上，像个虾米一般，动也不动。尔康一看到紫薇，顿时热血沸腾，什么都顾不得了，就想穿窗而入。谁知，倏然之间，赛威和赛广飞蹿出来，挥拳就打。

尔康和赛威很快地交换了几招，尔泰和永琪听到声音，奔来救援。

五人立刻缠斗起来。赛威、赛广见来者地形熟悉，身手不凡，招数又非常熟悉，心里就有些明白了。赛威并不高喊，低声问："来者是谁？是刺客，还是自己人？报上名来！否则，惊动所有侍卫，我就不管了！"

"是好汉，跟我走！"尔康也低语。

赛威、赛广已听出声音，心知有异。五个人迅速地来到一个冷僻的角落。

永琪倏然拉开面巾。

赛威、赛广双膝落地，低喊："五阿哥！"

"我特地来找你们两个，问你们一句话，紫薇怎样了？"永琪开门见山地问。

"被容嬷嬷用了刑，已经支撑不住了！"

尔康一把扯下面巾。

"我敬重你们两个都是好汉！这坤宁宫竟然做些伤天害理的事，我想，你们两个不会同流合污，也不会自己人打自己人，我现在要去把紫薇救出来，你们两个，就当没看见吧！"

"那不成！如果你们要救紫薇，必须把我们两个杀了！"

尔泰上前，匕首出鞘，一下子抵在赛广喉咙上。

"你以为我们不敢杀你吗？"

"尔泰！不要冲动！"永琪看二人，"你们只有'忠心'，没有'是非'吗？"

"如果我们只有'忠心'，没有'是非'，在发现你们的时候，就已经大喊出声，现在，所有大内高手，都早已围过来了！"

"那么，你们还刁难什么？"

"皇后把犯人交给我们看管，如果犯人丢了，我们的脑袋也保不住！五阿哥已经知道紫薇的下落，没有几个时辰，天就亮了！何不等明儿一早，来坤宁宫公然要人！那时，要闯入内，赛威、赛广恐怕……抵挡不住！"

"可是，这几个时辰里，紫薇会怎样？"尔康问。

"容嬷嬷早已累垮了，没力气再审了！紫薇姑娘暂时没有危险。"

"你保证？"

"我们保证！我们会'看管'她！"

永琪立即抱拳说："两位壮士，永琪和还珠格格记在心里了！"回头看尔康和尔泰："咱们走！此地不能久留！"

尔康还有犹豫，永琪用力拉了他一下。

"别忘了，这儿是皇宫，你是御前侍卫！快走！"

三人迅速地穿屋越墙而去。

天才亮，乾隆就被小燕子惊动了。

"小燕子，你又发生什么事了？腊梅说你四更天就来了，跪在这里跪到现在？你怎么了？两个眼睛肿得像核桃一样？"

小燕子匍匐于地，泪如雨下，泣不成声地痛喊："皇阿玛！我已经没有办法了！请您救救我，救救紫薇，如果紫薇死了，我也活不成！我跟皇阿玛老实招了，紫薇不是普通的宫女，她是为我而进宫的！她是我的结拜姐妹呀！当初，我跟玉皇大帝和阎王老爷都发过誓，我要跟紫薇一起活，一起死！现在，我把她害得这么惨，我真的活不下去呀……"一面说，一面哭得稀里哗啦。

乾隆简直摸不着头脑，但是，听到紫薇的名字，就不能不关心了："你慢慢说，慢慢说，朕听得糊里糊涂，紫薇怎么了？"

"昨天，我和皇阿玛在谈功课的时候，她被皇后娘娘带进坤宁宫，就一直没有回来！她被皇后关起来，用了刑，现在，不知道是死是活……"

乾隆心中怦然一跳。皇后带走了紫薇？想到紫薇，不知怎的，他也不能平静了。

"你怎么知道她被皇后关起来，还用了刑？"

小燕子急坏了，大喊："我知道，我知道，我就是知道！皇阿玛，求求您不要耽误时间了！五阿哥和尔康、尔泰，已经在昨晚'夜探坤宁宫'，亲眼看到紫薇被囚……"说着，就用额头碰地，砰然有声："皇阿玛！求求您！拜拜您！只有您才能救紫薇，您看在她跟您彻夜下棋谈天的份上，去救她吧！五阿哥、尔康、尔泰、金锁都在外面等着呢！"

乾隆震动地站起身子。

乾隆冲进坤宁宫的时候，还是拂晓时分。身后跟着小燕子、金锁、永琪、尔泰、尔康等众人。

"皇后！"乾隆大喊。

皇后疾步走出，见到乾隆，连忙屈膝行礼："臣妾恭迎皇上，给皇上请安！怎么一大早就过来了？"惊看小燕子等人，心中已经有数："哦？来人不少！"

"你把紫薇带到你的宫里，要做什么？"乾隆盯着皇后，严厉地问。

"皇上！一个宫女，也值得您亲自跑一趟吗？"皇后一怔，讶异至极地说。

"只怕我不亲自跑一趟，你不会把人交出来！"

"紫薇那丫头，说话不得体，行为不得体，是我把她叫了来，训斥了几句，就让她回去了。怎么？她不在漱芳斋吗？是不是化装成小太监，溜到宫外玩去了？"

小燕子一听此话，就完全失控，发起疯来，大叫："皇后！你把紫薇怎么样了？你赶快把紫薇交出来！要不然，我和你没完没了。我也不管你是不是皇后，我也不管你有多大的权力，我跟你拼命！紫薇被你扣在宫里，已经是千真万确的事，你还睁着眼睛说瞎话！"

小燕子一边嚷着，一边就怒发如狂，冲到皇后面前，抓着皇后胸前的衣服，一阵乱摇。

"这还像话吗？反了反了！来人呀！"皇后大喊。

赛威、赛广冲了出来，和永琪、尔康电光石火般地交换了一个眼光。

小燕子什么都不顾了，拼命摇着皇后，大喊大叫："紫薇不会武功，说话连大声都不会，你还说她这个不得体，那个不得体，你是安心要弄死我们！放她出来！紫薇少一根头发，少一根寒毛，我都要你的命……放她出来！再不放，我跟你同归于尽！"

小燕子喊着，就整个扑在皇后身上，双双滚倒于地。小燕子就去勒皇后的脖子。

"不可以！"赛威大喊。

赛威、赛广往前扑，尔康和尔泰同时出手，挡开赛威、赛广，拉起小燕子，干净利落。赛威、赛广便被逼后退。

皇后跌在地上，惊得面无人色。早有宫女太监奔去扶起。

这样一片混乱，看得乾隆目瞪口呆，此时，尔康喊："皇上！救人要紧！"

乾隆一步上前，怒声喊："朕已经知道紫薇在坤宁宫，不要推三阻四了，闹成这样子，成何体统？赶快把人交出来！"

皇后怒不可遏。

"皇上一清早，就带着这个没规没矩的格格，来我这儿大吵大闹，又动手，又动口，难道还是臣妾有失体统吗？"

"你身为皇后，居然囚禁宫女，动用私刑！现在，朕亲自来跟你要人，你还扣住不放，你是不是连朕也不放在眼睛里了？"

"皇上有什么证据，说紫薇在坤宁宫？"皇后挺了挺背脊。

"皇后这么说，紫薇不在坤宁宫？你敢指天誓日地说一句，紫薇确实不在？如果所说是假，皇后犯法，与庶民同罪！"乾隆疾言厉色。

皇后话锋一转："好吧！就算紫薇在坤宁宫，紫薇不过是个宫女，我跟格格要了这个宫女，留在身边侍候我，可以吗？"

乾隆大怒："一个皇后，说话出尔反尔，做事跋扈嚣张，简直可恨！"

皇后面无血色，不敢相信地看着乾隆："皇上！难道臣妾今天的地位，还不如一个宫女吗？您怎能用这种话来说我！"

乾隆不由自主，竟引用了小燕子的话："宫女也是人，宫女也有爹娘，也是人生父母养的！所谓'皇后'，正应该'母仪天下'！你的'母仪'在哪里？你不知道'老吾老以及人之老，幼吾幼以及人之幼'吗？如果你不能胜任当一个'国母'，这个'皇后'的位子，你不如让贤吧！"

皇后大震，连退了两步，张口结舌，竟吓得说不出话来了。

乾隆便厉声再喊："还不赶快把紫薇交出来！"

皇后心一横："臣妾要为皇上除害，不能把紫薇交出来……"

乾隆大怒，回头喊："尔康！尔泰！永琪！你们去把紫薇搜出来！"

尔康、尔泰、永琪巴不得有这样一句，便大声应着"遵旨"，冲进后面去了。

尔康三人，冲进密室的时候，只见到容嬷嬷带着三个老嬷嬷，正在对紫薇用刑，她们居然"日出而作"，气得三个人都血脉偾张。

尔康一声大吼："该死的老巫婆，居然还在用刑！"就飞扑上前，踢翻了容嬷嬷，一看旁边的刑具，气得鼻子里都冒烟了，抓起一把金针，就对容嬷嬷肩上一插，"你这个浑蛋！你这个没有人心的魔鬼！让你自己尝尝这是什么滋味！"

容嬷嬷倒在地上，痛得打滚，杀猪似的叫了起来："哎哟！皇后娘娘……快救命啊……"

尔康看到蜷缩成一团的紫薇，心都震痛了，顾不得容嬷嬷，就忘形地扑过去，一把抱住紫薇，痛楚地喊："紫薇！对不起，我来晚了！"

紫薇看到尔康，泪水潸潸而下。

容嬷嬷还在杀猪似的惨叫，尔泰上前，劈手就给了容嬷嬷好几个耳光。

"还敢叫？这种歹毒的老太婆，不如杀了！"哐啷一声，拔出匕首。

容嬷嬷大惊，吓得发抖，跪在地上，拼命磕头。

"饶命！饶命啊！福少爷，我知错了！"尖叫，"五阿哥！救命啊……"

永琪早把其他嬷嬷一一踢翻在地。众嬷嬷全跪在地上，磕头如捣蒜。永琪喊："尔泰！要杀她，不能在这儿杀！先救紫薇要紧！这个老太婆，随时可以收拾！皇阿玛还在外面等着呢，不要耽误时间了！"

尔泰心有不甘，一挥手，将容嬷嬷发髻一刀削掉。

发髻落地，容嬷嬷以为自己的头割掉了，咕咚一声，晕倒在地。

尔泰拎着她背脊的衣服，拖了出去。

"我不杀她，有人会杀她！让皇上发落！"

尔康已经抱起紫薇，往外大步走去。

当尔康抱着披头散发、狼狈不堪、脸色苍白的紫薇走出来时，乾隆震惊极了。永琪和尔泰跟在后面。尔泰还拖着一个没有发髻的容嬷嬷。

"皇上！紫薇救出来了！已经受过严刑拷打，遍体鳞伤！"尔康喊着。

小燕子和金锁，一看到紫薇这样子，心都碎了，两人尖叫着扑上前去："紫薇！紫薇！我害死你了……我真该死！真该死！"

"他们把你怎样了？怎么会弄成这样……你的伤在哪里？我能不能碰你呀？"

紫薇知道乾隆在，便挣扎着要下地。尔康也不便一直抱着紫薇，就小心翼翼地把她交给小燕子和金锁。小燕子和金锁，一边一个，去扶住紫薇。

紫薇东倒西歪地倚在两人怀里，好生凄惨。

乾隆大步上前，不敢相信地看着紫薇，震动而心痛。

"紫薇，你哪里受伤了？"

紫薇抬眼见到乾隆，就挣扎着要站稳，无奈浑身一点力气都没有。在小燕子和金锁的扶持下，好不容易，摇摇晃晃站着，她还试图跪下，可是，一个头昏眼花，力不从心，就倒在金锁和小燕子怀里。

"皇上，紫薇不曾受什么伤……"她勉强地说着。

乾隆看着那张又是汗、又是泪的面孔，心里实在吃惊。

"弄成这样，还说不曾受什么伤！你尽管说，谁打了你？怎么打的？用什么东西打的？你说！不要怕！朕为你做主！"

皇后见到紫薇被救出，心里害怕，向前迈了一步。

"皇上……"她喊着，声音里已有怯意。

乾隆震怒地抬头，扫了皇后一眼，厉声说："朕在问紫薇，皇后不要插嘴！"

这时，尔泰将容嬷嬷拖到乾隆面前，一掷而下。

"皇上，我把这个刽子手捉来了！"

容嬷嬷被这样一摔，醒过来了，睁眼一看，差点又要晕倒，跪地惨叫道："万岁爷饶命！万岁爷……奴才不敢了……奴才再也不敢了……"

乾隆怒瞪着容嬷嬷，对皇后所有的怒气，全部转移到容嬷嬷身上。

"你这个下流东西！就是你在兴风作浪！如此对待一个弱女子，太可恶了！"回头大喊，"赛威！赛广！把她拖出去斩了！"

"遵旨！"赛威、赛广大声应着，便来拖容嬷嬷。容嬷嬷魂飞魄散，尖叫："皇后……皇后……"

皇后此时，心胆俱裂，再也顾不得皇后的形象，扑通一声，对乾隆跪下了。

"皇上请手下留情！容嬷嬷是我的乳娘，等于是半个亲娘！皇上请开恩！"

"你现在要朕开恩了？容嬷嬷不过是个奴才，一个罪大恶极的奴才，我杀一个奴才，你也会舍不得吗？"

皇后落泪了。

"臣妾知错了！请皇上网开一面！这些年来，臣妾虽在坤宁宫，长日无聊，多亏容嬷嬷悉心照顾，没有功劳，也有苦劳！请看在你我夫妻情分上，放她一马吧！"

皇后一句"长日无聊"，乾隆心中一震，也有恻隐之心，但盛怒难减。

"你的奴才，你知道怜惜，小燕子的人，你为什么不能怜惜？什么叫推己及人，你不知道吗？"

"臣妾知罪了！"皇后委曲求全。

乾隆便厉声说道："容嬷嬷！朕把你的人头，暂时记下！如果再有任何差错，再去漱芳斋找麻烦，你就必死无疑！"

"奴才谢皇上恩典！谢皇上恩典！"容嬷嬷匍匐于地，浑身颤抖。

"死罪虽然免了，活罪难逃！赛威、赛广，把她拖出去打二十大板！"

"喳！"

赛威、赛广便拖着容嬷嬷出去。

皇后眼睁睁看着容嬷嬷被拖走，什么话都不敢再说。

乾隆见容嬷嬷被拖下去了，就转头看着紫薇。

"紫薇，除了容嬷嬷，还有谁对你用刑？为什么对你用刑？"

紫薇在金锁和小燕子的左右搀扶下，跪在地上，摇摇晃晃地给乾隆磕了一个头。

"回皇上，没有了，请皇上不要追究了！皇后教训奴才，是天经地义，皇上不追究，就是紫薇的福气了……"

紫薇说到这儿，眼前一黑，竟晕了过去。

小燕子抱住紫薇，泪如雨下，惨烈地喊："紫薇，紫薇！你不要死，你死了我跟你一起死！"

乾隆又惊又急又痛，连声喊："赶快送她回漱芳斋！马上传太医！快！快！"

紫薇躺到漱芳斋的床上，人就清醒过来了。

漱芳斋一阵忙乱，太医来了好几位，令妃也赶来了。明月、彩霞、小邓子、小卓子和诸多宫女太监，忙忙碌碌，跑前跑后，倒水的倒水，擦拭的擦拭。先帮紫薇弄干净，清理更衣。然后，太医们诊治的诊治，抓药的抓药，煎药的煎药，上药的上药……又忙了好一阵子，才把紫薇弄定了。终于，紫薇躺在床上，换了干净衣裳，梳洗过了，伤口都上了药，觉得自己又活过来了。

乾隆居然亲自到床前来看紫薇。

金锁和小燕子看到乾隆，便屈膝请安。小燕子眼眶一红，委屈万分地喊了一句"皇阿玛"，眼泪就簌簌直掉，哽咽难言。

紫薇苍白如纸，见乾隆亲临，受宠若惊，急忙想起床。

"皇上！"

乾隆一伸手，将紫薇身子按在床上。

"这种时候，不要多礼了！"凝视紫薇，"令妃都告诉我了，是用针扎的？嗯？听说浑身都是针孔？疼极了，是吗？"

这么温柔的语气，这么关心的眼神，紫薇好感动，眼中立即充泪了。

"谢皇上关心，不疼了！"

乾隆点点头："疼得脸色都像白纸一样，还说不疼？"

"有皇上和令妃娘娘这样关爱，又请太医，又赐药，又殷殷垂询，真的不疼了！"紫薇哽咽地说。

乾隆心中一抽，怜惜之情，不能自已。

"皇后为什么对你动刑？刚刚在坤宁宫，你不说，现在，可以说了！"

"请皇上不要追究了！"紫薇在枕上磕头。

"你尽管说，没有关系！"

紫薇看着乾隆，眼光诚诚恳恳，声音温温婉婉："皇后贵为国母，无论怎样教训我，都有她的理由和权利。皇上，家和万事兴，犯不着为了小小一个丫头，闹得宫内不宁！皇上已经罚过容嬷嬷，够了！"

"话不是这样说，万一闹出人命，怎么办？而且，这皇宫，是多么高贵宁静的地方，是朕的家呀！居然在皇宫里动用私刑，这像话吗？"

紫薇见乾隆发怒，就含泪不语。小燕子在一边，再也熬不住，落泪嚷："皇阿玛！这还有什么好问的？皇后就是看我这个漱芳斋不顺眼，没办法除掉我，就欺负我房里的人！皇阿玛，您那么忙，我们不能一出事就找您，今天是紫薇命大，您在宫里，如果您不在宫里，紫薇大概就被弄死了！"

乾隆抬头看小燕子，叹口气："你放心，朕已经吩咐尔康，调侍卫来保护你们，以后，坤宁宫叫传，先告诉朕，朕为你们做主，不会再发生类似的事了！"

令妃便上前说道："皇上，请回宫去休息吧！这儿，有小燕子她们照顾着，尔康、尔泰保护着，应该不会再出问题了！"

乾隆看着紫薇，看了好一会儿，怜惜一叹，说："紫薇，你好好休养，想吃什么，尽管叫厨房去做！你今天受了委屈，你虽然不肯说，朕心里也大概明白！你一句'家和万事兴'包含了千言万语，朕也了解了！你不要怕，伤好了，朕再来跟你下棋！"

乾隆说得如此委婉，紫薇感动得泪如雨下，在枕上拼命磕头，嘴里重复地说："谢皇上……谢皇上……谢皇上……"

"看样子，朕不离去，你也没办法休息！令妃，走吧！"乾隆体贴地说，转身离去。

一屋子的人忙着恭送。

乾隆刚走，尔康就进来了。

小燕子一看到尔康，就挥手要大家全体出去，一面对尔康说："不要谈太多了，太医说，她需要休息！我和金锁在门口守着，不会让人进来！"

"谢谢你！"

金锁过来，对尔康屈了屈膝，低低地叮嘱："她很痛，到处都痛，你跟她谈谈，或者可以止痛！就是，千万别说要带她出宫去，皇上亲自慰问，她感动得要命，什么力量都没办法让她离开了，你如果又说要带她走，那会让她更痛的！"

尔康一怔，对金锁拼命点头："我知道了！"

小燕子就和金锁匆匆出门去。

尔康奔到床前，见紫薇仍然苍白如纸。他在床前坐下，把紫薇的手抓了起来，紧紧地放在胸口，两眼热烈而痛楚地凝视着她，半晌，一句话都说不出来。

紫薇眼中含泪，过了片刻，反而是紫薇先开了口。"都过去了，好在，有惊无险。"她安慰着尔康。

"有惊无险？你已经遍体鳞伤，还说有惊无险？我……"摇头，咬牙，"我会为你心痛而死！"

"不要这样，你这么难过，我会因为你的难过，而更加难过的！"

"我知道不该让你更加难过，可是，我真的没办法不难过！我怎么样都没想到，会发生今天这种事！我觉得自己真该死！真没用！居然没有力量保护你！看到你这样，我又没有办法替你痛，我真的好后悔！"

"我知道，我都知道！"紫薇含泪看尔康，勉强地挤出一个微弱的笑，"不要为我难过，皇上因此而注意我，我是因祸得福了！"

"伤成这样，你还这么说！身上到底有多少伤口？除了针，还有没有别的？"

"没有关系！你来了，这样守着我，看着我，我知道你对我的疼惜，知道你比我还痛！够了，我心里很温暖，很感动。受一点小小的伤，发现自己被这么多人珍惜着，这点伤，其实是一种幸福！不要后悔，我觉得好兴奋！皇上为我，亲自去坤宁宫，亲自送我回来，为我宣太医，还要令妃娘娘来照顾我，还对我问东问西，我已经受宠若惊，我高兴都来不及啊！"

"你是陷在这个'父女相认'的旋涡里，不准备出来了！"尔康凝视她。

"我义无反顾，不准备出来了！"紫薇坚决地说。

"皇后到底为什么拷打你？"尔康疑惑地问。

"她要我说出和你家的关系，和五阿哥的关系，和令妃娘娘的关系……她以为，我是你们大家设计的'鱼饵'，在'勾引'皇上！"

尔康震动极了。

"天啊！我们赶快把真相说出来吧，不要再拖了！"

"不行啊，我还一点把握都没有，你说过不能急！"

"可是，我太害怕太害怕了！今天这种事情，如果再发生一次，我都没有把握自己会不会失去理智，做出疯狂的事情来！我真的为你神魂颠倒，心惊胆战。你那么坚强，又那么脆弱，我不知道怎样才能保护你！怎样才能把你揣在口袋里，带在身边，让你远离伤害！"尔康担忧至极、怜惜已极地说，眼睛都涨红了。

紫薇就伸手轻触着尔康的面颊，柔声说："我不痛了，我真的一点都不痛了！"

"可是……我好痛！"

尔康就捉住她的手，送到唇边吻着。

紫薇苍白的脸，终于漾出了红晕。

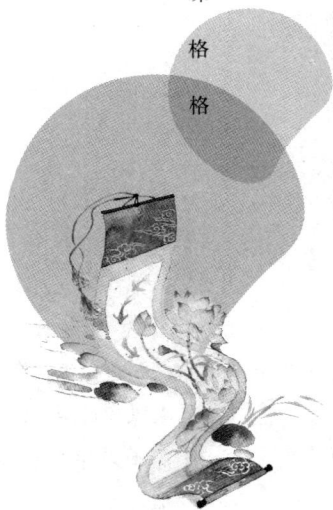

还珠格格

【拾玖】

可是，乾隆看紫薇的眼神，那么欣赏，那么怜惜，尔康就又觉得有点不对劲，担心极了。再看心无城府的小燕子，想到乾隆的暗示，更加烦乱。

　　紫薇的伤，其实一点都不严重，休息了几天，就恢复了元气。乾隆和令妃，又赏赐了无数的补品，什么灵芝、人参、当归熊胆……一件件搬至漱芳斋来，给紫薇进补。因此，十天过后，紫薇不但神清气爽，而且面颊红润，精神抖擞。

　　这天风和日丽，云淡风轻。

　　小燕子兴冲冲地站在院子里，手里抡着一条九节鞭。紫薇和金锁，笑吟吟地看着她。明月、彩霞、小邓子、小卓子全都围绕着，看小燕子表演。

　　"紫薇，你的身体完全好了，我要开始教你武功了！金锁、明月、彩霞、小邓子、小卓子，你们通通要学！我现在才知道，不会武功真的不行！我这个漱芳斋，必须要想出保护自己的办法，那就是：人人会武功，个个是高手！"

　　"你要我学那个东西，我是绝对不行的。"紫薇笑着说。

　　"什么绝对不行？你看，我都学了《礼运大同篇》，都念了《四书》，还学作诗！还要天天练字！如果我可以做那些事，你就可以练武！来来来！"小燕子兴致勃勃。

　　"你饶了我吧！我真的没办法！"紫薇躲开，笑着。

　　"金锁！你第一个来练，你责任重大，下次紫薇再被人带走，被人欺负，就是你的事！"小燕子转移目标，喊着。

　　"我？"金锁愕然地问。

　　"是是是！你们不要拖拖拉拉了，每一个都要练就对了，哪有只会挨打不会还手的人，气死我了！"小燕子大叫。

金锁想到紫薇被欺负，义愤填膺起来，下决心地说："好好好！我练！我练！"

小燕子舞动九节鞭，一阵虎虎生风，边舞边说："这样挥出去，这样收回来，手腕要有力，马步要踩得稳，动作要灵活，鞭子要舞得活络……"说着，就呼呼呼地舞了一阵，把鞭子交给金锁。

金锁学着小燕子，拿着鞭子，软绵绵地一鞭挥去，嘴里跟着喊："这样挥出去，这样收回来……这样挥出去，这样收回来……"

不料，那条鞭子竟完全不听指挥，每一节都能自由活动，呼啦呼啦几下，竟然打到金锁自己的头上，发簪也掉了，耳环也掉了。金锁急忙要收回鞭子，手忙脚乱之余，噼里啪啦地打在小燕子身上头上。

小燕子一边跳着躲鞭子，一边着急地大喊："金锁！你这是干什么？是打敌人还是自己呀？你把那棵树想成你的敌人，对那棵树招呼过去，不要打我，不要打你自己呀……"

金锁挥着那根完全不听话的鞭子，打得自己簪飞发散，打得小燕子跳来跳去，看得众人目瞪口呆。

"不对不对！"金锁气喘吁吁地喊，"这根鞭子有点邪门，它像一条蛇一样，是活的！它根本不听我的话，它高兴往哪儿绕就往哪儿绕，我拉都拉不住它！"

"胡说！什么鞭子邪门？这九节鞭有九节，你不要用'蛮力'，要用'巧劲'，只要劲用对了，每一节都会发生作用，指东打西，好用得不得了！你用点力气呀！这不是纺纱，不是绕棉线，不是绣花呀！用力！再用力！速度快点！呼啦……挥出！呼啦……收回！"

金锁拼命学习，嘴里也依样画葫芦地大喊："呼啦……挥出！呼啦……收回！"

金锁这一呼啦，鞭子竟啪的一声，打到旁观的小卓子脸上。小卓子大叫一声，往后就退，竟然砰的一声，把小邓子撞倒在地。金锁急忙收鞭，又波及明月和彩霞，人人被打得东倒西歪。金锁好不容易才收住鞭子，忙着对大家道歉："哎呀！哎呀！你们怎样？我不是故意的！"

小卓子、小邓子爬起身子，哎哟乱叫。明月、彩霞揉手的揉手，揉头的揉头，呻吟不已。

"金锁，等你的功夫练好了，我们大概人人都受伤了！"小邓子喊。

"我看，不只受伤，能不能保命是个大问题！"明月说。

"求求你，可以了，拜托你别练了！"小卓子对金锁直拜。

"这鞭子怎么专打自己人呢？那棵树站在那儿动也没动，闪也没闪，你就打不到？"彩霞问。

大家你一言，我一语，紫薇忍俊不禁。

"小燕子，你正经一点，就拿根棍子教教她好了！教什么九节鞭？"紫薇说。

"对对对！你先从'一节鞭'教起，我们一步一步来！"金锁急忙应着。

"哪有什么'一节鞭'？我听都没有听说过！"小燕子生气。

"那……我还是不要学了！"金锁对小燕子苦着脸说。

"不行不行！为了保护紫薇，你非学不可，没有那么难！来来来，我再示范一次给你看！"

小燕子接过九节鞭，呼呼呼地又舞了起来。大家拼命给她鼓掌，叫好。

小燕子听到大家叫好，不禁得意扬扬，越舞越高兴，嘴里嚷着："看到没有，鞭子可以向前、向后、向左、向右、向上、向下挥动……手腕一定要有力……鞭子这样出去，哗啦一下，就勾住对方的脖子，呼噜一下，就把敌人勾到面前，然后鞭子这样一摔，打得他落花流水……"

小燕子一边说，一边舞着鞭子，谁知，表演得太卖力了，一个"落花流水"之后，那鞭子竟然脱手飞去，高高地挂在一棵松树上面了。小燕子大惊，说："哗！这鞭子被金锁带坏了，怎么不听话？叫它回来，它往外走！"就回头喊："小邓子！给我把鞭子拿回来！"

"啊？拿回来？"

小邓子就跑到树下，抬头看着那棵树，一筹莫展。

大家全都来到树下。

"太高了，恐怕要去找一个梯子来！"紫薇说。

"什么梯子，我用轻功就上去了！"

小燕子飞身上蹿，伸手去捞鞭子，奈何无处落脚，鞭子仍然卡在两根树桠中。

小燕子不相信自己的轻功竟然那么烂，再飞一次，松枝勾住头发，把发簪都扯掉了。紫薇看得心惊胆战，连忙阻止："好了，你不要再跳了，危危险险的，待会儿又撞了头！金锁，哪儿有梯子？"

"这么高的梯子，哪儿有？"

明月异想天开，提议："小邓子，我们来叠罗汉，试试看拿得着拿不着！"

"对对对！叠罗汉！大家赶快叠罗汉，给我把鞭子拿下来！"小燕子喊。

于是，一群人就跑到树下去叠罗汉，小卓子在最下面，小邓子站在他肩上，明月危危险险地爬上小邓子的肩，彩霞抱住小卓子往上攀，大家还没爬到一半，一个站不稳，尖叫着全体摔落地。

"好了好了！不要叠罗汉了，这个办法也行不通！"紫薇忙叫，看着大家，"你们没有一个人会爬树吗？"

小燕子恍然大悟："对呀！爬树就行了嘛，真笨！"就命令大家："爬上去！爬上去！"

小燕子以身作则，第一个往上爬，小卓子、小邓子跟着往上爬。

紫薇、金锁、明月、彩霞全仰着头观看。

大家爬得气喘吁吁。

正在这紧紧张张的时刻，尔康、尔泰过来了，见状大惊。

"你们这是在干什么？为什么都爬在树上？"尔康问。

小燕子抱着一根树枝，危危险险地挂在那儿，拼命伸手去拿九节鞭，嚷着说："别吵别吵，我就快拿着了！"

尔泰看得心惊胆战："你小心一点啊！别摔下来啊！"

"喂喂，谁要告诉我，这是干吗？"尔康惊奇极了。

"就是要拿那根鞭子嘛！"紫薇说。

"拿鞭子啊？"

尔康就轻轻松松地一跃，姿态优美地飞身而上，取下鞭子，翩然落地。

小燕子还挂在树上，瞪大眼睛嚷："你就这样拿下去了？"

"是！"尔康喊着，"你快下来吧，皇上要你和紫薇到御花园里去赏花！五阿哥已经去了，快走！别让皇上等你们！"

小燕子听到皇上传唤，这才跳下了地。大家也不练九节鞭了，赶快整衣梳妆，去见皇上。

乾隆看到神清气爽的紫薇，心里好生安慰。

"紫薇，你身上的伤，完全好了吗？"

"回皇上，完全好了！"

花园中，姹紫嫣红，繁花如锦。乾隆看着小一辈，小燕子活泼，紫薇沉静，永琪俊朗，尔康儒雅，尔泰潇洒，几乎个个郎才女貌，不禁欣悦。心里想着令妃的暗示，小燕子不小了，和福家兄弟又走得很近，不知道该许给尔康好，还是许给尔泰好，就对小燕子和福家兄弟，多看了两眼。

"好极了！今天把你们找来，是因为，朕想'微服出巡'了！小燕子、紫薇，你们是不是真的也要去？"

小燕子一听，兴奋得不得了，冲口而出地叫："当然是真的了！最近，我们好倒霉。皇阿玛带我们出去走走，说不定我们的霉运就过去了！"

"朕不明白，你的霉运，跟出门有什么关系？"

"当然有关系了！人逢喜事精神爽嘛！出门就是喜事，有了喜事精神就爽，精神一爽，霉运自然不见了！"

"你那么爱出门，朕看你是'女大不中留'，年纪到了！看样子，得给你找婆家了！"乾隆笑着说，眼光在小燕子身上转来转去。

小燕子大惊，脚下一绊，差点摔了一跤。紫薇急忙扶住。

尔泰和永琪互看，两人都有些紧紧张张。

"小燕子，你怎么了？听到找婆家，乐得站都站不稳？"乾隆打趣。

"皇阿玛，别开这种玩笑了，吓得我差点晕倒！我这种人，没有婆家要的啦！您千万别费这个心！"小燕子嚷。

"怎么会没有人要呢？"就抬头，有意无意地看着尔康，"尔康！把还珠格格指给你，如何？要不要？"

尔康大惊，还来不及反应，小燕子一个踉跄，砰的一声，就跌倒在地。

紫薇慌忙去扶，手忙脚乱，被小燕子一拉，也一屁股坐倒在地。

宫女们忙着去搀扶两人。

尔康、尔泰、永琪看着摔倒的两人，个个都有心事，显得紧紧张张。

乾隆惊奇，瞪着小燕子和紫薇。

"你们两个是怎么回事？"

两人站起身来，都有一些狼狈。小燕子揉着膝盖，抬头看乾隆，抗议地说："皇阿玛，这种事情，您老人家不跟我私下商量吗？我好歹是个姑娘家嘛，这样一问，如果人家不要，我的面子往哪儿搁？我知道您喜欢尔康，可是，人要忠厚一点，别害人家嘛！"

"什么忠厚一点？你说的话，朕听不懂，怎么会害人家呢？"乾隆惊愕。

"您跟谁有仇，再把我许给他吧。没有仇，就饶了人家吧！哪个娶了我，哪个就是倒霉蛋！"

"哦？你对自己，评价这么低呀？"乾隆瞪着小燕子。

"皇阿玛！快别开玩笑了，我们言归正传，谈谈'微服出巡'的事好不好？您准备化装成什么人？我们去哪儿？"小燕子急忙转话题。

乾隆一笑，便丢开了那个问题，看大家。

"尔康，你的计划是怎样？"

尔康看着紫薇出神，竟然没有听到。尔泰急忙撞了尔康一下："你想什么？皇上在问你话，问你对'微服出巡'的计划是怎样。"

尔康这才回过神来，慌忙看乾隆，勉强整理自己凌乱的思绪。乾隆见他魂不守舍，误会了，笑吟吟地看着他。

"回皇上，我想，还是化装成商人比较好，皇上是'老爷'，五阿哥是'少爷'，我跟尔泰是随从，还珠格格跟紫薇是丫头！纪师傅还是师傅，阿玛、傅六叔、鄂敏是伙计，大家跟老爷去收账，并且一路游山玩水！这样，您身边除了纪师傅，都是武将，就不用再带很多侍卫，引人注目了！"想了想，"恐怕还要加一个人，胡太医，以备不时之需！"

"好！就是这样！你想得非常周到！"乾隆就抬头看小燕子，

"那么，小燕子，你把《古从军行》背给朕听听！"

"《古从军行》啊？"小燕子一怔。

"怎样？不是讲好条件的吗？"

"可是，我还没有背，最近好忙，没时间念！可不可以不背呢？"小燕子说。

"不背？那就不能跟朕出门！"乾隆一本正经。

"那……明天，明天再背，好不好？我马上回去背！"小燕子急了。

"好！明天！一言为定！"

逛完御花园，三个臭皮匠，就聚集在永琪书房里开"紧急会议"。

"我们三个，一定要好好地研究一下了，我觉得，现在情况复杂，隐忧重重，我真的担心得不得了！你们听皇上今天那个口气，万一紫薇还来不及禀明身份，皇上就来个乱点鸳鸯谱，那怎么办？"尔康紧张地对尔泰和永琪说。

永琪心事重重，也是一脸的焦急，在室内兜圈子。

"是啊！现在所有格格里，就是小燕子和你年龄相当，皇阿玛看到小燕子和福家走得那么近，一定误会了！今天明摆在那儿，就是刺探我们一下！"

尔泰瞪大眼睛，愤愤不平地说："皇上每次就想到尔康，总是把我这个做弟弟的忽略掉！要指婚，也不一定指给尔康呀，指给我不是皆大欢喜吗？你们不要急，改天我跟皇上禀明心迹，让皇上把小燕子指给我，解除尔康的危机！"

永琪手里的折扇，啪的一声掉落地，瞪着尔泰，张口结舌地问："什么心迹？什么心迹？尔泰，你什么时候和小燕子有这个……有这个……默契的？"

"什么默契？"尔泰一股天真状，拾起扇子，交给永琪，"尔康有难，做弟弟的不挺身而出，那要怎么办？小燕子总不能先抢了紫薇的爹，再抢紫薇的心上人吧？"

尔康想了想，越想越高兴。

"好好好！就这么办！尔泰，要说就得快！小燕子嫁了你，大家还是一家人，这样好！她和紫薇从姐妹变成妯娌，这一辈子就再也不用分开了，我想，小燕子也会喜欢的，这样再好也不过了！"就对尔泰作揖，"谢谢！"

永琪这一下急坏了，跳脚说："好什么好？你们把我都忘了是不是？"

尔泰瞪着永琪，看了好一会儿，大叫说："五阿哥！我总算把你心里的话给逼出来了！"

"五阿哥！你不行啊！你是小燕子的兄长啊！"尔康惊看永琪。

永琪一阵烦躁："现在，我们不是在努力让她们各归各位吗？等到她们各归各位的时候，我就不是兄长了呀！事实上，根本就不是兄长嘛！我和她，一点血缘关系都没有！就因为我知道不是兄长，才没有约束自己的感情！"

"这有点麻烦！"尔泰凝视永琪。

"什么麻烦？"永琪更加烦乱。

"除非你用阿哥的身份，命令我不加入战争，否则，我们只好各凭本领！"尔泰一本正经地说。

"尔泰！"永琪喊，脸色一沉。

尔康看看永琪，又看看尔泰，伤脑筋地喊："你们认为现在的状况还不够复杂是不是？你们两个还这样搅和！"

永琪涨得脸红脖子粗，一脸的汗，痛苦地看着尔泰，哑声问："尔泰，你是认真的吗？"

"当然认真！窈窕淑女，君子好逑！你不是唯一的君子！"尔泰瞪大眼睛。

永琪呆了半晌，心里挣扎，在室内像困兽般兜了好多圈子，最后，往尔泰面前一站，几乎是痛苦地说："尔泰，你明知道我没办法用阿哥的身份来命令你！这些年来，我们情同手足，这份友谊，对我而言，实在太珍贵了！"就一咬牙："好！我退出！只有你去表明心迹，才会快刀斩乱麻！我，就死了心，认了命，当这个莫名其妙的兄长吧！"

尔泰感动极了，凝视着永琪："五阿哥，谢谢你这几句话，对我也太珍贵了！但是，这样的割舍，你会不会很心痛呢？"便对永琪嘻嘻一笑："既然和你情同手足，我怎么忍心夺人所爱呢？"

永琪一震，盯着尔泰："你是什么意思？"

尔泰就对永琪诚挚地说："有你这一番话，我就心甘情愿做你的跟班了！事实上，我老早就知道你对小燕子的感情，老早就退出了战争。因为，我发现，小燕子只有对你说话的时候，才会脸红！"

"是吗？"永琪惊喜，"她跟我说话的时候会脸红？那代表什么？"

"我不知道那代表什么！我只知道，如果她会为我脸红，我不会把她让给你！"

"尔泰，你是诚心说这些？不因为我是阿哥？"永琪眼睛发亮了。

"我是诚心的，不因为你是阿哥！好了，我们把混沌的感情局面先弄清楚，再来商量以后的大事！"尔泰说。

永琪大喜，伸手猛拍着尔泰的肩。

"尔泰，承让了！我会谢你一生的！"

尔康瞪着两人，烦恼得一塌糊涂。

"你们不要谢来谢去了，我听得更烦了！五阿哥，你这是个遥远的梦！想想看，她现在是还珠格格，跟你有兄妹的名分，什么都不能谈！如果有一天，她不是还珠格格了，她就是平民女子，你贵为阿哥，皇上怎么会让你配一个平民女子呢？除非你收她做个小妾！可是，小燕子虽然出身贫寒，言谈之间，对女子的权利，非常维护，恐怕不是甘愿做小老婆的人！"

永琪傻住了，痛苦地说："是啊！这是一个遥远的梦！"

"有梦，总比没梦好！不是有成语说'美梦成真'吗？大家走着瞧吧，焉知道美梦不会成真呢？"尔泰鼓励大家。

"这一下，要皇上不乱点鸳鸯谱，更难了！"尔康叹气。

"我还发现一件事，觉得非常危险！"永琪想到什么，看着尔康。

"什么事？"

"紫薇表现得那么好，皇阿玛显然已经太喜欢她了！我们都知道她是皇阿玛的骨肉，紫薇自己也知道，可是，皇阿玛并不知道！"

尔康倒进一张椅子里，大大地呻吟了一声。

"这正是让我胆战心惊的事啊！不行不行，我们一定要马上把真相说出来！"

"不能'马上'说！小燕子现在树大招风，敌人太多！一个不小心，她就会脑袋搬家的！皇额娘一定会把国法家法，通通搬出来，置她于死地！我们要想个法子，让小燕子和紫薇双双拿到一个皇上的特赦令，准她们两个无论犯了什么错，都免于死罪，然后再说出真相！"永琪说。

"这个'特赦令'哪有这么容易！皇上从来没有发过这种命令！"尔康喊。

尔泰深思起来，眼睛里燃着光彩，声音里充满信心："嗯，不一定很难。这次'微服出巡'，就是一个机会！大家朝夕相处，如果她们两个表现得好，我们乘机打边鼓，说不定会成功！我觉得，紫薇和小燕子都各有功夫，让皇上不喜欢都难！有希望！有希望！"就充满信心地看永琪和尔康："你们两个，是'关心则乱'，我现在最超然，最理智，你们听我的，没错！"

尔泰说得神采飞扬，尔康和永琪都看着尔泰，不禁跟着尔泰兴奋起来。嗯，这次的"微服出巡"意义重大！可是……

"可是，小燕子还没背出《古从军行》来，怎么办？"永琪忽然大叫。

"我们大家想个办法，帮她忙，让她快读快背！"尔康跳起身子。

"快读快背？"永琪沉思。

几乎是毫不耽搁，三个臭皮匠就来到了漱芳斋的小院里。

永琪拿着一把长剑舞得银光闪闪，像一条光环，忽上忽下，忽左忽右，好看得不得了。紫薇和小燕子，带着所有漱芳斋里的人，围着观看。看到那把长剑像是活的一样，时而凌厉，时而柔软，大家都看得叹为观止，小燕子尤其赞不绝口。永琪一面舞剑，一面随着剑的动作，念着《古从军行》：

白日登山望烽火，黄昏饮马傍交河。

行人刁斗风沙暗，公主琵琶幽怨多。

野营万里无城郭，雨雪纷纷连大漠。

胡雁哀鸣夜夜飞，胡儿眼泪双双落。

闻道玉门犹被遮，应将性命逐轻车。

年年战骨埋荒外，空见葡萄入汉家。

永琪舞完，大家掌声雷动。小燕子看得兴高采烈，永琪就再示范一遍："这样拿剑一路往上劈，叫作'白日登山望烽火'；这样回剑一扫，叫作'黄昏饮马傍交河'；这样唰唰唰唰舞过去，叫作'行人刁斗风沙暗'；这样咚咚咚咚连续震动，叫作'公主琵琶幽怨多'！来，小燕子，我们先练这四句！"

小燕子高兴极了，兴致勃勃地喊："这个好玩！"

尔康递了一把剑给她，她就舞了起来，一边舞，一边念着："白日登山望烽火，黄昏饮马傍交河……"

大家欣喜，又叫又跳，喊着："学会了！学会了！她会了！"

"这个方法有用，是谁发明的？"紫薇笑着问尔康。

"这叫作'穷则变，变则通'！因材施教，大概就是这个意思了！"尔康说。

小燕子忘了下面的句子，喊着："下面是什么？"

"行人刁斗风沙暗，公主琵琶幽怨多。"永琪边舞边教。

小燕子的剑，舞得呼呼作响，嘴里大喊："皇上刁难风沙暗，公主背诗幽怨多！"

尔康和紫薇面面相觑。

"她还会改词？"尔康惊问。

"有进步，不是吗？"紫薇说。

尔泰听得直摇头，苦着脸说："只怕'皇上听了脸色暗，公主禁足幽怨多'！"

永琪毫不懈怠，也毫不泄气，继续舞着剑。

"这一招是'野营万里无城郭'，这一招是'雨雪纷纷连大漠'！这一招是'胡雁哀鸣夜夜飞'，这一招是'胡儿眼泪双双落'！"

小燕子的剑，越舞越有模有样了，眉飞色舞，连刺好几剑，喊："野人……野人怎么啦？"

"不是'野人'，是'野营'，你心里想着，你这一路的剑劈过去，把一万里的敌人都杀死了，连城市啦，乡村啦，都没有了！"尔康着急，想尽方法帮忙。

小燕子又劈又刺又喊的："那下面是什么？什么下雪什么沙漠？"

尔泰也忍不住提词，学着尔康教她："雨雪纷纷连大漠！你心里这样想，这把剑舞得像雪花一样，和沙漠都连成一大片，看敌人怎么逃？就是'雨雪纷纷连大漠'！"

"懂了！"小燕子大叫，就兴高采烈地舞着剑，喊着，"野人万里打不过，剑像雪花和沙漠！"

大家全体傻眼了。

然后，小燕子在永琪、尔康、尔泰和紫薇的护航下，到了乾隆面前，郑而重之地背《古从军行》。还把乾隆拉到御花园里，以便容易给小燕子提示。大家在御花园里，边走边逛边看小燕子背诗。小燕子充满信心地说："好不容易！我都背出来了！"

紫薇、尔泰、尔康、永琪都看小燕子，每个人都紧紧张张，对小燕子毫无把握。

于是，小燕子眼睛看着永琪，手中虚拟着有剑的模样，不敢动作太大，只是小幅度地劈来劈去。永琪也小幅度地示意着，手臂忽上忽下，忽左忽右。乾隆左看右看，看得纳闷极了。小燕子就开始背了："白日登山望烽火，黄昏饮马傍交河。皇上刁难风沙暗……"

紫薇轻轻一哼，慌忙扯小燕子的衣服。

尔康咳嗽，尔泰清嗓子，永琪手中虚拟的剑动作大了些，嘴里忍不住小声提示："唰唰唰唰……"

乾隆惊奇地看大家："喂，你们大家在做什么？"

大家吓了一跳，慌忙收收神，看花的看花，看天空的看天空。

"背错了！背错了！是行人刁斗风沙暗，公主背诗幽怨多！"小燕子更正。

几个年轻人又咳嗽的咳嗽，哼哼的哼哼，舞动的舞动……

乾隆看着大家，又好气又好笑，故意不动声色，说："背下去！"

"皇阿玛，下面有一点难，我要一把剑来帮个忙！"小燕子说。

"什么？背诗跟剑有什么关系？"乾隆真的被搅糊涂了。

"没有剑，找根树枝也可以！"

小燕子就去摘了一根树枝，这一下精神来了，把树枝当剑舞了起来。

"我重背一遍！"就边舞边背，"白日登山望烽火，昏黄饮马傍交河。行人刁斗风沙暗，公主琵琶幽怨多！"

大家呼出一口大气，彼此安慰地对看点头。永琪手中的虚拟之剑，又连续舞动。

小燕子就一口气背了出来："野人万里打不过，剑气如雪连沙漠。胡雁哀鸣夜夜飞，胡儿眼泪双双落。听说玉门还被遮，应该杀他一大车……"

尔康跺脚大叹，尔泰用手蒙住了脸，永琪手里那把虚拟的剑也不见了，紫薇叹气低头，看着脚下，不敢看乾隆。

乾隆一听，简直不知所云，生气地大叫："好了好了！你这样手舞足蹈地背诗，还背了一个乱七八糟！朕简直不知道你在做什么！"

小燕子委屈起来了，抱怨地说："皇阿玛，您应该找一首容易一点的诗嘛！这首跟我的生活都不相关，怎么背嘛！句子又那么多，记了这句，忘了那句！一下胡人，一下野人，一下大雪，一下沙漠，一下白日，一下黄昏，没有皇上，倒有公主……这种诗，会让我的脑筋打结，舌头打结，真的不好背嘛！"

"那么，你们大家比来比去，指手画脚，是在干什么？"乾隆问。

尔康叹气了，说："皇上就别研究了，这是一次失败的教学方式！本想让格格把这首诗当成'剑诀'来背，谁知，她剑都练会了，'剑诀'练不会！"

乾隆这才恍然大悟，睁大眼睛："剑诀啊？原来这样比手画脚，是在舞剑！是谁编的剑谱？亏你们想得出来！"就瞪着大家："那么，你们说，小燕子这首诗，算是过关了吗？"

"已经很难得了，前四句都没有错！"永琪说。

"'胡雁哀鸣夜夜飞，胡儿眼泪双双落'这两句也没错！"尔康说。

"后面虽然错得比较离谱一点，'玉门'两个字还是对的……"尔泰说。

乾隆气得直吐气："你们的意思是说，这算是'会背'了？"

小燕子知道难过关，挺身向前，忽然异想天开，建议说："紫薇代背，好不好？"

"代背？这还能代背的吗？"乾隆问。

紫薇见小燕子过不了关，很着急，就一步上前，对乾隆屈了屈膝，说："皇上，奴婢代格格另外背一首诗。皇上如果喜欢，就让格格过关吧！如果不喜欢，再让她回去念，好不好？"

"你要另外背一首？"乾隆看着紫薇。

"是，另外背一首！"

"你背，朕听听看！"

"奴婢想，现在大家心情愉快，正计划着要出游，不要背《古从军行》吧，那首诗凄凄凉凉，咱们现在国泰民安，风调雨顺，何必背那么苍凉的诗呢？"

乾隆觉得有理，这几句话听得非常舒服。

"好！不要背那首，那你就换一首欢乐的诗背给大家听听！"

"是！"紫薇应着，就清清脆脆地朗声背诵起来。

春云欲沣旋蒙蒙，百顷南湖一棹通。
回望还迷堤柳绿，到来才辨谢梅红。
不殊图画倪黄境，真是楼台烟雨中。
欲倩李牟携铁笛，月明度曲水晶宫。

紫薇背完，乾隆惊喜莫名地看着紫薇，一脸的不相信。

"这是朕的诗！你居然会背朕的诗！"

"是！奴婢斗胆了！念得不好，念不出皇上的韵味！"

乾隆盯着紫薇："你知道这是朕什么时候作的诗吗？"

"是皇上在乾隆十六年二月，第一次下江南，在嘉庆游南湖作的诗！"

乾隆太意外了，太惊喜了，看着紫薇，对这个灵巧的女子，打心眼里喜欢起来。

"哈哈哈哈！小燕子，你的这个帮手太高段了！朕甘拜下风！算你过关了！"抬头看大家，"至于你们的'剑诀'，哼！"乾隆想想，想到小燕子手拿树枝，比手画脚状，实在忍不住，又大笑起来了："哈哈！哈哈！剑诀，点子想得不错！只是学生太糟了！"再想想，又笑："什么'皇上刁难风沙暗，公主背诗幽怨多'！哈哈哈哈！算了算了，《古从军行》到此为止，你们就好好地给我筹备'微服出巡'的事吧。哈哈哈哈！"

在乾隆的"哈哈"声中，大家也跟着嘻嘻哈哈。

尔康知道小燕子过关了，终于松了一口气。可是，乾隆看紫薇的眼神，那么欣赏，那么怜惜，尔康就又觉得有点不对劲，担心极了。再看心无城府的小燕子，想到乾隆的暗示，更加烦乱。永琪和尔泰，嘴里跟着乾隆打哈哈，心里也都各有心事。大家虽然都在笑，却只有乾隆笑得最是无牵无挂了。

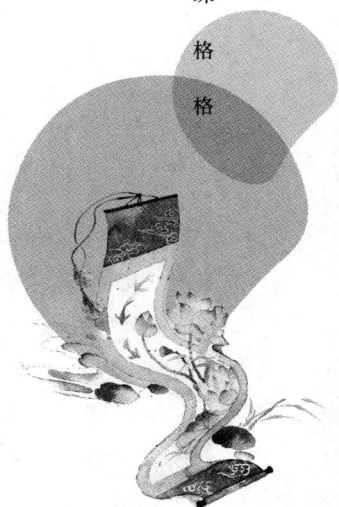

【贰拾】

小燕子盯着永琪，心里还是迷迷糊糊的，惊愕困惑的。只是，永琪这种语气，这
种神情，却让她深深感动了。

虽然说是"微服出巡",但一位皇上要出门,仍然是浩浩荡荡的,又是车,又是马,又是武将,又是随从。大家已经尽量"轻骑简装",队伍依旧十分壮观。

马车,踢踢踏踏地走在风景如画的郊道上,马队踢踢踏踏地相随。

车内,乾隆、小燕子、紫薇、纪晓岚坐在里面。

车外,尔康、尔泰、永琪、福伦、鄂敏、傅恒、太医都骑马。

乾隆看着车窗外,绿野青山,平畴沃野,不禁心旷神怡。

"今天风和日丽,我们出来走走,真是对极了!怪不得小燕子一天到晚要出来,这郊外的空气,确实让人神清气爽!"便高兴地喊,"小燕子!平常都是紫薇唱歌给我听,今天,你唱一首来听听!"

"皇……皇老爷!您要我唱歌啊?"小燕子一呆。

"什么黄老爷?你这丫头,才出家门,你就给我改了姓?我是艾老爷!"

"是!艾老爷,我的歌喉跟紫薇没法比呀!"

"没关系,唱!"

小燕子无奈,就唱:"小嘛小儿郎,背着书包上学堂,不怕太阳晒,不怕风雨狂,只怕师傅说我,没有学问,无脸见爹娘!"一边唱,一边看纪晓岚。

乾隆没听过这样朴拙的儿歌,听得津津有味,看着纪晓岚直笑。

"纪师傅,这首歌,是唱出她的心声了!"

"是!我明白了!原来她也有'怕',我只怕她'不怕'!"纪晓岚笑着说。

紫薇心情愉快，看着众人，接着小燕子的歌，用同调唱了起来："小嘛小姑娘，拿着作业上学堂，抬头见老鼠，低头见蟑螂，最怕要我写字，鱼家瓢虫，满纸尽荒唐！"

小燕子一听，对着紫薇就一拳捶去。

"你笑话我，太不够意思了！"

紫薇又笑又躲，乾隆没听明白，忙着追问："什么鱼家瓢虫？"

"上次老爷要小燕子写《礼运大同篇》，她一面写，一面问我，这个'鱼家瓢虫'怎么笔画那么多？我伸头一看，原来是'鳏寡孤独'！"

紫薇话未说完，乾隆和纪晓岚都已放声大笑。

车外，尔康、尔泰和永琪骑马走在一起。车内的歌声笑声，不断传出来。

"他们说说唱唱，高兴得不得了！"永琪说。

"我真是心里打鼓，上上下下，乱七八糟，不知道是该喜还是该愁。"尔康接口。

"你别烦了，当然是该喜，能够笑成这样，离我的期望，是越来越近了！"尔泰高兴得很。

尔康情不自禁地望向车里，只见紫薇和小燕子手拉着手，神采飞扬，两人正兴高采烈地合唱着一首歌：

今日天气好晴朗，处处好风光！

蝴蝶儿忙，蜜蜂儿忙，小鸟儿忙着，白云也忙！

马蹄践得落花香！

眼前骆驼成群过，驼铃响叮当！

这也歌唱，那也歌唱，风儿也唱着，水也歌唱！

绿野茫茫天苍苍！

　　歌声中，金车宝马，一行人向前迤逦而行。青山绿水，似乎都被紫薇和小燕子唱活了。乾隆的脸上，洋溢着欢乐。尔康、永琪和尔泰，也放下重重心事，享受起这种喜悦来。连福伦、傅恒、鄂敏这一干武将，也都绽出了笑意。

　　这天，走在半路上，乾隆一时兴起要去爬山。那座山也不知道叫什么名字，郁郁苍苍，都是参天古木。大家从山路走下来，山下，是一条蜿蜒的小溪，岸边，绿草如茵。周围的风景，居然美得不得了。乾隆站在水边，流连忘返，忽然说："走了这么大半天，现在饿了！不知道哪儿可以弄点东西来吃吃？"

　　"现在吗？"尔康一怔，"好像一路走过来，都没看到村庄。想吃东西，只好赶快上车，我们向前赶赶路，应该离白河庄不远了！"

　　"可是，这儿的风景真好！如果弄点酒菜来，我们大家铺一块布在地上，就这样席地而坐，以天为庐，以地为家，面对绿水青山，吃吃喝喝，岂不是太美妙了！"乾隆说，一点都没有离开的意思。

　　"就这么办，尔康、尔泰！你们赶快去想想办法！车上，我们带了酒，拿到附近老百姓家里去热一热，再找找看有什么可吃的。"福伦急忙交代。

　　尔康和尔泰面面相觑。

　　紫薇就热心地说："我刚刚看到附近有个农家，小燕子，我们两个去吧，要找东西吃，恐怕男人不行！他们又不知道什么好吃，什么不好吃！什么材料能做菜，什么材料不能做菜！何况，我们如果要弄东西吃，恐怕还要借锅借碗，连油盐酱醋，都不能缺少！"

　　"是是是！我们两个是丫头，诸位老爷就在这儿等一等，让我们去碰碰运气！"小燕子连忙点头。

　　"去吧！可不许空手而回！我现在酒瘾已经犯了！"纪晓岚喊。

　　纪晓岚此话一说，大家都纷纷叫饿。

"她们两个去，不如我们五个一起去吧！"尔康说。

于是，五人结伴，嘻嘻哈哈而去。

没多久，五个人回来了，大家手里捧着锅碗瓢盆，青菜鸡鸭，居然满载而归。

一会儿，火已经升起来了。小燕子在地上挖了个大洞，在烤两只"叫花鸡"，香气四溢。大家闻到这股香味，人人精神一振，大家陪着乾隆，坐在溪边，都是一脸的兴高采烈。

另一边，紫薇用石块架了一个炉子，用借来的菜锅，正熟练地炒着菜。尔康、尔泰、永琪都在一边帮忙，生火搬柴，忙得不亦乐乎。尔康一面帮忙，一面低声问紫薇："都是一些青菜，只怕皇上吃不惯，怎么办？"

"这是无可奈何的事，能够弄来的东西，都弄来了！"永琪说。

"没关系，有鸡有鸭，已经可以了！给皇上换换口味，也不错！"紫薇笑笑。

乾隆和众人被香味引诱得垂涎欲滴。

"小燕子，可以吃了吗？你这是一道什么菜？这么香，害得我肚子里的馋虫都在大闹五脏庙了！"乾隆问。

"嘻嘻！这个菜名不能讲给老爷听！"小燕子直笑。

"别卖关子，讲！"乾隆好奇。

"这是'叫花鸡'，原来叫花子偷了鸡，就这样烤着吃！"小燕子说。

"这个名字实在不雅！你弄什么鸡不好，怎么弄个'叫花鸡'给我吃呢？"乾隆愣了一下，虽然贵为天子，还真有那么一点忌讳。

紫薇就回头笑着说："其实，那个叫花鸡也有另外一个名字！只烤一只叫作'叫花鸡'，烤两只就不叫作'叫花鸡'了！"

"哦？那叫什么？"

"叫'在天愿作比翼鸟'！"

"好好好！好一个'在天愿作比翼鸟'！"乾隆一怔，大乐。

纪晓岚也忍不住笑了，不禁惊看紫薇，心想，这个丫头好聪明！说："居然有这么美的菜名？好像让人不忍心吃了！"

小燕子烤好了"叫花鸡"，喊着："烤好了！烤好了！"

小燕子用石块敲掉泥巴的壳。乾隆和大家好奇地看着，都是大开眼界。小燕子撕开了鸡，递给大家。乾隆也不考究了，跟着众人，用手撕了鸡，津津有味地吃着。

紫薇为众人斟酒，并端上小菜。

"哇！这个'在天愿作比翼鸟'确实好吃！"乾隆赞不绝口，"紫薇，你炒的这个红杆子绿叶是个什么菜？颜色挺好看！"

"这个菜名字叫'红嘴绿鹦哥'！"紫薇笑着说。

"好名字！好名字！又好吃，又好听！好一个'红嘴绿鹦哥'！"纪晓岚欢呼。

鄂敏伸头一看："什么'红嘴绿鹦哥'，就是菠菜而已！"

"鄂先生，在这青山绿水中吃饭，必须诗意一点！紫薇说这是'红嘴绿鹦哥'，这一定就是'红嘴绿鹦哥'！"永琪说。

"是呀！是呀！你们这些带兵的人，就是太没有想象力！"乾隆大笑。

"美味呀美味！"傅恒附和着乾隆，"从来没吃过这么好吃的东西！又是'比翼鸟'又是'鹦哥'，今天，咱们还是跟天上飞的东西有缘！"

"只要你们不吃红烧小燕子，清蒸小燕子，别的飞禽走兽，我也顾不得了！"小燕子好脾气地笑。

"又好吃，又好听，又好玩！又好看！人家吃东西，只有色香味，现在，还加了一个'听'！我这次跟老爷出来，真是有福了！"太医也起哄。

"是啊，这个紫薇丫头，真是'蕙质兰心'！"纪晓岚由衷地称赞。

"纪师傅，那我呢我呢？"小燕子邀宠地问。

"你呀？你是'有口无心'！"乾隆抢着说。

"老爷，您是'有点偏心'！"小燕子脱口而出！

众人大笑。

"小燕子有进步了！"纪晓岚说。

这时，紫薇上菜。一盘炒青菜。

"老爷，我们临时做菜，这乡下地方，只能随便吃吃，这道菜味道普通，名字不错！叫'燕草如碧丝'！"

众人不禁哈哈大笑，乾隆笑得尤其高兴。

紫薇又上了一盘炒青菜。

"这是'秦桑低绿枝'！"

紫薇又上菜，还是炒青菜，上面覆盖豆腐。

"这是'漠漠水田飞白鹭'！"

紫薇再上菜，还是炒青菜，上面覆盖炒蛋。

"这是'阴阴夏木啭黄鹂'！"

乾隆大乐，一群人笑得东倒西歪。

好不容易，来了一个荤菜，是烤鸭子。

"这是什么？"乾隆问。

"这是'凤凰台上凤凰游'！"

乾隆大笑。所有的人，都跟着笑得嘻嘻哈哈。

终于，一餐饭在吃吃笑笑中结束，杯盘狼藉。大家酒足饭饱。乾隆有意跟紫薇开玩笑，指着"叫花鸡"的泥壳问道："这是什么？"

"这是……'黄鹤一去不复返'！"

乾隆抚着吃饱的肚子，笑得合不拢嘴。

"黄鹤一去不复返？哈哈！太有意思了！真的是'一去不复返'了！哈哈？"

纪晓岚想难紫薇一下，指着已经吃得只剩骨头的鸭子问道："这又是什么？"

紫薇看看鸭子骨头，再看前面的小溪。

"这是'凤去台空江自流'！"

乾隆跳起身子，大笑道："紫薇丫头！我服了你了！"

众人跟着跳起身，跟着大笑不已。

尔康、尔泰、永琪惊喜地互视，尔康尤其振奋，看着紫薇，对这样的紫薇，真是又敬又爱，折服不已。

这天，大家来到一个古朴的小镇。

乾隆带着众人，在古朴的街道上走着，不住地左顾右盼。

忽然，有众多群众，冲开众人，兴冲冲地往前奔跑，七嘴八舌地喊："快去啊！快去啊！晚了，就占不到位子了……"

尔康急忙拉住一个路人，问："请问，是不是发生什么事情了？为什么这么闹哄哄的？"

"你们一定是外地来的，对吧？难怪不知道，今儿个，杜家的千金，就是咱们这城里的第一大美人，要抛绣球招亲呀！现在，全城都去凑热闹了！"

小燕子一听，兴奋莫名，拉着紫薇，就往前跑。

"快呀！快呀！我们也看热闹去！抛绣球招亲，我从来就没遇到过！"

"你别说走就走，也问问老爷，要不要去呀！"

"嗯，抛绣球招亲，这玩意儿我也没看过！大家看热闹去！"乾隆兴致高昂。

于是，大家都跑到那杜家的绣楼前面，来看抛绣球。

那绣楼前，早已万头攒动，热闹非凡。乾隆带着众人，也挤进人群中。尔康、尔泰、福伦、永琪、鄂敏、傅恒帮忙开路，保护着乾隆。小燕子埋着头，一直往前挤。好不容易，大家占了一个很好的位置，可以把绣楼看得清清楚楚。

　　小燕子一到这种场合，就比谁都兴奋，回头对永琪嘻嘻一笑，说：
"少爷，听说这位小姐是个大美人，你们这些公子，可不要错过机会，等
会儿那个小姐抛绣球的时候，你表现好一点，只要跳起来这么一接，我
想，是很容易的事。如果你接不住，我可以帮你！"

　　"你可别胡闹，这是不能开玩笑的事！那个绣球，你离它远远的，听
到没有？"永琪知道小燕子没轻没重，急忙严重警告。

　　"可是，机会难逢啊，除了尔康以外，你和尔泰，都可以抢！只要那
个小姐真正漂亮，我就帮你们做主！"

　　永琪和尔泰，彼此互看，都有一些忧心忡忡。

　　"我看，这是个是非之地，少爷，我们是不是退席比较好？"尔泰问
永琪。

　　乾隆偏偏听到了这番对白，笑看小燕子，话中有话地问："小燕子，
为什么尔康不能抢绣球？你给我解释一下！"

　　"因为……"小燕子一愣，"因为……尔康他……他心里……"

　　紫薇着急，狠狠地踩了小燕子一下。

　　尔康着急，又狠狠地撞了小燕子一下。

　　"哎哟！哎哟……"小燕子又抱脚又抱手。

　　乾隆正讶异间，人群一阵骚动，大家又叫又吼，原来小姐出来了。
大家喊着："看呀！看呀！大美人出来啦！"

　　"好美呀！不知道今天谁有这个福气，抢到那个绣球！"

　　"杜家已经把礼堂都布置好了，只要有人抢到绣球，马上就拜堂
成亲！"

　　尔康忍不住插嘴问："这不是太冒险了吗？"

　　"可是这位小姐，今年已经二十二了，就因为长得太漂亮，这个求亲
也不愿意，那个也不愿意，杜老爷知道不能再耽搁了，这才用了这个法
子，把这桩亲事，交给老天爷去决定了！"

在议论纷纷中，那位杜家小姐，已经盈盈然地走到阳台上，两个丫头搀扶着，小姐红衣，丫头绿衣，非常抢眼。乾隆和众人定睛一看，那位小姐果然有沉鱼落雁之容，闭月羞花之貌。

观众欢呼之声雷动，纷纷跳起身子大喊，要引起杜小姐的注意。

"杜姑娘！杜小姐！杜美人！杜千金……记得把绣球抛到这边来呀！"

紫薇惊叹，说："真的好漂亮！"

"不及某人！"尔康接口。

"对！不及某人！"永琪也接口。

"对！不及某人！"尔泰也点头。

乾隆和福伦，都不由自主地看了三人一眼。

这时，有个衣服破旧、面容清瘦的少年，愁眉苦脸地在人群中乞讨："各位大爷，请赏一口饭吃！我家有卧病老母和八十岁祖父，已经山穷水尽，走投无路！大家行行好，我齐志高感谢各位了！"

小燕子看着这少年，不禁想起自己以往的事，和紫薇对看一眼，双双解囊。那少年大喜，对小燕子和紫薇拼命作揖："谢谢两位姑娘！谢谢两位姑娘……"

阳台上一阵锣响，众人震动。大家安静下来。

杜老爷拿了绣球出来，朗声对众人说："各位乡亲，各位近邻，各位朋友……今天，我女杜若兰，定了抛绣球招亲！只要是没有结婚的单身男子，年龄在二十五岁以下，十八岁以上，无论是谁，抢到绣球，立刻成婚！如果拿到绣球的人，家里已有妻室，或者年龄不对，小女就要再抛一次！请已有妻室的人，年龄不合的人，不要冒昧抢球！现在，我们就开始了！"

群众立刻大大地骚动起来。有意抢球的男子，全都跳起身子，大吼大叫："丢给我！丢给我！这边！这边！杜小姐……请看这边……请看这边……"

大家都往前挤，群情激动。

杜小姐拿起了绣球，底下人群更是尖叫不止，个个跳起身子，跃跃欲试。

杜小姐几番迟疑，终于把眼睛一闭，绣球飞出。

绣球飘飘而来，落向小燕子附近。一群男士，急忙伸手去抢。

小燕子实在按捺不住，竟然跳起身子，将绣球一拨，绣球就直飞到永琪头上。永琪大惊，只得伸手又一拨。这次绣球飞向尔康，尔康也大惊，再一拨，绣球又飞往小燕子。小燕子玩心大起，再把它拨给永琪。永琪看到绣球又飞到自己面前来，生气了，再把绣球再拨给小燕子。小燕子拨还给永琪，永琪又拨还给小燕子……两人就把那个绣球拨来拨去。

绣球被这样拨来拨去，始终未曾落定，群众大哗，惊叫不断，乾隆忍不住喊："小燕子，你在做什么！"

乾隆一喊，小燕子一个分心，绣球就拨歪了，竟飘向乞讨少年。少年愕然间，被球击个正着。

那少年完全出于本能，将绣球一抱，惊得跌倒在地。

群众全都围了过来，惊愕地看着少年，少年自己也惊得目瞪口呆。小燕子本来对这个少年就有好感，这时，高兴地大叫起来："绣球打中了这个……这个……"问少年："你说你叫什么名字？"

"齐志高！"

"新郎是齐志高！"小燕子高叫着，"新郎是齐志高！"

尔康尔泰急忙从地上扶起少年。

这时，杜老爷已经带着家丁们赶到，一见绣球竟被一个衣衫褴褛的乞儿抱着，大惊失色，立刻反悔，说："这次不算，要再抛一次！"

小燕子路见不平，拔刀相助，身子一挺："为什么不算？你不是亲口说的，只要家里没有老婆，年龄相合，就是新郎！"问少年，"你家里有老婆吗？你几岁？"

少年连连摇头，讷讷地说道："我没有娶妻，今年二十！可是……人家嫌弃我，也就算了！"连忙把绣球还给杜老爷，彬彬有礼地说："寒门子弟，衣食无着，还说什么娶亲？绣球奉还，不敢高攀！"

杜老爷拿着绣球就要走，小燕子大怒，一拦，大声喊："哪有说话不算话的？人家年龄也对，又没娶亲，完全符合你的规定，你怎么不认账？你一个女儿，要抛几次绣球，许几次人家？"

杜老爷生气，大吼："你是哪里跑来搅局的小丫头，你管我？"

小燕子凶了回去："我就管你！你看不起人，抛了绣球又不算，简直犯了……犯了……"看着乾隆，大喊："犯了欺君大罪！"

杜老爷气得结巴了："什么……什么欺君大罪？哪里……哪里有'君'？我爱抛几次绣球，就抛几次绣球！"

大家剑拔弩张，吵得不可收拾。乾隆按捺不住，往前一迈，声如洪钟地一吼："不许吵！听我说一句话！"

大家静了下来，傅恒、福伦、鄂敏、尔康、尔泰、永琪等人，就很有默契地挡住了杜老爷的去路。

乾隆问少年："齐志高，我听你说话不俗，你念过书吗？"

"从小念书，可是，百无一用是书生啊！"

"谁说？可曾参加考试？"

"中过乡试，然后就屡战屡败了！"

"年纪这么轻，前途大有可为！不要轻易放弃。"就回头看杜老爷，郑重地说，"我今天路过这儿，碰到这件大事，闲事管定了！杜先生，你不要嫌贫爱富，我看这位齐志高，将来一定会飞黄腾达！老天已经帮你选了女婿，你就认了吧！福伦，把我的贺礼送上！"

福伦走上前去，心里琢磨了一下，就拿出两个金元宝，交给齐志高。

"这是我们老爷给你的！结婚之后，记得继续去参加考试！"

围观群众，一看到福伦出手如此之大，不禁大哗。少年和杜老爷，都目瞪口呆。杜老爷呆了半晌，才回过神来，仔细看乾隆，问道："这位先生，怎么称呼？"

"我姓艾。"

"艾先生，请进去奉茶！"杜老爷恭敬地说。

"我还要赶路，不坐了！既然遇到你家办喜事，算是有缘！你是不是已经决定把女儿嫁给这个齐志高了？"

杜老爷面有难色："这个……"

乾隆回头喊："纪师傅！有没有带纸笔？"

纪晓岚捧着纸笔走了过来，一笑："已经猜到老爷要用纸笔，带是没带，刚刚从杜家借了一份来！但是，这儿没桌子，怎么写字！"

"在我背上写！"

尔康躬起背给乾隆铺纸，乾隆提笔，一挥而就，写了"天作之合"四个大字。然后，从怀中掏出一个小印，盖了上去。

乾隆把字交给杜老爷，并俯身在他耳边耳语了两句话。

杜老爷这一惊，真是非同小可。拿着纸，双手发抖，眼睛直直地看着乾隆。

乾隆就挥手对福伦等人说："我们不是还要赶路吗？热闹看完了，大家走吧！"

乾隆就带着小燕子等人，全部撤走。

杜老爷双腿一软，又喜又惊地跪落地，在乾隆身后，嘣咚一声，磕了一个头。

少年人见杜老爷磕头，也跪下，糊里糊涂地对乾隆等人磕头不止。

乾隆走远，杜老爷才起身，看着乾隆等人的背影，好像做梦一样。等到乾隆等人走远了，他才低头看手中的题词和那个"乾隆御印"的小印。蓦然间，喜不自胜，回头一把握住少年的手，几乎涕泗交流了。

"贤婿啊！你这个面子可大了！原来你是老天爷赐给我的贵人啊！你一定会飞黄腾达的！一定会！赶快去拜天地吧！"

少年愕然，更加糊涂了。杜老爷抬头对群众喜悦地大喊："各位乡亲，我们家马上办喜事，请各位全体来喝一杯喜酒！"

群众欢呼，掌声雷动。

这天晚上，大家投宿在客栈里。

小燕子到井边去打水，才走进院子，就被人一把拉住，拖进了一个亭子里。小燕子定睛一看，是永琪。

"小燕子，我问你，你今天把那个绣球一直往我面前拨，到底是什么意思？"永琪气呼呼，脸色非常不好。

"我是好意啊！你还不领情？那么漂亮的小姐，娶回去多好！"小燕子说。

"你知不知道我的婚姻，是要皇阿玛来指定的？"

"那又怎样？如果你被绣球打中了，皇阿玛也不能不承认！了不起，皇阿玛指的是正室，这个小姐给你做个二房也不错！等到那个杜老爷知道你的真实身份之后，就算要她做第三第四，恐怕他都巴不得呢！"

永琪气得脸红脖子粗，紧紧地盯着小燕子，从齿缝中迸出几句："你就这么热心，要帮我拉红线啊？你有没有想过，我心里可能有人了？"

小燕子大惊，睁大眼睛："有人？有谁？哪家的小姐？比这个杜家的小姐还漂亮吗？"

"是！最起码，我认为是！"

"反正我不认识，我不知道！你怎么不告诉我呢？"

"你认识她！"永琪抽了一口气。

"我认识？"小燕子惊呼，"是谁？"

"远在天边，近在眼前！"

小燕子立刻大惊失色，张口结舌，瞪着永琪，拼命摇头，说："不行不行！你不可以这样！你明知道紫薇心里已经有人了，你不能再蹚这个浑水！人家尔康和你像兄弟一样，就算你是阿哥，也不能抢人家的心上人，那样就太没风度了！"

永琪见小燕子如此不解风情，心中着实有气，恨恨地说："你气死我了！"

小燕子怔住，眼睛睁得大大的，说："只好气死你，这个忙我一定不帮！你找我也没用！"

永琪叹气，摇了摇小燕子，说："怎么可能是紫薇呢？你有没有大脑？我明知道紫薇是我的妹妹啊，我对她只可能有兄妹之情，不可能有其他感情呀！你不要胡说八道了！"

小燕子呆了呆："对呀，那么……不是紫薇？"

"当然不是紫薇！"

"那……"小燕子寻思，"难道是金锁？"

永琪气得又摔袖子，又顿足，再也憋不住了，终于一口气说了出来："不是紫薇，不是金锁，不是明月，也不是彩霞！是那个一天到晚和她们在一起的人！是那个被我一箭射到，从此就让我牵肠挂肚的人！是那个不解风情，拼命帮我拉红线的人！现在，你懂了没有？难道，这么久以来，你一点感觉都没有吗？"

小燕子这一下明白了，惊得连退了两步，脸色由红转白，又由白转红。

"可是……可是……"她张口结舌，"为什么？你把我弄糊涂了！你说的是我吗？"

"你认为我除了你，还用箭射到过多少只小燕子？"永琪气极地问。

小燕子退后，一屁股坐在凳子上，手肘撑在石桌上，托着下巴，发起呆来。永琪看到她这种样子，实在泄气，实在失望，说："原来……我一直在自作多情？你从来没有想过我，是不是？"

小燕子眨巴着大眼睛，看着他。

"可是……你是我的哥哥啊！"

"是吗？真的是吗？那么紫薇是什么呢？我哪里跑来这么多妹妹？"

小燕子突然显得扭捏和羞涩起来，可怜兮兮地问："可以……算是'不是'吗！"

"本来就不是呀！"

"可我……可我……从来不敢这样想……"小燕子结结巴巴。

"如果可以这样想呢？"永琪兴奋起来。

"我不知道，我真的不知道……"小燕子眼睛闪亮如秋水，如寒星，神情迷惘如梦，"我要好好地想一想，我现在好糊涂，好混乱……"

小燕子这种神情，这种眼光，让永琪心动得快发疯了。他就一步上前，抓住她的双臂，把她从凳子上拉了起来，摇着她，热烈地请求说："从今天起，答应我好好地想一想，用另外一个身份和角度来想！紫薇可以对尔康怎样，你就可以对我怎样。虽然未来的事还得努力，我们自己总该认清自己！等你和紫薇各归各位，你就不是现在的身份了！你这个身份是假的，而我的感情是真的！"

小燕子盯着永琪，心里还是迷迷糊糊的，惊愕困惑的。只是，永琪这种语气，这种神情，却让她深深感动了。

这天晚上，小燕子破天荒第一次，竟然失眠了。整个晚上，她又捶床，又叹气，嘴里喃喃自语，不知所云，搅和得紫薇也睡不着。紫薇对永琪的心事，早已体会，现在，看到小燕子的神情，就猜到两人已经摊牌了。

"你坦白告诉我。"她抓住小燕子，"那个'少爷'对你说了什么？你是不是动心了？我有点糊涂，一直以为，你像个男孩子一样，和所有的人都是'兄弟'，难道，你也动心了？那个'少爷'，不是你的'兄弟'了？"

"我跟你说实话，在今晚以前，我真的把他看成'兄弟'！"小燕子坦白地说。

"今晚以后呢？"紫薇立即追问。

小燕子脸红红的，眼睛水汪汪的，一副迷糊状，说："现在，我就是皇阿玛讲的那句话，'化力气为糨糊'了！我想也想不清楚，满脑子糨糊，给五阿哥搞得昏头昏脑！"她又捶床，又叹气，寻思，回想，神情如醉："我真的不明白，他怎么会喜欢我呢？我什么都不会，连字都不认识几个，每次都要他来给我解围，诗词歌赋，一样都不会！他见过那么多有水准的女人，他的武功那么好，他的书也念得那么好，怎么会喜欢我呢？他一定是犯糊涂，胡说八道啦！不能认真的！我才不要去相信他！"

紫薇见小燕子这种神情，心中了然，一喜。

"哈！小妮子春心动矣！终于开窍了！"

小燕子再捶床："什么动不动？我才不要心动，心动好麻烦！我亲眼看到你和尔康，担心这个，担心那个，一下子高兴得要死，一下子又愁得要命，疯疯癫癫的，我才不要像你们这样！"忽然盯着紫薇，小声地问："你说，五阿哥会不会拿我开玩笑？他真的会喜欢我吗？不是犯糊涂吗？"

紫薇看着小燕子出神，半晌不语。

"你发什么呆？你说话啊！"

"现在，我才恍然大悟，为什么五阿哥跟尔康一样热心，要让我们两个各归各位！原来，这个'兄妹'关系，是他的大问题！想来，他一定经过一番痛苦和挣扎，你还说他是犯糊涂！碰到你，是他倒霉，倒是真的！你害死他了，这些日子来，他为你操的心，绝对不会少于尔康！但是，尔康比他还幸福一点，因为我有回报。你呢？却在那儿给他'乱抛绣球'！怪不得他今天气得脸色发白！"

小燕子睁大眼睛看了紫薇好一会儿，坐起身子来，又砰地倒回床上去。

"我就说，不能心动嘛！被你这样一说，好像我很对不起他似的，我'已经'觉得自己欠了他了，烦死了，怎么办嘛！"

小燕子一脸的烦恼，却又一脸的陶醉。

紫薇看在眼里，会心地笑了。

"天啊！"她低低地说，"我们这么复杂的局面，这么复杂的故事，等到真相大白的那一天，不知道皇上会不会被我们吓得晕过去？"

还珠格格

【贰拾壹】

从这次以后，小燕子就多了一份女性的娇羞，比以前显得更加动人了。而五个年
轻人之间，有更多的"目语"，更多的"默契"，更多的"秘密"了。

这天，大队人马，走进了一条山路。天气忽然阴暗下来，接着，雷声大作，大雨倾盆而下。乾隆的马车，陷进泥淖。马儿拼命拖车，车子却动弹不得。

众人围着车子，无可奈何。

尔康掀起门帘，对里面喊："老爷，恐怕你们要下车，让我们把车子推出来！"

乾隆、紫薇、小燕子都下车。

福伦和纪晓岚连忙用伞遮住乾隆。

雨点稀里哗啦地下着。乾隆放眼一看，四周没有躲雨的地方。紫薇和小燕子，几乎立刻淋湿了，就问福伦："还有伞吗？"

"这真是一个大疏忽，就带了两把伞！"福伦歉然地说。

乾隆一听，就大喊："紫薇，小燕子，你们两个过来！到伞底下来，不要淋湿了！"

"我没有关系，我去帮他们推车！"小燕子嚷着。

永琪、尔康、尔泰、鄂敏都淋得透湿，在奋力推车，傅恒和太医在前面控马，大家都狼狈极了。小燕子奔来，加入大家推车，嘴里吆喝着："来！一、二、三！用力！"

永琪看到小燕子浑身是水，心痛，喊："你不要来凑热闹了！去伞底下躲一躲！"

"我才不要，我要帮忙！来！大家用力！"

"一二三！起来！"大家大叫。

车子仍然不动。

雷电交加，马儿受惊，不肯出力了。一个雷响，马儿就昂头狂嘶不已。

紫薇站在乾隆身边，已经浑身是水。乾隆手里的伞，一直去遮紫薇，自己竟然浴在大雨中。他心痛地说："你过来，女儿家，身子单薄，不比男人，淋点雨没有关系！过来！过来！"

紫薇看到乾隆给她遮雨，自己淋湿，又惊又喜，忙接过乾隆手里的伞，完全罩着乾隆，喊着说："老爷，您不要管我了，反正我已经湿透了！您是万乘之尊，绝对不能有丝毫闪失，您别淋到雨，就是您对我的仁慈了！"

纪晓岚和福伦，见到乾隆如此，急忙用另一把伞遮着紫薇，让自己浴在大雨里。

"老爷，您别管紫薇丫头了，我来照顾她！"纪晓岚说。

"是呀，是呀，我们来照顾她！"福伦接口。

紫薇见福伦淋雨，大惊，哪敢让福伦和纪晓岚来给自己遮雨。手里的伞，又去遮福伦和纪晓岚。

"拜托两位大人，不要折我的寿，好不好？我是丫头呀！"

大家遮来遮去，结果是人人湿透。

紫薇见乾隆执意遮着自己，一急，就把伞往乾隆手里一塞，喊着说："我帮他们去！"

乾隆急喊："紫薇！紫薇！"

紫薇已经跑到马车前面去了。

紫微没有加入推车的行列，却奔到马儿身旁，对傅恒笑着说："这马儿不肯出力，让我来开导开导它！"就对着马耳朵，不知道说些什么，说完一匹，又去跟另一匹咬耳朵！

傅恒和太医，惊奇地看着紫薇。

说也奇怪，紫微这样一说，有匹马儿一声长嘶，竟然奋力跃起。

"驾！驾！驾！"傅恒等人急忙喊。

车轮，终于离开泥淖。车子启动了。

这天晚上，乾隆发烧了。幸好太医随行，立刻诊治，安慰大家说："只是受了凉，没有大碍，大家不必担心！还好从家里带了御寒的药，我这就拿到厨房去煎，马上服下，发了汗，退了烧，就没事了！"

乾隆裹着一床毯子，坐在一张躺椅中，虽然发烧，心情和精神都很好。

"我看，你干脆叫厨房里熬一大锅姜汤，让每个人都喝一碗，免得再有人受凉！尤其两个丫头，不要疏忽了！"乾隆叮嘱太医。

"是！我这就去！"太医说，急急地走了。

永琪关心地看着乾隆："皇阿玛，您还有哪儿不舒服，一定要说，不要忍着！"

"是啊！是啊！好在太医跟了来，药材也都带了！"福伦说。

乾隆抬眼，看到大家围绕着自己，就挥挥手说："你们不要小题大做，身子是我自己的，我心里有数，什么事情都没有！你们下去吧！该做什么事，就做什么事，别都杵在这儿！让……紫薇和小燕子陪我说说话，就好了！大家都去吧！"

"如果您要叫人，我和尔泰就在隔壁！"尔康说。

"这一层楼，我们都包了，有任何需要，尽管叫我们！"傅恒说。

"去吧！去吧！别把我当成老弱残兵，那我可受不了！别啰唆了！"乾隆说。

纪晓岚便非常善解人意地说："紫薇丫头，你好好侍候着！"

"是！你们大家放心！"

尔康听纪晓岚那句话，直觉有点刺耳，不禁深深地看了紫薇一眼。

紫薇全心都在乾隆身上，根本浑然不觉。

众人都躬身行礼，退出房间。房里，剩下乾隆、紫薇和小燕子。紫薇就走到水盆前，绞了帕子，拿过来压在乾隆额上。

"把额头冰一冰，会舒服一点！"

小燕子端了茶过来，拼命吹气，吹凉了，送到乾隆唇边去。

"还好，紫薇想得周到，带了您最爱喝的茶叶！来，您喝喝看，会不会太烫？"

乾隆接过茶，啜了一口。紫薇又拿了一个靠垫过来，扶起乾隆的身子，说："我给您腰上垫个靠垫，起来一下！"

乾隆让紫薇垫了靠垫。小燕子又端了一盘水果过来。

"您爱吃梨，这个蜜梨好甜，我来削！"

"我来！我来！"紫薇抢着说。

"那，我来换帕子！"小燕子就去换乾隆额上的帕子。

乾隆左看右看，一对花一般的姑娘，诚诚恳恳地侍候着自己，绕在他身边，跑来跑去，嘴里你一句，我一句，有问有答的，他竟有一种不真实的幸福感。他凝视二人，越看越迷糊，越看越困惑。

"你们两个，到底是从哪儿来的？"他忽然问。

小燕子和紫薇双双一怔。

"老爷，您这句话是什么意思？"小燕子有点惊惶。

紫薇停止削梨，盈盈大眼，惊疑地看着乾隆。

"不要怕！"乾隆温柔极了，"我没有别的意思，我只是很感谢上苍，把你们两个，赐给了我！我觉得好幸福，好温馨。这种感觉，是我一生都没有感觉过的！我真的非常非常珍惜！"

紫薇和小燕子，双双震动着。

药熬好了。小燕子和紫薇，就端着药碗，要喂乾隆吃药，一个拼命吹，一个拿着汤匙喂。乾隆看这两个丫头，把自己当成小孩一样，不禁失笑，伸手去拿碗，说："你们不要把我当成害了重病，好不好？我自己来！"

紫薇微笑，吹气如兰："老爷有事，丫头服其劳！您就让我们侍候侍候吧！您有幸福的感觉，我们也有啊！何不让这种感觉多延续一下？"

乾隆眩惑了，看着紫薇，默然不语，便由着她们两个，喂汤喂药。

没多久，乾隆迷迷糊糊地睡着了。

夜色已深，小燕子早就支持不住，靠在一张椅子里，也睡着了。

只有紫薇，仍然清醒得很。看着熟睡的乾隆，她思潮起伏，激动不已。这是她的亲爹啊！是她梦寐以求的情景啊！这个"爹"，离她那么近，对她那么好，她却不能喊一声爹！她凝视乾隆，把乾隆的被子拉严，伸手抚摸乾隆的额头，发现乾隆在出汗，就掏出手帕，细心地拭去乾隆额头上的汗珠。

乾隆在做梦。梦里，雨荷对他缓缓走来，大眼中盈盈含泪。梦里，雨荷在说："请不要走，我不舍得你走！我很怕今日一别，后会无期啊！"

乾隆不安地蠕动着身子，紫薇忙碌的手，不住拭去他额头上的汗，不住换帕子。

梦里的乾隆，看着梦里的雨荷。雨荷在说："我不敢要求你的爱，是天长地久，我只能告诉你，我的爱，是永远永远不会终止的！就怕皇上的爱，只是蜻蜓点水，而我，变成一生的等待！"

乾隆呓语，模糊不清。

紫薇有点着急，双手更加忙碌地为他拭汗，为他冷敷。

乾隆仍然在做梦，梦里的雨荷在说："记住几句话：'君当如磐石，妾当如蒲草，蒲草韧如丝，磐石无转移。'"

梦中的雨荷幽幽怨怨，转身而去。乾隆惊喊而醒："雨荷！雨荷！"

乾隆陡然坐起身子，接触到紫薇惊怔的双眸。迷糊中，紫薇和雨荷，叠而为一。

乾隆一伸手，紧紧握住了紫薇正为他拭汗的手。

两人瞠然对视，紫薇听到乾隆喊着母亲的名字，陷入极大的震撼中。乾隆惊见紫薇殷勤照顾，疑梦疑真。

"我做梦了，是不是？"乾隆怔忡地问。

紫薇点点头，颤声地答："您在叫'雨荷'！"

乾隆一眨也不眨地凝视紫薇。

"你也知道雨荷？"

"是！知道雨荷的每一件事！知道老爷的诗！"就轻轻地念，"雨后荷花承恩露，满城春色映朝阳。大明湖上风光好，泰岳峰高圣泽长。"念完，心中激动，口中难言，一滴泪就滑落面颊，滴在乾隆手背上。

这滴眼泪震动了乾隆，他整个人一跳，看着紫薇的眼神，更加深邃了。

"你怎么会知道这首诗？"转念一想，明白了，"哦，是小燕子告诉你的！"

紫薇低头不语。

乾隆再看了她好一会儿，沉吟而困惑地说："好奇怪，总觉得跟你很熟悉似的，好像老早就认识，中国自古就有成语'似曾相识'，想必，这是人与人之间常有的一种感觉吧！"就柔声说："紫薇，我从来没有问过你，你家乡在哪儿？"

"我和小燕子是同乡，家在济南大明湖边。"紫薇清晰地回答。

"你和她是同乡？难道你见过雨荷？"乾隆惊愕。

"是！她是我的干娘！"

乾隆大惊，愕然半响。

"我不懂，难道你和小燕子认识已久？"

"我和小燕子是缘分，是知己，是姐妹！大概从上辈子开始，就已经认识了！"

乾隆惊看紫薇，一肚子疑惑，却不知哪儿不对劲。正要再仔细盘问，熟睡的小燕子忽然从椅子上滚落地，嘴里在说梦话："小贼！看你往哪里跑！你给我滚回来……"这一摔，就摔醒了，坐在地上发愣："我在哪里？"

紫薇急忙奔过去，把她扶起来。

"怎么回事？睡着了还会滚到地上来？做梦都在跟人打架吗？"

小燕子看到乾隆，这才一个惊跳，站起身，跑到乾隆面前问："老爷，您好一点没有？我怎么睡着了呢？"就伸手摸摸乾隆的前额，喜悦地喊："您不烧了！"

紫薇那几乎要脱口而出的秘密，就这样被打断了。紫薇看着乾隆，笑着说："老爷，您到床上好好地躺一躺吧！烧已经完全退了，也不出汗了，我想，再休息两天，就可以上路了！"

乾隆看着面前的一对璧人，神思恍惚。小燕子伸手去扶乾隆："我们扶您到床上去！"

乾隆起身，小燕子和紫薇，一边一个扶着他。

"你们把我当成什么了？"乾隆说。

"把您当成'爹'啊！"小燕子答。

紫薇就看着乾隆，大胆接口："是啊！我知道没有资格，但是，我好想跟小燕子说同样一句话！"

乾隆一震，看紫薇。紫薇眼中，闪耀着渴盼和千言万语，这样的眼光，使乾隆整个人都怔住了，更加迷糊起来。

乾隆休息了两天，身体就康复了。车车马马，大家又上了路。

这天，大家到了一个村庄，正好赶上"赶集"的日子。广场上，热闹得不得了，各种日用商品、布匹、牲口、杂货应有尽有，小贩们此起彼伏地叫卖着。各种小吃摊子，卖糖葫芦的，捏泥人的，卖馄饨的，卖煎饼的……也应有尽有。

乾隆等一行人走了过来。乾隆看到国泰民安，大家有的卖，有的买，热闹非凡，心里觉得颇为安慰，东看看，西看看，什么都好奇。

忽然，大家看到了个年约十七八岁，长得相当标致，浑身缟素的姑娘，跪在一张白纸前。许多群众，围在前面观看。小燕子和紫薇，已经挤了进去。

紫薇看着那张纸，纸上写着"卖身葬父"。紫薇不禁念着内容："小女子采莲，本要赴京寻亲，经过此地，不料老父病重，所有盘缠，全部用尽，老父仍然撒手西去。采莲举目无亲，身无分文，只得卖身葬父。如有仁人君子，慷慨解囊，安葬老父，采莲愿终身为奴，以为报答！"

小燕子站在采莲前面，看着那张状子，拉了拉紫薇，悄悄低问："这个画面，有没有一点熟悉？你看那个采莲，会不会是个骗子？"

紫薇也低声说："如果是，你要怎样？如果不是，你又怎样？"

小燕子嘻嘻一笑，低声说："如果是真的'卖身葬父'，我当然要给钱呀，总不能让她把自己卖了。如果是假的，我当然更得给钱了，因为是'同行'嘛！"

两人正低声议论，忽然一阵喧嚣，来了几个面目狰狞、服装不整的恶霸。其中一个，长得又粗又壮，满脸横肉，满嘴酒气，一蹿就蹿到采莲面前，伸手一把拉起了她，大吼着说："卖什么身？老子昨儿个就给了你钱，已经把你买了！你是我的人了，怎么还跑到这儿来卖身？跟我走！"

采莲死命抵挡，哀声大叫："不是不是！我没有拿你的钱！我一毛钱也没有拿，我爹还躺在庙里，没有下葬呀！我不跟你去，我不是你的人，我宁愿死，也不要卖给你……我不要……"

"浑蛋！"那恶霸啪的一声，就给了采莲一个耳光，"你不卖给我，我也买定了你！"

其他恶霸，就喊声震天地嚷着："是啊！是啊！我们都看见的，你收了张家少爷的钱，还想赖！把她拖走，别跟她客气……"

小燕子怎么受得了这个，身子一蹿，飞身出去了。

"呔！放下那位姑娘！"

那恶霸出口就骂："放你娘的狗臭屁！"

恶霸话才说完，啪的一声，居然脸上挨了一个大耳光。定睛一看，永琪不知道怎么就飞身过来，满脸怒容地站在他面前，疾言厉色地大骂："嘴里这样不干不净，分明就是一个流氓！人家姑娘已经走投无路，你们居然趁火打劫，太可恶了！"就大吼一声："放下那位姑娘！"

那恶霸勃然大怒。

"哪里来的王八蛋，敢在太岁头上动土！"说着，挥手就打。

其他恶霸一见，全部聚拢，挥拳踢脚，大打出手。小燕子嘴里喊叫连连，对着那群恶霸乱打一气："看掌！看刀！看我的连环踢！小贼！别跑……"

福伦叹了口大气，无奈地喊："尔康！尔泰！照顾着他们！"

尔康、尔泰早已飞进场中去了，一场恶斗，就此开始。那群恶霸怎么经得起尔康等三人联手，没有几下，已经哼哼唧唧，脸上青一块，紫一块，都趴下了。

小燕子拍拍手，挥挥衣袖，好生得意。

"过瘾！过瘾！"对地上的恶霸们喊，"还有谁不服气？再来打！"

一个恶霸躺在地上哼哼，对小燕子恨恨地说："你打你老子，当心我跟你算账……"

一句话没有说完，尔康踹起一块泥团，不偏不倚地射进恶霸的嘴里，大声问："还有谁要说话？"

恶霸们没有一个敢说话了。

福伦就急忙说："我们走吧！这样一路打打闹闹，恐怕太招摇了！小燕子，你也得收敛一点！"

"那可没办法，路见不平，总得拔刀相助啊！"小燕子说。

"好了！打完了，大家走吧！"乾隆说。

大家便往前走去。走了一段，永琪一回头，发现采莲痴痴地跟在后面。

"等一下！我们只顾得打架，把她给疏忽了！"就停步，看着采莲，"你爹在哪儿？"

采莲看着永琪，眼中闪着崇拜与感激，走过来，倒身就拜。

"我爹就停放在那边的一间破庙里！"指了指远处的山边。

永琪掏出一锭银子，交给采莲。

"快去葬了你爹，剩下的钱，用来进京，找你的亲人吧！"

采莲收了银锭子，泪，流下来，对永琪磕了一个头。

"少爷，那……我是你的人了！"

"不是不是！我不是要买你，只是要帮你！你快去葬你爹吧！"永琪挥挥手。

"可是……可是……我怎么办呢？那些人，我很怕啊！他们一直缠着我，一直欺负我……"采莲抽抽噎噎地说。

"恐怕这样不行，那几个恶霸还会找她麻烦的！等下爹没葬成，说不定连银子都给人抢了去！"尔康说。

"是啊！你们要帮人家忙，就干脆帮到底！要不然，我们走了，她还是羊入虎口！"尔泰也点头。

"怎么帮到底？难道还要帮她葬父吗？"福伦问。

小燕子豪气地一甩头："好吧！就帮她葬父吧！"

福伦摇头，纪晓岚和众大臣都摇头，只有乾隆，一笑说道："看样子，我们又得找个客栈，住上一晚！"

采莲的爹入了土，帮忙已经帮完了。

大家继续行程，行行复行行。

大队人马，走了好长一段路，永琪一回头，忽然发现后面有个人，跌跌撞撞、蹒蹒跚跚地追着队伍。永琪定睛一看，竟是采莲！永琪不禁一怔，一拉马缰，奔到采莲面前，问："采莲，你是怎么回事？我不是跟你说清楚了吗？你应该继续上路，到北京去找你的亲人，不要再跟着我们了！"

采莲可怜兮兮地看着永琪："可是……我是你的人了！你买了我！"

"不是！不是！我没有买你，只是帮你！我家里丫头一大堆，真的不需要人，你别跟来了，回头走吧！"

采莲低头不语。

永琪一看，才发现采莲穿着一双鞋底早已磨破的鞋子。由于追车追马，脚趾都已走破，正在流血。永琪抽了一口冷气，无奈而同情，说："算了，先到我马背上来，我们到了前面一站，我再来安排你怎么去北京！"

永琪便伸手一捞，把采莲捞上马背。采莲又惊又喜，坐在永琪身前，两人回到队伍里。尔泰吃了一惊，问："你怎么把她带来了？"

"到前面一站再说！"

小燕子坐在马车里，一直伸头望着窗外，这一幕，就全部落在小燕子眼里。

到了下一站，永琪发现，跟采莲说不清楚了。那个姑娘，一直睁着一对泪汪汪的大眼睛，痴痴地看着他，一副"抵死相从"的样子。无论永琪跟她说什么，她都是一厢情愿地、低低地、固执地说："我是你的人了，你已经买了我，我不会吃多少粮食，我要侍候你！"

永琪忍耐地解释："我跟你说，我真的不能带你走！我们是出来办事的，带着你非常不方便！到了这儿，你就自己管自己了！"掏出钱袋："喂，这都给你！拿去买双鞋，买些衣服，雇一辆车，自己去北京，或者回你的家乡去，知道吗？"

小燕子走了过来，没好气地插嘴："少爷，我看你就把人家带着吧！最起码，在路上骑个马，有人说说笑笑，也解个闷！"

尔泰听出小燕子的醋意，唯恐天下不乱，笑着接口："是啊！一路上，我看你跟采莲姑娘谈得挺投机，人家现在无家可归，你就好人做到底吧！"

大家这样一说，采莲更是对着永琪，一个劲地拜。

"我不会给您找麻烦，我什么事都为您做！请您不要打发我走！"

永琪好无奈，好不忍，回头看紫薇，求救地看紫薇，说："你给她找双鞋！她的脚磨破了，所以不能走路，我才带她骑马！"

永琪这句话，原是向小燕子解释，为什么会并骑一马，谁知，小燕子听了更怒，一扭身，就走掉了。紫薇赶紧给永琪使眼色，永琪才急忙追去。

小燕子跑到一座小桥上，气呼呼地东张西望。

永琪急急奔来，问："你在生我的气吗？"

"奇怪，谁说我生气？"小燕子不看他，掉头去看另一边。

"那……你在这儿干什么？"

"看风景！"小燕子说得好大声。

永琪一怔。

"等会儿老爷一定会到处找你，你不进去侍候着，跑到这儿来看风景？"

小燕子更大声了："老爷要人侍候，你不是已经买了一个丫头了，叫她去侍候！难道我是生来的奴才命，就该给你们喊来喊去，做这做那！你又没给我钱，没买了我！我干什么一天到晚等在那儿，等你们差遣？"

永琪毕竟当惯了阿哥，哪里被人这样冲撞过，一时间，声音也大了起来："你真是莫名其妙！那个采莲，是你路见不平，拔刀相助！是你要管人家的闲事，帮人打架，帮人家葬父！现在，你生什么气？难道她的脚流着血，一跛一跛地跟在我们后面追车追马，我们就该视而不见吗？你的同情心就那么一点点？我还以为你真的是女侠客呢！"

小燕子一听，怒不可遏："我不是女侠客，好不好？我从来就没说过我是什么女侠客！你受不了人家追车追马，受不了人家的脚流血，你还不去照顾她，跑到这儿来干什么？你走！你走！"

"你这个样子，我会以为你在吃醋！"永琪盯着她看。

小燕子勃然大怒，顿时柳眉倒竖，杏眼圆睁，大喊："做你的春秋大梦！你以为你是'少爷'，每个人都会追在你后面，苦苦哀求你收留？你把我看得那么扁，让我告诉你，你在我心里根本不是什么！"

永琪一震，倒退一步，气得脸色雪白。

"你是一个蛮不讲理，没有原则，没有感觉，没有思想的女人，算我白白认识了你！"

这几句话未免说得太重了，小燕子眼圈一红，跺脚大喊："你滚！我再也不要理你！我没思想，没深度，没学问……可我也没招惹过你！你走！你也不要再来招惹我……"

"我可没说你没深度，没学问……"

"你说了！你说了！你就是这个意思！"小燕子跋扈地喊，弯腰拾起一块石头，就对永琪砸过去。

永琪大怒，说了一句："简直不可理喻！"掉头就走了。

剩下小燕子，呆呆地站在桥上，气得脸红脖子粗。

这个采莲，就这样跟着队伍，跟了整整三天。

小燕子憋着气，也整整憋了三天。

第三天黄昏，大家停在客栈前面，卸车的卸车，卸马的卸马。永琪看着小燕子，两人已经三天没有说话了，他实在憋不住了，看到乾隆等人进了客栈，门口就剩下他们年轻的几个人，就走过来说："讲和了，好不好？那天，我害了'刺猬'病，偏偏胡大夫说，这个病无药可治，只能让它自己好。现在，病状已经减轻，你是不是也可以停止生气了？还有，那个采莲……要跟你告辞了，她在这儿，转道去北京……"

永琪话还没有说完，小燕子忽然跳上一匹马背，对着城外，疾驰而去。

紫薇大惊失色，大喊："小燕子！你干什么？你不会骑马呀！回来！

回来呀！"

尔康急推了永琪一把。

永琪便跃上一匹马，疾追而去。

小燕子骑着马飞驰。

在她身后，永琪策马追来。

两人一前一后，奔进草原。永琪一面追，一面喊："小燕子！不要这样嘛！你又不会骑马，这样很危险呀！要发脾气，你就叫一顿，喊一顿，骂骂人，打一架……什么都可以！不要这样拿自己开玩笑，你赶快停下来呀！"

小燕子没有想到马儿那么难以控制，跑起来又飞快，她在马背上摇摇欲坠，已经欲罢不能。她吓得花容失色，缰绳也掉了，她拼命去捞缰绳，捞得东倒西歪。永琪追在后面，看得心惊肉跳，喊着："不要管那个马缰了！你抓着马脖子……抱着马脖子……"小燕子偏不听他，伸手一捞，居然给她捞着了缰绳，身子差点坠马。

"天啊……"永琪惊叫。

小燕子拉着缰绳，骑得危危险险，还不忘记回头吵架，大喊："你跟着我干什么？你走！你走！你不要管我！我危不危险，是我的事！"就拍着马喊："驾！马儿！快跑！快跑……"

马儿疾冲向前，小燕子一个颠簸，又差点坠马。永琪急死了，拼命催马向前，大喊大叫地教她："你抓紧马缰，不要放手，身子低一点，伏在马背上，你的脚没有踩到马镫，这样太危险了。试试看去踩马镫……"

"不要你教我，不要你管！"小燕子喊，拼命去扯缰绳，马儿被拉得昂首长嘶，小燕子差点掉下马背。

"天啊！"永琪急喊，"你放轻松一点，不要去夹马肚子……"

"我就不要听你的！谁要你来教……"

小燕子一面说，一面对着马肚子狠狠一夹。那匹马，就像箭一般射出。小燕子再也支持不住，翻身落马。

同时间，永琪已经从马背上飞跃而出，伸长了手，要接住她。但是，他毕竟晚了一步，小燕子已经重重落地，正好落在一个斜坡上。她就骨碌骨碌地滚了下去。永琪扑了过去，一把抱住小燕子，两人连续几个翻滚，滚了半天才止住。

小燕子气喘吁吁的，惊魂未定，睁着大大的眼睛，看着永琪。

永琪紧紧地抱着她，也是惊魂未定，也睁着大大的眼睛，看着小燕子。

小燕子突然惊觉，大怒地跳起身，喊："你不要碰我，你离我远一点……哎哟！"

小燕子腿上一阵剧痛，站不稳，跌落地，伸手抱着自己的右脚。

永琪急扑过来，不由分说，就翻起她的右脚的裤管，只见裤子已经撕破，血正流出来。永琪一看到小燕子流血，心中重重地一抽，心痛得无以复加。

"你快动一动，看看骨头有没有伤到！"

小燕子推着他："你走开，不要管我！我已经发过誓，再也不跟你说话了！"

永琪四顾无人，就什么都不管了，把她紧紧一抱。

"已经摔成这样，还要跟我怄气！怄什么气呢？我心里只有你一个，为了你，整天心神不定，把全世界的人都得罪了……那个采莲，在我心里怎么会有一分一毫的地位呢？什么王公之女，什么天仙佳人，都赶不上你的一点一滴啊！"

小燕子想挣开他，奈何他抱得紧紧的，小燕子就委委屈屈地说："我没学问，没思想，没才华，没深度，没这个，没那个，我什么都没有，我什么都不是……"

永琪注视着她飞快蠕动的唇，再也控制不住，飞快地吻住了她。

小燕子大震，呆住了。一阵意乱神迷，天旋地转，半天，都不能动弹。好一会儿，她才忽然惊觉，就大力地推开永琪，跳了起来，单脚跳着。

"你干什么？你还欺负我？"

永琪追过去扶住她。

"我不是欺负你，我是欺负我自己！求求你，赶快坐下来，让我看看伤口怎样了。难道你要让自己流血流到死掉吗？"

小燕子心中一酸，落泪了。

"是！死掉算了！"

"我陪你死！"

"现在说得好听，一转眼，就摆出阿哥的架子了！"

永琪把她的身子按下，让她坐在草地上，俯头看看她的腿，伸手撕下自己衣襟的下摆，去扎住伤口。

"我先给你止血！还好胡太医跟来了，回去之后，就说你练骑马，摔了！知道吗？"

"不知道！"

永琪怜惜地看她，叹口大气，一边包扎，一边说："是我错了，好不好？你原谅我，这是我第一次了解男女之情，一旦动心，竟然像江海大浪，波涛汹涌，不能控制！以至我的很多行为，都失常了！你会吃醋，证明你心里有我，我应该高兴才是，怎样都不应该和你发脾气！你说对了，我从小是阿哥，已经习惯了，难免会把'阿哥'的架子端出来，以后不敢了！你给了我定心丸吃，我还乱闹一阵，故意去气你，是我糊涂了！"

小燕子见永琪低声下气，心已经软了，听到后来，又抗议了："什么定心丸？我哪有给你定心丸吃？"

"是，没吃！没吃！现在，我们赶快回去吧！"凝视她，"动一动你的腿给我看！我真的很担心！"

小燕子动了动，痛得龇牙咧嘴。

"还好！没伤到骨头！但是……伤到了我的心，好痛！"

"是人家的脚指头让你好痛吧！别在这儿装模作样了！"

永琪伸出手掌给她。

"给你打，好不好？"

小燕子啪的一声，就给了他狠狠的一记。永琪甩着手，惊讶地说："你的手劲怎么那么大？真打？"

小燕子闪动睫毛，落下两滴泪。永琪一看她哭了，心慌意乱。

"小燕子，不要哭，是我的错！你一掉眼泪，我心都揪起来了，我真的心慌意乱，不知道该怎么办了！"

小燕子用衣袖擦掉眼泪，把头在永琪肩上靠了一靠。

"以后不可以凶我！不可以说我'什么都不是'！"泪又落下来。

"是！我们彼此彼此，好不好？"永琪手忙脚乱地帮她拭泪。

"什么'扑哧扑哧'，还'呼噜呼噜'呢！"小燕子听不懂。

永琪忍不住扑哧一笑，小燕子也就扑哧一笑。

"原来是这样'扑哧扑哧'！"小燕子自言自语。

两人就相视而笑了。

采莲，当天就被尔康派人送去北京了。

这段"采莲插曲"，总算过去了，没有惊动乾隆和长辈。只是，从这次以后，小燕子就多了一份女性的娇羞，比以前显得更加动人了。而五个年轻人之间，有更多的"目语"，更多的"默契"，更多的"秘密"了。

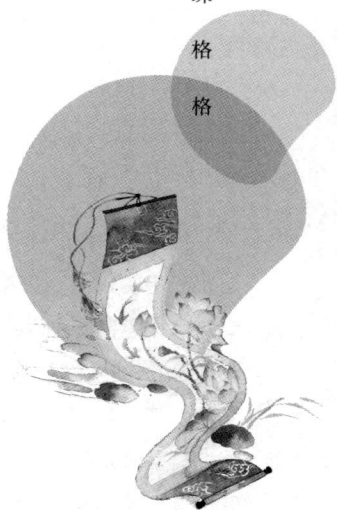

还珠格格

【贰拾贰】

一连好几天，他陷在这种感动中，眼中，都是紫薇，心中，也都是紫薇。

　　和乾隆"微服出巡",实在是小燕子进宫以后最快乐的一件事,也是紫薇进宫以后,最接近乾隆的一段日子。两个女孩子,忙得不得了,要照顾乾隆,要找机会说出秘密,要和三个臭皮匠随时商量大计,还要谈谈恋爱,吵吵架。这一路,真是非常热闹。小燕子平均每三天就要跟人打一架,她每次一出手,永琪就只好出手,生怕她吃亏。永琪一出手,福家两兄弟就不能不出手,忙着保护这一个格格,一个阿哥。乾隆虽然也告诫小燕子,不要太冲动,这样一路打打闹闹,要不引人注目,都不容易。但是,小燕子对乾隆振振有词地说:"看到那些坏蛋欺负好人,我怎么可以装作看不见呢?没办法呀!如果老爷您也装成看不见,那……您就成了……成了……"她压低声音,嘻嘻一笑,"昏君啦!"

　　乾隆瞪眼,拿这个小燕子一点办法都没有。

　　他们一路打抱不平,走得奇慢无比。好在乾隆也只是出门散散心,旅行是真的,出巡是说得好听,所以也不匆忙。这一路,有个刁钻的小燕子,有个可人的俏紫薇,他真的享受到从来没有享受到的温馨和幸福。如果不是一件突如其来的大事,结束了这段旅行,他说不定会东西南北,一路"出巡"下去。

　　这天,走到冀州境内,正好赶上当地的庙会。大家早已有了默契,有热闹的地方,不能放过!所以,一行人就全体来到庙前。

　　庙会,永远是最热闹的。有人在卖东西,有人摆地摊,有人卖膏药,有人卖艺。各种小吃摊子,各种小点心,更是应有尽有。冀州的老百姓大概全城出动,庙里,香火鼎盛,庙外,人潮汹涌。

小燕子在人群中挤来挤去，兴高采烈地东张西望，永琪紧紧张张地跟在她身边。

"小燕子，你的腿还有伤，不要再向前挤了！"

"那一点伤，早就好了！"小燕子满不在乎地说。

突然一阵锣鼓喧天，人群中，出现一个踩高跷的队伍，有狮子有龙，有观音菩萨，有金童玉女，还有哼哈二将，有蚌仙，有唐僧取经，后面还跟着八仙……几乎把所有民间传说的人物，都包容在内。最精彩的是，全部踩着高跷，摇摇晃晃而来。

小燕子一看，兴奋得不得了，喊着："这个好看！太好看了！"就奋力挤上前去。

"小心！小心！大家不要走散了！"福伦看到人山人海，急忙警告。

小燕子哪里肯听，已经奋不顾身，拼命地挤进人群，要去看高跷队。她东一钻，西一钻，转眼就淹进人群中，没了影子。永琪不放心，追着小燕子而去。尔康和尔泰，忙着去追永琪，四个人就一前一后，挤得看不见了。

福伦和几个武将，护卫着乾隆。紫薇紧紧地跟在乾隆身边。乾隆本来也要去看高跷队，但是，人潮一拨一拨地挤着，再加上烟雾氤氲，就觉得很热，拿着扇子退在后面。紫薇用手里的扇子，拼命帮乾隆扇着风。福伦、纪晓岚等人，被挤得东一个西一个，但是，大家还是眼光不离乾隆。

这时，一个卖茶叶蛋的小贩，老夫妻二人，憨憨厚厚的，挑着担子停在乾隆面前。两人对人潮张望着，挺无奈的样子。老头就对老伴说："那儿人多，咱们两个大概挤不进去了！就在这儿将就将就吧！"

老太婆一股忠厚样，拼命点头："是啊，这卖茶叶蛋不比卖糕饼，又是火，又是炉子，万一烫着人，就不好了，能做多少生意，就做多少生意吧！"

乾隆觉得两夫妻善良勤勉，年纪那么大了，还要做生意，不禁同情，低头问："生意好不好？"

"凑合凑合，够过日子了！"老头说。

"老爷子要不要吃个茶叶蛋？"老太婆急忙问，"我们都用上好的红茶煮的，您闻闻看香不香？不香不爽口，就不收钱！"

乾隆笑了，说："好吧！给我十个！紫薇丫头，来付钱！"

"是！"

紫薇挤上来，掏出钱袋来付钱。乾隆就去拿茶叶蛋。

突然间，老头跳起发难，一炉子炭火陡地飞起，直扑乾隆面门。热腾腾的茶叶蛋，全部成了武器，飞打乾隆。紫薇首当其冲，被烫得大叫。老头嘴里大喊："皇帝老儿，纳命来吧！"

老太婆哗啦一声，突然从腰间抽出一把尖锐的匕首，直扑乾隆，吼着："我要给大乘教死难的信徒报仇！看刀！"

变生仓促，小燕子等人远水救不了近火，近处的鄂敏、傅恒、福伦等人大惊。

"有刺客！有刺客！保护老爷要紧……"福伦大喊，声如洪钟。

乾隆已经挥着折扇，来不及地打着那些炭火和热腾腾的茶叶蛋，一抬头，陡见利刃飞刺而下。乾隆本不至于招架不住，但是，前前后后全是人墙，施展不开。眼见利刃直逼胸前，自己竟退无可退，闪无可闪。就在这千钧一发的时候，紫薇奋不顾身，用身子直撞乾隆，挺身去挡那把刀。

只见利刃噗的一声，插进紫薇胸前，鲜血立刻涌出。

乾隆大震，什么都顾不得了，伸手捞起紫薇，嘴里发出一声大吼，把周围的人，撞得跌的跌，倒的倒，他抱着紫薇，飞蹿出去。

同时，鄂敏、傅恒、福伦都大喊着飞扑过来救人，和那老头老太婆大打出手。

远处，小燕子、永琪、尔康、尔泰听到这边的喊叫，知道出事了，也顾不得伤人不伤人，一路吼叫着扑奔过来，飞的飞，蹿的蹿，跳的跳……

谁知，高跷队伍全部发难，成了武器，和永琪等人展开恶斗。一群人竟然都是武功高手，大家打得天昏地暗。

群众喊着叫着，摔着跌着，四散奔逃，场面混乱。

傅恒、鄂敏和老头应战，福伦就保护着乾隆且战且退。乾隆一直抱着紫薇，不曾放手。利刃也一直插在紫薇胸前。

尔康等人，和那个高跷队杀得难解难分，始终没办法杀到乾隆身边，大家急死了，只得拼命死战。

傅恒、鄂敏已将老头和老太婆打倒在地。可是，"蚌壳精"和"舞龙舞狮"又都砍杀过来，傅恒见乾隆抱着紫薇不放，显然无法自保，急忙大喊："鄂敏！去保护皇上！这儿交给我！"

"是！"

鄂敏抽身，和福伦保护着乾隆，终于退到了安全地带。纪晓岚也奔了过来。

乾隆低头，看着怀中面孔雪白，血一直淌下的紫薇，哑声大叫："胡太医！胡太医！胡太医……胡太医在哪儿？"

"忙乱之中冲散了，皇上别急，我去找！"鄂敏说。

"鄂敏，你别去！在这儿保护皇上！"傅恒急喊。

乾隆大急，看着紫薇，心如刀绞，大喊："去找胡太医！这儿已经安全了，保护什么？赶快去找胡太医！"

纪晓岚急忙应着："我去找！我去找！"

纪晓岚冲进人群，到处找胡太医。

尔康耳听四面，眼观八方，看到纪晓岚在人群中，疯狂地喊着胡太医，知道有人受伤。他大吼一声，连连撂倒了好几人，飞过人群，抓住了正在盲目奔窜的胡太医。后面"何仙姑"追杀过来，一刀砍伤了尔康的手臂。尔康负伤，却不肯放掉胡太医，急促中，嘴里大吼，脚下连环踢，踢倒"何仙姑"。尔泰赶来，一刀刺下。

"皇上已经退到树下，紫薇身受重伤，你赶快去！这儿有我！"尔泰急喊。

尔康一听，紫薇身受重伤，脑中轰地一响，抓着胡太医，一路杀出去。

树下，乾隆仍然抱着紫薇，不曾松手。他低头，看到紫薇的脸色越来越白，血一直滴到地下，不禁心慌意乱。他喊着紫薇："紫薇！紫薇丫头！看着我，别晕过去，保持清醒！跟我说说话！听到没有？"

紫薇看着乾隆，好痛，吸着气，觉得每次呼吸，血就跟着流出去。她以为自己要死了。好多话，还没说明白，怎么办？

"皇上，我是不是快死了？"她挣扎着问。

乾隆大震："什么死不死？受这么一点小伤，怎么会死？"抬头又一阵大喊："胡太医！找到胡太医没有？"

紫薇心里好急，颤声地说："皇上，如果我死了，可不可以请求您一件事？"

"什么？"乾隆心痛，着急，心不在焉，到处找太医。

"请你饶小燕子不死！"紫薇轻声恳求地说。

"不要再死不死的了，谁都不会死！"乾隆生气地喊。

紫薇好痛，呻吟着："我们不是成心的……请饶小燕子一命！"她再说。

乾隆根本听不懂，以为紫薇已经失去意识了，急得不得了，大声说："紫薇，你撑着一点，太医马上来了！"

这时，尔康浑身浴血，手臂带伤，提着太医，几乎是脚不沾尘地飞蹿而至。

"太医来了！太医来了！"他喊着，一眼看到乾隆臂弯里的紫薇，看到那把深深插在她胸前的利刃，和那点点滴滴往下淌的鲜血……他眼前一黑，几乎要晕过去，脱口就喊，"老天啊！"

胡太医惊魂未定，喘息地站在那儿。

"请皇上把紫薇放下地，让臣诊治！"

鄂敏已将身上外衣脱下，铺在地上。

乾隆这才将紫薇放在地上。太医急忙上前把脉，察看伤口。

另一边，战事已经告一段落。高跷队东倒西歪，全部躺下。冀州的守备丁大人已经得到消息，率领了大批官兵赶到，捕捉刺客。

小燕子这时才能脱身，听到是紫薇受伤，吓得面无人色，连滚带爬地扑奔乾隆这儿，一看到地上的紫薇，魂飞魄散。

"紫薇，怎么会这样？你中了一刀……天啊！"她爬过去，抱住紫薇的头，泪珠就落在紫薇面颊上了，"我答应过金锁，不让你少一根头发，现在，你居然中了一刀，我要怎么办啊……"

紫薇看到小燕子，好多叮嘱，简直不知道要先讲哪一样好。

"金锁，要照顾金锁……"她虚弱地说。

小燕子更是泪如雨下。

"你说什么，不会有事的！你勇敢一点，不会有事的……"她哭着喊。

众人此时已恶战完毕，纷纷聚拢。

"报告皇上，丁大人已经带兵赶到，所有乱党全都抓了起来！都是大乘教的余孽，从'抛绣球'那天就盯上我们了，现在，已经押去审问了！"傅恒禀告。

丁大人带着一队官兵，急跪于地。

"卑职丁承先叩见皇上，不知皇上驾临，护驾来迟，罪该万死！"

官兵全部跪落地，齐声大喊："皇上万岁万万岁！"

乾隆烦躁地挥手，心急如焚地说："都不要吵，现在什么事别说，先把紫薇治好要紧！胡太医，紫薇怎样？"

"赶快找一个干净地方，臣要把匕首拔出来！"胡太医紧张地说。

乾隆就对丁大人喊："听到没有？最近的地方在哪儿？"

丁大人磕头说："皇上不嫌弃，就到卑职家里吧！"

乾隆一俯身，就从地上抱起紫薇，急促地说："还耽搁什么？走呀！"

说着，乾隆就迈开大步，大家赶紧疾步跟随。

丁府一阵忙忙乱乱。

紫薇躺上了床，胡太医不敢立刻拔刀，生怕刀子一拔，紫薇也就去了。看乾隆这种神情，万一紫薇不保，恐怕他这个太医也不保了。先要丫头们准备热水，准备参汤，准备绷带，准备止血金创药……他忙忙碌碌，在卧室内内外外跑。

乾隆在门口拦住了他。

"胡太医，你跟我说实话，拔刀有没有危险？"

"回皇上，紫薇姑娘的伤，并没有靠近心脏，可是，流血太多，伤到血管，是显而易见的！刀子拔出时，只怕她一口气提不上来，确实有危险！臣已经拿了参片，让她含着，但是……"

乾隆明白了，咬牙说道："朕跟你进去！看着你拔刀！"

两人大步来到床前。

紫薇躺在床上，脸色惨白，匕首仍然插在胸前。太医已将伤口附近的衣服剪开，丫头们用帕子压着伤口周围。

太医推开丫头，按住伤口，准备拔刀。

小燕子、乾隆、尔康、尔泰、永琪、福伦全部围在床前，紧张地看着太医。

"我需要一个人帮忙，抱住她的头，压住她的上身，免得拔刀时身子会动！"

尔康往前一冲，忘形地说："我来！"说完，才发现手臂上有伤，动作根本不便。

乾隆已经一步上前，坚定地说："朕来！"就上前，紧紧地、稳定地抱着紫薇的头，低头对紫薇说："朕在这儿稳着你，朕既然贵为天子，一定能够给你力量！你也要为朕争一口气，知道吗？"

紫薇虚弱地点头，心里明白，自己的生命，恐怕会随着拔刀而消失，眼睛不禁看众人，好多的不舍，好多的话要说。

胡太医很不安："皇上！臣拔出匕首时，只怕血会溅出来！是不是让别人……"

"你不要顾虑了，赶快救人要紧！"就看众人，"你们退下吧！小燕子，你也出去！"

小燕子立刻哀声喊："我不走，我守着她！我绝对绝对不离开她！"

尔康两眼，死死地看着紫薇，整个魂魄，都悬在紫薇身上，哪里能够离开。永琪看大家这个状况，就急促地说："皇阿玛，如果没有不方便，让我们看着这把刀拔出来。毕竟，这些日子以来，我们跟紫薇已经像一家人了！没看到她平安，大家都走不开！而且，我们可以给她打气呀！"

乾隆自己已经方寸大乱，顾不得大家了，就默然不语。

太医就握住刀柄，看着紫薇说："紫薇，我要拔刀了！拔出来的时候会很痛，但是，没办法，非拔不可！"

紫薇点了点头，抬眼看乾隆。

"等一下！"她的眼光，深深切切，里面藏着千言万语，盯着乾隆。

乾隆在这样的眼光下，觉得心都碎了。他振作了一下，用有力的语气说："紫薇丫头，只是痛一下，你不会有事，朕不许你有事！不要怕，知道吗？"

"皇上……皇上……我要请求一件事！"紫薇衰弱地说。

"是！你快说！这刀子要马上拔，不能再耽搁了！"乾隆着急。

"皇上……请答应我，将来，无论小燕子做错什么，您饶她不死！"

小燕子一听，泪水就疯狂滚落。

"好，朕饶她不死！你安心了吧？"乾隆匆匆回答。

尔泰和永琪交换了一个注视，这句话终于听到了，却在这种情况底下，人人震动而心碎了。

紫薇放心了，一笑，眼光就停在尔康脸上。

"尔康，我也求你一件事！"

尔康震动地盯着紫薇，哑声地："你说！"

"万一我有个什么，请你收了金锁！我把她的终身托付给你了！"

尔康心中，一阵绞痛，此时此刻，她关心的是小燕子，是金锁！他咬了咬牙，忍着泪不敢再耽误时间，有力地答道："是！"

紫薇就对太医沉着地说："请拔刀！"

大家连大气都不敢出，屏住呼吸，定定地看着那把刀。

小燕子的泪水不停地掉，用手蒙住嘴。

尔康咬紧牙关，好像是自己在拔刀，脸色和紫薇一样苍白。太医握住刀柄，用力一拔。

鲜血立刻飞溅而出。紫薇一挺身，痛喊出声："啊……"

乾隆将紫薇的头，紧紧一抱，血溅了一身。

紫薇昏厥了过去。乾隆急喊："紫薇！紫薇！紫薇……"

"她死了……她死了……"

嘣咚一声，小燕子晕倒在地。

紫薇悠悠醒转的时候，夜已经很深了。她闪动着睫毛，微微地睁开眼睛，只见室内灯火荧荧。她的眼光，从灯光上移开，看到了太医和小燕子……然后蓦然发现乾隆正一眨也不眨地看着她。紫薇一个震动，清醒了，惊喊："皇上！"

小燕子立刻扑了过去，惊喜地喊："她醒了！她醒了！"

乾隆给了紫薇一个难以察觉的微笑，转头急喊："胡太医！"

"臣在！臣马上诊视！"

胡太医急忙上前，看了看紫薇的眼睛，又握起紫薇的手来把脉。半响，胡太医放下紫薇的手，松了一大口气，回头看乾隆："皇上，紫薇姑娘脉象平稳，已经没有大碍了！真是皇上的洪福，苍天的庇佑！现在，只要好好调理，休养一段时间，就可以恢复健康了！"

乾隆那颗提着的心，这才回归原位，就低头去看紫薇。

"紫薇！觉得怎样？醒了吗？真的醒了吗？认识朕吗？"

"皇上，我……让您担心了！"紫薇衰弱地说。

乾隆紧紧地盯着她："是，你让朕担心了，担心极了，担心得不得了！现在怎样，坦白告诉朕！"

"好痛！"紫薇诚实地说。

胡太医急忙说："我这就去熬药，吃了，可以安神止痛！"

"有那种药，还不快去熬！"乾隆对太医喊。

"喳！"太医急急退出门去。

小燕子对着紫薇，左看右看，越看越欢喜。她握起紫薇的手，终于有真实感了，突然放声大叫："哇！你活了！"低头看紫薇，乐不可支："恭喜恭喜！你没有死！你知道是怎么回事吗？你已经到阎王那儿去报到，可是，阎王老爷看到你，非常生气，跟那些抓你的小鬼大发脾气，说：'这个姑娘时辰没到，还有一百年阳寿，你们抓错了人，赶快送她回去！'所以，你就活过来了！渡过这一关，你还有一百年好活！"

紫薇看着小燕子，笑了："一百年，那不是变成老妖怪了！"

"反正有我这个'千岁千千岁'，陪着你！你怕什么？咱们上面，还有'万岁万万岁'呢！"

乾隆就俯身看着紫薇，眼中，盛满了温柔。紫薇接触到乾隆的眼光，不安地动着身子："皇上！您还不赶快去休息，我那一百年阳寿，准会被您打折了！"一动，伤口好痛，不禁咬牙吸气。

乾隆急忙按着她的身子："别动！那么大一个伤口，你还要动来动去，血好不容易才止住了！千万不要动！"就深深地看着紫薇，说不出有多么怜惜："还记得整个发生的事吗？"

紫薇点点头，难过地说："怎么会有刺客呢？一个好皇上，千载难逢，他们还要行刺，我真……想不通！"又关心地问："还有人受伤吗？"

"只有尔康，受了一点轻伤，其他人都还好！"

"尔康！"紫薇惊呼。

"操心你自己好不好？不要管别人了！和你的伤比起来，那些伤都不算什么了！"乾隆忍不住用帕子拭去紫薇的汗，"这一会儿，疼得好些吗？"

"好多了！拔刀的时候，我真的以为活不成了！"

"傻丫头！有我镇在那儿呢！朕心里一直有个强烈的声音在说，你不会死！绝对绝对不会死！"

紫薇感动极了，吸了吸鼻子，请求地说："我现在没事了，请皇上去休息！"

乾隆继续看着紫薇，看了好久好久。

"好！朕去休息，让你也能休息，不过，在朕去休息以前，有几句话要跟你说！"

紫薇又点点头。

"你今天用你的身子，为朕挡那把刀，你带给朕的震撼，不是一点点，而是惊涛骇浪。你受伤之后到现在，朕一直看着你，不明白如此柔弱的你，怎么会有这种勇气？你，真的让朕困惑了，感动了！"

紫薇眼中充泪了。

"皇上，你不用困惑，那不是'勇气'，只是一种'本能'。"

"本能？多么珍贵的'本能'！朕会永远珍惜着你这份'本能'！"

紫薇很想说什么，奈何伤口痛楚，欲说无力。

乾隆见她欲言又止，体贴地接口："现在，夜已经深了，朕还要去追查那些刺客的来历，不陪你了！有什么话，慢慢再告诉朕，来日方长，知道吗？"

紫薇再点点头。乾隆就起身，看着小燕子："小燕子，你好好地侍候着紫薇，需要什么，马上说！太医的药熬好了，要看着她吃下去！"

"我知道！"

乾隆再看了紫薇一眼，转身去了。小燕子送到房门口。

"去陪着紫薇，别送朕了！"

"是！"

乾隆离去了，小燕子就回到床边，对紫薇崇拜地说："紫薇！你好了不起，胸口插了一把刀，你还记得要皇阿玛饶我死罪！我的脑袋，是不是不会搬家了？"

"我想，不会搬家了！"

"那……我们还等什么？我们都说出来算了！"小燕子兴奋地说。

"无论如何，要先回宫才能说！"

"无论如何，要等你身体好了才能说！万一皇阿玛大发脾气，你才有力气帮我！"

紫薇虚弱地笑，同意了。

这晚房门一开，尔康闪身入内。他关上房门，就直冲到床前。紫薇一见到尔康，就紧张地惊呼着："你的手臂怎样了？给我看！"

尔康心痛至极地说："不要管我的手臂了！"就用没有受伤的手，抓住紫薇的手，急促地说："嘘！你别说话，也不要动！我知道你很衰弱，没力气跟我多说话，你什么话都别说，听我说就好了！我看着太医离开，问过你的情形，我也看到皇上离开，知道你不会有事了！我不再说让你泄气，或者让你担心的话，我只要告诉你，我爱你爱得好心痛，爱得快发疯！请你为我快快好起来！"

紫薇含泪点头。

"你已经赢得皇上的爱，赢得每一个人的尊敬，你这么勇敢，这么不平凡！我想到这样完美的一个你，居然心中有我，就觉得好骄傲！我想，我不用告诉你，你的受伤，带给我多大的痛楚，因为你那么了解我，你会体会的！现在，皇上和太医，时时刻刻都在你身边，我反而只能远远地看着你，我能说的，听得见，我不能说的，相信你也听得见！"

紫薇拼命点头。

"你好伟大，你好能干！现在，我们等于已经拿到特赦令了，等到我们回宫以后，等你的身子完全康复了，我们再找一个机会，去跟皇上说明一切。现在我不要你操心，不要你烦恼，我一定配合你，不会冲动。我信任你，爱你！"

尔康说完，就在紫薇额上，印下一个重重的吻，站起身来说道："太医马上要给你送药来，我不能停留了！答应我，好好吃药，好好休息！"

紫薇含泪看尔康，握着尔康的手，用力地紧握了一下。

"你的手臂……"

"我知道！"尔康急忙回答，"我也会为你保护自己，你放心，只是一点点皮肉伤！"他依依不舍地放开紫薇："我走了！明天再来看你！"

紫薇再点头。

尔康很快地闪身出去了。

小燕子眨动眼睑，对紫薇说："我好感动！我好嫉妒……你怎么能让这么多的人都喜欢你呢？"

紫薇一笑："你还不是一样吗？"

"'扑哧扑哧'啊！"

紫薇怔了怔，听不懂。

"就是'彼此彼此'啊！我才学会的词！"

紫薇虽然很痛，却忍不住笑了。

紫薇的受伤，带给乾隆的震撼，真的不是一点点，而是强烈巨大的。他身为皇上，早已习惯了前呼后拥，被人千方百计保护着的日子。从小到大，侍卫、随从为他受伤的也有好多，他的感觉都只是"理所当然"而已，那些人是训练了来保护他的。可是，紫薇却用血肉之躯，来为他挡刀，他就不能不震动，感动到"忘我"的地步了。一连好几天，他陷在这种感动中，眼中，都是紫薇，心中，也都是紫薇。

几个大臣，也看出皇上的心事了。福伦是知情的人，看在眼里，急在心里。纪晓岚在毫不知情下，却成了乾隆的知己。君臣之间，对紫薇有着最坦率的谈话。

"这个紫薇，真的让朕困惑极了，震动极了！"乾隆说。

纪晓岚察言观色，就诚挚地接口："紫薇姑娘，是个冰雪聪明、才气纵横的女子。这一路上，臣看着她在生活小事中，流露出来的智慧，已经觉得非常惊奇。作诗、写字、下棋，她什么都会，书籍的涉猎，又那么广博，真是难得！而这次面对刺客，表现出来的勇气，才更加让人佩服！"

乾隆被纪晓岚说进心坎里："是啊！朕这些天，一直在回忆被刺的那个刹那，就想不明白是什么力量，让她去挡那把刀！她没有武功，手无缚鸡之力，只是一个弱女子。当她用身子去挡刀的时候，她根本没有时间思想！她说，那是'本能'！是的，朕千思万想，那确实出于'本能'，她的'本能'，让她毫不犹豫地代朕去死！朕只要想到这一点，就觉得惊心动魄了！"

纪晓岚了解地看着乾隆，觉得已至"读"出了他的心意。

"这样的女子，可遇而不可求！是皇上的洪福，才会遇到。这次皇上化险为夷，论功行赏，紫薇姑娘，也要排个首功！无论如何，应该给她一点封赐！臣以为，皇上回宫以后，不妨再作安排！"

乾隆迷惑起来："朕也这么想。可是……这个紫薇，实在有些奇怪！
朕从来没有对于一个女子，像对她这样！在朕内心深处，总觉得对她有
种感情，甚至超越了男女之情。朕会去在乎她的看法，她的感觉，几乎
'尊重'着她的一些思想，不愿意用'皇上'的身份去勉强了她。朕也对
她充满好奇，很想去透视她，研究她！哦！真有些说不明白！"

"臣以为，最美丽的女人，是一本吸引你一直看下去，却永远读不完
的书！"

"哦！"乾隆对这个说法，非常感兴趣，"你这个说法，很有意思！
是！紫薇就是这样一本书！有时，朕很想翻到最后一页，去看看结尾，
又生怕这样，把中间最精彩的部分跳掉了，于是，就压抑着自己，不要
操之过急！还是一页一页地看吧！她有些地方，像一个谜！"

是的，紫薇是一个谜，有些神秘。乾隆在震撼之余，根本没有去推
敲谜底。

紫薇在丁府，休养了半个月，所幸年轻，复原得很快。半个月以
后，已经活动如常了。乾隆自从碰到刺客，就对"微服出巡"败了兴致，
很想回宫了。只是紫薇身子没好，他生怕她禁不起舟车劳顿，一直按捺
着不动身。

这天，小燕子和两个丫头，扶着紫薇坐进亭子。

尔康、尔泰、永琪都围了过来。

"紫薇，怎么下床了？太医说可以出来吗？吹风不要紧吗？"

紫薇站起身来，跳了跳，转了一圈，表示自己已经好了。

"我好得不得了，你看，跑跑跳跳，都没关系！就是皇上太关心，太
医才说多休息几天比较好，其实，我没事了，你们不要再把我当病人
了！我拖累得大队人马，都不能行动，已经好抱歉了！"

"好好好！我们相信你，你不要跳！不要转圈子了，当心头晕！"尔
康急忙说。

亭子外面，丁府的几个女孩子，正在踢毽子。毽子一上一下，煞是好看。孩子们一面踢，一面数着数："五、六、七、八……"

毽子飞得太高，眼看接不到了，小燕子技痒，一个飞身而出，接着毽子，继续踢下去，一面踢，一面对孩子们喊着："我教你们怎么踢毽子！这踢毽子有各种各样的花样……"

于是就表演起来："前踢，后踢，转身踢，连环踢，高踢，翻个跟斗踢，这个踢法叫'鲤鱼跃龙门'，这个踢法叫'老鹰抓小鸡'……"

小燕子表演得十分精彩，孩子们看得目瞪口呆，个个的脑袋，都跟着那个毽子忽上忽下。

紫薇和尔康、尔泰、永琪、丫头等人都笑吟吟地看着。尔康看看小燕子，看看紫薇，因紫薇的恢复健康而欣喜着。小燕子继续喊："这样反脚从后面一个高踢，叫作'一飞冲天'……"

毽子被这个"一飞冲天"，真的飞上了天，然后，竟然落到屋顶上去了。

众孩子全体哇地大叫："毽子！毽子！我们的毽子！怎么办？我们要毽子……"

"要毽子？那有什么难？拿给你们就是了！不要吵，不要吵……"

小燕子一面说着，一面施展轻功，飞身而起，永琪大喊："小燕子！你不要去拿了，我帮你去拿……"

永琪话没说完，惊见小燕子这次的表演居然成功，已经上了屋顶。

"她上去了！居然上去了！"尔泰不相信地喊。

所有的小孩全体仰头往上看，佩服极了，大喊："还珠格格好伟大啊！好伟大啊！可以飞上屋顶欸！"就鼓起掌来，大叫："还珠格格好伟大！还珠格格了不起！"

小燕子上了房，好生得意，听到掌声吆喝，更加得意。但是，毽子在屋顶另一角，小燕子就一面走向那个毽子，一面对下面众人喊："谁都不要上来帮忙，我马上拿下来了！"

小燕子就在屋顶上迈步，摇摇晃晃地去拿毽子。

众人看得提心吊胆。

就在此时，乾隆带着纪晓岚、傅恒、福伦、鄂敏等人来到。

乾隆见大家都仰头看屋顶，跟着抬头一看，大惊，大喊："小燕子！你怎么跑到人家屋顶上去了？这成何体统？赶快下来！"

小燕子被乾隆一吼，吓了一跳，一面回头看，一面伸手捞毽子，这样一分心，脚下一滑，就尖叫着，整个人滚下屋顶。

孩子们惊呼起来。

永琪早就蓄势待发，此时飞蹿过去，伸手一接，小燕子落在永琪怀里，手里牢牢地握着那个毽子。

乾隆眉头一皱，本来就觉得小燕子和永琪之间，有些怪异，现在的感觉更强烈了。

"小燕子！你实在有点过分！哪有一个格格，像你这样淘气！现在，我们是在丁家做客，你好歹也要收敛一点！怎么上了人家的屋顶！像样吗？"乾隆骂着。

小燕子从永琪怀中跳了起来，对乾隆鼓着腮帮子："只是帮孩子们去捡毽子嘛！毽子飞到屋顶上去了，不上去怎么拿呢？本来拿得好好的，难得我的轻功这么灵，一跳就上了房，人家孩子们给我又鼓掌又吆喝的，我正在得意呢！皇阿玛一来就吼我，害我从上面摔下来！这一摔，得意也摔掉了，光彩也摔掉了，弄得我一鼻子灰！我是因为紫薇好了，心情好，才稍微放松一下，跟孩子们玩玩嘛！皇阿玛干吗那么凶？"

乾隆啼笑皆非，睁大眼睛："哈，朕才说了一句，你倒有这么多句！看样子，还是朕怪你怪错了？"

小燕子叹口气："老爷还没回宫，您又把'体统'搬出来了！我最怕的，就是皇阿玛那句'成何体统'！"

乾隆瞪着小燕子，很想凶她，却又凶不起来。此时，紫薇走过来，笑着说："皇上，格格只是高兴，您就让她高兴一下吧！"

乾隆凝视紫薇，声音不知不觉地柔和了："好！看紫薇丫头的面子，不怪你了！"

小燕子一屈膝，笑开了："谢皇阿玛不怪之恩！"

小燕子得意，把毽子一丢，飞身一踢，毽子落到孩子中。孩子接着毽子，笑着跑走了。

乾隆摇头，唇边却堆满了笑，众人察言观色，也都笑了。

这时，丁大人带着两个官兵，疾步而来，甩袖一跪："启禀皇上，北京有急奏！"

"拿来！"乾隆神色一凛。

官兵跪倒，双手高举，呈上奏章。

福伦等人，脸色全体一变，紧张地看着乾隆。乾隆看完奏章，惊喜地抬头："福伦，你们猜发生了什么事？"

福伦看乾隆脸色："臣猜不着！想必是件好事！"

"哈哈！是件好事！西藏土司巴勒奔带着她的小公主塞娅，定于下月初来北京朝拜！西藏这样示好，真是大清朝的光彩呀！"

大家全体惊喜起来。尔康算了算日子，惊喊："下月初？那么，我们要快马加鞭赶回北京了！"

乾隆接口："是！我们要快马加鞭，赶回北京了！"

【贰拾叁】

紫薇看着那一桌子的菜，想着乾隆此时此刻，会做这样的安排，记住了自己每一
道菜，心中的欢喜，就涨满了胸怀。

　　小燕子和紫薇回到漱芳斋那天，整个漱芳斋都乐翻了。金锁和紫薇团聚，有问不完的问题，说不完的故事。碰到一个夸张的小燕子，更是叽叽喳喳，指手画脚，把这一路的状况，说个没停。至于"紫薇救乾隆"这一段，那就更加绘声绘色，说得天花乱坠。那把插在紫薇胸口的刀，她比画得像把长剑；紫薇流血，更是形容成血流成河，越说越严重，把金锁、明月、彩霞、小邓子、小卓子几个，听得眼睛都直了。金锁一面听，一面落泪不止，拉着紫薇，左看右看，上看下看，简直恍如隔世，嘴里不停地说着："哎呀！怪不得我在家里，一下子眉毛跳，一下子眼睛跳，就觉得心惊胆战，好像要出事似的！小姐啊……你答应过我，会照顾你自己，你怎么还让自己受伤？"又瞪小燕子："小燕子，你的保证呢？"

　　小燕子伸出手掌给金锁："给你打！随你要打多少下！"

　　明月他们听得津津有味，一直追问："后来呢？后来呢？"

　　紫薇忍不住，从椅子里站起来："好了好了，故事说到这里为止，被她这样渲染下来，我大概会变成女神仙什么的了！哪有那么神？你们看我，不是好端端的吗？如果刀有那么长，我早就没命了！别听格格吹牛了！"就转变话题："你们在家里怎样？皇后有没有再来找你们的麻烦？"

　　"她来过两次，东张西望了一会儿，就走了！你们两个不在，她发脾气都找不着对象了，所以，就没什么事！"看紫薇，"真的伤得很严重吗？"

"放心！这不是活着回来了？"

小卓子、小邓子还要追问"刺客"的故事，小燕子拍拍手，嚷着："好了好了，故事明天再说，欲知后事如何，且听下回分解！总之，紫薇大难不死，我们七个人，又都团圆了，难道你们几个，都没有准备一点酒菜来欢迎我们吗？"

金锁走过来，弯腰，手一挥，说："格格，小姐，请进餐厅！"

原来，福伦已经派了"加急"部队，一早就先进宫来报喜。所以，大家都有了准备。漱芳斋里，也已将好酒好菜，摆了满桌。

这种场合，小别重逢不说，还有大难不死的喜悦。漱芳斋内，就又顾不得"规矩"了。小燕子不许任何一个人离席，坚持要"团圆"。于是，七个人围桌而坐，像是一家人一样，没大没小，嘻嘻哈哈。

七个酒杯，在空中一碰。小燕子欢声大叫着："祝大家'长命百岁，脑袋不掉'！"

大家哄然响应，都喊："祝大家'长命百岁，脑袋不掉'！"

大家正在酒酣耳热，外面忽然传来太监的喊声。

"皇上有赏！"

众人一惊，全体跳下桌子，狼狈地整冠整衣，跪落在地。

小邓子哈腰过去，打开房门。

但见外面一溜的灯笼，照耀如同白昼。

就有两个宫女，高举着两只烤好的"叫花鸡"进来，高声报着："皇上赐'在天愿作比翼鸟'给还珠格格和紫薇姑娘！给两位加菜！"

小燕子和紫薇两个对看，眼里不禁闪耀着惊喜。宫女将菜放上桌。两人还来不及表示什么，宫女又送上第二道菜，继续报着："皇上赐'红嘴绿鹦哥'给还珠格格和紫薇姑娘！"

第三道、第四道、第五道……鱼贯而入。

"皇上赐'燕草如碧丝'给还珠格格和紫薇姑娘！

"皇上赐'秦桑低绿枝'给还珠格格和紫薇姑娘!

"皇上赐'漠漠水田飞白鹭'给还珠格格和紫薇姑娘!

"皇上赐'阴阴夏木啭黄鹂'给还珠格格和紫薇姑娘!

"皇上赐'凤凰台上凤凰游'给还珠格格和紫薇姑娘!"

好不容易赏赐完毕,放了一大桌。

就有太监往前一站,朗声说:"皇上有旨,今晚漱芳斋可以'没上没下,没大没小'!尽情喝酒,尽情狂欢,不受任何礼教拘束!"

小燕子这一下喜出望外,跳起身子,就爆发了一声欢呼:"皇阿玛万岁万万岁!"

紫薇带着众人,匍匐于地:"还珠格格和紫薇,谢皇上赏赐!"

太监和宫女退出。

小燕子抓着紫薇的手,又跳又叫:"我们可以尽量地吃,尽量地喝,尽量地醉,尽量地疯了!"

金锁听出名堂,奔过来,激动万分地抓住紫薇的手:"你和小燕子,终于'平等'了吗?难道皇上知道了?"

"还没有,还没有!可是,已经'呼之欲出'了!"

"什么'鱼粗鱼细'的?一条鱼都没看见!"小燕子吼着,笑得好开心,"大家不要挑三挑四了,没有鱼,有鹦哥,有凤凰,有比翼鸟,有白鹭……还不够吗?大家赶快过来'狂欢'吧!这是我第一次这么开心地'遵旨'啊!"

大家就奔回桌前,拿起酒杯,又砰然一碰。

紫薇看着那一桌子的菜,想着乾隆此时此刻,会做这样的安排,记住了自己说的每一道菜,心中的欢喜,就涨满了胸怀。那份"窝心",别提有多深切了。她不禁扑伏在桌上,在几分酒意之下,笑不可抑。

金锁看着紫薇,感同身受,也笑不可抑了。

那晚,乾隆和令妃在一起,小别之后,也有数不尽的温馨。令妃一面帮乾隆宽衣，一面柔情百斛地说："怎么会碰到刺客呢？臣妾真的是吓得魂飞魄散了！幸好有个紫薇奋不顾身，要不然，后果真是不堪设想！臣妾只要一想到当时的情况，就浑身冒冷汗！皇上，以后不要微服出巡了！"

乾隆伸手握紧令妃忙碌的手，郑重地说："令妃，朕要跟你说一声，在紫薇那样拼死救朕以后，朕再也不能，把她当成一个单纯的丫头了！"

令妃震动了一下。

"皇上，您已经……已经……和她……"

"朕没有！她和小燕子整天在一起，像亲姐妹一样，朕就算有什么打算，也得问问她自己的意思和小燕子的意思！"不禁深思起来，"总觉得，她对朕并不是那么单纯，说不定，她有她的想法！"

"皇上的想法，就是她最大的幸福了，她还会有什么其他的想法呢？等她知道以后，恐怕会高兴得昏过去。皇上要臣妾去帮您问她吗？"令妃藏住自己的醋意，温婉而体贴地问。

"不！朕宁愿自己问！"

令妃凝视乾隆，在乾隆眼中，看出一种深不可测的感情。这使令妃震慑了。

"皇上，那紫薇……让您这么动心？"她低声地问。

乾隆深思，自己也有一些儿迷糊。

"不是动心，是珍惜！从来没有过的珍惜！"

令妃有一点受伤，但，旋即掩饰住了。

"能为皇上拼命，能为皇上挨刀，臣妾虽然有些吃醋，可是，也对她充满感恩呢！"就振作了一下，"那么，皇上的意思是，要收了她？封她做贵人？"

乾隆不知道为什么，竟震动了一下，眼底闪过一丝困惑。

"眼前不忙，不要吓着她，什么都别说！西藏土司巴勒奔马上要来了！等忙过这一阵子，再来办紫薇的事！"

巴勒奔带着公主塞娅来的那一天，真是热闹极了。巴勒奔和塞娅，分别坐了两乘华丽的大轿子，由十六个藏族壮汉，吹吹打打地抬进了皇宫。在轿子前面，又是仪仗队，又是鼓乐队，最别开生面的，是有一个藏族鬼面舞，作为前趋。所有的舞蹈者，都戴着面具，配合着藏族那强烈的音乐节奏，跳进宫门。

乾隆率领众大臣及阿哥们，都站在太和殿前，迎接巴勒奔。鬼面舞舞进宫门，舞到乾隆及众人面前，旋转，跳跃，匍匐于地，行跪拜礼，然后迅速地散开。两乘大轿，抬进来，轿夫屈膝，轿子放在地上。巴勒奔和塞娅在勇士搀扶下下轿。见到乾隆，就都匍匐在地，所有藏族的队伍全部跪下，大喊："巴勒奔和塞娅参见皇上，吾皇万岁万岁万万岁！"

远处的一根石柱后面，小燕子带着紫薇和金锁，正在偷窥。紫薇害怕，拼命去拉小燕子的衣服："好了，你看够了，赶快走吧！别给大家发现了！这不是普通场面，皇上在接待贵宾啊！"

小燕子拼命伸头，兴奋得不得了。

"好好看啊！你看那些戴面具的人，跳那么奇怪的舞！那个西藏土司，长得好威武！"

金锁也看得津津有味。

"可是，那个小公主却长得好小巧！那身红衣裳真漂亮！"小燕子的头，越伸越出去，"皇阿玛太不够意思了，你看，人家西藏土司从西藏到这儿，还把一个公主带在身边，见皇阿玛也没让公主躲起来！为什么我不能大大方方跟皇阿玛站在前面呢？"

紫薇死命拉住小燕子的衣服，把她拼命往后扯："你怎么回事？脑袋越伸越出去，快走吧！待会儿，他们大家一回身，就看到我们了……"

"让我再看一下，再看一下就好……"小燕子不依的，头更往外伸。

乾隆和巴勒奔行礼已毕。巴勒奔就放声地大笑着，用不标准的中文，说："哈哈哈哈！这中原的景致、风土和西藏实在不一样，一路走过来，好山好水！好！好！一等的好！"

乾隆也大笑着："哈哈！西藏土司路远迢迢来到北京，让朕太高兴了！请进宫去，国宴伺候！"

巴勒奔拉住塞娅的手，带上前来："这是我最小的女儿，塞娅！"

乾隆也急忙让永琪和阿哥们上前。

"这是朕的儿子们！"

"皇上没有女儿吗？"巴勒奔惊奇地问。

"当然有！朕有八个女儿！"

"怎么没看见？"

"大清规矩，女儿不轻易见客！"乾隆一愣。

巴勒奔很惊奇，不以为然地说："女儿尊贵，不输给男儿，没有女子，何来男子？"

乾隆对这种论调，也很惊奇，谈笑间，已经转身向里走。

柱子后面的紫薇和金锁，急忙放开小燕子，回头就跑。小燕子正抻长脖子往前看，紫薇和金锁骤然放手，她的身子就冲了出去。她一个刹车不及，竟然摔了一跤。

乾隆和众人看到小燕子跌了出来，大惊，个个愕然，看着她。

小燕子好尴尬，跳起身来，返身想跑，已经来不及了。

乾隆一怔，只得喊："小燕子！"

小燕子急忙对乾隆一跪。

"皇阿玛吉祥！"

乾隆回头对巴勒奔说："这就是朕的一个女儿！还珠格格！"

小燕子抬头看西藏土司，塞娅已经一步上前，好奇地打量着小燕子。接着，就神气活现地用西藏话，叽里咕噜地说了一些什么。巴勒奔对塞娅吼："不是学了中文吗？不要说藏语！"

塞娅就大声说："这个还珠格格，怎么趴着出来，跪着说话？比大家都短一截，像话吗？"

小燕子一听，气坏了，跳起身子，嚷着："我来跟你比比看，谁比谁高！"

乾隆摇头，急忙阻止，瞪了小燕子一眼："小燕子！不得无礼！你退下吧！"就回身对巴勒奔说："这边请！"

大队人马，跟着乾隆，迤逦而去。

小燕子仍愤愤不平地站在后面，瞪大眼睛看着众人的背影。

西藏土司一来，大家都忙起来了，不但乾隆没时间来漱芳斋，连尔康、尔泰、永琪三个，也都忙得晕头转向，好多天不见人影。小燕子寂寞之余，就大大地怀念起"微服出巡"的日子来。对这个塞娅，意见也多得很。

"那个塞娅公主，人小小的，气派可大大的！这样被八抬大轿抬进来，神气活现，看了谁都不怕！见了皇阿玛，也抬着头挺着胸，看着我的时候，眼睛长在头顶上，这样瞅着我说……"就胡乱学着西藏话，"嘛咪嘛咪咕噜咕噜巴比隆咚呛！"

"啊？她还敢对你念咒啊？"小邓子瞪大眼睛，惊问。

"'嘛咪嘛咪咕噜咕噜巴比隆咚呛！'是个什么意思？"小卓子也喊。

"不是念咒，是西藏话！意思是说我跪着出来，太丢脸了！同样是'公主'，她就那么神气，我就那么'扁'！气死我了！"小燕子又摇头，又叹气。

正在谈着，尔泰忽然匆匆忙忙飞跑来了。

"我来跟你们说一声，明天，在比武场，有一场盛大的比武大会！那个西藏土司带了八个武士来这儿，说是要跟我们的武士较量较量！所以，我们大家都忙死了，全部在准备明天的比武！皇上说，小燕子一定爱看，特别留了三个位子，让小燕子、紫薇和金锁去看！"

金锁惊喜交集地喊:"连我都有位子吗?"

小燕子这一下又高兴起来,把手里的帕子往空中扔去,嘴里大叫:"啊哈!哇哈!嘛咪嘛咪咕噜咕噜隆咚呛!"

尔泰听得一头雾水:"你在说些什么?"

"西藏话!意思就是:明天会把你们打得落花流水!"

这天,在皇宫的比武场上,真是热闹非凡,人头攒动。

乾隆带着皇后、令妃、众妃嫔、众大臣、阿哥格格们一起观战。乾隆身边,坐着巴勒奔和塞娅。再旁边,小燕子、紫薇、金锁和尔康、尔泰都在座。

小燕子、紫薇、金锁都非常兴奋,皇后不时冷冷地看着紫薇和小燕子,眼神充满了不满和嫉恨。令妃也不时看着紫薇,见这种场合,紫薇出席,心中更是了然。

那个塞娅,真是活泼极了,在那儿又跳又叫,大声给自己的武士加油,西藏话,中文夹杂,喊得乱七八糟:"鲁加!给他一球!重重地打……哈哩哈啦嘛咪呀!快呀!冲呀……"

场中,赛威和那个鲁加,正打得难解难分。赛威的武器是一根链子,鲁加是一个大铁球。一会儿链子套中铁球,一会儿铁球又震飞了链子,打得惊险无比,高潮起伏。

小燕子看看塞娅,哪里受得了她如此嚣张,跳起身子,也大声嚷嚷:"赛威!努力!努力!你是大内高手,你是最伟大的勇士,不要丢了我们的脸,给他们一点颜色看看!用力!用力……把链子摔起来,套住他的球,打飞他的球……小心呀……"

塞娅回头看看小燕子,听到小燕子叫得比她还大声,整个人就站起身子,狂喊:"鲁加!胜利!胜利!胜利!胜利!哈哩哈啦嘛咪呀!"

小燕子也狂喊:"赛威!哈哩哈啦嘛咪呀!打他一个落花流水!打他一个落花流水!把他打倒,不要客气……"

乾隆、皇后和众人听到塞娅和小燕子呐喊助阵，都傻眼了。一会儿看小燕子，一会儿看塞娅，几乎都忘了看比赛。巴勒奔却兴趣盎然，似乎觉得有趣极了。

塞娅学着小燕子喊："鲁加！打他一个落花流水！打他一个落花流水！"

小燕子不甘示弱，也学着塞娅喊："赛威！哈哩哈啦嘛咪呀！哈哩哈啦嘛咪呀！"

塞娅和小燕子，两人惊异互看，再掉头比嗓门。

"鲁加！一等的好！一等的勇士！重重地打！"

"赛威！特等的好！特等的勇士！打得他抬不起头来！"

场内场外，一片热闹。不料赛威不敌，链子竟脱手飞去。

塞娅大喜，跳着脚狂喊："我们赢了！胜利！胜利！"双手高举向天。

小燕子怏然不乐，气得直吐气。还好，场内马上换了人。赛广和另一个西藏武士正在角力，彼此抱着，翻翻滚滚，摔来摔去，打得也非常精彩。小燕子又大喊了："赛广，给他一个过肩摔，不要客气！努力！努力！"

塞娅绝不礼让，西藏话、中文并用，狂喊："过肩摔！不要客气！努力！努力！"

"赛广！灵活一点，用你的轻功对付他！"

赛广似乎被提醒了，一阵脚不沾尘地飞绕，西藏武士被他弄得头昏眼花，连连几拳挥空。场中掌声雷动，小燕子大笑："赛广！你好伟大！就是这样！累死他！"

塞娅气坏了，跳脚大喊："西藏武士得第一！"

"才怪！满族武士得第一！"

两人叫着叫着，赛广已经捉住对方，高举过头，用力掷下。西藏武士起不来了，赛广赢了。小燕子好生得意，转头对塞娅喊："你们输了！

你们输了！"

塞娅脸色一沉，回头大喊："朗卡！"

朗卡就飞跃入场，手无寸铁。大内高手高远出场迎战。

小燕子和塞娅又开始尖叫加油。

谁知，这朗卡十分厉害，没有几下，高远就败下阵来。又一个大内高手出去迎战朗卡，朗卡灵活，武功高强，大内高手又败下阵来。

乾隆脸色暗了下去。

塞娅喊声震天："朗卡万岁！朗卡胜利！朗卡哈哩哈啦！"

小燕子气得脸发白，只见又一个高手被朗卡撂倒，小燕子就忍不住大叫："我们满族的高手到底在哪里？出来呀！"

一个人从看台上飞跃而下，众人一看，不禁发出惊呼，原来是尔康。

小燕子疯狂般地喊起来："尔康！伟大！尔康！拿出本领给他们瞧瞧……"

尔康和朗卡就大打起来。两人都武功高强，拳来拳往，打得精彩无比。

紫薇忍不住心惊胆战，手里的帕子，绞得像个麻花一样。

乾隆和众人，看得惊呼不断。

尔康将轻功和武术结合，时而飞跃，时而踢脚，时而挥拳，时而在前，时而在后，打得朗卡应接不暇。紫薇、金锁、小燕子都忍不住喊叫起来：

"尔康！努力啊！"

"尔康少爷，胜利！胜利！"

"尔康！给他一个连环踢！让他见识见识你的本领！打呀！打呀！"

塞娅情急，中文已经不灵了，西藏话叽里呱啦喊个不停。

场中，两人再一阵激烈缠斗，朗卡就被打倒在地。

小燕子高兴得快昏倒了，双手伸向天空，大叫："这才叫高手！这才叫胜利！"

塞娅脸色一变，回头大喊："班九！"

班九应声而出，再度和尔康交手。奈何尔康的武功实在太强了，没有多久，班九就被摔倒。接着，藏族的武士就一个轮一个地出场，尔康从容应战，左摔倒一个，右摔倒一个。乾隆和众大臣，得意在心，都面带微笑，巴勒奔看得纳闷。小燕子如疯如狂，塞娅逐渐没有声音了。

终于，尔康摔倒了最后一个敌人。

巴勒奔大笑说："哈哈哈哈！皇上！大内高手，毕竟不凡，我们认输了！"

塞娅大叫："谁说？我们还有高手！"

塞娅喊完，已经飞身入场，落在尔康对面了。乾隆等人，都发出惊呼。小燕子一个起身，就想效法，尔泰死命抓住了她。

"你不要去！先看看这个塞娅功夫如何。"

尔康见塞娅飞身而下，摩拳擦掌地对着自己，想到对方是女子，又是公主，不敢应战，就抱拳说："臣福尔康不敢和公主交手，就到此为止，好不好？"

尔康话未说完，塞娅一声娇叱，怀中抽出一条金色的鞭子，闪电般地对尔康脸上抽去。

尔康大惊，急忙闪避，已是不及，脸上被鞭尾扫到，留下一条血痕。

紫薇、小燕子、金锁发出惊呼。

尔康尚未站稳，塞娅连续几鞭，鞭鞭往尔康脸上招呼。尔泰忍不住大喊："不要客气了，拿出本领来打吧！"

小燕子也大喊："尔康！你在干什么？看人家长得漂亮，舍不得打吗！"

尔康心中也有气，被众人一叫，不再留情，欺身上去，要夺塞娅手里的鞭子。但是，那塞娅竟然功夫高强，鞭子舞得密不透风。

两人蹿来蹿去，飞上飞下，打得煞是好看。

　　紫薇、小燕子、金锁、乾隆、尔泰、永琪和众人看得目不暇接，惊呼不断。

　　忽然间，塞娅一个疏忽，手中鞭子，已被尔康夺走。

　　尔康此时收了鞭子，弯腰一鞠躬，说一声："公主好身手，承让了！"

　　谁知，塞碰一脚就踢向尔康的面门，大吼着："什么叫'承让了'，听不懂！哈哩呜啦……"又是一串西藏话。

　　尔康一个后翻，避掉了这一脚，心里实在生气，无法客气了，鞭子出手，呼的一声，卷掉了塞娅的帽子。

　　塞娅却越战越勇，继续拳打脚踢。尔康再一鞭挥去，卷掉了塞娅左耳的一串耳环。接着再一鞭挥去，又卷掉塞娅右耳的耳环。

　　巴勒奔看得佩服不已，问乾隆："这个勇士是谁？"

　　"他是福尔康，是朕身边的御前护卫！是福伦大学士的长公子！"

　　"好功夫！好！好！上等的好！"

　　此时，塞娅脖子上的项链，也飞上了天空。尔康一个旋转，姿态美妙地接住项链，捧给塞娅，问："还要打吗？"

　　塞娅接过项链，接过鞭子，对尔康终于心服口服，抱拳而立，嫣然一笑："勇士！塞娅服了！"

　　塞娅飞身回到看台，对巴勒奔叽里咕噜，说了一大堆西藏话。巴勒奔仰天大笑。

　　"哈哈哈哈！塞娅碰到对手了！满人的武功，真是名不虚传！"

　　乾隆高兴极了，也哈哈大笑了："哈哈哈哈！这西藏人，也是身手不凡啊！连一个小公主，都让人刮目相看呢！"

　　乾隆和巴勒奔，就彼此欣赏地大笑不已。

　　比武过去了，尔康、尔泰和永琪还是忙不完，整天见不着人影。

　　这天，令妃来到漱芳斋，腊梅、冬雪手里各捧着一沓新衣跟在后面。

　　"小燕子！紫薇！这是给你们两个新做的衣裳！皇上说，最近难免会有一些宴会喜庆，怕你们两个无聊，要你们也参加！这些新衣裳，是特别赏给你们的！"

"喜庆？什么喜庆？都是为了那个西藏土司，是不是？这西藏土司也真奇怪，他的西藏都不要管吗？跑到北京来，待了这么久，还不回去？"小燕子说。

"看样子，他们是'乐不思蜀'了！"令妃微笑。

"就算'乐得像老鼠'，也得回家啊！"小燕子冲口而出。

金锁上前，接过了那些新衣服，惊呼："好漂亮的新衣服！"

令妃仔细地看紫薇，话中有话地说："只怕不只新衣服，以后各种赏赐，都会源源而来了！你这一生，穿金戴银，富贵荣华，是享用不尽了！"

紫薇惊看令妃，震动无比。

"娘娘，您在说奴婢吗！"

令妃走过去，更仔细地看紫薇，眼神里有着羡慕，有着赞叹，有着微微的妒意，也有真诚的怜惜。那是一种复杂的眼光，带着认命的温柔。她伸手帮她把一根发簪簪好，细声细气地说："听说，皇上特许你不说'奴婢'两个字。在皇上面前，你都不是'奴婢'，在我面前，又怎么用得着这两个字呢？以后，都是'你我'相称吧！"

"奴婢不敢！"紫薇惊喊，觉得有些不对了，心里着急。

令妃叹口气，深深地看紫薇："你为皇上，挡了那一刀，你不只是皇上心里的'贵人'，你也是我的'恩人'了！皇上心心念念，惦记着你！只怕你在这漱芳斋，也住不久了！"

小燕子和金锁，正低着头泡茶，两人互看，眼光里都是惊疑。小燕子急忙说："我和紫薇，在这个漱芳斋已经住惯了，我们不要搬家，也不要分开！娘娘，您跟皇阿玛说一声，不要麻烦了！我和紫薇，是公不离婆，秤不离砣！"

令妃啼笑皆非，笑着骂："什么公不离婆，秤不离砣？你迟早要嫁人的，难道紫薇还跟你一起嫁？"

"嫁什么人？嫁什么人？"小燕子呆了呆，急问。

"那我就不知道了，只听到皇上这些天，都在念叨着要把你指婚呢！"

小燕子、紫薇、金锁都惊慌起来。指婚？不指错才怪！三人还来不及说什么，令妃整个情绪都系在紫薇身上，看着紫薇说："紫薇，你缺什么都跟我说，要用钱，也跟我说，身体不舒服也告诉我，我会照顾着你的，总之，当初是我把你引进宫来，在我心里，你就跟我是一家人一样！你，不要和我见外啊！"

紫薇听到令妃话里大有玄机，更加心慌意乱，不安极了："娘娘说哪里话！娘娘一直对我和小燕子，都照顾得不得了，我们充满了感恩，怎么还会见外呢！"

"那就好！我已经去给你打首饰了，改天再给你送来！皇上这些日子，忙着那个西藏土司，恐怕没时间过来，很多事，都得等西藏土司走了才能办！可是，这个塞娅公主，说不定要嫁到咱们家来，那就又要先办塞娅的事了！"

"嫁到咱们家来？她要嫁给谁？"小燕子惊问。

"你们还没听说吗？巴勒奔看上咱们了，想把塞娅嫁到皇室来，皇上想解决西藏问题，他们谈得好投机！所以，五阿哥和福家兄弟每天陪着塞娅东逛西逛。今天听皇上说，现在是八九不离十，要把塞娅配给五阿哥！准备在这个月底，或者下个月初，就办喜事！"

小燕子整个人惊跳起来，哐啷一声，手里的茶杯茶壶，落地打碎了。一壶热茶，全都泼在手上，小燕子痛得直跳。

紫薇急忙跑过去，抓着小燕子的手。

"金锁！明月！彩霞……快拿'白玉散热膏'来！"紫薇急喊。

令妃看着这慌慌乱乱的几个人，怎么回事？自己已经明示暗示了，紫薇还是一脸的糊涂，连个笑容都没有。这个小燕子更加古怪，泡个茶都会烫到手！她站在那儿，纳闷极了。

令妃一走，小燕子就对着桌脚一脚踢去，嘴里激动地喊："有什么了不起？结婚就结婚嘛！谁稀罕？谁在乎？怪不得这么多天连影子都看不见，原来是陪小公主去了！有种，就永远不要来见我！永远不要跟我说话！"

金锁和紫薇一边一个，拿起她烫伤的手，忙着给她上药。金锁急急地安慰着说："你先不要急，这个事情只是令妃娘娘说说，到底是真是假，还大有问题！那个塞娅凶巴巴的，又是西藏人，皇上不会要她做媳妇吧！"

小燕子气呼呼地喊："为什么不要，人家好歹也是个公主啊！"

紫薇皱皱眉头，认真地说："公主又怎么样呢？只要五阿哥不愿意，皇上也不会勉强他的，到底是婚姻大事嘛！现在，不过是皇上和西藏土司两个人在打如意算盘，五阿哥大概根本搞不清楚状况！等他来了，我们再问个清楚，现在，不要莫名其妙就跟自己过不去！"

小燕子跳起身子，手一甩，把金锁手中的药膏也打到地上去了。她满房间走着，怒气冲冲地说："什么不清楚状况？我看他早就知道了！我看他高兴得很！以前，他只要有时间，就往我们这个漱芳斋里跑，现在，几天都没露面了！他这个毫无心肝的东西，只会骗我，只会哄我，等到有个真正的公主一出现，我就不够看了！哼！他一定等不及要当西藏土司的驸马爷了！"越说越气，眼睛就红了："没关系！赶明儿，等那个'生姜王'来的时候，我去给人家当媳妇！"

"你说些什么嘛！把事情弄清楚再生气，也来得及呀！"紫薇说。

小燕子满房间绕圈子，拼命呼气："我受不了！我受不了！"

"不会啦！你不要这样，我觉得五阿哥对你，是一片真心，你不要冤枉他！你看……"金锁捡起药膏，"这个药膏还是五阿哥送来的呢！你一天到晚受伤，他把所有进贡的药膏都往这儿搬……"

金锁话未说完，小燕子冲了过去，抢过药瓶，就扔到窗子外面去了。

不料，窗外传来哎哟一声，金锁伸头一看，大叫："打到曹操的头了！"

"什么曹操的头？还诸葛亮的头呢！"小燕子没好气地喊。

紫薇也伸头一看。

"真的！真的！是'赛过诸葛亮'来了！是他们三个臭皮匠！"

小燕子也冲到窗前一看，窗外，永琪、尔康、尔泰正急急走来。

小燕子反身就对外冲去。

永琪和尔康、尔泰，这一阵子，确实整天陪着塞娅。这个塞娅，永远精神抖擞，花招百出，片刻都不肯安静。一会儿逛街，一会儿买东西，一会儿吃小吃，一会儿看露天戏……什么都稀奇，什么都要玩。白天玩完了，还要逛夜市，把三个人累得惨兮兮。

好不容易，这天，大家抽了一个空，到漱芳斋来看紫薇和小燕子。

谁知，小燕子直奔过来，就不由分说地把永琪往外面推去。

"你走！你走！你不要到我这个漱芳斋来！你去陪西藏公主好了！到这里来干什么？我不要听你胡说八道，不要再被你骗了！"小燕子大吼着，"你走！"

"这是干什么？好不容易，才抽一个空来看你们，你又摔东西，又赶人，是谁招你惹你了？"永琪愕然地问。

小燕子眼眶一红，怒喊："还有谁？就是你招我惹我！"回头对尔康、尔泰也一凶，咆哮地喊："还有你们两个，根本就是帮凶！"

"帮凶？我们做了什么？"尔泰瞪大眼睛，奇怪极了。

"这到底是怎么回事？"尔康看紫薇。

"难道你们还不知道吗？听说，皇上要在你们三个之中，选一个人跟塞娅结婚！刚刚令妃娘娘来，说是皇上已经选定五阿哥了！"紫薇说。

永琪一个震动，往后连退了两步，尔康和尔泰也惊讶得一塌糊涂。

"不可能的！我一点都不知道！塞娅？皇阿玛要我和塞娅结婚？真的还是假的？"永琪怔怔地问。

小燕子跳脚："连日子都订了，马上就要举行婚礼了，你还在这里装模作样！你看你看！"跑过去把令妃送来的新衣一件件拉开，拉得满房间都是："令妃娘娘连礼服都给我们送来了，说是参加你的婚礼要穿的……"

金锁忍不住插嘴说："格格，令妃娘娘不是这样说的……"

"就是！就是！她说'喜庆'，什么喜庆！就是婚礼嘛！"瞪着永琪，"你已经要结婚了，你每天陪着那个小公主，乐得像老鼠……那么，你还来我这儿干什么？出巡的时候，一路上你都在骗我！现在，我不要再听你，不要再见你了！"

永琪呆呆地掉头看尔泰尔康。

"难道是真的？"

"可能是真的！"尔康想了想。

尔泰恍然大悟了："现在我明白了，原来是这么一回事！我就说，真要保护塞娅，动用到我们三个，也有点小题大做，原来，是在为塞娅选驸马！"

紫薇看三人神色，知道事情确凿，不禁大急。

"五阿哥！事不宜迟，你马上去跟皇上说明呀！"

永琪愣了一会儿，抓起小燕子的手，就往门外冲去。

"我们一起去，反正皇上已经饶你不死，我们把一切都说清楚吧！"

尔康迅速地一拦。

"等一等！你的意思是要'真相大白'吗？"

永琪着急："不'大白'要怎样？紫薇也说了，事不宜迟，再耽误下去，我一定会被皇阿玛配给塞娅的！你们想想看嘛，除了我，只有六阿哥和塞娅能配，但是，皇阿玛只叫我陪塞娅，提都没有提六阿哥！那个塞娅，是巴勒奔的掌上明珠，他当然想配一个阿哥，我逃不掉了！再不去，我真的逃不掉了！"

尔康顿时心乱如麻了："但是，这一个'真相大公开'不是一件小事，是一件大事，有好多'真相'要一件件去说明，现在，皇上哪有这个工夫来听？哪有这个心情来接受？哪有这个情绪来消化？那个西藏土司，还安排了一大堆的节目，每天要按表行事！在这个乱军之中，我们公布真相，以时机来说，是不利极了！"

尔泰也急急接口："是啊！这件事对皇上一定是个好大的意外。他的反应会怎样，我们还不能预料。有个西藏土司杵在这儿，他怎么有心情来处理家务事？无论如何，我们都应该等西藏土司走了再说！"

永琪大吼："来不及了！西藏土司还没走，我就被出卖了！"

金锁忍不住往前一站，说："五阿哥，这件事我们只是听到令妃娘娘在说，是不是真的还没确定，你为什么不先去确定一下，再来商量要不要说呢？

"是啊！金锁说得对！我们每次就是不够冷静！事情一发生就乱成一团！五阿哥，你先去问明白再说吧！"尔康点头。

永琪怔着，被点醒了，转身就跑。

片刻以后，永琪就气急败坏地跑回来了，带来的是另一个爆炸般的讯息："确实要联婚，但是，新郎不是我，是尔康！"

尔康大惊，不相信地喊："不是五阿哥？是我？"

"是的！是你！听说，皇阿玛本来要把塞娅指给我，可是人家塞娅看上了你，巴勒奔坚持要你！皇阿玛起先还不愿意，说你是他准备指给小燕子的人选，不能让贤！后来拗不过巴勒奔，就同意了！你阿玛想为你解围，皇阿玛就大发脾气，说是已成定局！要你'奉旨完婚'！"

紫薇踉跄一退，脸色惨变，金锁急忙扶住她，就喊了起来："现在，已经没有办法顾那么多了，是不是？不管时机好还是不好，小姐呀，你不能再耽搁了！快去跟皇上说明白吧，反正，迟早是要说的，择日不如撞日，干脆就是今天，把什么都说出来吧！否则，误会重重，各种问题都会发生的！"

永琪也喊着说："我们一天到晚，顾虑这个，顾虑那个，几次话到嘴边，又咽了回去，现在，情况已经很危急了！我们面对的问题，像波浪一样，一波一波地卷过来，避得了这个危机，避不了下一个危机！我们如果一直优柔寡断，什么问题都解决不了！我看，金锁说得对，择日不如撞日，算是天意，我们让真相大白吧！"

紫薇看着小燕子，脸色苍白，神情惶恐："让我再想一想……"

小燕子跳起身来，往门外拔脚冲去，边跑边叫："想什么想？再想下去，尔康就变成西藏驸马，你也变成娘娘了！不能再想了！你想来想去，还是为了保护我！我受不了了！我要把所有的事都说出来，管他时机对不对，管他后果会怎样！反正，我想明白了！要头一颗，要命一条……"

大家追在小燕子背后，大喊："小燕子！你去哪里？"

"我去御书房，我去找皇阿玛！"

"要去一起去！慢一点呀……"

永琪一拍尔康："尔康！振作一点，遮不住了！大家一起去见皇上吧！小燕子这么激动，怎么说得清楚啊……"

尔康点头，拉住紫薇的手，追在小燕子后面就跑，于是，永琪、尔泰、金锁都放开脚步，一起奔出了漱芳斋。

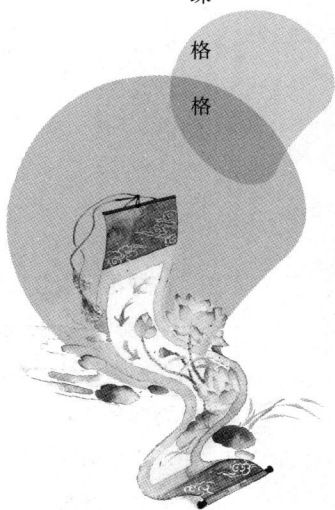

还珠格格

【贰拾肆】

乾隆情绪紊乱，大受打击。看着小燕子和紫薇，方寸已乱，甚至弄不清楚自己的定位，这个变化来得太大、太突然，几乎不是他所能承担的了。

乾隆不在御书房，他正带着皇后、令妃和众多妃嫔，陪着巴勒奔和塞娅，在御花园中散步参观。

"巴勒奔，从此，我们等于是亲家了！今晚，朕在大戏台点了几出戏，让你们见识见识我们的戏剧！"乾隆说。

巴勒奔兴高采烈地对塞娅说："塞娅，你的中文不行，要做皇家的媳妇，一定要学满族的文化，看戏，是第一步，知道不知道？"

塞娅毫不羞涩，也兴高采烈地回答："知道了！还要学跪，这皇宫里的女人，见了谁都要跪！真是奇怪！"

令妃不禁掩口一笑，对乾隆低语："这个塞娅公主，和咱们的还珠格格，有点异曲同工呢，将来，一定会成为好朋友！"

皇后冷哼了一声，乾隆不悦地扫了皇后一眼。

巴勒奔问乾隆："这个还珠格格，就是你本来要配给尔康的那个格格吗？"

"正是！"

"塞娅！你好眼光！你选中的这个勇士，是从人家格格手里抢下来的，你要珍惜一点，以后，不要太凶！"巴勒奔大笑说。

"我一点都不凶！我呜啦呜啦……"塞娅一串西藏话溜出口。

大家听不懂，见塞娅谈到婚事，毫不羞涩，当仁不让，不禁啧啧称奇。

正在此时，小燕子像一支箭一样，飞快地射来。后面跟着尔康、尔泰、永琪、紫薇、金锁。小燕子一眼看到乾隆，就凄厉地、坚决地、不顾一切地大喊："皇阿玛！我有事要告诉您，您不可以把尔康配给塞娅！"

乾隆和众人大惊失色。

巴勒奔一震，眉毛倒竖。塞娅立刻备战起来。

"是不是就是这个格格？"巴勒奔问乾隆。

乾隆见小燕子这样没礼貌，真是气坏了，怒喝一声："你疯了吗？你有没有看到有贵宾在场，这样大呼小叫，成何体统？有话，明天再说！"

"不能明天再说了！皇阿玛，如果您把尔康配给塞娅，您会后悔的！您赶快告诉她，不行不行呀！您不能把西藏土司的女儿，看得比您自己的女儿还重要……"

这句话一出口，大家都以为小燕子舍不得尔康。皇后忍无可忍，挺身而出了："这样没上没下，不知羞耻，公然跑出来和西藏公主抢丈夫，皇上，您还能坐视小燕子败坏门风吗？"

乾隆脸上挂不住，实在太生气了，怒喊："来人呀！把还珠格格抓起来！"

永琪、尔康、尔泰、金锁纷纷赶到。永琪对乾隆嘣咚一跪："皇阿玛！我们大家有话禀告！请屏退左右！"

乾隆怒极。一个不懂规矩的小燕子，现在又来一个不懂规矩的永琪！他大吼："永琪！你也跟着小燕子发疯？这儿有贵宾在，什么禀告不禀告？'左右'全是你的长辈，如何'屏退'？简直放肆！"

紫薇见皇后、妃娘全部在场，还有巴勒奔和塞娅，实在不是说话的时候，当机立断，一步上前，死命抓住了小燕子，哀声急喊："格格！这不是说话的时候，皇上正在招待贵宾……你什么都别说了！我求求你，赶快回去吧！

金锁看看局势，情迫无奈，只得上前去拉小燕子。

"格格，你听紫薇的话吧！没有想到是这个状况，还是先回去再说吧！"

一小燕子拼命挣扎，含泪看乾隆："不行不行，再不说，尔康就给那个塞娅抢去了……"

这时，塞娅已经忍无可忍，一声娇叱，飞身向前，对小燕子挑衅地喊："原来是你！你就是还珠格格？那天跟我比嗓门，今天跟我抢驸马，没有关系，你赢得了我手里的鞭子，尔康让给你！"

刷的一声，塞娅鞭子出手。

小燕子气得快要发疯了，挣脱紫薇，狂叫着一头向塞娅撞去。

"你这个莫名其妙的公主，难道西藏都没有男人？你要到我们这儿来抢人家的丈夫？打就打，谁怕谁！"

塞娅没料到小燕子会用头撞过来，一时后退不及，竟被小燕子撞个正着。小燕子力道又猛，塞娅摔跌在地。她立刻翻身而起，大怒，鞭子刷刷刷地扫向小燕子。小燕子怒火腾腾，势如拼命，拳打脚踢外带头撞，无所不用，两人竟大打出手。

乾隆大喊："这是什么样子！来人呀！"

众侍卫应声而出。

孰料，巴勒奔伸手一挡，兴趣盎然地说："好！好！你的还珠格格好勇敢！是一等的格格！生女儿就要这样，不能退让！好极了！让她们打，让她们用真功夫来抢驸马！我们谁也不要帮忙，看她们谁赢。"

乾隆愕然。众人更是惊诧无比。

紫薇、永琪、尔康、尔泰、金锁都急死了，明知道小燕子不是塞娅的对手，却爱莫能助，无可奈何，眼睁睁地看着两人对打。

小燕子已连连挨了几鞭，被塞娅逼得走投无路，忽然大叫道："我不打了！不打了！停止！停止！"

塞娅收鞭，问："你输了？"

小燕子嘴里"哇"地大喊，闪电般直扑上去，抱住塞娅，两人滚倒于地。小燕子双手紧紧勒住塞娅的脖子，大叫："谁输了？我是那个什么兵什么诈！"

塞娅气坏了，嘴里用西藏话叽里咕噜大叫，被小燕子勒得透不过气来。

"你输了没有？你输了没有？"小燕子喊，手下松了松。

塞娅乘机，一口咬在小燕子胳臂上。

"哎哟……"小燕子甩手。

塞娅立刻翻身而起，这一下不再客气，鞭子毫不留情地抽向小燕子，小燕子躲来躲去躲不掉，被打得好惨。

尔康再也看不下去，闪身切进两人中间，伸手握住鞭子，鞭子立刻动弹不得。

"好了！够了！不许再打了！"尔康喊。

塞娅一看，是尔康出手，立即嫣然一笑。

"是你，我只好算了！"她收鞭跃出身子，退向巴勒奔身边。小燕子脸上手上都是伤，好生狼狈。紫薇和金锁立刻上去扶住她。

"好了！不要再胡闹了！小燕子，你立刻回漱芳斋去，给朕闭门思过！"乾隆见小燕子被塞娅打得那么狼狈，心中不忍。想到她会为尔康出来拼命，一定早已两情相悦，就更加后悔起来，这件婚事，是自己决定得太快了，对不起小燕子。这样想着，声音里已经透着怜惜，"回去吧！把自己弄弄干净，晚上来看戏！"

小燕子哀怨已极地看了乾隆一眼，心里涌塞着千言万语。金锁和紫薇拼命想拖走她，小燕子死命地挣扎，泪流满面，终于，还是不顾一切地大喊出声："皇阿玛！我不是为了自己在抢尔康，我是为了紫薇啊！看在人家为您挨刀子的份上，您还不能给她一个丈夫吗？"

乾隆大惊，震撼到了极点，简直不相信自己的耳朵，惊叫着："什么？你说什么？"

小燕子还想说什么，紫薇一把捂住了小燕子的嘴，拼命把她拖走。

但是，乾隆已经太震动了，眼光直勾勾地停在紫薇身上，厉声喊：
"回来！你们说清楚！这到底是怎么回事？"

紫薇眼睛一闭，放手。小燕子挣脱紫薇，对乾隆一跪，豁出去了，
流泪喊："皇阿玛！我骗了您！我不是您的女儿，我不是格格！真正的格
格是紫薇啊！是紫薇啊！她才是夏雨荷的女儿呀！"

"什么？什么？"乾隆越听越惊，混乱极了。

皇后、令妃、众妃嫔全体大惊，顿时你看我，我看你，惊呼连连。

巴勒奔和塞娅，听得糊里糊涂，满脸困惑。

紫薇看再也无法逃避了，走上前去，在小燕子身边，对乾隆跪下，
仰着头，她凄楚地看着乾隆，温温婉婉、清清脆脆地说："我娘跟我说，
如果有一天，我能见着我爹，要我问一句：'你还记得大明湖边的夏雨荷
吗？'还有一句小燕子不知道的话：'蒲草韧如丝，磐石是不是无转移？'"

乾隆踉跄后退，整个人都呆住了。

皇后听出端倪来了，往前一站，气势凛然地说："皇上！这种混淆
皇室血统的大事，不能再草草了事，随她们胡说八道了！夏雨荷到底有
几个女儿？怎么人人都来自大明湖？如果不把她们两个送宗人府调查清
楚，如何塞住悠悠之口？"

乾隆怔在那儿，任众人惊愕议论，却不知身之所在了。

片刻以后，大家都聚在御书房，听小燕子和紫薇说整个故事的来龙
去脉。

乾隆居中而坐，皇后、令妃坐在两边，妃嫔环侍于后。小燕子、紫
薇、金锁、尔康、尔泰、永琪全部跪在乾隆面前。福伦和福晋也被召来
了，带着一脸的惶恐，肃立在小燕子等人身后。这，等于是一个"家审"。

小燕子把整个故事都说了，如何认识紫薇，如何一见如故，如何结
为姐妹，如何姓了紫薇的姓，定了八月的生日，如何知道了紫薇的秘
密，如何定计闯围场，如何因紫薇不能翻山而受托送信……小燕子说到

最后，已经泪流满面。

"整个故事就是这样，我只是紫薇的信差，我不是格格。当时，是我糊涂了，没有马上说清楚。等到想说清楚的时候，就怎么都说不清楚了！其实，我跟每一个人说过，也跟皇阿玛说过，我不是格格，但是，没有人要相信我，大家都警告我，如果再说不是格格，就要砍我的脑袋！就这样，我吓得不敢说，左拖右拖，就拖到今天这种状况了！"

皇后这一下，得意极了，威风极了，盛气凌人地一喊："你今天说的，就是真话了吗？我看你撒谎骗人，编故事，已成习惯！这是不是你们几个，串通起来，再编的故事？说！死到临头，不要再在这儿胡言乱语了！紫薇是格格？下次，会不会变成金锁是格格？你们到底准备了多少个假格格来蒙混皇上？简直荒唐透顶！到底真相是什么？你们的阴谋是什么？说！"

小燕子喊："我们哪有什么'阴谋'？我现在说的，句句是实话！"看着乾隆，求救地喊，"皇阿玛！您怎么不说话？"

乾隆情绪紊乱，大受打击。看着小燕子和紫薇，方寸已乱，甚至弄不清楚自己的定位，这个变化来得太大、太突然，几乎不是他所能承担的了。现在，听到小燕子喊"皇阿玛"，心中一痛，哑声地说："小燕子、紫薇，你们两个，居然这样把朕玩弄于股掌之上，朕如此信任你们，你们却这样欺骗朕！如果这些故事是真的，紫薇进宫的时候，为什么不讲？"

紫薇磕下头去，再抬头看乾隆，盈盈含泪："皇上，在不能确保小燕子的生命以前，我怎么能说呢？虽然，我好想认爹，可是，我不能让小燕子死啊！小燕子糊里糊涂，可是，我不糊涂，我知道欺君大罪，是多么严重！我没办法，我不能讲啊！但是，每当皇上问起我娘的时候，我都曾经暗示过您啊！"

皇后生怕乾隆又被两个丫头说服，立刻眼神凌厉地看乾隆，有力地喊："皇上！难道您相信他们现在编的这个故事？您相信小燕子不是格格，紫薇是格格？您已经错过一次，不要一错再错！现在，已经闹得西藏土司都知道了，您是不是要让全天下的人看笑话！"

令妃忍无可忍，插口说："皇后娘娘，您让皇上自己定夺吧！毕竟，皇上的事，只有他自己最清楚！"

皇后头一转，锐利地看令妃，正气凛然地、声色俱厉地说："你说的是什么话？当初，我说小燕子不可能是格格，一定是个冒牌货！可是，是谁对皇上说，她眼睛眉毛都像皇上？是谁力保她是龙种？今天，闯下这种大祸！小燕子是死罪，这造谣生事、蒙骗皇上的人，比欺君大罪，更加可恶！现在，你还要用你那三寸不烂之舌，来继续迷惑皇上吗？"

令妃一惊，听皇后说得头头是道，害怕得低头不语。

永琪就磕头喊："皇阿玛！请听我说，这整个故事里，没有一个人有坏心，虽然骗了皇阿玛，但大家都极力在让皇阿玛快乐呀！小燕子和紫薇，不曾害过皇阿玛，她们两个，用尽心机，都在让皇阿玛高兴啊！"

乾隆陷在一种自己也不了解的愤怒里，低沉地一吼："福伦！你们一家人早就知道了秘密，为什么不说？"

福伦一颤，惶恐地躬身说："皇上，实在情非得已，有太多的顾忌呀！"

福晋见皇后咄咄逼人，乾隆却阴沉郁怒，许多话，再也不能不说了："皇上，请听臣妾说几句话。当时，我们对紫薇的身份，也是半信半疑，除了把她收留在府里，慢慢调查之外，不知道有什么路可走！等到小燕子偷溜出宫，两个姑娘见了面，咱们才确定了这件事！接着，我们千辛万苦，把紫薇送进宫，让两个格格，都陪伴在皇上身边……您没有损失呀！而我们大家，已经用心良苦了！虽然是'欺君'，也是'爱君'呀！"

尔康也接口了："皇上，请您仔细想一想，我们当初发现了紫薇，知道两个格格，有了错误，我们原可以杀了紫薇，保持这个永久的秘密！我们没有这样做！我们也可以把紫薇送到天边去，让她永远接触不到皇上，我们也没有这样做！把紫薇留下，再把紫薇送进宫，这里面固然有臣的无可奈何，但是，最重要的，是紫薇对皇上的一片爱心，让人无法抗拒呀……"

皇后把桌子一拍，怒喊："放肆！福伦一家四口，联合令妃，做下这样瞒天过海的事！现在东窗事发，还不知道悔改，口口声声，还在那儿混淆视听，搅乱皇上的判断力！简直罪该万死！"就锐利地看乾隆，自有一股气势："当初臣妾'忠言逆耳'，一再得罪皇上，力陈不可信赖还珠格格。皇上不信！现在，臣妾不能不再度陈辞，这整个故事，荒谬绝伦！皇上不要再被他们几个骗了！"

乾隆看着众人，眼底沉淀着悲哀和愤怒："皇后说得对！朕不能一错再错，由着你们大家骗来骗去！你们的故事，漏洞百出，朕一个字也不要相信！"

小燕子大急，哀声痛喊："皇阿玛？您为什么不相信我们？紫薇是您的女儿呀，是您嫡亲嫡亲的女儿呀！您可以不认我，您怎么能不认紫薇呢？"

尔康也大喊："皇上！想想紫薇为您挨刀的事吧！是什么力量，让她用血肉之躯，去挡那一把刀？想想她说过的话，做过的事吧！我们一个个旁观者，全部看得清清楚楚，难道您真的不明白……"

皇后当机立断，对乾隆大声说："今天，只是一个'家审'，臣妾以为，到此为止，他们大家狼狈为奸，已经是逃不掉的事实了，如何定罪，如何审判，自有宗人府去裁决！不如把他们都交给宗人府关起来！"

令妃大惊，喊："皇上！您要想明白啊！福伦一家，对国家屡立战功，是您钟爱的臣子，尔康更是西藏土司选中的驸马，您不要因为一时生气，让亲者痛，仇者快呀！"

皇后怒喊："令妃！你妖言惑众，现在，还不住口！应该一并送去查办！"

乾隆见皇后和令妃又吵了起来，感到头昏脑涨，就拂袖而起，沉痛昏乱地喊："都不要说了！来人呀！先把紫薇和小燕子送到宗人府去关起来！福家四口，暂时回府，再做定夺！"

乾隆此话一出，小燕子、紫薇、金锁、尔泰、尔康、永琪……全部脸色惨变，小燕子顿时凄厉地大喊起来："皇阿玛！您砍了我的头吧！我不要我的脑袋了，一切都是我的错，我虚荣，我受不了诱惑，我欺骗了您和紫薇……可是，紫薇有什么错？您把我们都送宗人府，是要把我们两个都砍头吗？您怎么可以这样？"一面说着，一面爬了起来，冲上前去，抓着乾隆的衣服，拼命摇着，"皇阿玛！您醒一醒！紫薇有什么错？有什么错……我一个人的脑袋还不够吗？"

乾隆大喊："来人呀！"

侍卫一拥而入。

乾隆指着小燕子和紫薇："把她们两个抓起来！"

尔康跳起身子，脸色雪白，眼神凶猛。

"皇上！请三思！"

乾隆指着尔康，恨恨地喊："你敢反抗！我不管你是不是西藏土司选中的驸马，你们……"指着福伦、福晋、小燕子、紫薇等人："如此欺上瞒下，全部死罪难逃！"

福伦大惊，急扯尔康的衣服，要尔康不要再说了。尔康看着老父老母，心碎了，再看紫薇和小燕子，不知道该怎么办才好，惶急之下，额汗涔涔了。

这时，侍卫们早已冲上前去，把小燕子和紫薇牢牢抓住。紫薇生怕尔康反抗，抬头喊着："福大人、福晋、尔康、尔泰，我谢谢你们的诸多照顾！请大家，为我珍重！"又转眼看乾隆："皇上，我可不可以再说一句话？"

"你说！"乾隆仍然无法抗拒紫薇的请求。

"上有天，下有地，我对皇上，苍天可表！我死不足惜，我娘会在天上接我，我不会孤独！但是，在我拔刀之前，您已经答应我，饶小燕子一死！君无戏言！有好多人为证！您，杀了我，放了小燕子吧！"

乾隆怔着，拔刀一幕，仍然历历在目。

这时，金锁发出一声凄厉的狂喊，扑上前来，扯住了紫薇的衣服，哭喊着："小姐！小姐！你说些什么啊？你不能用你的脑袋，去换小燕子的脑袋！如果皇上一定要砍一个人的脑袋才能消气，那么，请砍我的脑袋吧！我是丫头，我身受夏家重恩，我是夏雨荷养大的，跟皇上好歹有些瓜葛！让我为她们两个死！砍我的脑袋……饶了她们两个吧……她们没有害人，只是抢着要做皇上的女儿啊……"

皇后怒喊："把这个金锁，一起关起来！"

"喳！"

侍卫奔上前来，又抓住了金锁。

尔康、尔泰、永琪面面相觑，大家都明白，乾隆现在在气头上，谁说话谁倒霉。皇后又虎视眈眈，一心要把大家一网打尽。这个关口，恐怕说什么都错，就彼此以眼神示意，警告对方不要冲动。

乾隆看着三个女子，心里的混乱，没有片刻平息。他不知道自己现在是爱她们，还是恨她们，只觉得自己突然像泄了气的皮球，苍老、感伤，而且抑郁。他凝视着这三个女子，郁闷地说："没有任何一个人，要你们的脑袋，你们不必自作聪明！闯了这么大的祸，死罪能逃，活罪难免！不管你们的故事是真的还是假的，你们要经过宗人府的调查和审判！朕不愿再用朕的'感觉'，来判断这件事！只怕朕的'感觉'都是错的！你们什么都不要说了！去牢房里彻底悔悟吧！"就挥手对侍卫喊道："拉下去！"

小燕子就惊天动地般地大喊起来："皇阿玛！您会后悔的！皇阿玛，您放了紫薇呀，放了金锁呀……她们都是被我害的。皇阿玛，不是说'人不独亲其亲，不独子其子'吗？别人的孩子都可以认，您到底为什么不认紫薇啊……为什么不认紫薇啊……"

金锁也痛喊着："皇上！皇上！紫薇有您的诗，有您的画，身体里流的是您的血啊！您要让夏雨荷在人间的时候，哭不停，到地下以后，还哭不停吗？"

紫薇到了这个时候，已经不再激动了，她镇静地、庄重地说："金锁、小燕子，你们省省力气吧！有我跟你们去做伴，不好吗？我们有福同享，有难同当啊！"说着，竟然笑了，回头深深看乾隆，清清楚楚地、幽幽柔柔地问："皇上，您的心那么高高在上，习惯了众星捧月，竟不习惯人间最平凡的亲情了吗？"乾隆大大地震动了，瞪着紫薇。

皇后急喊："拉下去！通通拉下去！"

小燕子、紫薇和金锁就被侍卫们拉下去了。

尔泰、尔康、永琪直挺挺地跪着，咬牙不语。

牢门哗啦一声拉开。

小燕子、紫薇和金锁就相继跌进牢房。

门又哗啦关上。接着，铁链一阵哐啷地响，铁锁再咔嗒锁上。

小燕子跳起身子，扑到铁栏杆上，拼命摇着，喊着："放我们出去呀！我不要被关起来，我不要不要啊！"对狱卒伸长了手，哀声喊："你们去告诉皇上，我还有话要跟他说……"

狱卒粗声粗气地撂下一句："皇上？我劝你免了吧！进了这种地方，就等死吧！一辈子都见不着皇上了！"

狱卒说完，头也不回地走了。小燕子不禁哭倒在铁栏杆上："怎么会这样呢？怎么会这样呢？我不信不信啊……"

　　紫薇和金锁走过去，一边一个，扶住了小燕子。紫薇掏出手帕，不停地给她拭泪，安慰着她说："不要哭了，不要伤心了！这是我们的命，认命吧！"

　　小燕子反手抓着紫薇的衣襟，哭着说："我不能认命，我不要认命，我想不通，皇阿玛为什么变得这么狠心？就因为我们骗了他，我们所有的好处，就跟着不见了吗？"说着，就痛悔起来："都是我不好，你们都说今天时机不好，什么都不能说，我就是不信邪嘛！我就是急，就是毛躁嘛！我害死你了，还害了金锁……"

　　这一说，金锁就跟着哭了。

　　"是我是我！最沉不住气的就是我！说什么'择日不如撞日'，才会把大家都撞进鬼门关里去……我应该拦着大家，我非但没拦，还拼命煽火……"

　　紫薇就张开双臂，一把抱住了二人，紧紧地搂着说："都不要哭了，也不要自己怪来怪去，该来的，总是会来，我们逃不掉！想想看，早说，晚说，总是要说的，对不对？好在，我们都关在一起，还能说话，还能聊天，将来如果不幸，一起上断头台，黄泉路上，也有个伴。不用伤心了！到这儿来坐！"紫薇将两人拉到墙角的草堆上。三人挤在一块，坐在地下。

　　金锁忽然惊跳起来，大叫："有蟑螂！有蟑螂！"

　　小燕子低头一看，地上，好多蟑螂正在乱爬。她忙着东躲西躲，又脱下鞋子，追着蟑螂打来打去。

　　"人倒霉的时候，连蟑螂都来欺负！"她气冲冲地说。

　　紫薇却好整以暇地坐着，抬头看了看，忽然一笑，念出一首诗来："走进一间房，四面都是墙，抬头见老鼠，低头见蟑螂！"她抬头看小燕子："你当初作诗的时候，原来是有'先见之明'啊！"

　　小燕子四面一看，脸上还挂着泪，就扑哧一笑："只有你，在这种情形下，还会逗我笑！"

乾隆整夜不能合眼，心情激荡起伏，奔腾澎湃，陷在一份自己也不了解的郁怒里。令妃悄悄看他，对于他的郁闷，心里有些明白，却不便说破。见乾隆彻夜不眠，像个困兽般在室内走来走去，她不得不以戴罪的眼神，祈谅地看着乾隆："皇上，您心里有气您就说吧，不要一直憋着！"

乾隆这才一个站定，抬头怒视令妃，恨恨地说："令妃，朕是这样信任你，在众多嫔妃当中，把你当作真正的知己。即使皇后对你百般猜忌，朕明着偏袒，暗着偏袒，就是袒护定了你！而你却联合福伦家这样欺骗朕！你让朕闹了这么大一个笑话，以后在众多嫔妃之间如何自处，如何自圆其说？"

令妃跪下含泪禀告："皇上！您错怪臣妾了！我跟您发誓，还珠格格是假的，这件事我也是到今天才知道！如果臣妾老早知道，就有一百个胆子，也不敢欺瞒皇上！"

"你还要狡赖？紫薇和金锁，不是你引荐进宫的吗？"乾隆生气地说。

令妃见乾隆发怒，害怕了，痛喊着："皇上，紫薇和金锁虽然是臣妾引进宫来，但是臣妾跟您一样，什么内情都不知道，只以为是帮小燕子一个忙，让她的结拜姐妹，可以进宫来和她做伴，臣妾的动机，绝对没有丝毫恶意呀！"

"动机！动机！现在你们每个人跟朕谈动机！好像你们每个人的动机都是好的，都是没错的，都是情有可原的！但是……却把朕陷进这样的困境里……"他的声音低了下去，哀伤而迷惘，"这两个丫头，只有十八九岁，不管谁是真的，谁是假的，或者，都是假的……她们两个，却骗了朕的感情、朕的信任，把朕骗得团团转，骗得好惨！她们居然敢这样明目张胆地骗朕，一骗再骗！"

令妃低垂着头，一句话都不敢说了。

"最可恶的是，她们两个，一个看来天真烂漫，一个看来玉洁冰清，私生活却乱七八糟，到处留情！"就一咬牙，"皇后说得对，朕不能再凭感情来做事！如果朕不治她们，实在难消心头之恨！让她们在宗人府，尝尝当格格的滋味！"

令妃对乾隆那种矛盾的感情，尴尬的处境，被骗的伤害，和真相大白带来的震撼……其实是很了解的。乾隆最难受的，应该是紫薇在他心里的地位，突然从"娘娘"变成了"格格"，他一时之间，实在不能适应吧！但是，这种复杂的心情，除了乾隆自己来调适以外，任何人都不能说破。她低头不语，想着身陷牢狱的紫薇和小燕子，心里难过极了。

尔康和永琪一早就来求见乾隆，两人也是彻夜未眠，神情憔悴。一见到乾隆，两人就对乾隆双双跪倒。永琪直截了当，诚诚恳恳地、掏自肺腑地说："皇阿玛！今天我和尔康跪在这儿，为两个我们深爱的女子请命！自从出巡以来，我相信皇阿玛已经看得非常清楚，我和小燕子，尔康和紫薇，都早已生死相许，情不自禁了！请皇阿玛看在她们两个的好处上，原谅她们的错，放她们出来吧！"

乾隆大震，眼光锐利地看着永琪和尔康，怒不可遏了："生死相许？情不自禁？你们两个，居然敢来跟朕说这八个字？你们不知道宫廷之中，女子的操守，是何等重要？以前，皇后就提醒过朕，你们在漱芳斋花天酒地，秽乱宫廷！是朕心存偏袒，没有听进去！现在，你们居然敢堂而皇之，跑来告诉朕，你们早已'生死相许'？小燕子和紫薇，本来只有欺君之罪，现在，再加上'淫乱'之罪！你们说，是可以饶恕的吗？"

尔康真情流露地喊了出来："皇上！首先，我一定要让您了解，我和紫薇，五阿哥和小燕子，我们'发乎情，止乎礼'，绝对绝对没有做出'越礼'的事来！两个姑娘都是洁身自好，玉洁冰清的！怎样也不能说她们'淫乱'啊！"

"玉洁冰清？会谈情说爱，私订终身，还说什么玉洁冰清？"

"皇上，这个'情'字，本来就不是'理法'所能控制，如果处处讲理，处处讲法，处处讲规矩，处处讲操守……那么，整个'还珠格格'的故事，都没有了！没有小燕子的误认，没有紫薇的存在，也没有我和五阿哥的痛苦和无奈了！"

尔康的话，字字句句，直刺乾隆的内心，乾隆恼羞成怒，一拍桌子，大吼："放肆！你的意思是说，这些错误，都是朕的错！"

尔康磕头，不顾一切地说："皇上，您也曾年轻过，您也曾'情不自禁'过！您的'情不自禁'，造成今天两个无辜的姑娘，关在大牢里，呼天不应，叫地不灵！她们最大的错误，不是撒谎。我们一生，谁不是在撒谎中长大？她们最大的错误，是千方百计要认爹啊！皇上，错认格格，并没有什么了不起，错杀格格，才是终身的遗憾啊！"

乾隆拂袖而起，怒上加怒，指着尔康，恨恨地说："尔康！你好大的胆子，居然敢公然指责朕！今天，如果不是你已经被塞娅选中，朕一定重重地办你！"

尔康磕头，坚定地说："臣不能娶塞娅公主！"

乾隆不敢相信地瞪着尔康："你敢'抗旨'？"

永琪急忙插口，诚挚地喊："皇阿玛！尔康是'情有独钟'啊！您也是'性情中人'，为什么不了解这份感情，不欣赏这份感情，不同情这份感情呢？"

乾隆被尔康和永琪这样你一句我一句，气得脸色铁青，吼着："大胆！你们两个，是要朕摘了你们的脑袋，才满意吗？滚出去！小燕子和紫薇，是朕的事，朕要怎样发落她们，就怎样发落她们，谁都不许求情！你们两个，如果再不收敛，朕一起治罪，绝不饶恕！滚！"

永琪和尔康互视，知道已经逼到最后关头，走投无路了。

那晚，紫薇、小燕子、金锁三个，被狱卒带进一间阴风惨惨的大房间里，她们几乎是被摔进房间的，三个人放眼一看，房里铁链铁环俱全，刑具遍地，这才知道到了"地狱"。在火炬的照射下，看到有个官员，坐在一张大桌子前面，后面官兵围绕肃立，杀气腾腾。桌子上，放着三份"供状"和笔墨。

那个官员，用惊堂木在桌上用力敲下，大喝道："哒！三个大胆妖女，你们从哪里来？冒充格格，是不是为了想刺杀皇上？从实招来！"

金锁觉得声音熟悉，抬头一看，喊着说："是那个'太常寺'的梁大人啊！"

紫薇也抬头看，惊喊："小燕子！我们碰到老朋友了！"

小燕子一看，惊讶极了："这个梁大人还活着呀？他居然调到宗人府来了？"

紫薇看小燕子和金锁："大家心里有数吧，我们运气不好，冤家路窄！"

"什么'路宰'不'路宰'！这个王八蛋早就该宰了！"小燕子恨恨地说。

那个官员不是别人，正是当初被小燕子大闹婚礼的梁大人。见三人居然谈起话来，大怒，重重地一拍桌子："大胆！你们嘴里说些什么？赶快过来画押！"就有好几个狱卒，分别拽着三人，去看状子。

小燕子看也不看，对梁大人大笑："梁大人！你把人家的闺女抢去做媳妇，又把新娘子弄丢了，这个案子，到底了了还是没了？你把新娘子赔给人家没有？"梁大人大惊，仔细看小燕子，想了起来，再看紫薇和金锁，恍然大悟，跳起身子，大叫："原来是你们三个！不用审了，这是三个女贼！偷了我家，大闹婚礼，劫走了我家的新娘，我和她们的账还没算，她们居然还混到皇宫里去欺骗皇上！给我打！给我重重地打！"

梁大人一声令下，狱卒们的鞭子，就噼里啪啦地抽向三人。鞭子很快地打裂了衣服，在三人身上脸上，都留下了一道道血痕。小燕子大叫一声，跳了起来，就直扑梁大人。

"我把你这个狗官给毙了！"

好几个狱卒，身手不凡，迅速地抓住了小燕子，把她的头抵在地下，紧紧压着。

紫薇喊着："小燕子！好汉不吃眼前亏！"

梁大人神气活现地，绕着三个人走："这才像话！现在，赶快画押！画了押，我们大家都好交差，半夜三更，我也没时间跟你们耗着！"

狱卒们就押着三人，去看供纸。小燕子问紫薇："这上面写些什么？"

紫薇看着供状，念道："小女子夏紫薇、小燕子、金锁三人，串通了福伦大学士以及令妃娘娘，混进皇宫，假冒格格，预备趁皇上不备之时，谋刺皇上……"念到这儿，紫薇不念了，仰天大笑起来："哈哈哈哈！太可笑了，我从来没有看过这么好笑的东西，胡说八道到这种地步……哈哈哈哈……"

"你画押不画押？"梁大人怒喊。

小燕子对梁大人一口啐去，大骂："画你的鬼脑袋！画你的魂！画你的祖宗八代，你们全家通通不是人！全是狗脸猪身子蛇尾巴的怪物……"

小燕子骂得匪夷所思，梁大人气得七窍生烟。

"给我打！打到她们画押为止！"

鞭子又抽向三人。金锁痛极，大喊："你们要屈打成招吗？就是打死我们，我们也不可能画那个押的！小姐是什么人物，小燕子是什么人物？你们真的不在乎吗？"

梁大人走过来，用脚踏在金锁背上，用力一踩。

"啊……"金锁痛喊。

"我倒要看看，你们是什么人物？可以撒豆成兵吗？有三头六臂吗？"

"我们什么都没有！只有这一股正气！不论你怎么打，我们不画押，就是不画押！死也不画押……"紫薇正气凛然地喊。

"捉起她们的手来，给我画个符号就可以了！"梁大人吩咐狱卒。

狱卒就去拉扯三人的手。紫薇忽然说："算了！算了！我画押！"

狱卒扶起紫薇，紫薇握了笔，在整张状子上画了一个大叉，在后面写下"狗屁"两个大字。

梁大人走过来，啪的一声，给了紫薇一个耳光，力道之大，使她站立不住，跌倒在地。梁大人就用脚踹着她。金锁见状，狂喊出声："天啊……这还有王法吗？"

小燕子对梁大人摩拳擦掌，咬牙切齿地大叫："姓梁的，你给我记着，我会跟你算账的！你小心，我会在你身上刺它一百个洞……"

梁大人阴沉沉地笑："好！我等着你。今天不招，还有明天！明天不招，还有后天！我们就慢慢地磨吧！看谁最后认输！"挥手对狱卒说："先带下去！明天再审！"

狱卒拖着遍体鳞伤的三人出了刑房，又丢进牢房。

三个姑娘，赶紧彼此去看彼此的伤，忙着去给对方揉着、吹着。

小燕子痛定思痛，哭了。

"我不明白，皇阿玛怎么会把我们关到这个地方来？他真的不要我们两个了吗？在微服出巡的时候，他一路都那么高兴，对我们好得不得了！出巡回来，他还赏各种菜给我们吃，许我们'没上没下'，那个体贴温柔的皇阿玛，现在在哪里呢？"

紫薇沉思，有些了解地说："他在想着我们，他不知道我们的情况这么惨！这不是他的本意，那张供状，摆明了要把我们、福家和令妃娘娘一网打尽！你们想想，也知道是怎么回事了！我们勇敢一点，等皇上想明白了，或许会来救我们的！"

"他会吗？你还相信他啊！"金锁毫无把握地问。

紫薇看着虚空，深深地沉思。

"我不是相信他，我相信人间的至情至爱！"她转身搂住两人，"让我们靠在一起，彼此给彼此温暖，彼此给彼此安慰吧！"

三人紧紧地靠着，好生凄惨。

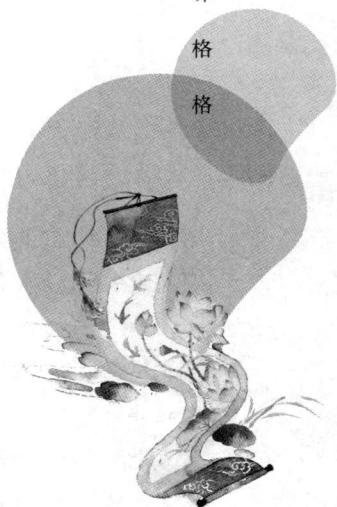

还
珠
格
格

【贰拾伍】

乾隆一震, 惊看紫薇。在紫薇那盈盈然的眸子里, 看到一个负心的、跋扈的、自私的、无情的自己。他打了个寒战, 悚然而惊了。

乾隆又是彻夜无眠。

他想着紫薇，依稀仿佛，看到紫薇在对他唱着歌：

山也迢迢，水也迢迢，山水迢迢路遥遥。
盼过昨宵，又盼今朝，盼来盼去魂也消！
梦也渺渺，人也渺渺，天若有情天也老！
歌不成歌，调不成调，风雨潇潇愁多少？

乾隆抬眼看着虚空。现在，他明白了，这是雨荷的歌，雨荷的心声，雨荷的等待，雨荷的哀怨，雨荷的相思……他闭上眼睛，心中凄恻。

然后，小燕子和紫薇的影像，就交叠着在他眼前出现。她们的声音，也交错着在他耳边响起。

"皇阿玛！我跟您说实话吧！我根本不是'格格'，您就放了我吧！"小燕子说。

"我爹，在很久很久以前，为了前程，就离开了我娘，一去没消息了！"紫薇说。

"皇阿玛！您也收她当个'义女'吧！"小燕子说。

"我娘说，等了一辈子，恨了一辈子，想了一辈子，怨了一辈子……可是，仍然感激上苍，让她有这个'可等、可恨、可想、可怨'的人！"紫薇说。

"我的阿玛不是皇上，我的阿玛根本不知道是谁！"小燕子说。

"皇上……请答应我，将来，无论小燕子做错什么，您饶她不死！"紫薇说。

"我从来不知道，有爹的感觉这么好！皇阿玛，我好害怕，你这样待我，我真的会舍不得离开你呀！"小燕子说。

"皇上，您不用困惑，那不是'勇气'，只是一种'本能'！"紫薇说。

"把您当成'爹'啊！"小燕子说。

"我知道没有资格，但是，我好想跟小燕子说同样一句话！"紫薇说。

乾隆眼前，各种各样的小燕子，各种各样的紫薇，声音交叠，影像交叠，越来越乱，越来越响，在他眼前，如闪电，如奔雷，纷至沓来。可爱的小燕子，可爱的紫薇；率真的小燕子，高雅的紫薇；热情的小燕子，体贴的紫薇；让他不能不宠爱的小燕子，让他不能不心痛的紫薇……

乾隆终于明白了，不知为什么，心中痛楚，眼中模糊。用手抵着额头，他陷入深深的沉思中。

令妃走了过来，轻轻地喊："皇上！"

乾隆抬头，茫然地看着令妃。

"皇上不要自苦了！当初错认格格，确实是臣妾的错误，您罚我吧！"

乾隆茫然地说："怎么罚？罚你，还是罚朕？尔康有句话说对了，这都是朕的错！当时对雨荷的'情不自禁'，造成今天所有的故事，如果有人要为这个故事承担什么，是朕，不是那两个丫头！"

令妃紧紧地、热烈地看着乾隆，知道乾隆想通了。她如释重负，含泪说："皇上，如果您真的想透了，说不定柳暗花明，海阔天空！臣妾一直以为，亲情之爱，是人间最深刻、最长久的爱！皇上身边，虽然儿女成群，但没有一个像小燕子和紫薇那样，千方百计地让您高兴。爱护她们，享受她们，也是一种幸福吧！"

乾隆震动极了，感动地看着令妃，所谓红粉知己，唯有令妃了。

乾隆真的不知道，紫薇、小燕子、金锁已经陷进惨不忍睹的状况里去了。

这天，三个人又被推进刑房，狱卒用三根铁链，将紫薇、小燕子、金锁吊在房内。狱卒们手里握着鞭子，杀气腾腾。地上，烧着一盆炭火，烙铁烧得红红的。金锁一看，魂飞魄散："小姐，看样子，他们预备弄死我们了，我们怎么办呀？"

紫薇四面看看，吸了口气，说："小燕子，金锁，我们勇敢一点。不是同年同月同日生，可以同年同月同日死，也是我们的福气！不要哭，不要怕，让我们死得有骨气一点！"

小燕子的豪气被紫薇燃起了。

"是！金锁，我们争气一点！别因为我们是女人，就让人小看了！"

一阵脚步杂沓，梁大人带着一队官兵，走了进来。梁大人坐定，惊堂木猛地一拍。

"好了，我们再开始！今天，你们三个准备好了没有？要不要画押？"

"不画！说什么都不画，要杀要打，悉听尊便！就是不画！"紫薇说。

小燕子破口大骂："画你这只梁乌龟！'画'你被几千斤的大石头'压着'！画你梁乌龟被压，压得头破血流，乌龟壳碎了一地……"

梁大人怒吼："她们三个欠打！给我打，重重地打！狠狠地打！"

鞭子就对着三人一阵猛抽。三人被打得衣衫破碎，鞭痕累累。金锁痛极，忍不住了，就叫了起来："啊……好痛……啊……"

"金锁！我们来唱歌！"紫薇喊，就大声地唱起歌来，"今日天气好晴朗，处处好风光！蝴蝶儿忙，蜜蜂儿忙，小鸟儿忙着，白云也忙！马蹄践得落花香！"

为了抵挡疼痛，金锁和小燕子也跟着大唱了："眼前骆驼成群过，驼铃响叮当！这也歌唱，那也歌唱，风儿也唱着，水也歌唱！绿野茫茫天苍苍！"

梁大人见三人居然大唱起歌来，怒极，喊道："你们三个女贼，死到临头，还不知道悔改？赶快画押！再不画，我们就大刑侍候了！不要敬酒不吃吃罚酒！快画！"

官兵拿着写好的供词，送到小燕子面前去。

三人没有一个看供词，歌声更响了。

"烙刑侍候，把她们的脸蛋给毁了！"梁大人喊。

狱卒立刻取出烧红的烙铁，恶狠狠走上前来。三个姑娘已将生命置之度外，但是，当烧红的烙铁直逼面门时，还是忍不住胆战心惊了。

就在这时，外面忽然有人大喊："圣旨到！圣旨到……"

小燕子又惊又喜，狂喊着："紫薇，听到没有，皇阿玛来救咱们了！"

"有救了，有救了！我就知道皇上不会忘记咱们！"金锁又哭又笑。

梁大人一惊，慌忙跪倒，众狱卒和官兵立即跪了一地。

紫微半信半疑，随着声音看去。只见永琪带着尔康、尔泰冲了进来，后面跟着的，居然是柳青、柳红。永琪一进门，就拿着一张假圣旨，虚晃了晃，大声说："皇上有命，立刻带小燕子、紫薇、金锁三人进宫，不得有误！"

永琪在那儿晃着圣旨，尔康、尔泰、柳青、柳红就奔上前来，尔康一见三人这等景况，已经大怒，拔出剑来，一阵叮里哐啷，却砍不断那些牢牢的铁链。尔康对狱卒大吼："还不赶快松绑！"

梁大人觉得情况不对，急忙大喊："慢着！让我看看这张圣旨！"

永琪立刻发难，大吼着说："我是五阿哥，今天亲眼看见你们动用私刑，好大的狗胆！我要你们偿命！"

尔泰已经抽刀，劈向狱卒。柳青柳红扑上前来，锐不可当，噼里啪啦一阵，打倒狱卒，抢下钥匙，为三人开锁。

小燕子惊喊："柳青柳红，怎么是你们……"

还珠格格【第一部】

412

柳青低声警告："我们来救你们，不要多说，跟我们杀出去！"

梁大人跳起身子，大喊："有人劫狱啊……来人呀！来人呀……有人劫狱呀……"

紫薇等三人，挣扎着站起身来，这时才知道永琪等人是来劫狱，惊愕互看。

"大家快走！马车在外面等着！"柳红喊。

大家还来不及走，官兵已经一拥而至。

永琪、尔泰、尔康、柳青、柳红拔刀的拔刀，拔剑的拔剑，和那些官兵大打起来。小燕子看到这种情形，精神大振，也顾不得自己身上的伤，夺了狱卒的一把长剑，反手就直刺梁大人。梁大人大惊，狼狈奔逃，喊着："女侠饶命！女王饶命！格格饶命！女菩萨饶命……"一面喊，一面满室奔逃。

"你现在喊我天王老子也没有用了！"小燕子喊，追着梁大人，一剑劈下。梁大人的衣袖立刻破裂，手臂上一条血痕。

小燕子第二剑又刺了下去，梁大人吓得屁滚尿流，狼狈奔窜。

"女王饶命……饶命……小的是乌龟，不值得女王弄脏了剑……"

小燕子怒喊："你这个孬种！我要在你身上刺一百个洞……"又一剑刺进梁大人肩膀。小燕子拔剑，再一剑刺进梁大人的大腿。

梁大人倒地，满地翻滚，嘴里狼嚎鬼叫："哎哟！杀人啊……劫狱啊……"

尔康急喊："紫薇和金锁已经支持不住，大家不要打了，走人要紧！"

永琪就对受伤倒地的梁大人喊："你看清楚，今天劫狱的是我，五阿哥！不要把罪名乱扣给别人！"

尔康扛着紫薇，柳红扛着金锁，永琪拉着小燕子，大家就冲出门去。

就在尔康、永琪、尔泰大闹宗人府的时候，乾隆已经迫不及待地把福伦、傅恒、纪晓岚、鄂敏都召进了宫，坦白地问大家："关于还珠格格，这整个事情，想必你们大家都知道了！朕现在已经把小燕子和紫薇，都关在宗人府的大牢里。虽然她们两个，都异口同声说紫薇是格格，但是，朕已经不知道能不能信任她们！朕紧急召各位贤卿入宫，是希望知道大家的看法！福伦对事情最清楚，晓岚、傅恒、鄂敏都曾和她们两个一路出巡，到底这两个姑娘，朕应该怎么处置才恰当呢？"

大家低头，人人都不敢说话。纪晓岚排众而出："臣斗胆，说出心里的看法！这本是皇上的家事，不论皇上如何处置，不用顾虑大家的看法！还珠格格虽然有欺君之罪，但是，是她的天性使然！她的淘气，皇上最是清楚，所谓王法，也得兼顾人情！还珠格格入宫以来，常常让皇上开怀大笑，功过可以相抵，实在罪不至死！"

乾隆不禁连连点头："那……紫薇呢？"

纪晓岚凝视乾隆片刻："紫薇姑娘，在皇上微服出巡时，随侍皇上左右，任劳任怨，让人感动不已！至于遇刺的时候，奋不顾身，更不是常人所能做到，当时，带给臣的震撼，就非常强烈！现在想来，才恍然大悟，所谓'本能'，大概是父女天性吧！皇上自己，应该比任何人都清楚啊！"

乾隆震动至极，看着纪晓岚。纪晓岚沉吟片刻，又说："皇上，一本好书，看到最后一页，虽然因为和自己预期的结局有点不同，难免有些惆怅。但是好书就是好书，换一个角度去看，应该更是回味无穷啊！两个格格，天真烂漫，温柔可人，是皇上的福气！何不以宽大的胸怀，原谅她们小小的过错，享受她们的天伦之爱呢！"

纪晓岚的话，如醍醐灌顶，把已经心软的乾隆，完全点醒了。

乾隆沉吟片刻，方才如大梦初醒般说："是啊！朕一直觉得，她们两个，亲切得像朕的两只手，一左一右，是朕身体的一部分，和朕密不可分！真的，假的，又都怎样？最可贵的，是那一片真心啊！"

福伦一听此话，便排众而出，躬身请命："紫薇姑娘，自从身受重伤，始终不曾完全康复，宗人府那个监狱，阴暗潮湿，恐怕不宜久留，如果皇上开恩，不知可不可以放她们出来？"

乾隆尚未答话，纪晓岚也上前，躬身说："皇上，可怜两位格格，身子柔弱，尤其紫薇姑娘，大病初愈，怎么禁得起牢里的折腾呢？"

乾隆震动，心中热血澎湃，再难遏止，急促地说："各位贤卿，随朕出宫走一趟，去宗人府，亲自释放那两个丫头吧！"

大家赶快应着"遵旨"，正要行动，忽然看到官兵狂奔而来，跪地禀告："皇上！五阿哥和福家兄弟，带了武林高手去宗人府劫狱，把三个女犯全部救走了！"

乾隆大惊失色："什么？什么？"

福伦脸色惨变。

就有一个官兵，身上还溅着鲜血，跪到乾隆面前，禀告："启禀皇上，五阿哥和福家兄弟，假传圣旨，说皇上有令，传还珠格格等人进宫，趁大家接旨之时，打伤狱卒和梁大人，打伤侍卫，劫走了三个人犯！"

乾隆一听，再看血迹斑斑的官兵，顿时怒不可遏："假传圣旨，打伤朝廷重臣，劫走人犯！简直胆大包天！傅恒、鄂敏！"

"臣在！"傅恒鄂敏急忙答应。

"马上带兵去把他们给捉回来！"

福伦对着皇上一跪："臣请旨，去捉拿逃犯！"

乾隆怒看福伦："你父子连心，难道不是同谋？捉拿什么？"

福伦磕头，诚惶诚恐地说："臣教子无方，罪该万死！但是，绝对不是同谋，让臣去追捕，以免两个逆子抗旨拒捕！"

乾隆震怒地一挥手："去！务必把他们活捉回来！一个都不能放掉！以后还有谁敢为这两个丫头说情，一起重惩！这样胡作非为，让人忍无可忍！几个人捉回来之后，全体死罪！"

同一时间，一辆马车在晨雾弥漫的旷野里疾奔，驾车的是柳青和柳红。

"驾！驾！驾……"

鞭子抽下，马儿狂奔。

车内，小燕子、金锁、紫薇都披上了尔康等人的衣服，遮住受伤的身子，东倒西歪地靠在尔康和永琪怀里。小燕子看着永琪，又是震惊，又是感动，又是担心："真没想到，你们会来劫狱……这样一劫狱，下面要怎么办呢？"

永琪义无反顾地说："天涯海角，我们流浪去！"

"怎么可以这样，你是阿哥啊！"小燕子惊喊。

"阿哥又怎样？就算高高在上，向往的只是平凡人的夫妻生活啊！"

小燕子心中一热，泪水夺眶而出："五阿哥，有你这几句话就够了！我不能把皇阿玛最宠爱的儿子拐走，这样太对不起皇阿玛了，你一定要回去！"

紫薇也惊看着尔康："你呢？预备也不要家了？"

"正是！决心劫狱，就没有回头路了！"尔康坚定地说。

紫薇大惊："那你的阿玛要怎么办？皇上会气死的！"

尔康生气地冲口而出："不要管皇上了，那么心狠手辣，自己的骨肉，可以关进大牢，私刑审判，受尽折磨，不值得你再为他付出了！"

"可是……你的父母会被牵连的，不能这样做……"

尔泰大声地接口："紫薇，小燕子！你们放心！我送你们一程，就把你们交给柳青柳红，他们是你们的哥们，会保护你直奔济南，重新开始生活！我回宫里去见皇上！阿玛和额娘，有我侍候，我哥和五阿哥，从此，就交给你们了！"

"那……如果皇上大发雷霆怎么办？"紫薇震惊地问。

尔泰大笑，豪气干云。

"那……就是'要头一颗，要命一条'了！"

马车来到一个荒原，柳青、柳红四顾无人，勒住了马。大家纷纷跳下车来。尔泰毅然决然地对众人说："大家珍重！我送到这儿，不送了！"

尔康重重地把尔泰的手一握。

"尔泰，没想到，兜了一个大圈子，还是走到这步！从今以后，对阿玛尽孝，对皇上尽忠，都是你的责任了！我不知道该对你说什么，有个这样的弟弟，是我一生的骄傲！"

永琪也拍着尔泰的肩膀，充满离愁和感激地说："皇阿玛那儿，一定有一番惊天动地，你要小心应付！"

柳青，柳红走了过来。柳青说："我想来想去，觉得这样不好，要走，为什么大家不一起走？闹成这样，已经不是小事，尔泰能够脱身吗？万一府上要找人开刀，岂不是就剩一个尔泰？"

紫薇抱着胳臂，因为遍体鳞伤，痛得发抖，激动地挺身而出，急切地说："尔康、尔泰，我没有料到你们会大胆劫狱，弄成这样，真的是不可收拾！柳青的话很对，尔泰现在回去，根本就是羊入虎口，要面对的风暴实在大大，说不定会代我们几个送命！我现在有一个提议，你们要不要听我？"

小燕子着急地喊："不要再婆婆妈妈了，尔泰，你跟我们一起逃吧！再耽搁下去，说不定追兵就来了！我们大家有福同享，有难同当吧！"

尔泰往后一退，看着众人，微笑，衣袂翩然，一股"风萧萧兮易水寒，壮士一去兮不复还"的样子。他坚定、自信，铿然有声地说："你们走！不要再迟疑了，换了是我，有这样生死与共的知己伴侣，我会头也不回地走掉！现在，祸已经闯了，总要有人面对和承担！否则，会有很多无辜的人要倒霉。何况，阿玛和额娘，失去了尔康，不能再失去我。我要回去面对这一切，收拾这个残局，这是我的责任！你们不要担心我，皇上是仁慈的，今天要把小燕子和紫薇置于死地的，不是皇上！我相信，皇上会原谅我的，会想明白的！再见了，我们后会有期！"

尔泰说完，昂首阔步，回头就走。

紫薇大急，一把抓住尔康的衣服："尔康！我们一起回去！尔泰有一句话很对，皇上是仁慈的，让我们一起去面对皇上，我们去自首，去认错！劫狱，是情迫无奈，皇上会听的，他从来没说过要我们死！我宁愿回去面对风暴，不能让尔泰代我们受罪！"

尔康看着尔泰的背影，心中怆恻，一时无语。

小燕子也看着尔泰的背影，泪，就滴滴答答往下掉。

"如果尔泰有个什么，我永远都不会原谅自己！"

"我也是！"金锁低声接口。

大家彼此互视，个个眼中含泪。尔康一跺脚，大喊："还等什么？大家上车吧！柳青、柳红，你们不要再跟着我们了！免得被我们牵连！承蒙帮助，大恩不言谢！"

小燕子把柳红紧紧一抱，又是泪，又是笑地喊："谁说大恩不言谢，我谢你，谢你，谢你一百次，一千次，一万次！"又奔过去，重重地用手背在柳青肚子上一拍："柳青！等我飞黄腾达以后，我一定封一个王给你做！小燕子无戏言！"

柳青和柳红大惊失色。

"好不容易劫狱劫成功了，难道你们还要回去？你们都疯了吗？"柳青喊。

"皇上一生气，说不定把你们全体斩了！"柳红也喊。

紫薇郑重地说："人，要活得坦荡荡，要活得心安理得。如果我们的生命，建筑在尔泰、福大人、夫人的痛苦里，我们活得还有价值吗？还有意义吗？还活得下去吗？"

尔康就重重点头，对柳青说："紫薇说得对！苟且偷生不是办法！劫狱，是情不得已！回去，是责无旁贷！只能这样了！"

柳青柳红看着大家，知道大家的心念已定，劝也劝不住了，感动地说："除了祝福，我无话可说了！"

于是，大家都上了车，尔康坐在驾驶座，一拉马缰，马车向前疾驰而去。

旷野中，风起云来。柳青、柳红站在那儿，拼命对大家挥手，喊着："再见！再见！后会有期！大家珍重！"

车子追上了尔泰，尔泰听到车声，惊异地回头，车子停都没停，一面飞驰，尔康就一面伸手一捞，把尔泰捞上了驾驶座。尔康大笑说："上车吧！大家决定有福同享，有难同当！该面对的，一起去面对！大家都一样，要头一颗，要命一条！"

福伦、傅恒、鄂敏带着马队，才追到城门口，就遇到了率众归来的尔康和尔泰。

尔康、尔泰滚鞍下马，对福伦跪下。

"阿玛！让您受累了！我们正快马加鞭，预备回宫去见皇上！"

永琪跟着跳下了车，对众人一拱手："劳师动众，是我的不是了！这就随各位回去领罪！"

片刻以后，大家都在乾隆面前聚齐了。

小燕子、紫薇、金锁都是脸上带伤，苍白憔悴，行动不便，穿着尔康等人的上衣，狼狈地跪在地上。尔康、尔泰、永琪跪在后面。福伦、鄂敏、傅恒肃立于后。

傅恒对乾隆行礼，禀告："臣和鄂敏、福伦，刚刚才走到城门口，就看到他们正快马加鞭地赶回宫。所以立即带来了！恐怕'劫狱'之说，另有隐情，请皇上明察！"

乾隆看着紫薇、小燕子和金锁，震怒之余，却被三人的狼狈所惊吓了，瞪大眼睛，惊问："你们三个怎么了？脸上的伤，从何而来？"

小燕子再也忍不住，痛喊出声："皇阿玛！您好狠的心！杀了我们，不过是脑袋一颗，我们痛一痛，也就过去了！你把我们关在那个又黑又臭的地方，蟑螂啃我们的手指甲，老鼠啃我们的脚指甲，晚上，好多鬼和我们一起哭！让我们坐也不能坐，站也不能站，睡也不能睡……这也算了，您还要那个和我们有仇的'梁贪官'来审问我们，逼我们画押，不画押，就用鞭子抽我们……皇阿玛！您怎么能这样对我们？有什么深仇大恨，让您要这样弄死我们？自从进宫以来，好多次，我都想偷偷溜走，一去不回头，我不走，是因为您的慈爱呀！早知道，您会这样对待我们，我和紫薇，真是大错特错，千不该，万不该，要认这个爹呀！"

乾隆愕然，惊异得一塌糊涂。

"审你们？朕还没有决定要不要审，谁敢审你们？"

"就是那个梁大人啊！他说'奉旨审我们'！皇阿玛！你看！"

小燕子倏然让外衣从肩上滑落，露出伤痕累累的手臂和双肩。再膝行过去，不由分说地拉下紫薇的外衣和金锁的外衣，三个惨遭毒打的身子，就暴露在阳光下。小燕子凄厉地喊："皇阿玛！这是您给我们的，这些伤痕是假的吗？不把我们弄死，您就不甘心吗？我们真的这么罪大恶极吗？"

乾隆震惊，看着三个女子，浑身鞭痕累累，心痛至极，踉跄后退，大怒地喊："傅恒！去把那个梁某人给我带来！马上去！"

"是！"傅恒疾步而去。

三个女子，把衣裳拉好。紫薇这才抬起头来，深深地看着乾隆，眼中，仍然盛满温柔，盛满千言万语，盛满孺慕之思："皇上！我们又犯下不可原谅的大错了！假传圣旨，伤人劫狱，我们知道，祸，已经越闯越大，不可收拾了！今天，我们本来要集体大逃亡，马车已经跑到郊外，我们仍然决定回来，面对皇上！我们前来忏悔，认错，领罪……要杀要剐，我们都顾不得了！回来，是相信皇上还有一颗仁慈的心，是相信我这些日子来，对皇上的认识和仰慕！如果，我们真的难逃一死，请饶恕五阿哥和福家兄弟！他们自从认识了我们，一路被我们连累，才弄到今天这个地步！"

乾隆凝视紫薇，在紫薇的哀哀叙述下，心已软，心已痛："不要说了！伤成这样，赶快去漱芳斋休息，传太医马上进宫！"

就有侍卫大声应着，疾步退下。

紫薇磕头说："皇上如果不原谅福家兄弟和五阿哥，紫薇宁愿跪着，不愿起身！"

乾隆眉头一皱："假传圣旨和劫狱，是多么严重的事，哪里可以听你一句求情就算了？你现在是泥菩萨过江，管你自己就好了！还管什么别人？这福家兄弟，如此胆大妄为，怎能原谅？"

福伦听到这儿，就嘣咚一跪，泪流满面了。

"皇上，请看在老臣几代的忠心下，网开一面。臣只有这两个儿子啊！"

尔康忍无可忍，开口说："皇上，幸亏我们去劫狱，如果不去，她们三个，现在都已经死了！"

永琪也急忙说："皇阿玛！当儿臣赶到的时候，她们三个，全用铁链吊在空中，皮鞭沾了盐水，狠狠地往她们三个身上抽！她们是姑娘啊！这样虐待，传出江湖，我们大清朝的颜面何在？皇阿玛的英名何在？"

尔泰接口："何况，她们三个，一个是皇上封的'还珠格格'，一个是皇上的'金枝玉叶'！真相没有查清，就要杀人灭口吗？"

小燕子就不顾一切，大喊着说："皇阿玛！今天所有的事情，都是我一手造成的！我愿意一人做事一人当，您饶了他们，我就豁出去，不要脑袋了！"

乾隆怒看小燕子："你以为朕不敢砍你的脑袋是不是？确实，这所有的错误，所有的问题，都是你一个人造成的！如果你不冒充格格，什么问题都没有了！"一咬牙："好，既然你要代大家死，朕就成全你！"就回头大喊："来人呀！把还珠格格推出去斩了！"

乾隆此话一出，就有侍卫，大声应着，前来抓住小燕子。永琪忙着磕头，痛喊："皇阿玛！请千万不要啊！"

纪晓岚带头，对乾隆一跪，所有大臣，就全部跪下了，大家都真情流露地喊："皇上请开恩！"

紫薇抬头，泪流满面，大喊："皇上！您忘了当初答应过我，不论小燕子做错什么，饶她不死！君无戏言！"

"那是'饶她不死'，现在，是她甘愿代你们而死！"

紫薇、尔泰、尔康、永琪、金锁就同声大喊："我们不要她代！要杀一起杀！"

乾隆往后一退："你们居然敢威胁我，是不是以为朕就是'不忍'杀你们？"

紫薇抬着头，带泪的眼睛，直视到乾隆的内心深处去，哀声地喊："皇上啊！我们回来，是个必输之赌，我们什么把握都没有，唯一的筹码，就是皇上的'不忍'呀！"

乾隆一震，惊看紫薇。在紫薇那盈盈然的眸子里，看到一个负心的、跋扈的、自私的、无情的自己。他打了个寒战，悚然而惊了。

小燕子反正脑袋不保，什么都不管了，大喊着说："皇阿玛，您从来没有承认过我呀！您诏告天下，只说我是'义女'，既是'义女'，当然不是真格格，您根本没有把我当成女儿，我哪有'欺君'？如果您当初相信我是真格格，而您却说我是您的'义女'，那么，您岂不是'欺民'？"

乾隆被小燕子这几句话，说得更加汗颜了。

这时，傅恒捉了全身绑着绷带的梁大人过来，掷在地上。

"皇上，梁廷桂已经捉拿在此！"

梁大人浑身发抖，趴在地上。

　　"皇……皇上……开恩……饶命……"

　　乾隆的一股怒气，全部转移到梁大人的身上，一声怒喝："是谁让你夜审小燕子？说！"

　　"是……是……皇上……'

　　"什么是皇上？朕什么时候要你审过她们？"

　　"宫里……宫里的密令……要她们画押认罪……画押以后……"

　　乾隆大吼，声如洪钟："画押以后，要怎样？"

　　"格杀勿论！"

　　"宫里谁传的话？密旨在哪里？"

　　"只有……口传……"

　　"谁的口？"

　　"卑职不敢说……不敢说……是一个公公……"

　　乾隆怒极，回头喊："傅恒，把这个梁廷桂，拖出去斩了！"

　　梁大人就杀猪般地叫了起来："没有罪证，怎能杀卑职？皇上开恩啊！"

　　纪晓岚起身，走上前去，从袖子里掏出三张供纸，递给乾隆："皇上，这是臣在宗人府搜出来的！"

　　乾隆一看，怒上眉梢，把状子往怀里一揣，大喊："立刻斩了！再抄了他的家！证据？三个姑娘的伤痕还不够吗？"

　　"臣遵旨！"傅恒大声应道。

　　傅恒就拖着狼嚎鬼叫的梁大人走了。

　　梁大人一走，乾隆就对跪了一地的众人说："大家都起来吧！闹得我头昏脑涨，气得我胃痛！尔康、尔泰，你们还不赶快传太医，给三个姑娘疗伤！"

　　小燕子大喜，跳起身子喊："皇阿玛！您不杀我啦？"

　　"你振振有词，我杀了你，难逃悠悠之口！"

小燕子不敢相信地问："那……您也原谅大家了吗？"

乾隆看着小燕子："朕被你们要挟，要杀就要杀六个，你刁钻古怪，杀了也罢了，偏偏朕又答应不杀你！至于其他的人，朕确有'不忍'之心啊！"就低头看紫薇，用充满感性的声音说："你真厉害，你用那个唯一的筹码，赢了这场赌！"

紫薇看着乾隆，甜甜地笑了。

"我知道我会赢……我一直都知道……我会赢！紫薇说完，眼前一黑，就晕倒在地了。

尔康忘形地急喊："紫薇！紫薇！"就扑了过去。

乾隆比尔康更快，一弯腰，抱起紫薇，脸色苍白，真情流露地喊道："太医？太医在哪儿？快来救我的女儿啊！"

【贰拾陆】

皇后看着紫薇，见紫薇轻言细语，高贵恬静，这种气势，竟把身为国母的自己，比了

下去。她这才知道，要和这位来历不明的格格斗法，是自己自不量力了。

乾隆定定地看着紫薇。

紫薇躺在床上，已经梳洗过了，换上干净的衣裳。太医也诊治过了，所有的伤口，都在令妃的照顾之下，细心地擦了药。内服的药，也立刻去熬了。可是，紫薇一直昏迷不醒，药熬好又冷了，大家试了又试，根本没有办法把药喂进去。太医说是"新伤旧创，内外夹攻"，才会让她这样软弱。乾隆看着昏迷的紫薇，心里的后悔和自责，就像浪潮般汹汹涌涌而来，把他一次又一次地淹没。坐在床边，他紧紧地盯着她。这是第二次，他等待她苏醒，上次是她为救他而受伤，这次，却是他把她弄成这样！他的心，随着她的呻吟而抽痛。脑子里，一再响着她那句话："皇上，您的心那么高高在上，习惯了众星捧月，竟不习惯人间最平凡的亲情了吗？"

是啊，自己那么高高在上，一个"生气"，就可以给人冠上"欺君大罪"，关进大牢！如果自己不是皇上，紫薇怎会弄成这样？现在，他不是皇上了，他不再高高在上，他只是一个焦急的父亲了。

紫薇不醒，整个漱芳斋都好紧张。小燕子和金锁，也都上过药，吃过药了，大难不死，还能回到漱芳斋，劫狱之后，还能保住脑袋，本来应该个个欣喜如狂。可是，看到紫薇昏昏沉沉，她们两个谁也笑不出来。天灵灵，地灵灵，保佑紫薇吧！

尔康、尔泰和永琪，都在外间大厅里等着，人人神情憔悴，忧心如焚。紫薇不醒，大家的心都揪着。尔康在室内不停地走来走去，每走到窗前，就用额头去碰着窗棂，碰得窗棂砰砰直响。天灵灵，地灵灵，保佑紫薇吧!

是的,天也灵灵,地也灵灵,紫薇终于悠悠醒转了。

紫薇慢慢地睁开了眼睛,立刻接触到乾隆那焦急的、心痛的眼神。她一时之间,不知道自己身在何处,慌忙坐起,惊喊了一声:"皇上!"

令妃长长地吐出一口气来,一面伸手按住紫薇,一面欢喜地喊:"醒了!醒了!太医,是不是醒过来就不碍事了?"

"你醒了吗?真的醒了吗?"小燕子扑了过来,抓住她摇着,又哭又笑,"你不要常常这样吓我好不好?为什么这么娇弱嘛?又不是只有你一个人挨打,我们两个都没事,怎么你动不动就昏倒?"

"别摇她,别摇她……"太医喊着,一面急急地给紫薇诊脉,"皇上,紫薇姑娘没有大碍了!赶快吃药要紧!快把药热了拿来!"

"是!"好多声音同时回答,脚步杂沓,奔出奔进。

小燕子听太医说没事了,就放开紫薇,飞跑到外面大厅里去报佳音:"她醒了!她醒了!太医说没有大碍了!"

尔康正走到窗子旁边,听到这话,大大地透出一口气,一声"谢天谢地"脱口而出,精神骤然放松,身子一软,脑袋又砰地在窗棂上一撞。

小燕子奔回卧房。

一屋子的人忙忙乱乱,跑出跑进。乾隆只是定定地看着紫薇,半晌,才哑声说:"可怜的孩子,你又受苦了!"

紫薇好震动,凝视着乾隆,屏住呼吸,不知道眼前这个男人,是一个皇上,还是一个爹,还是两样都是。

金锁急急捧着药碗过来:"小姐!药来了!赶快趁热喝下去!"

令妃把紫薇扶着坐起来,金锁就端碗要喂。令妃说:"我来喂吧,小燕子、金锁,你们身上都是伤,也该去躺着休息!"

"我知道我知道,等紫薇吃了药,我们再休息!"小燕子急急地说。

"我哪里有那么娇弱?我自己下床来吃!"紫薇完全清醒了,急忙说。

对于自己这么娇弱，动不动就晕倒，也歉然极了。

"每次都弄成这样，害大家担心，真是对不起！"

乾隆见她弄得这么狼狈，还要忙着向大家道歉，心里又猛地一抽，说不出有多么痛，一伸手，他从金锁手中，接过药碗，凝视着紫薇，说："不要嘴硬了，太医说，你旧伤还没好，现在又加新伤，如果不好好调理，会留下病根来的！"就回头看小燕子和金锁："你们该吃药的去吃药，该休息的去休息！一个个都是满脸病容，满身的伤！这儿，让我来！"

乾隆就端着药碗，吹冷了药，用汤匙喂到紫薇唇边。

紫薇不相信地看着乾隆，像是做梦一样，眼里常常有的那种"千言万语，欲说还休"的神情，现在化为一片至深的感动。她扶着乾隆的手，轻轻饮了一口，然后，再饮了一口，眼泪就落下来了。她抬起头，含泪看乾隆："皇上！您知道吗？当小燕子第一次冒险出宫，告诉我，她被误认为格格的经过。她说，皇上亲手喂她喝水吃药，她当时就'昏掉'了，再也无法抗拒格格的身份！我听了，好羡慕，哭着说，如果有一天，皇上会亲手喂我吃药，我死也甘愿了。没想到，我真的等到了这一天！我也快'昏掉'了！"

乾隆心里一热，眼眶潮湿了，一面喂着药，一面说："不许再'昏掉'了，每次都吓得我心惊胆战！"

紫薇就诚心诚意地应着："是！以后再也不会了！再也不敢了！"

大家看着乾隆喂紫薇吃药，人人都震动极了，感动极了。令妃、小燕子、金锁的眼里，都含着泪。明月、彩霞、腊梅、冬雪……都感动得稀里哗啦。

紫薇就痴痴地仰望着乾隆，一口一口地把药吃了。

门口，尔康、尔泰和永琪都忍不住伸头张望，看到这一幕，大家激动地互视。尔康笑了，眼里一片模糊。紫薇啊，这一天，你是用生命换来的啊!

乾隆放下药碗,不禁用一种崭新的眼光,深深地看着紫薇,不由自主地,在她眉尖眼底,找寻雨荷的影子,这次惊异于母女的相似。他奇怪着,怎么这么久,自己居然没有看出这一点?或者,雨荷在自己的生命里,就像她说的,是"蜻蜓点水,风过无痕"了。他想到这儿,对雨荷的歉疚和对紫薇的怜惜,就融成一片了。他凝视着紫薇,带着无限的感慨,无数的真情,诚挚地说了:"你等这一天,等得真是辛苦,弄得遍体鳞伤,千疮百孔!是朕的错!回忆起来,你几次三番,明示暗示,朕就是没有想明白!朕觉得你像一个谜,也没有细细去推敲谜底!那天,把你们三个下狱,只是因为皇后咄咄逼人,朕一时之间,心乱如麻,只想先惩罚你们一下,再来想想要怎么办,没料到,又把你们送进虎口里去了。朕看着这个新伤、旧伤,到处都伤的你,真是心痛极了!"

紫薇的眼睛湿漉漉的。她的唇边,却涌上了笑:"皇上,您不要心痛,能够等到今天,我再受多少的苦,也是值得的!"

乾隆盯着她,声音哑哑的:"你还叫我皇上吗?是不是应该改口了?"

紫薇不能呼吸了,屏息地、小声地说:"我不敢啊!不知道皇上要不要认我?"

乾隆眼中,一片湿润,努力维持着镇定,低哑地一吼:"傻丫头!朕到哪儿再去找像你这么好的女儿,琴棋书画,什么都会!简直是朕的翻版!跟朕一样能干!不认你,朕还认谁?"

紫薇眼泪一掉,冲口而出地大喊:"皇阿玛!"

乾隆伸出手去,便把紫薇紧拥在怀中了,对紫薇那份复杂的爱,终于归纳成唯一的一种爱,那种人生来就具备的本能,亲情之爱。

旁观的金锁和小燕子,忍不住都哭了。金锁哭着抓住小燕子,又笑又跳。

"她等到了!她做到了!她找到她爹了!"就抬眼看天,双手合十地祷告，"太太，我完成了您的托付，您也安息吧！"

小燕子抱着金锁，也是又哭又笑又跳，激动得不得了，不住口地喊："我把格格还给她了！我总算把格格还给她了！"说到这儿，热情奔放，不能自己，就忘形地把乾隆和紫薇通通一抱："皇阿玛，我做错了好多好多的事情，闯了好多祸！我的头脑只有虾米一样大，想出来的都是馊点子，虽然搅和得乱七八糟，可我还是把紫薇带到您身边了……"

乾隆清清嗓子，有力地接口："所以，将功折罪了！"拍拍小燕子的头："朕现在才明白，你为什么一天到晚，担心你的脑袋了！还好，这颗脑袋，还是长得很牢的！"

令妃拭着面颊上滚落的泪珠，回头大喊："你们还不过来参见紫薇格格吗？"

明月、彩霞、腊梅、冬雪、小邓子、小卓子、小路子……全体奔来，在床前一跪，吼声震天地喊："奴才参见紫薇格格！格格千岁千岁千千岁！"

在门口张望的永琪、尔康、尔泰彼此互看，三只手用力一击。

"她做到了！"尔泰大喊，跳了三尺高。

"她做到了！"永琪也大喊，跳了五尺高。

"她做到了！"尔康喊得最大声，几乎跳到屋檐上去了。

门内门外，一片激动。

这时，院外忽然传来太监的大声通报："皇后驾到！"

紫薇大惊，脸色骤然变了。

尔康、尔泰、永琪全体变色。

乾隆一凛，倏然地站起身来。

皇后带着容嬷嬷，背后跟着宫女太监们，昂首阔步地走进了漱芳斋。

永琪和尔康尔泰急忙上前行礼。

"皇额娘吉祥！"

"臣福尔康（福尔泰）参见皇后娘娘！皇后娘娘吉祥！"

皇后一看到三人，怒火中烧，不可遏止，顿时严峻地说："原来你们三个都在这儿！劫狱好玩吗？"

三人低头，一个都不敢说话。

乾隆带着令妃，从卧室里面大步而出。乾隆迎视皇后，想到遍体鳞伤的紫薇和小燕子，恨不打一处来，声色俱厉地喊："皇后！你来得正好！如果你不来，朕也准备马上去坤宁宫看你！"

皇后看到令妃也在，更是又嫉妒又恼怒。再看到小燕子和金锁，站在房门口，犹豫着是不是要上前参见，她就更加生气了，高高地昂着头，用冷冽的眼光，扫视众人，气冲冲地说："皇上，这漱芳斋今儿个是家庭聚会吗？"

乾隆也高高地昂着头，清清楚楚地说："皇后说得不错！朕刚刚认了紫薇，她是格格了！"

皇后又气又急，惊喊："皇上！你左认一个格格，右认一个格格，到底是在做什么？"

"只要朕高兴，可以把全天下失去父亲的姑娘，全部认作格格！连小燕子都会说，人不独亲其亲，不独子其子！如果皇后有这种胸襟，那才是真正的皇后！"

皇后一震，怒视乾隆，义正词严地说："臣妾又要'忠言逆耳'了！"

乾隆怒喊："把你的'忠言逆耳'收起来吧！否则，包你会后悔！"

皇后毫不退缩，气势凛然地说："臣妾不会后悔！臣妾宁可一死，不能眼看着皇上被小人所欺骗！您睁大眼睛瞧瞧吧！不要被这两个来历不明的丫头弄得晕头转向！五阿哥带人劫狱，您不惩罚；福家兄弟，假传圣旨，杀人劫囚，犯下滔天大罪，您也不管！反而把忠心耿耿的梁廷桂给斩首抄家！您这样不问是非，不分青红皂白，被两个女子，一群孩子牵着鼻子走，您就不怕被天下耻笑吗？"

乾隆一拍桌子，大喊："放肆！"

"皇上是不是要把臣妾也推出去斩了？"皇后问。

乾隆从怀中，掏出那三张状子，往桌上一拍："这是你的密令吗？要把你所忌讳的人一网打尽吗？你好狠呀！朕不会斩了你，你是皇后，朕当初立你，今天就不会斩你！但是，你心胸狭窄，不择手段，简直可恶极了！朕可以废了你，但是，朕不要！朕要把你送进宗人府，让宗人府去仔细调查这段公案！听说那里又黑又臭，有蟑螂会啃手指甲，有老鼠会啃脚指甲，你和容嬷嬷，一起进去受享受，等待审判吧！"

皇后脸色大变，容嬷嬷吓得发抖。容嬷嬷急忙拉扯皇后的衣袖，抖着声音说："皇后！请不要跟皇上怄气吧！二十几年的夫妻呀！十年修得同船渡，百年修得共枕眠，这是缘分，也是福分呀！"就对乾隆一跪，落泪说："皇上！皇后娘娘的脾气，您是知道的！她一心一意，只是为了皇上好呀！"

乾隆一拂袖子，面带寒霜，声音冰冷："这种话，朕已经听腻了，没有用了！"毅然决然地说："皇后！你明天就去宗人府，朕已经决定了！"

"臣妾犯了何罪？"

"要太监假传圣旨，密令梁大人私刑拷打两位格格，一个丫头，还要串供谋害令妃和福伦一家，这还不够吗？"

皇后一惊，急急地说："臣妾绝对没有要梁廷桂拷打她们，只是传话要他早一点办案而已，这些，都是梁廷桂自己在捣鬼！"

"可惜现在已经死无对证了！"乾隆不为所动。

皇后看着眼里闪着杀气的乾隆，忽然觉得这个皇帝好陌生。也忽然体会到一件事，乾隆对她，是"恩已断，情已绝"，毫无眷恋了。想到宗人府那个地方，想到许多被送进那儿的妃嫔宗室，从此永无天日，她的心已经怯了，气也怯了，可是嘴里仍然强硬倔强："就算是我传话，臣妾也是要为皇上除害！"

乾隆怒极："到了这个时候，你还是这样说！你已经不可救药了！朕只好马上办你！"就回头大叫："尔康！"

"臣在！"尔康应着。

"把皇后带到宗人府去！马上押进去！"

尔康怔住，不知道该不该行动。永琪和尔泰都惊怔着。

"为什么不动？"乾隆对尔康吼着，神情严肃，眼神悲愤，"上次对紫薇用针刺，这次烙刑、鞭子全部动用，这样残忍，这样狠心，还有什么资格当皇后？她什么都不是了！她是一个罪大恶极的女人！尔康、尔泰！你们立刻给朕把她押到宗人府去！不许耽误！听到没有？"

大家这才知道乾隆是认真的，就全体震惊起来。毕竟，皇后的地位，高高在上，不能随便定罪。万一皇后入狱，宫中一定大乱。

永琪对着乾隆，双膝落地，诚挚地喊："皇阿玛！请息怒！皇额娘贵为国母，就算做错什么，也不能这样做啊！大清朝从没有一个皇后，被送进宗人府。再说，十二阿哥年纪还小，不能离开亲娘啊！看在小阿哥的份上，皇阿玛请三思啊！"

容嬷嬷更是磕头如捣蒜："皇上息怒，皇上息怒！"

皇后听到乾隆，句句指责，字字像刀，已经心灰意冷。再看乾隆傲然挺立，对于永琪的求情，毫不动容，更是万念全灰。她四面张望，忽然看到桌上有个针线篮，里面有布匹针线和剪刀，她就突然冲过去，一把拿起剪刀来。众人惊呼，以为皇后要行刺，尔康尔泰双双一跃，便把乾隆挡在身后。大家惊呼："皇上！小心！"

"皇后！你要做什么？"乾隆大喊。

谁知，皇后把发簪一抽，及腰的长发，立刻披泻下来，皇后抓起头发，就用剪刀去疯狂地乱剪，嘴里凄厉地大喊："忠言逆耳！不如削发为尼！"

所有的人，都大惊失色。容嬷嬷就扑上前去，死命地去抢那把剪

刀，痛哭着喊："皇后！你这是何苦？你这样折磨你自己，真正心痛的，
只有奴婢啊！"

"皇额娘不可以！"永琪喊着，也扑上去帮容嬷嬷抢剪刀。

皇后披头散发，状如疯子，和容嬷嬷滚倒在地上，拼命要剪自己的
头发。宫女们也扑上前去，帮着容嬷嬷抢剪刀。皇后死命不放，又吼又
叫。大家抢抢夺夺下，容嬷嬷和冬雪都被剪刀刺伤，惊呼连连。房里桌
翻椅倒，乱成一片。好不不容易，大家才抢下了剪刀。皇后的头发，已
经剪下了好几缕。

皇后力气已经用尽，坐在地上，眼神呆滞，一语不发。

满屋子的人都静悄悄，睁大眼睛，不敢相信地看着那个接近疯狂的
皇后。

这时，紫薇不声不响地走了过来，她的脸色依旧白得像纸，脚步也
踉踉跄跄。但是，她的眼神坚定稳重，面容安详从容。她走过去，跪在
皇后身前，含泪帮皇后挽住头发。明月急忙捧来梳妆用具，紫薇就细心
为皇后梳头发，一面梳，一面柔声说："皇后娘娘，现在，你虽然很恨
我，但是，我相信，有一天，你会喜欢我！满人最珍惜自己的头发，没
有国丧，不得剪发！头发，几乎是满人的一种标记！皇后娘娘，无论你
多么生气，千万千万，不要把您的头发给剪了！"

皇后看着紫薇，见紫薇轻言细语，高贵恬静，这种气势，竟把身为
国母的自己，比了下去。她这才知道，要和这位来历不明的格格斗法，
是自己自不量力。如今，弄成这种局面，大势已去，终于明白了一件
事，从今以后，她这个"皇后"，恐怕要在宗人府的监牢里，度过余生，
不禁痛定思痛，突然放声大哭。

紫薇用发簪将她的头发牢牢簪住，就将皇后轻轻地推进容嬷嬷怀
中："容嬷嬷，好好照顾她！"

紫薇转向乾隆，虔诚地拜倒于地："皇阿玛！您刚刚认了我，请帮我

积德，不要跟皇后怄气了！所谓宗人府，有两个格格已经进去过了，不要再让皇后进去了！您的恩泽遍天下，不独亲其亲，不独子其子，何况是结发夫妻呢？请答应我，算是您许我的'论功行赏'吧！"就磕下头去："紫薇谢谢您！"

乾隆惊看紫薇，简直不敢相信她的所作所为。

房内所有的眼光，都看着紫薇，大家都被紫薇那种高贵的气质所征服了，房间里只有皇后和容嬷嬷的饮泣声，其他，什么声音都没有了。

然后，容嬷嬷就跪得直直的，恭恭敬敬地对紫薇磕下头去。

皇后就这样回到了坤宁宫。乾隆什么都不追究了。但是，清朝的这位皇后，在若干年以后，又和乾隆大起冲突，激怒下，终于把自己的头发全体剪了。乾隆大怒，说："无发之人，如何母仪天下？"就把她打入冷宫了。一年之后，这位皇后就抑郁而死。清朝有一位"无发国母"，说的就是她。这是后话，和我们的故事没有关系，按下不表。

回到我们的故事，这天，乾隆带着尔康、尔泰、永琪三人走到御花园，心情虽然愉快，仍然有些烦恼和遗憾："这件'劫狱'事件，朕就不再追究了！你们三个，以后一定要收敛一点！两个丫头，也逐渐恢复健康，总算让朕松了一口气，可是，尔康和塞娅的婚事，不能再耽搁了！"

尔康大急，往前一迈步，急促地说："皇上，我不能娶塞娅！请皇上三思！"

乾隆看了尔康一眼，十分无奈地说："朕对于你的心事，早已心知肚明。你想，朕那么喜欢紫薇，她的心上人，朕如何舍得配给西藏公主呢？但是，朕的承诺，是一言九鼎，不容反悔！朕和你，以及紫薇，都要做一番牺牲，这是身为一个臣子，和一国之君，必须付出的代价！紫薇，身为格格，也不能不为大局着想，做一个割舍！"

永琪帮着尔康，急忙说："皇阿玛！您再想一个办法。您不知道，紫薇和尔康，真的是山盟海誓过！紫薇对尔康说过一句话：'山无棱，天地合，才敢与君绝！'皇阿玛，您怎样能让山变得没有棱角，天跟地都合并在一起呢？只有到那样一天，他们两个才能分手呀！"

乾隆好生震动。

"山无棱，天地合，才敢与君绝！"他念着，"是吗？紫薇说的？"

尔康拼命点头，眼中盛满了痛楚。

"皇上，您再办一次比武，让所有还没结婚的王公子弟，全部参加！或者，塞娅和巴勒奔会发现比尔康更加合适的人选！"尔泰急忙建议。

乾隆领首沉吟，说："说不定这是一个办法，朕要想一想……"

乾隆低头沉思，这时，只听到小燕子一声大喊："塞娅！你往哪里跑？你以为武功我比不过你，轻功也比不过你吗？"

乾隆和众人惊异抬头，定睛看去。只见塞娅挥着金鞭，小燕子挥着九节鞭，两根鞭子上上下下，翻飞不已。两人且战且追，嘴里，却嘻嘻哈哈地笑着。原来随着时间过去，这两个姑娘，年龄相仿，气味相投，居然做了朋友。小燕子一心要说服塞娅放弃尔康，对塞娅也笼络起来了。

塞娅边打边叫边笑："还珠格格，来呀！来呀！"

小燕子一飞身，跃到塞娅面前，喊着："来来来！让我打你一个落花流水！"

小燕子对于四个字的成语，说得最顺口的，就是一个"落花流水"了。

"什么花什么水？我打你一个'喇叭花流鼻水'！"塞娅正在拼命学中文，接口接得很快。

小燕子大笑："哈哈！哈哈！你这个'喇叭花流鼻水'比我的乱七八糟还要乱七八糟！笑死我了，笑死我了！"

两人一面追着，一面打着，打到了乾隆等人的面前。

塞娅一眼看到尔康，好乐，忘了打架，开心地跑来："尔康，你躲到哪里去了，害我都找不到你！"

尔康见到塞娅，头都大了，躲也没地方躲，一脸的狼狈。

塞娅一分心，手里的鞭子竟被小燕子的鞭子卷住，脱手飞去。

塞娅惊呼，抬头看着飞向天空的鞭子。

鞭子从天而降，忽然之间，尔泰跃起，接住鞭子，笑着大喊："塞娅！要鞭子，就来追我！追到了我，鞭子才能还你！"尔泰说着，撒腿就跑。塞娅一声娇叱："看你往哪里跑？我追你一个'落花流水'！"塞娅拔脚追去。

乾隆和众人，看得傻眼了。

尔泰舞着鞭子，跑得飞快，一面回头喊："来呀！怎么那么慢？西藏公主都跑不动啊？"

塞娅已跑得气喘吁吁，还在嘴硬："谁说？谁说？鞭子还我！"

"才不要！"

尔泰把鞭子扔向空中，塞娅立刻飞身去接。尔泰却比她快，早已跃起，接住鞭子。塞娅气得掀眉瞪眼，咬牙说："好！看你厉害还是我厉害！"

两人开始抢鞭子。

尔泰有意卖弄，鞭子忽而在空中，忽而在手中，忽而在塞娅眼前，忽而又变到塞娅身后，塞娅被他弄得头晕眼花，娇喘连连。

塞娅知道敌不过尔泰了，忽然往草地上一坐。

"不抢了！不抢了！输给你了！"

尔泰就在她身边坐下，凝视着她说："西藏的姑娘，都和你一样漂亮吗？"

塞娅不禁对尔泰嫣然一笑。

从这天起，尔泰几乎天天和塞娅在一起。

塞娅骑术很好，两人常常比赛马。北京郊区，西山围场，两人都跑遍了。每次都赛得脸红耳赤，嘻嘻哈哈。

"来追我呀！来追我呀！我骑马，是一等的好！"塞娅喊。

尔泰笑着说："吹牛都不打草稿！动不动就一等的好！这么'大言不惭'！"

塞娅听得糊里糊涂，瞪着眼睛喊："什么牛啊，草啊，馋不馋的？牛看到草，当然馋啦！怎么会'大眼不馋'呢！那一定是一只大笨牛！"

尔泰大笑起来："说不定，你和小燕子是双生姐妹，一个被西藏王弄去做了公主，一个流落到北京来，成了还珠格格！小燕子的爹娘都不知道是谁。我看，应该从你身上着手，好好地调查一下！"

"你叽里咕噜，说些什么？"塞娅听不懂。

"说你很可爱！"尔泰由衷地说。

塞娅又嫣然一笑。

塞娅有"不服输"的个性，对武术兴趣大得很，两人除了赛马之外，更喜欢比武。尔泰的武功，当然远胜过塞娅。可是，每次比武，他总是让着她。喜欢看她胜利的样子，也喜欢捉弄她。这天，两人打来打去，尔泰故意一个失手，被塞娅抛在地上。

"哎哟！哎哟！中原的姑娘都很温柔，哪里像你这么野蛮！我的腿摔断了，不能动了！哎哟……哎哟……"尔泰叫着，煞有其事。

塞娅着急地跪在尔泰身边，去检查他的腿。

"哪里痛？我不是故意的！"

"你就是故意的！"尔泰生气地喊。

"真的不是故意的！"塞娅着急地喊，就去拉尔泰的腿，

"看看能不能动？"

尔泰突然从地上一跃而起，大笑："中原的男人，可没有那么容易伤！"

塞娅发现受骗了，跳起来就要打尔泰。

"你骗我！中原的男人太坏了！"

尔泰拔脚就跑，塞娅拔脚就追。

两人也去游山玩水，塞娅喜欢水，因为西藏很少看到河流。到了河边，听到流水潺潺，就高兴得不得了。

这天，塞娅有些心事，她往河边的草地上一躺，看着天空。尔泰在她的身边躺下，看着她。

"北京的天空很蓝，我喜欢。"她说。

过了一会儿，她又说："北京的河水很清，我喜欢。"

再过一会儿，她再说："北京的草地很绿，我喜欢！"

尔泰转头看着她。

"北京的勇士，你最喜欢？"

"是！我最喜欢！"

尔泰用手支住头，深深地盯着她："北京的勇士，不是只有尔康一个！"

塞娅凝视尔泰，嫣然一笑，伸手一把抱住尔泰的脖子。

"这个，我'最最'喜欢！怎么办？怎么办？"

当巴勒奔大笑着，不好意思地对乾隆说："真没有办法，我那个塞娅，已经被我惯坏了！她说她选错了，现在，说什么都不肯嫁给尔康，一定要嫁给尔泰。反正他们两个是兄弟，皇上，您就包涵一点！那个尔康，您还是留给您的格格吧！"

乾隆已经心知肚明，心里高兴，却故意吹胡子瞪眼睛："这不大好吧！我向来都是'一诺千金'的！"

巴勒奔听不懂，连忙回答："千金啊？没关系没关系，我会送'一万金'来当嫁妆的！"

乾隆大笑了："哈哈哈哈！那只好换人了！"

我们的故事，已经到了尾声。

乾隆对"还珠格格"的公案，做了这样的宣布："今天，朕请各位贤卿到这儿，是要把还珠格格的事情，做一个结论！大家都已经知道，小燕子当初受伤进宫，被误认为格格，真正的还珠格格应该是紫薇！今天，朕正式撤掉小燕子的册封！但是，小燕子进宫以来，得到朕的喜爱，朕另外封她为'还珠郡主'，指婚给五阿哥！"

小燕子惊喜莫名，跪下谢恩。

"谢皇阿玛……"觉得不对，改口道，"谢皇上！"

乾隆看着小燕子："朕听你叫'皇阿玛'已经听惯了！反正你也逃不出皇宫了，做了朕的媳妇还是要叫朕一声'皇阿玛'，你就不要改口了！"

小燕子眼中充泪了，笑道："是！小燕子遵旨！"

永琪也跪下，感激涕零了："谢皇阿玛恩典！"

乾隆一笑，看紫薇和尔康："至于紫薇，朕正式册封她为'明珠格格'，指婚给福尔康！"紫薇和尔康都跪下了，高呼谢恩。

乾隆再一笑，说道："福尔泰即日起封为贝子，指婚给西藏塞娅公主！"

尔泰跪下谢恩。

乾隆分配完毕，心情欢快，大笑说："还珠格格的一段公案，总算结束，希望各归各位，各得各的幸福！儿女幸福，就是朕的幸福了！哈哈哈哈！"

众臣全部躬身祝贺："恭祝皇上一家团圆，万岁万岁万万岁！恭祝明珠格格，回归家园，千岁千岁千千岁！"

婚事虽定，乾隆还想多留紫薇和小燕子两年，并不急着让他们成婚。倒是尔泰和塞娅，奉旨提前结婚。几个年轻人不在乎什么时候成婚，大家在乾隆的特许"可以不避嫌疑，随时相聚"之下，常常骑着七匹马，驰骋在绿野中。

这天，塞娅一面骑马，一面喊："北京的马没有我们西藏的马好，跑都跑不动！"

"谁说的？"小燕子不服输地嚷着，"北京的马是特等的好！比你们西藏马强多了！"

"算了算了！"塞娅大笑，"你就是尔泰说的，那个牛看到了草，还'大眼不馋'！"

小燕子傻眼了："这是什么话？"

尔泰忍不住发笑。

塞娅一夹马腹，往前飞奔。小燕子立刻追了过去。

永琪在后面喊："刚刚才学会骑马，别逞能了，当心又摔了！"

小燕子哪里肯听，已经和塞娅跑到前面去了。

尔康笑看尔泰："尔泰，我不知道该怎样谢你！"

尔泰看着前面奔驰的两个女子，微笑说："不要谢我，塞娅有她可爱之处！说真的，她很多地方，好像小燕子，我想，在我心里，也有一个'补偿作用'吧！"

永琪深深看尔泰："尔泰，应该是我来说，不知道怎么谢谢你！"

尔泰大笑，说："你们的谢，我通通收着！将来，你们加利息还给我，怎样？"

"一言为定！有一天，你需要我们，我们'万死不辞'！"永琪说。

"别说得那么严重！"

"'生死相许'的事，怎么不严重？"

紫薇和金锁，了解地微笑。看着这样的画面，想着来京的种种，两人心中，都有说不出来的喜悦。幸福，就闪耀在两人眼底。

小燕子发现众人落在后面，策马奔来。

"你们这些人是怎么回事？骑个马，也慢慢吞吞？"

紫薇笑了："我才不和自己开玩笑，骑马，我还生疏得很，万一摔了怎么办？何况，天气这么好，不冷不热，风也这么好，醇人欲醉，策马徐行，不是也别有滋味吗？"

小燕子听不懂，大叫着抗议："醇什么醉什么？这儿又没有酒，又没有菜，哪儿有滋味嘛！"

"我们已经'化力气为糨糊'，跑不动了！"尔康笑着接口。

塞娅早已奔了过来，听得糊里糊涂，欢声地接口："要喝酒吃菜吗？好极了！那个'糨糊'好吃吗？我只吃过'奶糊'！我现在饿了，不是'大眼不馋'，是'小眼很馋'，我们去哪里吃东西？"

尔泰大笑说："不得了！一个小燕子常常来个'鸡同鸭讲'也就算了，现在，又加了一个西藏人！"

大家都笑了。

"我太高兴了！我好想唱歌！"金锁说。

"我们一起唱！"紫薇说。

那首歌，大家都熟悉了，就欢声地大唱起来：

今日天气好晴朗，处处好风光！

蝴蝶儿忙，蜜蜂儿忙，小鸟儿忙着，白云也忙！

马蹄践得落花香！

歌声中，笑声中，大家骑马向绿野中奔去。

〈全书完〉

一九九七年七月十九日初稿完稿于台北可园

一九九七年七月三十日修正于台北可园

【后记】

　　"还珠格格"这个故事的灵感，来自北京的地名"公主坟"。我到过北京很多次，对北京的地名和巷名都很感兴趣，因为它很写实。例如帽儿胡同像帽子，狗尾巴胡同像狗尾。看到名字就可以想象它的地形。可是，北京有个地区名叫"公主坟"就非常奇怪了。

　　和一些北京朋友谈起，才知道这个地名有个传说：相传，在乾隆时期，乾隆收了一个民间女子作为义女，封为格格。这位格格去世后，不能葬在皇家祖坟，所以，就葬在公主坟这个地方。当然，那时的公主坟还是一片荒烟蔓草，是个很偏僻的地方，这个地方因为有幸葬了一位公主，从此就叫公主坟，一直沿用到今天。

　　传说的内容非常简单，但是，给人的想象空间实在很大。

　　我忍不住就想象起这位"格格"的故事来，是怎样的因缘让她认乾隆？是怎样的经过，可以进宫？进宫以后，过的是什么生活？以一个民间女子来适应宫闱生活，她如何适应？乾隆为什么收她为"义女"？既然封为"格格"，一定非常非常喜欢她，后来又怎样……想来想去，觉得这实在是一个很好的小说题材，应该是一本很厚的书。我就在脑子里酝酿着这个故事。

　　去年年底，我决定动笔写这个故事。当时真没料到是这么庞大的工作。我很少写清宫小说，还没提笔就面临许多的问题。参考书堆满了桌子，还没写书就先看书。对于那个时代的称呼礼仪、说话方式、规矩……我几乎都要学。我尽量让这本书现代化，毕竟看书的人都是现代人。如果我犯了什么错误，希望读者包涵。

乾隆，一直是我很想写的一个人物。因为，他是一个有故事的皇帝，他的下江南已经被人写了又写。关于他的传说非常之多，包括他自己的身世之谜。他的大臣，像和珅，像纪晓岚，像傅恒，像刘墉，像福康安……都是小说材料。他一生娶了四十几个妃嫔，有情无名的还不知其数。他的妃嫔们，许多都有动人的故事。著名的回族女子"容妃"，就是后世绘声绘色的"香妃"。他生了十七个儿子，十个女儿。这样一个皇帝，他的感情世界到底是怎样的？有这么多的儿女，传说中的"民间格格"，是怎样进驻到他的内心的？于是，我大胆地走进那个时代，虚拟了这个故事。

今年年初，我开始写《还珠格格》，这一写，就是大半年。

根据"传说"，写成"小说"，当然绝对不是历史。我不想限制自己的思绪，一任它天马行空。所以，这是一本故事性很强的书。我尽量用最平易近人的文字来写它，希望读者能很轻松地阅读。

"小燕子"这个人物，是我以前的小说中不曾写过的，对我来说，她是我的一个挑战。我很熟悉紫薇，却并不擅长写"小燕子"，用了很多时间在"小燕子语言"上。写完了，我自己却很喜欢"小燕子"。但愿我的读者们，跟我一样喜欢她。

亲情，一直是我笔下的"主题"，我相信，全天下的女儿，都是家里的"格格"；全天下的儿子，都是家里的"阿哥"。

谨将此书，献给天下所有的"格格"和"阿哥"们！

琼瑶

一九九七年八月一日于台北可园

图书在版编目（CIP）数据

还珠格格. 第一部 / 琼瑶著. —长沙：湖南文艺出版社，2018.4
ISBN 978-7-5404-8392-0

Ⅰ. ①还… Ⅱ. ①琼… Ⅲ. ①长篇小说—中国—当代 Ⅳ. ① I247.5

中国版本图书馆 CIP 数据核字（2017）第 275396 号

上架建议：畅销·小说

HUANZHU GEGE. DI-YI BU
还珠格格. 第一部

作　　者：琼　瑶
出 版 人：曾赛丰
责任编辑：薛　健　刘诗哲
监　　制：毛闽峰　赵　萌　李　娜
特约监制：何琇琼
版权支持：戴　玲
特约策划：李　颖　张园园　张　璐　赵中嫒
特约编辑：邱培娟
营销编辑：杨　帆　周怡文
装帧设计：利　锐
出版发行：湖南文艺出版社
　　　　　（长沙市雨花区东二环一段 508 号　邮编：410014）
网　　址：www.hnwy.net
印　　刷：长沙鸿发印务实业有限公司
经　　销：新华书店
开　　本：860mm×1200mm　1/32
字　　数：374 千字
印　　张：14.5
版　　次：2018 年 4 月第 1 版
印　　次：2018 年 4 月第 1 次印刷
书　　号：ISBN 978-7-5404-8392-0
定　　价：54.80 元

若有质量问题，请致电质量监督电话：010-59096394
团购电话：010-59320018